Theodor Fischer

Lucian's Werke

Erster Band

Theodor Fischer

Lucian's Werke
Erster Band

ISBN/EAN: 9783741110825

Hergestellt in Europa, USA, Kanada, Australien, Japan

Cover: Foto ©Raphael Reischuk / pixelio.de

Manufactured and distributed by brebook publishing software
(www.brebook.com)

Theodor Fischer

Lucian's Werke

Lucian's Werke.

Deutsch

von

Dr. Theodor Fischer.

———

Erster Band.

Stuttgart.

Krais & Hoffmann.

1866.

Einleitung.

Lucian war zu Samosata [1]), der Hauptstadt der syrischen Provinz Kommagene, geboren; das Jahr seiner Geburt läßt sich nicht genau bestimmen, nur so viel kann mit großer Wahrscheinlichkeit behauptet werden, daß er in den letzten Regierungsjahren Trajan's, oder im Anfange der Regierung Hadrian's geboren und unter Aurelius Kommodus gestorben sei, so daß mithin die Blüthe seines Lebens und Wirkens in die Zeit der beiden Antonine fällt. Aus seinem eigenen Munde wissen wir, daß seine Eltern in ärmlichen Verhältnissen lebten, und daß er, gleich nachdem er den ersten Elementarunterricht in der Schule erhalten hatte, bei dem Oheim seiner Mutter, einem Marmorpolierer, in die Lehre gegeben wurde. In der geistreichen Ansprache an seine Mitbürger zu Samosata, die an der Spitze seiner Werke steht, erzählt er uns mit großem Humor, wie er sich bei der ersten Probe, die er von der Leichtigkeit seiner Hand geben sollte, ungeschickt benommen habe, so daß die Marmorplatte zerbrach, wie sein Oheim ihn dafür weidlich durchpeitschte, und er heulend und

---

[1]) Die Stadt liegt am westlichen Ufer des Euphrat und war, bevor Vespasian die Landschaft zu der Provinz Syrien geschlagen hatte, der Sitz eigener Könige aus dem Hause der Seleuciden gewesen, und man findet sie noch auf Münzen, die unter Hadrian, Severus u. A. geprägt waren, Hauptstadt von Kommagene genannt, unter den christlichen Kaisern war sie der Sitz eines eigenen Bischofs. Jetzt heißt sie Scheimsat, hat nichts mehr von ihrer früheren Größe und gehört, wie die ganze Provinz, zu dem Paschalik Haleb oder Aleppo.

schreiend in sein elterliches Haus zurückgelaufen sei. In der darauf folgenden Nacht bewog ihn eine Traumerscheinung, dem Handwerke, zu dem die Dürftigkeit seiner Eltern ihn bestimmt hatte, zu entsagen und sich der wissenschaftlichen Laufbahn für immer in die Arme zu werfen. Auf welche Weise es ihm gelungen sei, die materiellen Hindernisse, die sich ihm anfangs in den Weg stellen mußten, zu überwinden, davon vernehmen wir nichts.

In der damaligen Welt bot einem Jünglinge von Talent und Fleiß die Beredsamkeit so glänzende Aussichten dar, wie nie zuvor. Unter denjenigen Männern, die sie zum Gegenstande ihres Lebens machten, haben wir zwei Grade zu unterscheiden, den Rhetor, der ihre Theorie nur in Bezug auf den praktischen Gebrauch mittheilte und sie durch Beispiele in selbstgewählten Themen erläuterte, und den Sophisten, der nicht allein die höhere Theorie handhabe, sondern auch noch in andern Sphären heimisch sein mußte. Die gerichtliche Beredsamkeit, die freilich eine ganz andere war, als zu den Zeiten des freien Athen und Rom, und sich nur auf Gegenstände des Privatrechts bezog, lockte durch einträgliche Praxis, Ansehn und Einfluß bei der Menge; sowohl der praktische Anwalt, als derjenige, der zu diesem Geschäfte vorbereitete und die Vorschriften der Kunst überlieferte, der Rhetor im engeren Verstande, waren einer gewinnbringenden angesehenen Stellung gewiß. Aber ein weit beneidenswertheres Loos winkte demjenigen, der sich in der höhern Theorie der Beredsamkeit einen Namen erwarb, und sich unter die gefeierte Gesellschaft der Sophisten von Profession aufgenommen sah. Selbst in der Zeit, als Gorgias, Hippias und andere bedeutende Männer in ihrer höchsten Blüthe standen, hatte der Name Sophist nicht einen solchen Nimbus verbreitet, wie in der Zeit Hadrians und seiner beiden Nachfolger: Männer von hoher Geburt und großem Vermögen. Männer wie ein Herodes Attikus rechneten es sich zur Ehre, denselben zu führen. Unter einem Sophisten, im Unterschiede von dem bloßen Rhetor, verstand man einen Mann, der auf dem ganzen Felde der schönen Literatur bewandert ist, die Dichter und Weisen des Alterthums studirt hat, sich im Besitz des ganzen Reichthums der griechischen Sprache befindet, und über alle Gegenstände dieses weiten Gebietes mit Urtheil und Geschmack, wo möglich aus dem Stegreif, zu sprechen weiß.

Es waren die erwähnten Lebensrichtungen, die Lucian, von seinem guten Genius geleitet, einzuschlagen beabsichtigte.

An welchem Orte er seine ersten Studien machte, ist ungewiß, wahrscheinlich in Antiochien, wenn man hierauf die Angabe des Suidas beziehen will, der ihn daselbst einige Jahre als Prozeßanwalt zubringen läßt. Mag er sich nun an dem genannten Orte, oder in Ephesus und Smyrna, den Hauptsammelplätzen der studirenden Jugend in Jonien, zu seinem Berufe vorbereitet haben, so viel steht fest, daß er sich nur einige Jahre in Griechenland aufhielt, entweder weil eine zu große Concurrenz ihn zu keiner bedeutenden Praxis gelangen ließ, oder weil er als halber Barbar zu wenig Anklang fand, und daß er sich dann nach Gallien wandte, wo zu Lyon, Toulouse und vornämlich in Marseille, welches schon Cicero das gallische Athen genannt hatte, griechische Literatur und Wissenschaft hoch geehrt und eifrig gepflegt wurden.

Hätten wir auch nicht Lucian's eigenes Geständniß in seinem doppelt Angeklagten, so würde sich schon aus dem einen Umstande, daß die Gerichtssprache in Gallien die römische war, unbedenklich folgern lassen, daß er bereits damals die Absicht hatte, das geräuschvolle und beschwerliche Leben eines Advokaten mit dem ruhigeren eines Lehrers der Beredsamkeit zu vertauschen. Etwa vom Ende der zwanziger Jahre bis zu seinem vierzigsten Jahre hat er einen zahlreichen Kreis lernbegieriger Jünglinge um sich versammelt, und hält an verschiedenen Orten über mannigfache Gegenstände öffentliche Prunk- und Schaureden. An Geld und Ehre reich kehrt er hierauf für kurze Zeit in seine Vaterstadt, die er als unbekannter und armer Knabe verlassen hatte, zurück, um sich seinen Mitbürgern in dem vollen Glanze seines Ruhmes und Reichthums zu zeigen. In Athen und Marseille an alle Annehmlichkeiten eines hoch civilisirten Lebens und an den Umgang mit feingebildeten Griechen gewöhnt, verläßt er Samosata bald wieder und nimmt höchst wahrscheinlich seinen dauernden Wohnsitz in Athen, wo er nun seiner Beschäftigung als Rhetor entsagt und sich eifrig dem Studium der Philosophie widmet. Allein diese gewährt ihm eben so wenig die gesuchte Befriedigung, wie man namentlich aus seinem Hermotimus sieht, in dem er ausdrücklich sagt, daß er damals über die Vierzig hinaus sei; auch von ihr wendet er sich ab und beschäftigt sich jetzt ausschließlich mit der Ausbildung des von ihm erfundenen satirischen Dialogs. Die Abfassung seiner vollendetsten Schriften in dieser Gattung fällt muthmaßlich in diesen Abschnitt seines Lebens.

In seinem höheren Alter sehn wir ihn noch einmal auf der Wanderung und mit öffentlichen Vorlesungen und Vorträgen beschäftigt, sei es daß Vermögensrücksichten ihn dazu bestimmten, oder daß er auf diese Weise seinen Schriften eine größere Verbreitung verschaffen wollte. Endlich gewährte ihm unter dem Kaiser Kommodus die Annahme einer Stelle als Gerichtsdirektor in Egypten mit der Aussicht, sogar an die Spitze der Verwaltung dieser Provinz gestellt zu werden, über welche Annahme eines Amtes er sich in seiner Apologie wegen der Schrift über die Gelehrten für Lohn ausführlich gegen Sabinus rechtfertigt, eine ruhige, sorgenfreie Existenz, und gab ihm die Mittel, das Leben einer anständigen Wohlhabenheit, an das er gewöhnt war, fortzuführen. Ob er die Präfektur Egyptens wirklich erlangte, und wann und auf welche Art er seinen Tod fand, darüber wissen wir nichts; der fromme Suidas läßt ihn von wüthenden Hunden zerrissen werden, weil er sich angeblich über das Christenthum despektirlich geäußert hatte.

Das ist das Wenige, welches sich aus Lucian's eigenen Schriften über seinen äußeren Lebensgang ermitteln läßt; Philostratus in seinem Leben der Sophisten übergeht ihn ganz mit Stillschweigen. Obwohl wir sehn, daß Plato und Xenophon, die nicht nur Zeitgenossen, sondern Schüler desselben Lehrers waren, einander in ihren Schriften nicht erwähnen, und Lucian selber Plutarchs, der kurz vor ihm lebte, mit keiner Silbe gedenkt, so hat man doch Grund, bei Philostratus andere Motive vorauszusetzen; wahrscheinlich sprach er aus Neid und Rancüne nicht von ihm, da Lucian die Kühnheit gehabt hatte, seine Ideale, den

Apollonius von Thyana und Consorten, für Gaukler zu erklären und sie dem öffentlichen Gelächter Preis zu geben, oder er sah ihn in Folge seiner größtentheils populären Schriften gar nicht einmal als würdig an, zu der Zunft der Sophisten gerechnet zu werden. Die wenigen Notizen über ihn bei dem Kompilator Suidas sind entweder reine Erfindung, oder nur mit großer Vorsicht zu gebrauchen. So ist also unsere einzige sichere Quelle für Lucian Lucian selber. Freunde desselben würden freilich wünschen, daß er eine reichere Ausbeute geben möchte, um uns in so vielen Beziehungen ein sichereres Urtheil über ihn fällen zu lassen. Da uns aber anderes Material versagt ist, so müssen wir uns darauf beschränken, aus seinen Werken uns ein Bild von dem Charakter des merkwürdigen Mannes und dem Verhältniß, in dem er zu seinen Zeitgenossen stand, zu entwerfen.

Zuerst ist es nothwendig, unsern Blick auf die Zeiten zu richten, in die Lucian's Wirksamkeit fällt.

Unter den Kaisern Trajan, Hadrian und dessen beiden Nachfolgern erfreute sich die römische Welt der Ruhe und einer im Ganzen genommen weisen und gemäßigten Regierung. Zwar kann man nicht, wie es häufig geschehen ist, diese Periode zu den Glanzpunkten der Geschichte rechnen, denn von freiem politischem Leben und einer allseitigen Entwicklung der mannigfaltigen Kräfte des menschlichen Geistes war wenig die Rede; aber im Gegensatz zu den bösen Zeiten, die vorhergingen und gleich darauf folgten, gewährt doch diese Epoche ein erfreuliches Bild. Hadrian, unter dessen Herrschaft Lucian seine Jugend verlebte, wurde durch seine unersättliche Ehrsucht angeregt, zu dem Ruhme des Fürsten noch den des Gelehrten und des Beförderers der Wissenschaften hinzuzufügen. Die Geschichtschreiber jener Zeit bezeugen mit dankbarem Lobe, wie viel er für Griechenland, und namentlich für die Wiederherstellung und Verschönerung seines guten Athen that; sein Hof war der Sammelplatz und Mittelpunkt aller Männer von Gelehrsamkeit und Geist. Mit der größten Munificenz wurden die Wissenschaften und ihre Träger unterstützt und gefördert. Es schien, daß der Kaiser die Wissenschaften nicht nur liebe, sondern auch Sachkenntniß und ein selbstständiges Urtheil über sie besitze. Wie sehr das Alles aber nur Schein war, und wie nur Motive der Eitelkeit den Kaiser bestimmten, mit den Wissenschaften schön zu thun, das zeigte sich in kurzer Zeit. Hadrian lockte Männer von literarischem Ruf an sich, total unfähig aber, ihren wahren Werth zu erkennen, war es sein größtes Vergnügen, sie durch verfängliche Fragen in die Enge zu treiben und sich an ihrer Verlegenheit zu ergötzen. Bei diesen unköniglichen Belustigungen ließ er es sogar nicht einmal bewenden; brachte es seine Laune mit sich, so entblödete er sich nicht, Männer, die er, um sich und sie zu ehren, an sich gezogen hatte, wie Hofnarren und Schmarotzer zu behandeln. Um die Gunst des Kaisers zu gewinnen waren nicht tüchtige Leistungen nöthig, sondern Schmeichelei und Gefügigkeit in seine Grillen. Die natürliche Folge war, daß Männer von Ehrgefühl und wahrem Verdienst sich zurückzogen, und fern von dem Treiben des Hofes ihren ernsten Beschäftigungen oblagen, während Unverschämtheit und Schamlosigkeit sich in den Besitz der reich dotirten öffentlichen Lehrstühle setzte, und Unwissenheit und Betrug hinter der äußeren Erscheinung des Philosophen sich versteckte. Das Uebel griff, wie jede Krankheit, im Verlauf der Zeit unter Hadrians trefflicheren Nachfolgern, den beiden Antoninen, weiter um sich. Wenige Perioden der Geschichte liefern einen schlagenderen Beweis dafür, daß die Wissenschaften durch die Protektion der Fürsten leichter verkümmern, als gedeihn: Nie, seitdem die Welt besteht, wurden die Gelehrten besser bezahlt und höher geehrt, als unter diesen Kaisern; eben so gewiß ist aber auch der Stand der Gelehrten niemals verderbter und seines Berufs weniger eingedenk gewesen, als gerade damals; vereinzelt und unbeachtet standen die Epiktet und Plutarch, während den Apollonius und Peregrinus Lob und Weihrauch gespendet wurde. Weil die äußere Tracht genügte, um den Philosophen zu spielen, deshalb fanden sich Unzählige, die sich als Jünger der gefeierten Namen des Alterthums geberdeten. Was an wissenschaftlicher Kenntniß und Tiefe fehlte, mußte Zungenfertigkeit und ein Schwall künstlich gedrechselter Worte ersetzen; auf diese Weise geriethen die einzelnen Sekten der Philosophen in immer größeren Verfall, bis endlich der frühere wesentliche Unter-

schied zwischen einem Philosophen und einem Sophisten gänzlich
aufhörte.

Neben der Heuchelei und Charlatanerie in den Wissenschaften
ist ein zweites charakteristisches Merkmal der Zeit Hang zum
Aberglauben und zum Mysticismus. Die religiösen Conceptionen,
die in den Gedichten Homers ihren Ausdruck erhalten hatten, und
von den Pindar und Aeschylus in einer dem Zeitgeist entsprechen=
den Weise erweitert und umgeformt waren, gehörten einer andern
Entwicklungsstufe des menschlichen Geistes an; für diese fehlte der
Zeit Lucian's das Verständniß. An die überlieferten Namen der
Mythologie knüpfte jeder die damals geläufigen, von den früheren
wesentlich verschiedenen Vorstellungen an. Mir erscheint Sommer=
brodt's ¹) Behauptung irrig, daß Lucian die Götterwelt der
Griechen, also die religiösen Vorstellungen des Homer, Pindar,
Aeschylus, Plato ²) u. s. f., für immer von ihrem Olymp herab=
gestürzt habe; diese Religion war längst mit dem Aufhören der
hellenischen Selbstständigkeit aus der Welt geschwunden und lebte
in den nächsten Jahrhunderten vor und nach Christi Geburt nur
noch in den Köpfen der Gebildeten, die sich durch Studium in die
Zeit und den Gedankengang ihrer Vorfahren zurückversetzten, in
größerer oder geringerer Reinheit fort. Der Paganismus der
Kaiserzeit ist, ganz abgesehn von seinen orientalischen Zusätzen,
nur eine Entartung des hellenischen Glaubens, die mit ihrem
Urbilde nur eine nominelle Aehnlichkeit hat. Gegen diese ver=
witterten Schemen einer hoch=religiösen, tiefsinnigen, phantasie=
reichen Vorzeit bricht Lucian seine Lanze; Aristophanes mit seinen
Witzeleien über „den alten Herrn“ vor dem religiösen, aber bis
zu einem gewissen Grade höchst toleranten Publikum Athens ist,
bewußt oder unbewußt, gläubiger Grieche, Lucian in diesem
Sinne entschiedener Atheist. Lucian ist kein religiöser Refor=
mator, d. h. kein Mann, der eine gegebene Glaubensform erhalten,
aber die in ihr enthaltenen irrigen Vorstellungen ausmerzen will.

¹) Bd. I, Einleitung p. 23.
²) Absichtlich nenne ich ihn, weil ich mich nicht zu der Methode derer bekenne, die den Plato lesen, um aus ihm Aehnlichkeiten mit der Lehre Christi herauszufinden.

Die Pfeile seines Witzes sind gegen einzelne herausgerissene Mythen und Vorstellungen gerichtet, die in jeder Religion zu verspotten sehr leicht ist, und an die sicherlich kein lesender Grieche (und auf diese Klasse konnte der Schriftsteller doch nur wirken) in jener Zeit mehr glaubte. Für uns sind die hierher gehörenden Schriften Lucian's, seine Götter- und Todtengespräche, die Götterversammlung, der überführte Zeus, der Zeus Tragödus u. s. f., unter denen einige zu seinen Meisterwerken gehören, nur interessant als Belege für das Geschick und den Geist ihres Verfassers; wer sie aber als authentische Quellen für den Götterglauben der Hellenen betrachtet, der wird die Wahrheit eben so verfehlen, als einer, der Gorgias oder Prodikus nach den Aeußerungen, die ihnen Plato in den Mund legt, beurtheilt. Will man diesen Produktionen für die damalige Zeit einen höheren Werth vindiciren, so kann es kein anderer sein, als der, den jede freie Diskussion religiöser Themen gewährt, nämlich, den Geist der Menschen zu gewöhnen, über Dinge, die ihm früher Gegenstand der bloßen Autorität waren, sein eigenes Urtheil als allein giltige Instanz anzusehn. Lucian's Art der Polemik fand in der damaligen Zeit einen höchst günstigen Boden vor: eben weil der hellenische Götterglaube größtentheils der Vergangenheit angehörte und nur noch in wenigen Persönlichkeiten, wie z. B. bei Plutarch, mit einer an das sophokleische Zeitalter erinnernden Innigkeit und Klarheit zur Erscheinung kam, herrschte bei der Masse der Ganz- oder Halbgebildeten Indolenz oder entschiedene Verachtung des alten Glaubens. Aus diesem unbefriedigten, sehnsuchtsvollen Zustande resultirt andererseits nach dem nothwendigen historischen Gesetz der krasse Gegensatz, der einfältigste Aberglaube und der abenteuerlichste Mysticismus. Zu keiner Zeit war das Gewerbe religiöser Gaukler und Gauner leichter und ergiebiger, zu keiner Zeit wurde mit Orakeln, Weissagungen, Beschwörungen, Gespenstern u. dergl. ein schamloserer Unfug getrieben, als damals. Es ist Lucian's hohes Verdienst, gegen diese Geschwüre der menschlichen Gesellschaft ohne Erbarmen das einzig heilende Messer in Anwendung gebracht zu haben.

Wir sahen oben, daß Lucian das Gewerbe eines Rhetors mit

großem Succeß betrieb und einen solchen Ruhm erwarb, daß er
von sich sagen konnte, er habe zu den am besten bezahlten Rhetoren Galliens gehört. Wäre er ein Mann von gewöhnlichen
Fähigkeiten gewesen, so würde er bei diesem Beruf geblieben sein
und sich im besten Fall an die Seite eines Herodes Attikus,
Skopelianus und wie sie alle heißen, emporgeschwungen haben.
Sein Stern wollte es aber anders: mit dem sichern Griff des
Genius erfand und schuf er die seiner Individualität zusagende
Form des Ausdrucks, die ihm Gelegenheit gab, alle Kräfte seines
vielgestaltigen Talentes zu entfalten und zur Anwendung zu
bringen, nämlich den satyrischen Dialog, d. h. er verband den
ernsten Dialog der Philosophie mit dem der alten Komödie des
Eupolis, Kratinus und Aristophanes zu einem neuen Ganzen.
Er hat sich über diese seine Erfindung so fein und glücklich, und
dabei zugleich mit einem so gerechtfertigten Selbstbewußtsein in
seinen Schriften: „zu dem, der da sagte, du bist ein Prometheus in Worten", und namentlich in dem „doppelt Angeklagten"
ausgesprochen, daß es das Gerathenste ist, den Leser an ihn selbst
zu verweisen.

Bewaffnet mit diesem Rüstzeug, welches er mit ungemeiner
Gewandtheit handhabte, machte er sich an die Aufgabe seines
Lebens, die ihm unsterblichen Ruhm bringen sollte, alle die verschiedenen Thorheiten der Menschen mit dem Witz der Satire
zu geißeln. Der Umfang des damaligen Lebens ist auch der
Umfang der lucianischen Schriften. Religion, Philosophie, Literatur, die Verirrungen und Laster des Privatlebens — alles finden wir bei ihm, natürlich in dem Vergrößerungsspiegel der Satire; vielleicht weil die Selbstherrschaft Trajan's, Hadrian's und
seiner beiden Nachfolger eine milde, oder weil der damaligen Welt
politisches Leben und politisches Interesse im Sinne der alten
Republiken oder unserer Tage fremde war, vermissen wir unter
Lucian's Werken die politische Satire gänzlich. Mit dieser allei-
nigen Ausnahme nehmen sonst alle Formen und Erscheinungen
des wissenschaftlichen und socialen Lebens sein Interesse in Anspruch. Feinheit der Beobachtung, kunstvolle Charakterzeichnung,
eine fließende, höchst anmuthige, von einem tiefen Studium der

großen Alten zeugende Diktion, schlagender Witz und eine un-
versiegbare Laune gewähren ihm noch heute einen unwiderstehlichen
Reiz, wenn freilich auch die Wirkung, die er auf seine Zeitgenossen, die für jede Grazie und für jedes Spiel des Witzes so
empfänglichen Griechen, ausübte, eine weit nachhaltigere und er-
greifendere war.

Mir ist Lucian ein vielseitiger, feiner Kopf[1]) von lebendigem,
ernstem Wahrheitsgefühl, der die Menschen durch anziehende Lektüre
zu unterhalten und sie wo möglich zu belehren und zu bessern
sucht, indem er ihnen ihre Verirrungen und Thorheiten von
der Seite des Lächerlichen zeigt. Es liegt auf der Hand, daß
diese Methode, auf das Publikum zu wirken, für eine so blasirte
und überreizte Zeit, wie die damalige, höchst glücklich gewählt und
die allein zweckmäßige war. Bei aller Hochachtung vor so ehr-
würdigen Männern wie Plutarch und Epiktet darf man doch
behaupten, daß ein Mann wie Lucian in den meisten Zeiten,
sicherlich aber in einer solchen, wie die seinige, der angewandten
oder praktischen Wahrheit weit wesentlichere Dienste leistet. Wenn
Wieland auf den gegen Lucian erhobenen Vorwurf, daß er nur
negativ verfahren sei und nichts Positives an die Stelle des von
ihm Niedergerissenen gesetzt habe, mit dem Gemeinplatz antwortet:
Non omnia possumus omnes, so ist daran zu erinnern, daß
derjenige, der den Aberglauben und die religiöse Verfinsterung
mit Glück bekämpft, etwas entschieden Positives schafft, wenn gleich
es Niemanden einfallen wird zu leugnen, daß die Geister ersten
Ranges, die als Religionslehrer und Dichter aus der Tiefe ihres
Gemüthes neue Phasen der Wahrheit offenbaren, oder als Philosophen für Jahrhunderte das Denken der gebildeten Welt beherrschen, unvergleichlich Positiveres leisten.

---

[1]) Nicht glücklich, scheint mir, erinnert Sommerbrodt (Einleitung Bd. I, S. XV,)
in seiner Charakteristik Lucian's durch die Worte, „er besaß eine unversiegliche Lust zu
fabuliren" an Goethe. Bei Lucian ist die vorherrschende Geistesthätigkeit der Verstand; um diese in Fluß zu bringen, ist ihm die Außenwelt unerläßlich, bei Goethe ist es
gerade der umgekehrte Fall; das, was ihn zum Fabuliren treibt, sind die Vorgänge
in seiner Seele, die Erlebnisse seines Gemüthes, die zum Gedicht gestaltet, in die Erscheinung treten.

Wen wird es Wunder nehmen zu erfahren, daß ein Sa-
tiriker, der den Vorurtheilen des großen Haufens so scharf ent-
gegentritt, der dem vornehmthuenden Dünkel der Aftergelehr-
samkeit und jeder Heuchelei so erbarmungslos die Maske vom
Gesichte herunterreißt, der einer in vielfachen Beziehungen kranken
Zeit ihre Leiden in vergrößertem Maßstabe und grellerem Lichte
zeigt, von allen Seiten angegriffen und verketzert wurde? daß
man nicht Worte genug finden konnte, um den Lästerer, dem
nichts als heilig gilt, zu brandmarken? Die Zahl seiner Feinde
und Widersacher vermehrte sich nach seinem Tode und mit der
Verbreitung des Christenthums, weil man glaubte, daß auch die
christliche Lehre und ihr Stifter von ihm angegriffen und ver-
höhnt sei. In dem Vorwort zu meiner Uebersetzung des Lebens-
endes des Peregrinus wird der Ort sein, über diesen Punkt, der
eine solche Menge von Schriften hervorgerufen hat, ausführlicher
zu sprechen. Für jetzt möge die Behauptung genügen, daß allerdings Lucian eine nur oberflächliche Kenntniß des Christenthums
besessen habe, daß er aber davon genug wußte, um ihm dasselbe
als repulsiv erscheinen zu lassen. Kein Grieche, dessen Bildung
in der klassischen Zeit seines Volkes wurzelt, vermag es anders;
er kann über die Götter seiner Religion spotten und einige, oder
die Mehrzahl derselben, für abentheuerliche Gebilde phantastischer
Dichterköpfe halten; in die Dogmen des Christenthums sich zu
finden ist er aber absolut außer Stande, dieses ist ihm eine
fremde Welt, für die ihm jeder Sinn, jedes Mittel der An-
knüpfung fehlt.

Unsere Zeit sucht Lucian gerecht zu werden: während sie
eingesteht, daß er in seinen Angriffen oft das Maß überschritten,
daß er häufig zu grelle Farben aufgetragen habe, daß er mitunter, durch die Aussicht auf einen guten Witz verführt, den Philosophen des Alterthums Sätze und Behauptungen in den Mund
legt, an die sie nie gedacht haben, daß auf seine historischen
Angaben kein Verlaß ist, daß er aus Sucht nach Wortspielen
und Antithesen hin und her weitschweifig und ermüdend wird,
u. dergl. mittelmäßige Fehler mehr; so reiht sie ihn doch willig
und freudig unter die Zahl der geistreichsten, unterhaltendsten

und somit nützlichsten Schriftsteller, denn das Geistreiche ist auch stets das Nützliche, nur das Lederne und Bornirte schadet. An den Werth der Autoren des freien Hellas reicht Lucian nicht hinan; diese ewigen Vorbilder wirken auf alle Zeiten nicht nur durch die Macht ihres Genies und den Zauber ihrer Rede, sondern sie werden auch getragen von einem öffentlichen und socialen Leben ohne Gleichen. Lucian, der Sohn einer schlechteren Zeit, verdient Bewunderung, daß er diesen Mustern so nahe steht.

Viel Fleiß und großer Scharfsinn ist in unsern Tagen auf die schwierige Untersuchung verwandt, das Aechte von dem Unächten in den zahlreichen Schriften, die Lucian's Namen tragen, zu unterscheiden. Weil selbst nach den Bemühungen Immanuel Bekker's, Wilhelm Dindorf's, Sommerbrodt's und Anderer diese Frage noch zu keinem gültigen Abschluß gebracht ist und kritische Erörterungen dieser für Liebhaber und Freunde des classischen Alterthums bestimmten Uebertragung fern liegen, so muß ich meine Leser, die sich etwa über den gegenwärtigen Stand dieser Frage unterrichten wollen, auf Sommerbrodt's Einleitung zu seinem ersten Bande S. XV—XIX verweisen.

Die Schriften Lucian's, obwohl ohne Zusammenhang unter einander, gruppiren sich leicht. Der Zweck meines ersten Bandes ist, dem Leser eine Vorstellung von Lucian's Vielseitigkeit zu geben und ihn zum Freunde des Autors zu machen, deßhalb habe ich in denselben diejenigen Schriften geworfen, die mir ein von jedem Zeitalter unabhängiges Interesse zu gewähren scheinen. Der zweite Band wird die Dialoge enthalten, die sich mit der Philosophie und ihren Lehrern beschäftigen, während der dritte Band uns auf den Olymp und in die Unterwelt geleiten wird. Die folgenden Bände sollen die erzählenden und kritischen Abhandlungen, die Redeübungen u. s. f. umfassen.

Die erste Stelle in den Werken unseres Autors nimmt billigerweise der Traum ein, in dem er uns erzählt, welche Umstände und Hoffnungen ihn bewogen haben, die schriftstellerische Laufbahn zu betreten. Die zweite Abhandlung des vorliegenden Bandes läßt sich, an die Aeußerung eines Freundes anknüpfend, über die Forderungen aus, die Lucian in Bezug auf den von ihm erfundenen satirischen Dialog an sich selbst stellt.

Eine interessante, höchst lebendige Schilderung des vergnügungssüchtigen, geräuschvollen Treibens in der damaligen Hauptstadt der Welt, dem das ruhige, wissenschaftliche Leben in dem anmuthigen Athen gegenüber gestellt wird, gewährt die Abhandlung, welche den Namen Nigrinus führt. Nigrinus ist als Muster eines sokratischen Weisen gezeichnet und historisch nicht bekannt, wahrscheinlich ein erdichteter Name. Verfaßt ist diese Schrift muthmaßlich in der Zeit, als Lucian der Rhetorik entsagte und sich mit dem Studium der Philosophie ernstlich zu beschäftigen anfing.

Den Namen des Sonderlings Timon, des berüchtigten Menschenhassers, dessen Leben in die Zeit des peloponnesischen Krieges fällt, von dessen näheren Umständen geschichtlich aber wenig feststeht, benutzt Lucian, um das Parasitenthum, die Nichtsnutzigkeit und Feilheit der Rhetoren und die Heuchelei und Hohlheit der Afterphilosophen an den Pranger zu stellen. Ueber die Vortrefflichkeit dieses Drama's in Prosa herrscht bei den Kunstrichtern nur eine Stimme. Lehrreich ist die Schrift von Binder: „Ueber Timon, den Misanthropen, Ulm 1856", in der Lucian's Werk mit der Abhandlung des fast gleichzeitigen Rhetor's Libanius ($Tίμων ἐρῶν ᾿Αλκιβιάδου ἑαυτὸν προσαγγέλλει$) und mit Shakespeare's Drama verglichen wird.

Der Hahn oder der Traum des Schusters Micyllus ist eine meisterhafte Begründung des Satzes, daß nur Thoren das Glück des Lebens in den Reichthum und den äußeren Glanz, den er verleiht, setzen. Derjenige allein, der seiner Kraft vertrauen darf, und sich durch eigene Thätigkeit eine Existenz sicherte, findet wahrhafte Zufriedenheit; in den Sälen der Reichen trifft man Alles an, nur nicht Glück.

Der Verkauf der philosophischen Charaktere ist in diesen Band nur wegen des Fischers aufgenommen, in bem Lucian sich wegen eines unverzeihlichen Angriffs auf die gefeiertsten Namen der Philosophie so gut als möglich zu rechtfertigen sucht.

Am Ende der beiden Dialoge ist darüber das Nöthige bemerkt worden.

Obgleich die lügenhaften Geschichtschreiber und Reisebeschreiber, zu deren Verspottung Lucian zunächst seine wahren Geschichten componirte, uns nicht erhalten sind, und dadurch manche Anspielungen und nähere Beziehungen unserm Blicke entgehen, so verliert doch dadurch dieses Urbild aller Gulliverschen Reisen (nur mit dem Meisterwerk des genialen Dekan von St. Patrick darf man den Griechen vergleichen) nichts von seinem Werthe. Lucian greift die Ktesias und Jambulus, und unter ihrem Namen den Hang der Menschen zum Wunderlichen und Mährchenhaften nicht mit den Waffen des Verstandes und der Kritik an, sondern er zeigt, wenn es einmal gilt zu lügen und die Phantasie von jeder Schranke der Möglichkeit und Erfahrung zu entbinden, wie gelogen und phantasirt werden muß. An lächerlicher Unglaublichkeit, an immer neu spannendem Reiz der Erfindung, in der spielenden Leichtigkeit und Grazie der Form ist diese Komposition ohne Gleichen.

Der Traum oder Lucian's Leben.

Eben hatte ich aufgehört in die Schule zu gehn, da ich mich schon dem Jünglingsalter näherte, als mein Vater mit den Freunden überlegte, was er mich lernen lassen solle. Der Mehrzahl schien Bildung viel Mühe, lange Zeit, nicht unbedeutende Kosten und glänzendes Glück zu erfordern, während unser Vermögen gering sei und eine schnelle Beihülfe verlange: wenn ich aber eine von den niedrigen Künsten erlernte, so würde ich selbst erstlich auf der Stelle meine Bedürfnisse von der Kunst haben und in diesem Alter nicht mehr vom Familientisch essen dürfen, und dann auch bald den Vater durch die Ueberreichung meines jedesmaligen Verdienstes erfreuen. Danach erhob sich zweitens die Berathung, welche Kunst die beste und am leichtesten zu erlernen sei, welche einem freien Manne zieme, leicht anzuschaffende Werkzeuge brauche und genügende Einnahmen abwerfe. Als nun der eine diese, der andere jene anpries, wie Jeder dachte oder Erfahrung hatte, sagte der Vater mit einem Blick auf den Oheim — denn mein Oheim von Mutterseite war anwesend, der für den besten Hermenschnitzer galt —: „In deiner Gegenwart darf keine andere Kunst obsiegen: nimm den da — wobei er auf mich wies — mit dir und lehre ihn Marmorblöcke gut bearbeiten und an einander fügen und Hermen schnitzen: denn er kann das und hat dazu, wie du weißt, von Natur Geschick." Er schloß das aus meinen Spielen in Wachs. Denn wenn die Lehrer mich losließen, so schnitt ich mir mitunter Wachs ab und formte Rinder oder Pferde oder selbst

2*

auch Menschen, mit Aehnlichkeit, wie der Vater meinte. Hiefür bekam ich von den Lehrern freilich Schläge, damals diente aber auch das zum Lobe meiner Geschicklichkeit und sie hegten wegen jener Tändelei günstige Hoffnungen von mir, daß ich die Kunst bald erlernen würde. Weil auch der Tag passend schien, so wurde ich dem Oheim übergeben und ließ mir die Sache gar wohl gefallen, da ich mir eine nicht unergötzliche Kurzweil vorstellte. und mich vor den Altersgenossen zu zeigen gedachte, wenn sie mich Götter schnitzen und mir selber und denen, die ich bevorzugte, einige kleine Bildchen verfertigen sähen. Und zuerst geschah das bei Anfängern Gewöhnliche. Der Oheim gab mir einen Schlägel und hieß mich eine zur Hand liegende Platte sanft damit berühren, wobei er den Gemeinspruch sagte, „der Anfang ist die Hälfte des Ganzen." Da ich aus Unerfahrenheit das Werkzeug zu hart fallen ließ, so zerbrach die Platte, darüber wurde er unwillig, ergriff eine da liegende Peitsche und weihte mich nicht sanft und nicht ermunternd ein, so daß mir Thränen das Vorspiel der Kunst sind. Ich lief nun von da fort und komme nach Hause unaufhörlich schluchzend und die Augen voller Thränen, erzähle von der Peitsche und zeigte die Striemen: ich warf ihm auch große Rohheit vor und fügte hinzu, daß er das aus Neid gethan hätte, damit ich ihn in der Kunst nicht überträfe. Die Mutter war ärgerlich und schalt viel auf ihren Bruder, doch schlief ich, als die Nacht kam, ein, noch in Thränen und die ganze Nacht über sinnend. Bis hieher ist meine Erzählung lächerlich und knabenhaft: was ihr aber nun weiter hören werdet, ihr Herrn, das ist nicht mehr so leicht zu verachten, bedarf aber doch sehr wohlmeinender Zuhörer. Denn, um mit Homer zu reden:

— Ein göttlicher Traum kam mir im Schlafe
In der heiligen Nacht —

ein so leibhaftiger, daß ihm nichts an der Wahrheit fehlte. Selbst nach so langer Zeit bleiben die Formen der Erscheinungen mir in den Augen und der Laut des Gehörten klingt mir in den Ohren, so deutlich war alles. Zwei Frauen packten mich mit ihren Händen und jede suchte mich sehr gewaltsam und kraftvoll an sich zu ziehen: fast hätten sie mich in ihrem Wettstreit mit einander zerrissen; denn bald erlangte die eine die Oberhand und hatte mich beinahe ganz, bald hatte sich wieder die andere meiner bemächtigt. Auch zankten sie mit einander, die eine sagte, jene wolle mich erlangen, da ich doch ihr gehöre, die andere, sie maße sich vergeblich fremdes Eigenthum an. Die eine sah nach Arbeit aus, war mannhaft und hatte struppiges Haar, die Hände voller Schwielen, das Gewand aufgeschürzt, mit Gyps bedeckt, wie der Onkel war, wann er die Steine behaute: die andere war sehr schön, ihre Haltung gefällig, und der Umwurf ihres Kleides geschmackvoll. Endlich überlassen sie mir die Entscheidung, mit welcher ich zusammenleben wolle. Zuerst sprach jene struppige und mannhafte: „Ich bin, lieber Sohn, die Kunst Hermen zu schnitzen, die du gestern zu lernen anfingst, dir bekannt und anverwandt: denn dein Großvater — sie nannte den Namen des Vaters meiner Mutter — war ein Steinmetz, auch beine beiden Oheime und alle waren durch mich sehr berühmt. Wenn du von dem Geschwätz und den Possen, die diese dir bietet, — wobei sie auf die andere zeigte — dich fernhalten, mir folgen und bei mir wohnen willst, so wirst du erstlich gut essen und starke Schultern haben, sodann wirst du jedem Neide fern sein und niemals Vaterland und Angehörige verlassend in die Fremde gehen; auch werden dich alle nicht nur wegen Worten loben. Mein ungeputzter Leib und mein schmutziges Kleid möge dir nicht Ekel erregen: von diesem Anfang beginnend zeigte auch jener Phibias den Menschen den Zeus, verfertigte Polyklet die Hera und wurde Myron gepriesen und Praxiteles bewundert: diese Männer verehrt man ja mit den Göttern. Würdest du nun einer von diesen, wie solltest du nicht in der ganzen Welt berühmt sein? Du wirst deinen Vater beneidet, das Vaterland angesehen machen." Dies und noch mehr sagte die Kunst, anstoßend und mit allerlei Barbarismen, da sie mich sehr eifrig zu bereden versuchte: doch erinnere ich mich nicht mehr daran, das meiste ist schon meinem Gedächtniß entschwunden. Wie sie aufhörte, begann die andere etwa so: „Ich, mein Kind, bin die dir schon vertraute und bekannte Bildung, wenn du mich auch noch nicht ganz kennen gelernt hast. Welche

Herrlichkeiten du erlangst, wenn du ein Steinmetz wirst, hat diese vorhergesagt. Du wirst nichts mehr sein, als ein Arbeiter, der mit dem Körper schafft und auf diesen seine ganze Lebenshoffnung gesetzt hat, ein unscheinbarer, gedrückter Mann, der schlecht und unwürdig bezahlt wird: um den die Freunde sich nicht streiten, den weder die Feinde fürchten, noch die Mitbürger beneiden — einzig und allein ein Arbeiter und einer aus der Menge, der stets vor dem Höheren sich beugt, und dem, der sprechen kann, schmeichelt, immer in Angst wie ein Hase lebt und ein erwünschter Fund des Besseren ist. Wenn du aber auch ein Phidias und Polyklet würdest und viele bewundernswürdige Werke verfertigtest, so werden zwar Alle die Kunst loben, doch würde von den Beschauern keiner, wenn er Verstand hat, dir zu gleichen wünschen: denn wie du auch bist, du wirst immer für einen gemeinen Handwerker, der von seiner Hände Arbeit lebt, gelten. Gehorchst du dagegen mir, so werde ich dir vorerst viele bewundernswürdige Thaten und Handlungen der Männer der Vorzeit zeigen, dir ihre Worte verkünden und dir Kunde so zu sagen von allen Dingen verschaffen, sodann werde ich deine Seele, deinen gewichtigsten Theil, mit viel trefflichem Schmuck zieren, mit Besonnenheit, Gerechtigkeit, Frömmigkeit, Sanftmuth, Bescheidenheit, Einsicht, Ausdauer, der Liebe zum Schönen, dem Streben nach dem Erhabensten: denn das ist der ächte, wahrhafte Schmuck der Seele. Weder etwas aus der Vorzeit, noch ein Erforderniß der Gegenwart wird dir verborgen bleiben, sondern du wirst auch die Zukunft mit mir voraussehen und ich werde dich schlechthin alles, was ist, Göttliches und Menschliches, in nicht langer Zeit lehren. Und binnen Kurzem wirst du, jetzt der arme Sohn eines unbekannten Mannes, der an eine so unedle Kunst dachte, von Allen beneidet, geehrt, gelobt, bei den Trefflichsten berühmt und von den durch Geburt und Reichthum Hervorragenden angesehen sein, ein solches Kleid wirst du anhaben — wobei sie auf das ihrige wies, sie trug ein sehr glänzendes — hoher Aemter und des Vorsitzes gewürdigt werden: und wenn du wohin verreisest, wirst du auch in fremdem Lande nicht unbekannt und unscheinbar sein. Derartige Merkmale werde ich dir umhängen, daß ein Jeder von benen, die dich sehen, den Nachbar anstoßen, auf dich mit dem Finger zeigen und dabei sagen wird, „das ist er." Trifft aber einmal die Freunde oder auch die ganze Stadt etwas von Bedeutung, so werden alle auf dich blicken. Und wenn du eine Rede hältst, so wird die Menge dich mit offenem Munde hören, dich wegen der Macht deiner Worte und deinen Vater wegen seines Glückes bewundern und preisen: jene Sage, daß Manche aus Menschen Unsterbliche werden, will ich an dir erfüllen. Denn auch wenn du aus dem Leben geschieden bist, wirst du doch niemals aufhören, mit den Gebildetsten zusammen zu sein und mit den Trefflichsten zu verkehren. Siehst du jenen Demosthenes, wessen Sohn er war und wie groß ich ihn machte? siehst du den Aeschines, dessen Mutter die Cymbel schlug? aber gleichwohl schmeichelte ihm Philipp meinetwegen. Du hörst auch, wie Sokrates selber von Allen gefeiert wird, der im Dienste dieser Bildhauerkunst aufwuchs und, sobald er das Bessere einsah, von ihr entwich und zu mir überlief. Solche Männer, glänzende Thaten, erhabene Worte, stattliches Aussehen, Ehre, Reputation, Lob, Vorsitz, Macht, Aemter, Redner=Ruhm und von Allen gepriesene Einsicht wirst du im Stiche lassen, ein schmutziges Unterkleid anziehen, ein sklavenartiges Aeußere annehmen, Hebel, Schnitzmesser, Schlägel und Meißel in Händen haben, auf die Arbeit gebückt, gedrückten, gedemüthigten und in jeder Beziehung niedrigen Sinnes, ohne je dein Antlitz zu erheben und einen männlichen, freien Gedanken zu fassen; darauf, daß deine Werke harmonisch und wohlgestaltet seien, wirst du denken, deine eigene Harmonie und Ordnung wird dich aber am wenigsten kümmern und du wirst dich werthloser machen, als die Marmorblöcke." Als sie noch sprach, stand ich auf, ohne das Ende ihrer Worte abzuwarten und entschied mich: jene ungestaltete, werkthätige verließ ich und ging sehr erfreut zur Bildung hinüber, besonders da mir die Peitsche einfiel und daß sie mir gestern gleich beim Anfange nicht wenige Schläge ausgetheilt hatte. Die Verlassene war zuerst unwillig, ballte die Fäuste und knirschte mit den Zähnen: endlich erstarrte sie, wie wir von der Niobe hören, und wurde in einen Stein verwandelt: wenn ihr Sonderbares widerfuhr, so zweifelt ja nicht daran, denn die Träume sind

Zauberer. Die Andere sah mich an und sagte: „Ich werde dir fürwahr diese Gerechtigkeit, daß du die Sache schön entschiedst, vergelten: wohlan komm und besteige diesen Wagen — sie zeigte mir einen Wagen mit beflügelten Rossen, die dem Pegasus glichen — damit du siehst, wie Schönes und Großes dir unbekannt bleiben sollte, wenn du mir nicht gefolgt wärest. Als ich hinaufgestiegen war, führte sie Peitsche und Zügel, ich dagegen schaute in die Höhe gehoben von Osten nach Westen auf Städte, Nationen und Völker und streute dabei etwas wie der Triptolemus auf die Erde. Was das aber war, daran erinnere ich mich nicht mehr, nur so viel, daß die Menschen unten es lobten und daß alle, bei denen ich auf meinem Fluge vorbeikam, mich mit Segenssprüchen geleiteten. Als sie mir so Vieles und mich jenen Lobpreisenden gezeigt hatte, brachte sie mich nicht mehr mit einem solchen Kleide, wie ich beim Aufschweben anhatte, zurück, sondern ich glaubte in einem sehr schmucken wiedergekehrt zu sein. Dann nahm sie meinen Vater, der wartend dastand, bei der Hand und zeigte ihm das Kleid, und in welcher Gestalt ich gekommen sei und rief ihm auch ein wenig in's Gedächtniß, welche Beschlüsse sie beinahe über mich gefaßt hätten. Dies erinnere ich mich noch als Knabe gesehen zu haben, wie ich meine, weil mich die Furcht vor Schlägen in Verwirrung gesetzt hatte. Noch während ich sprach, rief Einer aus: Herakles, wie lang und prozeßartig ist der Traum! Dann fiel ein Anderer ein: Es ist ein WinterTraum, wann die Nächte am längsten sind, oder vielleicht ist er auch, wie der Herakles selbst, von drei Abenden. Was focht ihn an dies Zeug zu schwatzen und sich an eine Knabennacht und vergangene und veraltete Träume zu erinnern? Die frostige Erzählung ist schal: er hat uns doch nicht für Traumdeuter gehalten? Nein, mein Guter: auch Xenophon, als er einstmal seine Traumerscheinung erzählte, wie ihm das väterliche Haus abzubrennen schien u. s. w. — ihr wißt ja — that es nicht, damit ihm das Gesicht gedeutet würde, auch nicht um zu faseln, da er sich im Kriege und in verzweifelter Lage befand und die Feinde ihn umgaben, sondern die Erzählung enthielt auch manches Brauchbare. So berichtete auch ich euch diesen Traum deshalb, damit die Jüng linge sich zum Bessern wenden und der Bildung anhängen mögen, namentlich, wenn einer aus Armuth fahrlässig ist und, eine nicht unedle Anlage zu Grunde richtend, zur schlechtern hinneigt. Ihn wird, das weiß ich wohl, diese Erzählung kräftigen, wenn er an mir sich ein passendes Beispiel nimmt und bedenkt, in welchen Umständen ich nach dem Schönsten strebte und Bildung suchte, nicht abgeschreckt durch meine damalige Armuth, und wie ich zu euch zurückgekehrt bin, wenn auch nichts mehr, so doch nicht un= berühmter, als irgend einer der Steinschnitzer.

An den, der sagte: Du bist ein Prometheus in deinen Schriftwerken.

Also einen Prometheus nennst du mich? wenn du das in dem Sinne thust, weil auch meine Werke von Thon seien, so er= kenne ich das Bild, gebe zu, ihm gleich zu sein und verweigere es nicht Thonbildner zu heißen, wenn mein Thon auch schlechter ist, wie von einem Kreuzwege her und beinahe Koth heißen kann. Bezeichnest du aber meine Worte mit dem Namen des weisesten Titanen zum hohen Lobe ihrer Gescheitheit, so nimm dich in Acht, daß nicht Einer sage, in dem Compliment stecke Ironie und die feine Nase des Attikers. Denn woher sind meine Sachen so sehr gescheit? welches ist die überschwengliche Weisheit und Voraussicht in meinen Schriften? Mir genügt es, wenn sie dir nicht gar zu irden vorkommen und in der That den Kaukasus zu verdienen scheinen. Doch mit wie viel mehr Recht würde man euch mit dem Prometheus vergleichen, die ihr in Prozessen berühmt seid und im Bunde mit der Wahrheit eure Kämpfe besteht? Eure Werke sind wirklich voller Leben und Seele und ihre Wärme wahrhaftig von Feuer durchglüht. Auch das möchte wie bei Pro= metheus sein, nur trefft ihr die Veränderung, daß ihr nicht aus

Thon gestaltet, sondern daß eure meisten Gebilde golden sind. Wir dagegen, die wir vor der Menge auftreten und zum Anhören solcher Vorträge auffordern, stellen nur Schattenbilder zur Schau. Ueberhaupt haben wir es, wie ich kurz vorher sagte, nur mit Thon zu thun, unsere Kunst gleicht der der Puppenverfertiger. Im Uebrigen ist darin weder eine gleiche Bewegung, noch ein Abbild der Seele, sondern das Ganze ist nur Ergötzung und Spiel. Daher kommt mir der Gedanke in den Sinn, ob du mich nicht so Prometheus nennst, wie der Komiker [1]) den Kleon: er sagt von ihm, wie du weißt:

Kleon ist ein Prometheus nach geschehner That.

Auch die Athener selbst nannten die Töpfer, Ofensetzer und alle, die in Thon arbeiten, über den Thon und das Brennen der Gefäße im Feuer scherzend, Prometheusse. Und wenn das deine Bezeichnung Prometheus sagen will, so hat dein Witz sehr gut und mit attischer Schärfe getroffen, da auch unsere Werke leicht gebrechlich sind wie die Töpfchen jener, und man sie mit einem kleinen Steine alle zertrümmern könnte. Doch dürfte einer zum Troste sagen, nicht in dieser Beziehung verglich er dich mit Prometheus, sondern weil er das Neue und keinem andern Originale Nachgebildete lobte, wie jener die Menschen, die bis dahin nicht existirten, aus eigener Erfindung gestaltete und Wesen bildete und organisirte, die Beweglichkeit hatten und das Auge ergötzten. Und im Allgemeinen war er der Werkmeister, doch unterstützte ihn etwas Athene, die dem Thone Leben einhauchte und die Gebilde beseelt machte. Das könnte Einer anführen, der das Gesagte auf die mildeste Weise deuten wollte: und vielleicht hatte es auch diesen Sinn. Mir aber genügt es durchaus nicht, wenn ich nur Neuerungen zu machen scheine und man nichts Aelteres als das Gebilde aufweisen könnte, von dem dies ein Abkommen ist, sondern wenn es nicht auch lieblich erscheint, so würde ich mich seiner schämen, davon sei überzeugt, und es durch Zertreten vernichten, und die Eigenschaft des Neuen würde es bei mir wenigstens nicht

---

[1]) Eupolis.

davor bewahren, wenn es ungestaltet ist, zertrümmert zu werden; und wenn ich nicht so dächte, so sollten sechzehn Geier an mir nagen, da ich nicht erkenne, daß dasjenige, dem es trotz des Auffallenden ebenso ergeht, viel ungestalteter sei.

Ptolemäus, der Sohn des Lagus, brachte zwei nie gesehene Dinge nach Egypten, ein ganz schwarzes baktrisches Kameel und einen zweifarbigen Menschen, dessen eine Hälfte rabenschwarz, dessen andere schneeweiß war: dann versammelte er die Egypter in das Theater und zeigte ihnen viele andere Schaustücke und zuletzt auch diese, das Kameel und den halbweißen Menschen und meinte, sie würden durch diesen Anblick außer sich vor Entzücken gerathen. Doch sie entsetzten sich vor dem Kameel und wären beinahe aufgesprungen und davon gelaufen, wiewohl es ganz mit Gold geschmückt, mit Purpurdecken behangen war und einen mit Steinen besetzten Zaum trug, der einem Darius, Kambyses oder dem Cyrus selbst gehört hatte. Ueber den Menschen lachten die meisten, einige jedoch empfanden wie über eine Mißgeburt Ekel: so daß Ptolemäus, da er sah, daß die Neuheit bei den Egyptern nicht in Ansehen und Bewunderung stände, sondern daß sie ihr Uebereinstimmung des Ganzen und Wohlgestalt vorzögen, beide entfernte und sie nicht mehr wie vorher in Ehren hielt: das Kameel starb vernachlässigt, den zweifarbigen Menschen schenkte er dem Flötenspieler Theskpis für sein schönes Spiel bei einem Gelage. Demnach besorge ich, daß auch meine neue Erfindung ein Kameel unter den Egyptern sei und daß die Menschen nur Zügel und Purpurdecke bewundern, da auch der Umstand, daß sie aus den beiden schönsten Dingen besteht, dem Dialog und der Komödie, nicht zur Wohlgestalt genügt, wenn nicht auch die Verbindung den Gesetzen des Einklangs und der Paßlichkeit entspricht. Wenigstens kann aus zwei schönen Dingen eine seltsame Zusammensetzung entstehen, wie jenes allbekannte Geschöpf, der Hippocentaur: denn Niemand wird behaupten, daß dieses Wesen liebenswürdig gewesen sei, sondern vielmehr im höchsten Grade frevelhaft, wenn man anders den Malern glauben soll, die seine Trunkenheit und Mordthaten darstellen. Wie nun? könnte nicht auch umgekehrt aus den beiden schönsten Dingen eine wohlgestaltete Komposition hervorgehen, wie

aus Wein und Honig das lieblichſte Gemiſch? Ich meine ja, doch
darf ich nicht von meinen Werken behaupten, daß ſie derartig
ſeien, ſondern ich befürchte, daß die Miſchung die Schönheit eines
jeden verdorben habe.   Wenigſtens waren von Anfang Dialog
und Komödie nicht ſonderlich intim und befreundet, indem jener
zu Hauſe für ſich allein oder auf Spaziergängen mit Wenigen
verweilte, dieſe aber ſich dem Dionyſos überliefernd mit dem
Theater verkehrte, in ſeiner Geſellſchaft ſcherzte, Lachen erregte,
verſpottete, zuweilen im Taktſchritt zur Flöte wandelte und über=
haupt meiſtens, von anapäſtiſchen Maßen getragen, die Freunde
des Dialogs unter dem Namen Grübler, hochtrabende Schwätzer
u. dergl. verhöhnte. Und dieſen Zweck hatte ſie ſich einmal[1] ge=
ſetzt, jene zu verſpotten und ſie mit der Freiheit der Dionyſien
zu überſchütten, indem ſie ſie bald in der Luft wandelnd und im
Verkehr mit Wolken, bald damit beſchäftigt zeigte, die Sprünge
von Flöhen zu meſſen, natürlich deshalb, weil ſie ſubtile Geſpräche
über die Dinge der Luft führen. Der Dialog dagegen widmete
ſeine ernſteſten Unterredungen dem Philoſophiren über Natur und
Tugend, ſo daß beide, um einen Ausdruck der Muſiker zu ge=
brauchen, durch die ganze Tonleiter von einander getrennt ſind.
Und trotzdem haben wir gewagt, Dinge, die ſich ſo zu einander
verhalten, zuſammenzubringen und aneinanderzufügen, obgleich ſie
ſich nicht leicht dazu überreden ließen und die Verbindung nicht
bequem ertrugen.   Ich beſorge nun, ich dürfte auch wiederum
hierin, daß ich Weibliches zu Männlichem geſellte, wie dein Pro=
metheus gehandelt zu haben ſcheinen und dafür Strafe büßen —
noch mehr, ich möchte auch in dieſer andern Hinſicht als ein ſol=
cher erſcheinen, weil ich vielleicht die Zuhörer betrog und ihnen in
Fett gewickelte Knochen vorſetzte, das Lachen der Komödie in der
feierlichen Hülle der Philoſophie. Nur vom Stehlen ſchweige ja
— denn er iſt ja auch ein Gott dieſer Fertigkeit — das allein
könnteſt du von unſern Schriften nicht ausſagen. Von wem hätte
ich auch ſtehlen können? es müßte denn mir unbewußt ſchon Einer
ſolche Föhrenbeuger und Ziegenhirſche zuſammengeſetzt haben. Doch

---

[1] Ariſtophanes in den Wolken.

was kann ich machen? ich muß bei dem bleiben, was ich einmal wählte: denn seinen Plan zu ändern ist Sache des Epimetheus, nicht des Prometheus [1]).

Ein Brief an Nigrinus [2]).

Lucian wünscht dem Nigrinus Wohlsein.

Das Sprichwort heißt, eine Eule nach Athen, zur Bezeichnung, daß es lächerlich wäre, wenn Einer dorthin Eulen tragen
wollte, da es bei ihnen deren viele gibt. Und wenn ich, um die
Macht meiner Rede zu zeigen, eine Schrift verfassen und sie dem
Nigrinus schicken wollte, so würde ich mich, als Einer, der in
Wahrheit Eulen befördert, lächerlich machen. Weil ich dir aber
nur anzeigen will, welche Ansicht ich jetzt habe und daß ich von
deinen Worten nicht oberflächlich ergriffen bin, so dürfte ich auch
mit Recht dem Ausspruch des Thucydides entgehen, der sagt, daß
Unwissenheit dreist, Ueberlegtheit zurückhaltend macht: denn offenbar ist an dieser Kühnheit nicht allein meine Unwissenheit, sondern auch mein Interesse an wissenschaftlichem Gespräch schuld.
Lebe wohl.

---

[1]) Die Namen Prometheus und Epimetheus heißen wörtlich: Einer, der vorher,
und Einer, der nachher denkt.
[2]) Wahrscheinlich ein erdichteter Name.

Nigrinus oder über den Charakter des Philosophen.

Der Freund. Lucian.

Der Freund. Wie gar feierlich und in höheren Regionen verweilend bist du zu uns zurückgekehrt: du würdigst uns nicht einmal mehr eines Blickes, schenkst uns weder deine Gesellschaft, noch betheiligst du dich an den gleichen Gesprächen, sondern bist plötzlich verwandelt und scheinst uns aus Vornehmheit ganz zu übersehen. Gern möchte ich von dir erfahren, was der Grund dieses wunderlichen Betragens ist. **Lucian.** Was denn sonst, o Freund, als Glück? **Fr.** Wie sagst du? **L.** Nebenbei bin ich unterweges glücklich und selig geworden, und wie es ja wohl auf der Bühne heißt, dreimal selig. **Fr.** Herakles, in so kurzer Zeit? **L.** Ja wohl. **Fr.** Was ist denn nun dieses Große, womit du dich so brüstest? sage es, damit wir uns nicht nur im Allgemeinen freuen, sondern auch, nachdem wir Alles gehört, etwas Bestimmtes wissen können. **L.** Erscheint es dir denn, beim Zeus, nicht bewundernswürdig, daß ich statt eines Sklaven ein freier Mann, statt arm wahrhaft reich, statt unverständig und aufgebläht maßvoller geworden bin? **Fr.** O freilich: aber ich verstehe noch nicht deutlich, was du denn meinst. **L.** Ich machte mich geradesweges nach der Stadt auf, um einen Augenarzt zu besuchen, denn mein Augenleiden verschlimmerte sich. **Fr.** Ich weiß das Alles und wünschte, du mögest einen tüchtigen antreffen. **L.** Da ich nach langer Zeit dem Platoniker Nigrinus einen Besuch zu machen gedachte, so stand ich des Morgens auf, ging zu ihm, klopfte an die Thür und wurde, nachdem sein Diener mich gemeldet hatte, hineingerufen. Bei meinem Eintritt finde ich ihn mit einem Buch in der Hand, ringsum standen viele Statuen alter Philosophen. In der Mitte lag auch eine mit geometrischen Figuren beschriebene Tafel und eine Kugel aus Rohrstäbchen, die, wie es schien, das Weltall darstellen sollte. Er begrüßte mich

sehr freundlich und fragte, wie ich mich befände: ich erzählte ihm
Alles und wünschte dann auch meinerseits sein Befinden zu wissen
und ob er entschlossen wäre, wieder nach Hellas zu gehen.   Da
fing er nun an, o Freund, hierüber zu sprechen und mir seine
Ansicht zu erzählen und überschüttete mich in seinem Vortrage mit
so viel Ambrosia, daß er auch jene Sirenen, wenn es jemals
welche gab, die Keledonen[1]) und den Lotos Homers verdunkelte.
So herrlich sprach er: denn er ließ sich fortreißen, die Philosophie
und die aus ihr erwachsende Freiheit zu loben und die Güter,
die man gemeinhin dafür hält, zu verlachen, Reichthum, Ruhm,
Königsherrschaft und Ehre, ferner Gold, Purpur und was sonst
die Menge sehr anstaunt und auch mir bis dahin in diesem Lichte
erschien.   Dies nahm ich mit gespannter und offener Seele auf
und vermochte augenblicklich auch nicht zu vermuthen, was mir
widerfahren sei, sondern gerieth in alle möglichen Stimmungen:
bald betrübte es mich, daß mir das Liebste als eitel bewiesen sei,
Reichthum, Geld und Ruhm, und ich weinte beinahe über diesen
Verlust, bald schien es mir gering und lächerlich, und ich freute
mich wieder aus der dunkeln Luft des früheren Lebens wie in
Himmelsheitre und in ein großes Licht emporzublicken: so daß ich,
was das Unerhörteste ist, das Auge und seine Krankheit vergaß,
während das Auge meiner Seele sich allmälig mehr schärfte:
denn unvermerkt hatte ich sie bisher blöde mit mir herumgetragen.
Schrittweise bin ich in den Zustand gerathen, den du mir eben
vorwarfst: denn sein Vortrag hat mich gehoben und mir einen
höhern Flug verliehen und ich denke überhaupt nichts Gering-
fügiges mehr.   Ich glaube von der Philosophie etwas Aehnliches
erfahren zu haben, wie die Inder vom Weine erfahren haben
sollen[2]), als sie ihn zuerst tranken: denn von Natur heißblütiger,
geriethen sie durch den Genuß eines so starken Trankes auf der
Stelle in Verzückung und wurden von dem ungemischten Safte

---

1) Die Besänftigerinnen, den Sirenen ähnliche, durch ihren Gesang bezaubernde
fabelhafte Wesen.
2) Anspielung auf die Züge des Dionysos, der auch bis zu den Indern gekommen sein soll.

doppelt rasend; so wandle auch ich dir umher, von seinen Worten begeistert und berauscht. Fr. Das heißt fürwahr nicht berauscht, sondern nüchtern und besonnen sein: ich möchte aber wohl, wenn es angeht, die Worte selbst hören; und eine Verschmähung dieses Wunsches halte ich nicht einmal für erlaubt, namentlich, wenn derjenige, der hören will, ein Freund ist und sich mit ähnlichen Gegenständen beschäftigt hat. L. Sei ruhig, mein Guter, denn du ermunterst, wie es bei Homer heißt, Einen, der sich schon von selbst danach sehnt, und wenn du mir nicht zuvorgekommen wärest, so würde ich dich gebeten haben, meine Erzählung anzuhören, da ich dich vor der Menge zu meinem Zeugen machen will, daß ich nicht ohne Grund in Verzückung bin. Ueberdies ist es mir auch angenehm, mich oft an seine Worte zu erinnern, und ich habe mich darin schon geübt, denn wenn auch Niemand da ist, so wiederhole ich doch mir selber das Gesagte zwei- oder dreimal des Tages. Und wie Verliebte, wenn die von ihnen geliebten Personen nicht anwesend sind, an ihre Handlungen und Aeußerungen sich erinnern und hierin sich vertiefend, ihre Krankheit täuschen, als wären ihre Geliebten gegenwärtig — einige glauben sogar sie anzureden, und, freuen sich über das, was sie damals hörten, so, als wenn es eben zu ihnen gesagt würde, und indem sie ihre Seele durch die Erinnerung an das Vergangene heften, haben sie nicht Muße, durch die Gegenwart betrübt zu werden — so empfinde auch ich, obschon die Philosophie nicht anwesend ist, durch Sammeln und Entwickeln der damals gehörten Worte einen nicht kleinen Trost und schaue wie auf einen Leuchtthurm bei einer Seefahrt in dunkler Nacht, glaube, daß jener Mann bei allen meinen Thaten zugegen sei und höre ihn fast mir immer dasselbe sagen: zuweilen und besonders, wenn ich meine Seele fixire, erscheint mir sein Antlitz und der Ton seiner Stimme bleibt mir im Ohre, denn um mit dem Komiker [1]) zu reden, er ließ in Wahrheit einen Stachel im Busen der Zuhörer zurück. Fr. Höre auf mit deinem langen Vorspiel, du Wunderlicher, und erzähle endlich seine Worte von Anfang an, denn du plagst mich

---

[1]) Eupolis sagt dies von Perikles.

nicht wenig durch deine Umschweife. L. Du haft recht und so soll es geschehen. Doch vorher noch eins, mein Freund; haft du schon schlechte, tragische oder auch komische Schauspieler gesehen, ich meine jene, die ausgepfiffen werden, die Gedichte verhunzen und zuletzt von der Bühne heruntergejagt werden, obwohl die Stücke oft gut sind und den Preis davon getragen haben? Fr. Ich kenne viele solche; aber was soll das? L. Ich fürchte, meine Nachahmung dürfte dir mitten drinn lächerlich vorkommen, wenn ich manches ohne Ordnung an einander füge, zuweilen auch den Sinn selbst aus Schwäche verderbe, und du könntest dich allmälig bestimmen lassen, das Stück selbst zu verurtheilen. Meine Person kümmert mich dabei nicht sonderlich, es würde mich aber wohl nicht wenig kränken, wenn das Sujet zugleich mit durchfiele und ungeschickt erschiene. Deshalb behalte nur während des ganzen Vortrages im Gedächtniß, daß der Dichter für solche Fehler nicht verantwortlich ist, und irgendwo von der Bühne entfernt sitzt, unbekümmert um die Vorgänge auf dem Theater, daß ich dir aber eine Probe gebe, welch' ein Gedächtniß als Schauspieler ich habe, wenn ich mich auch sonst nicht von einem Boten in der Tragödie [1]) unterscheide: dünkt dich also etwas von dem, was ich sage, mangelhaft, so bleibe dies vorweg fest, daß es besser war und daß der Dichter es vielleicht anders vortrug. Mich wird es nicht sehr betrüben, wenn du mich auch auszischest. Fr. Nun, beim Hermes, ein wie schönes Proömium haft du da hergestellt, ganz nach der Weise der Redner von Profession: du wirst, denke ich, noch hinzufügen, daß euer Zusammensein nur kurz war, daß du dich auch auf den Vortrag nicht vorbereitet haft und daß es besser wäre, ihn selbst sprechen zu hören, da du nur Weniges und soviel als möglich war, im Gedächtniß aufgenommen haft. Wolltest du dies nicht sagen? du haft es bei mir nicht nöthig: glaube, daß du alles, was darüber vorher zu sagen ist, schon gesagt habest, denn ich bin bereit, Bravo zu rufen und zu klatschen: wenn du

---

[1]) Der Bote, eine mehr untergeordnete Rolle in der Tragödie, die mehr durch die Meldung wichtiger Begebenheiten auf die Entwicklung des Stückes wirkte.

aber zögerſt, ſo werde ich es dir bei der Aufführung nachtragen
und ſehr ſcharf ziſchen. L. Sowohl das, was du anführteſt,
wollte ich geſagt haben, als auch jenes, daß ich nicht derſelben
Anordnung folgen, auch nicht wie jener einen fortlaufenden Vor=
trag über Alles halten werde: denn das iſt uns ganz unmöglich.
Desgleichen werde ich nicht in ſeiner Perſon ſprechen, damit ich
nicht in einer andern Beziehung jenen Schauſpielern gleich ſei,
die oftmals, wann ſie die Maske des Agamemnon, des Kreon
oder des Herakles ſelbſt angelegt haben, in ihren Goldgewändern,
mit furchtbarem Blick und bei weiter Oeffnung für den Mund
leiſe, fein und frauenartig ſprechen, viel ſanfter als Hekabe und
Polyxene. Damit es ſich nun nicht herausſtelle, daß auch ich eine
für meinen Kopf viel zu große Maske umhabe und mein Koſtüm
entehre, ſo will ich zu dir mit unbedecktem Geſicht ſprechen, um
nicht etwa den Helden, den ich ſpiele, bei einem Falle mit mir
zu ziehen. Fr. Dieſer Mann wird heute nicht aufhören, von
der Bühne und Tragödie zu reden. L. Nun höre ich in der
That ſchon auf und wende mich zur Sache. Den Anfang machte
eine Lobrede auf Hellas und die in Athen lebenden Menſchen,
weil ſie in Philoſophie und Armuth aufwachſen und weder einen
Bürger noch Fremden gern ſehen, der mit Gewalt Luxus bei
ihnen einführt, ſondern, kommt einmal ein ſolcher zu ihnen, ſo
ſtimmen und bilden ſie ihn allmälig um und führen ihn zu der
reinen, einfachen Lebensweiſe hinüber. Er gedachte eines dieſer
goldreichen Herrn, der ſehr auffällig und läſtig durch einen Haufen
Begleiter, bunte Kleider und Gold nach Athen kam und ſelber
den Neid aller Athener zu erregen und als Glückskind angeſtaunt
zu werden meinte. Doch ſie dünkte das Männlein unglücklich,
und ſie verſuchten ihn zu bilden, nicht mit Schärfe und nicht
geradezu ihm verbietend, in einer freien Stadt, wie er wolle, zu
leben: aber da er auch in den Gymnaſien und Bädern unbequem
war, weil er mit ſeinen Sklaven die Begegnenden quetſchte und
beengte, ſo flüſterte wohl Einer leiſe, wie in der Abſicht unbemerkt
zu bleiben, gleich als ziele er nicht auf ihn ſelber: „Er beſorgt,
beim Baden ſein Leben zu verlieren: und doch herrſcht im Bade=
hauſe tiefer Friede: ein Heer iſt alſo nicht nöthig.“ Er hörte

diese Aeußerungen und nahm allgemach Bildung an. Das bunte Kleid und die Purpurgewänder zogen sie ihm sehr artig durch Scherze über die blumenreichen Farben aus, indem sie sagten: „Ist schon Frühling?“ „Woher ist dieser Pfau?“ „Vielleicht gehören sie seiner Mutter,“ u. dgl. Auch im Uebrigen verspotteten sie die Menge seiner Ringe oder die gezierte Frisur seines Haares oder seine zügellose Lebensweise. Auf diese Weise gelangte er allmälig zur Besonnenheit und schied durch diese Erziehung des Publikums bei weitem gebessert.

Zum Beweise, daß sie sich nicht schämen, Armuth einzugestehen, erwähnte er mir ein Wort, welche er sie alle gemeinsam bei dem Feste der Panathenäen hatte äußern hören. Einer der Bürger wurde nämlich ergriffen und vor den Kampfrichter geführt, weil er der Feierlichkeit in einem farbigen Kleide [1]) zusah: wie sie das bemerkten, empfanden sie Mitleiden und baten für ihn, und als der Herold verkündete, daß er dem Gesetze zuwider gehandelt habe, da er in einem solchen Kleide zugeschaut habe, so riefen sie alle einstimmig wie verabredet, „sie verzeihen ihm diese Kleidung, denn er habe keine andere.“

Dies nun hatte seinen Beifall und außerdem lobte er die Freiheit, die dort jeder habe, ohne Neid zu leben, wie er wolle, die Stille und Geschäftslosigkeit, die bei ihnen in reichem Maße vorhanden sei. Der Aufenthalt bei solchen Leuten stimme zur Philosophie und könne den Charakter rein erhalten, und das dortige Leben sei für einen ernsten Mann, der den Reichthum verachten gelernt habe und es vorziehe, dem wahrhaft Schönen zu leben, am passendsten. Wer aber Reichthum liebe und sich durch Gold bezaubern lasse und nach Purpur und Herrschergewalt das Glück messe, Freiheit nicht gekostet habe, ein furchtloses Wort nicht kenne, die Wahrheit nicht geschaut habe, stets Schmeichelei und Knechtschaft bei sich führe, oder wer, dem Vergnügen seine ganze Seele überlassend, diesem allein zu dienen entschlossen sei, übermäßige Mahlzeiten, Getränke und Weiber liebe, von Gleißnerei, Betrug und Lüge erfüllt sei — für solche freilich zieme das Ver-

---

[1]) Das Festgewand der Griechen war weiß.

weilen hier. Denn alle Straßen, alle Märkte seien von dem,
was ihnen das Liebste sei, angefüllt: durch alle Pforten, durch
Augen, Ohren und Nase, durch die Kehle und jeden andern Ka-
nal könnten sie das Vergnügen hier aufnehmen: von ihm, wenn
es in beständigem, trübem Strome fließe, würden alle Wege erweitert, denn mit dem Vergnügen zöge Ehebruch, Geldliebe, Meineid und diese Klique ein, und durch diese allseitige Ueberfluthung
der Seele werde Scham, Tugend und Gerechtigkeit mit fortge-
rissen, an deren leerer, immer mit Schlamm überfüllter Stelle
die Saat vieler wilden Begierden emporwuchere.

Eine solche Schilderung gab er von der Stadt und den
Gütern, die man in ihr lernen könne. Als ich nun, fuhr er
dann fort, aus Hellas zurückkehrte und mich der Stadt näherte,
hielt ich an und forderte von mir über meine Ankunft in jenen
Worten Homer's ¹) Rechenschaft: Weßhalb, Unglücklicher, ver-
ließest du das Licht der Sonne — Hellas und jen' Glück und
jene Freiheit — und kamst, um das hiesige Gewühl zu sehen,
Sykophanten, übermüthige Anreden ²), Gastmähler, Schmeichler,
Mordthaten, Erbschleicherei und erheuchelte Freundschaften? oder
was hast du zu thun beschlossen, da du weder fortgehen, noch dich
in diese Sitten fügen kannst? In Folge dieser Berathung entfernte ich mich selbst, wie Zeus den Hektor bei dem Dichter ³),
„aus den Geschossen, aus Männermord, aus Blut und Getüm-
mel", und entschied mich, für die Folge häuslich zu sein: ein
solches, wie die Menge meint, frauenmäßiges und abenteuerloses
Leben vorziehend, plaudere ich mit der Philosophie selbst und mit
Plato und der Wahrheit und betrachte wie in einem von vielen
Tausenden gefüllten Theater von einem sehr hohen Platze aus die
Vorgänge, die theils viele Unterhaltung und Lachen gewähren,
theils einen Mann auf die Probe stellen können, ob er wahrhaft
fest sei. Denn soll man auch, was an dem Schlechten gut ist,
erwähnen, so glaube ja nicht, daß es eine größere Uebungsschule

---

¹) Die Worte, die Tiresias in der Unterwelt an Odysseus richtet, Odyss. XI, 83.
²) Durch den Mund des nomenclator, worüber sogleich mehr gesagt wird.
³) Hom. Il. XI, 163.

der Tugend und eine ächtere Prüfung der Seele gebe, als diese
Stadt und das Verweilen in ihr. Denn es ist nichts Kleines,
so vielen Begierden, so vielen Lockungen für Auge und Ohr, die
uns von überall her an sich ziehen und ergreifen, zu widerstehn,
sondern man muß fürwahr wie Odysseus bei den Sirenen vor-
beisegeln [1]), doch nicht mit gebundenen Händen, denn das wäre
feige, auch nicht die Ohren mit Wachs sich verstopfen, sondern es
hören, ungebunden und sich in Wahrheit darüber erhebend. Bei
dem Anblick solchen Unverstandes ist es wohl gestattet, die Philosophie zu bewundern und die Glücksgüter zu verachten, wenn
man es wie auf der Bühne und in einem personenreichen Stücke
zugehn sieht, daß derjenige, der kurz vorher ein Sklave war,
als Herr wieder hervorkommt, der Reiche als Bettler, der Bettler
als Satrap oder König, der Freund von diesem als Feind, der
von ihm Verbannte als sein Freund, denn das ist auch das
Aergste, daß die Menschen trotz der Versicherung und dem Zugeständniß Fortuna's, sie treibe mit den menschlichen Dingen ihr
Spiel und nichts von ihnen sei sicher, doch, obschon sie alle Tage
es vor Augen haben, nach Reichthum und Macht streben, und
daß alle mit Hoffnungen umhergehen, die nicht erfüllt werden.

Ich will nun auf das, was ich bereits sagte, zurückkommen,
daß das Treiben Stoff zum Lachen und zur Unterhaltung bietet.
Denn wie sind z. B. die Reichen nicht lächerlich, die ihre Purpurstreifen [2]) zur Schau tragen, ihre Finger vorstrecken um die
Ringe zu zeigen und vielerlei Ungeschliffenheiten an den Tag
legen? Was das Abgeschmackteste ist, sie begrüßen die Begegnenden durch den Mund eines Andern und meinen, diese müßten
zufrieden sein, daß sie sie nur ansehn. Noch Vornehmere erwarten auch eine Kniebeugung, nicht aus der Ferne, und wie es
bei den Persern Sitte ist, sondern man muß, in gebückter Stellung herantretend, mit gemüthigter Seele und in einer ihre
Empfindung ausdrückenden Gebärde ihnen die Brust oder die

---

[1]) Hom. Od. XII, 100.

[2]) Es ist wohl an beide, den latus clavus, den breiten Purpurstreifen der Se-
natoren, und den angustus clavus, das Abzeichen des Ritterstandes, zu denken.

rechte Hand küssen, weßhalb man von denen, die auch das nicht erlangen, beneidet und angeglozt wird; jener Herr aber bleibt stehen und gibt sich längere Zeit seiner Täuschung hin; doch lobe ich an ihnen diese Menschenverachtung, daß sie uns nicht zu ihrem Munde zulassen [1]). Weit lächerlicher als diese sind diejenigen, die zu ihnen kommen und ihnen den Hof machen, sie stehn mitten in der Nacht auf, laufen in der Stadt umher und lassen sich von den Thürstehern abweisen und sich Hunde, Schmeichler u. s. f. nennen. Der Lohn für diesen ihren bittern Umzug ist jene lästige und viele Unannehmlichkeit verursachende Mahlzeit, wie viel müssen sie bei ihm gegen ihren Appetit herunteressen und heruntertrinken, wie viel sagen, was besser ungesagt bliebe, um endlich mit Vorwürfen und Unwillen oder Beschwerden über das Essen und Klagen über hochmüthige Behandlung und Knauserei fortzugehn. Gefüllt sind von ihnen die engen Gassen, wo sie die Last ihres Magens erleichtern oder an gemeinen Häusern sich herumschlagen, und bei Tage ist die Mehrzahl von ihnen bettlägerig und gibt den Aerzten Anlaß zu Besuchen, denn einige haben, was das Neueste ist, nicht einmal Zeit, krank zu sein. Ich halte jedoch die Schmeichler für weit verderblicher als diejenigen, denen sie schmeicheln, und glaube daß die Letztern beinahe an der Ueberhebung jener schuld seien. Denn wenn sie ihren Ueberfluß bewundern, ihr Gold preisen, ihre Vorsäle des Morgens anfüllen und sie als Gebieter anreden, was sollen da jene auch von sich denken? Wenn sie sich aber nach gemeinschaftlichem Beschlusse auch nur für kurze Zeit dieser freiwilligen Knechtschaft enthalten wollten, glaubst du nicht, daß im Gegentheil die Reichen selbst an die Thüren der Bettler kommen und bitten würden, ihr Glück nicht unbetrachtet und unbezeugt, die Schönheit ihrer Meubles im Speisezimmer und die Größe ihrer Häuser nicht ungenutzt und ungebraucht zu lassen? Denn sie wünschen nicht so sehr reich zu sein, als wegen des Reichthums glücklich gepriesen zu werden. Und so verhält es sich wirklich, daß das

---

[1]) Für diejenigen Leser, denen die Sache nicht aus Juvenal, Martial u. s. f. bekannt ist, läßt sich der Witz wegen Obscönität nicht erklären.

schönste Haus dem Bewohner nichts nützt, auch nicht Gold und Elfenbein, wenn nicht Jemand es bewundert. Auf die Weise, daß sie dem Reichthum Verachtung als Wall entgegensetzen, sollten sie seine Macht vermindern und im Preise herabsetzen, jetzt aber verdrehn sie ihnen durch ihren Sklavendienst den Kopf. Daß nun Laien und Leute, die offenkundig ihre Bildungslosigkeit eingestehn, solches thun, möchte mit Recht für erträglicher gelten, daß aber auch einige von denen, die sich den Anschein geben, als philosophiren sie, noch weit Lächerlicheres als das thun, das ist schon das Entsetzlichste. Denn wie, glaubst du, sei mir zu Muthe, wenn ich einen von diesen, namentlich einen Mann vorgerückteren Alters, der durch seine Tracht noch mehr als die andern in die Augen fällt, unter den Haufen der Schmarotzer gemischt, im Gefolge irgend eines Vornehmen und im vertraulichen Gespräch mit den zu Tische ladenden Sklaven erblicke? Am meisten verdrießt es mich, daß sie nicht auch die Kleider der Schmarotzer annehmen, da sie doch sonst eine gleiche Rolle spielen. Denn sieht das, was sie bei den Trinkgelagen thun, wohl nach Wohlanstand aus? stopfen sie sich nicht ungezogener voll, berauschen sie sich nicht offenkundiger, stehn sie nicht von allen zuletzt auf, wünschen sie nicht mehr als alle andern nach Hause zu nehmen? Diejenigen von ihnen, die auf mehr Urbanität Anspruch machen, ließen sich sogar oftmals hinreißen, zu singen.

Diese Dinge hielt er nun für lächerlich, vorzüglich aber gedachte er derer, die für Lohn philosophiren, und die Tugend wie eine Waare vom Markte feil bieten, ihre Schulen nannte er Arbeitshäuser und Krambuden, denn er verlangte, daß, wer Reichthum verachten lehren wolle, sich zuerst selbst als über Gewinn erhaben zeige. Er für seine Person that das fürwahr beständig, er verweilte mit denen, die seinen Umgang suchten, nicht nur umsonst, sondern er stand auch Bedürftigen bei und verachtete jeden Ueberfluß; von einem Streben nach fremdem Eigenthum war er so weit entfernt, daß er sich auch um den Verfall des seinigen nicht kümmerte. Nicht fern von der Stadt besaß er ein Grundstück, das er in vielen Jahren nicht einmal betreten mochte, ja er beanspruchte es sogar nicht als das seinige, dies, glaube ich, in dem Sinne, weil uns von Natur nichts von diesen Dingen gehört, sondern durch Gesetz und Erbfolge den Mißbrauch für unbestimmte Zeit übernehmend, gelten wir als ihre kurzen Herrn, und wann der Termin abgelaufen ist, bekommt sie ein anderer und genießt sie unter demselben Titel. Nicht geringe Vorbilder gewähren auch denen, die ihm nacheifern wollen, seine einfache Lebensweise, seine maßvollen körperlichen Uebungen, seine bescheidene Miene und seine schlichte Kleidung, und zu allem die Harmonie seiner Seele und sein sanfter Charakter. Er rieth seinen Schülern, die Besserung nicht aufzuschieben, was die Menge thue, die sich Feste oder Feierlichkeiten als Termine setze, von denen ab sie anfangen wolle, nicht mehr zu lügen und ihre Pflicht zu erfüllen, denn er verlangte, daß das Streben nach dem Schönen ohne Aufschub sei. Offenbar mißbilligte er auch diejenigen Philosophen, die es für eine Uebung in der Tugend halten, wenn sie die Jünglinge gewöhnen, Martern und Peinigungen auszustehn; viele von diesen lassen die jungen Leute in Fesseln legen, andere peitschen sie, die artigeren schaben ihnen mit einem Eisen die Haare von der Haut[1]). Er glaubte nämlich, man müsse weit eher in der Seele diese Härte und Unempfindlichkeit erzeugen, und wer Menschen am besten erziehen wolle, der müsse auf Seele und Körper, auf Alter und frühere Lebensweise Rücksicht genommen haben, damit er nicht in den Fehler verfalle, etwas die Kräfte Uebersteigendes aufzugeben; durch diese unvernünftige Anspannung hätten viele sogar ihr Leben eingebüßt. Einen sah ich auch selbst, der schon die Leiden bei jenen gekostet hatte, und nachdem ihm die Gelegenheit geboten war, wahre Lehren zu vernehmen, ohne sich umzudrehn zu ihm gelaufen kam und sich ersichtlich besser befand.

Endlich brach er von diesen ab und kam nun auf die andern Menschen, und schilderte den Tumult in der Stadt, das

---

[1]) Wer sich der Philosophie gänzlich widmen wollte, mußte sich namentlich bei den Stoikern einer strengen Vorübung unterziehen. Der Ursprung der Askese geht bis auf die Zeiten des Pythagoras zurück. Der Scherz am Ende des Satzes bezieht sich auf die Sitte der Weichlinge oder Werkzeuge der Wollust, sich auf dem ganzen Leibe die Haare auszurupfen.

Gedränge, die Theater, den Circus [1]) und die Statuen der Wagenlenker und die Namen der Pferde, und wie von ihnen in allen kleinen Gassen gesprochen würde, denn die Pferderaserei ist in Wahrheit groß und hat bereits viele ergriffen, die sonst für wacker gelten. Hierauf berührte er ein anderes Schauspiel, die Schaar derer, die sich um Leichenbegängnisse und Testamente abmühn, wobei er hinzufügte, daß die Römer in ihrem ganzen Leben ein wahres Wort aussprechen, nämlich in ihren Testamenten [2]), damit ihnen ihre Wahrhaftigkeit nicht Schaden bringe. Bei diesen seinen Worten brachte es mich auch zum Lachen, daß sie ihre Einfältigkeiten sogar mit sich in's Grab nehmen wollen und ihren Stumpfsinn schriftlich eingestehn, indem die einen ihre Kleider mit sich verbrennen lassen, andere einen andern Gegenstand, den sie im Leben werth hielten, noch andere verordnen, daß Sklaven bei ihren Gräbern verweilen sollen, wieder andere, daß ihre Grabsteine mit Blumen bekränzt würden, denn sie bleiben auch noch in ihrem Tode thöricht. Man könne sich nun denken, meinte er, was diese im Leben gethan hätten, wenn sie über die Zeit nach dem Tode solche Bestimmungen träfen. Denn sie seien es, die kostbare Leckerbissen kaufen, die bei Gelagen den Wein, mit Krokus und aromatischen Gewürzen gemischt, ausgießen, die sich mitten im Winter mit Rosen behängen, an denen sie nur das Seltene und Unzeitige lieben, das Zeit- und Naturgemäße als billig verachten; auch der Wein, den sie trinken, müsse parfümirt sein. Namentlich nahm er an ihnen durch, daß sie selbst nicht die Begierden anzuwenden wüßten, sondern sogar in diesen gegen Gesetz und Sitte handelten, und ihre Seele den Fußtritten der Völlerei übergebend ihre Grenzen verwirrten und, wie es bei den Dichtern heißt, schon neben der Thür einbrächen. Das nannte er einen Solöcismus der Wollust. In demselben Sinne sagte er auch jenes, was mich wirklich an Momus erinnerte, denn wie

---

[1]) Der circus maximus, in dem hauptsächlich die Pferderennen gehalten wurden.

[2]) „Es war Sitte bei den Römern (sagt Sueton. Octav. 56) in den Testamenten Scheltworte und Schmähungen zu äußern und über jeden Beliebigen seine Meinung frei zu sagen."

dieser den Gott, der den Stier geschaffen, tadelte, daß er ihm nicht die Hörner vor die Augen gesetzt habe, so warf auch er den sich Bekränzenden vor, daß sie nicht die Stelle des Kranzes wüßten. Denn wenn sie an dem Dufte der Veilchen und Rosen ihre Freude fänden, so müßten sie sich unter der Nase bekränzen, dicht an der Oeffnung für den Athem, um möglichst viel von dem Genuß einzusaugen. Ebenso verlachte er auch jene, die einen entsetzlichen Fleiß in mannigfaltigen Gewürzen und kunstvoll bereiteten Brühen auf ihre Mahlzeiten verwenden, denn auch diese, sagte er, machen sich aus Sucht nach einem kurzen, vergänglichen Vergnügen vielerlei zu schaffen; alle ihre Mühseligkeiten beständen sie wegen eines Raumes von vier Fingern, wie lang höchstens der Schlund eines Menschen sei, denn sie hätten von dem Ge- kauften weder einen Genuß, bevor sie es in den Mund steckten, noch gewähre, wenn es gegessen sei, das Kostbarere ein ange- nehmeres Gefühl des Sattseins; es sei nun übrig, daß sie für so viel Geld das während des Durchganges empfundene Ver- gnügen erkauften. Es geschehe ihnen aber Recht, da sie aus Bildungslosigkeit die wahreren Vergnügungen nicht kennten, zu welchen allen die Philosophie denen, die arbeiten wollen, die Mittel biete.

Ausführlich sprach er über die Vorgänge in den Bädern, über die Menge des Gefolges, die Mißhandlungen, denen man daselbst ausgesetzt sei, und über die, die sich auf ihre Sklaven stützen und beinahe wie eine Leiche sich heraustragen lassen. Namentlich schien ihm eine Sache verhaßt zu sein, die in der Stadt und den Bädern häufig vorkommt. Sklaven müssen vor ihren Herrn einhergehen und sie mit lauter Stimme, wenn eine Erhöhung oder Vertiefung zu überschreiten ist, auffordern Acht zu geben, und was das Seltsamste ist, sie erinnern, daß sie gehn. Es erschien ihm entsetzlich, daß sie zum Essen nicht einen fremden Mund und fremde Hände, zum Hören nicht die Ohren eines Andern brauchen, aber bei gesundem Leibe fremde Augen brauchen, um für sie zu sehn, und daß sie es ertragen Laute zu vernehmen, die unglücklichen und ihrer Sinne beraubten Menschen geziemen. Denn gerade so machten es auf den Märkten mitten am Tage

angesehene Leute, denen die Sorge für ganze Städte über-
tragen sei.

Nachdem er dies und manches Aehnliche gesagt, schwieg er;
während seines Vortrags hörte ich ihm voller Staunen und Besorgniß, er möchte inne halten, zu, als er aber stille war, da
erging es mir wie den Phäaken bei Homer, ich sah ihn lange
wie bezaubert an. Sodann erfaßte mich eine heftige Betäubung
und ein Schwindel, der Schweiß floß mir herab; wenn ich sprechen
wollte, verlor ich den Faden und blieb stecken, die Stimme ver-
sagte mir und die Zunge stieß an, endlich brach ich vor Verlegenheit in Thränen aus. Denn die Rede hatte nicht nur leicht
meine Haut geritzt, sondern die Wunde war tief und entscheidend,
und die Worte hatten, sehr wohl gerichtet, die Seele selbst durchbohrt, wenn man so sagen darf. Ist es auch mir schon gestattet,
mich über die Reden der Philosophen zu äußern, so ist meine
Ansicht hierüber folgende. Mir scheint die Seele eines wohl-
gearteten Mannes einem weichen Ziele vergleichbar. Im Leben
gibt es nun viele Bogenschützen, deren Köcher mit verschiedenarti-
gen, mannigfaltigen Reden gefüllt sind, jedoch schießen nicht alle
geschickt, sondern ein Theil spannt die Sehne zu stark an und
schießt mit übertriebener Vehemenz. Zwar halten sie die Richtung ein, doch bleiben ihre Pfeile nicht im Ziele, sondern sie
fahren vermöge ihrer heftigen Bewegung durch und lassen uns
eine klaffende Wunde in der Seele zurück. Andere dagegen machen
es umgekehrt, vor Schwäche und Mattigkeit gelangen ihre Pfeile
nicht einmal bis zum Ziele, sondern fallen oft kraftlos mitten auf
dem Wege zur Erde; kommen sie aber auch mitunter bis dahin,
so berühren sie nur streifend die Oberfläche und machen keine
tiefe Wunde, denn sie wurden von keiner starken Kraft entsendet.
Wer aber ein guter Schütz ist und diesem gleicht, der wird zuerst
das Ziel betrachten, ob es nicht sehr weich, ob es nicht für den
Pfeil zu fest ist, denn es gibt auch unverwundbare Ziele. Wann
er sich hievon unterrichtet hat, dann bestreicht er den Pfeil weder
mit einem Gift, wie die Scythen, noch mit dem Safte des wilden
Feigenbaumes, wie die Kureten, sondern mit einem sanft ätzen-
den, lieblichen Balsam, und entsendet ihn kunstgemäß. Nun fliegt

er in angespannter Schnelle, verwundet ohne durchzufahren, bleibt
fest und verbreitet viel von dem Balsam, der, sich vertheilend, die
ganze Seele umströmt. Deshalb, wenn nun der Balsam die
Seele allmälig umläuft, freuen sie sich und weinen während des
Zuhörens, wie es auch mir erging, so daß ich ihm gern den
Vers zugerufen hätte: „Triff nur so fort, vielleicht daß du wer-
dest den Freunden ein Lichtstrahl." Denn wie nicht alle, die die
phrygische Flöte hören, in Begeisterung gerathen, sondern nur die
von der Rhea [1]) selbst verfaßten bei ihrem Klange an jenen Zustand sich erinnern, so gehen auch nicht alle, die einen Philosophen
hören, begeistert und verwundet davon, sondern nur die, die in
ihrer Anlage etwas der Philosophie Verwandtes haben. Fr. Wie
Ernstes, Bewundernswürdiges und Göttliches hast du da vorge-
tragen, o Freund, und es war mir verborgen geblieben, daß du
dich in Wahrheit an viel Ambrosia und Lotos gesättigt habest.
Daher empfand ich auch etwas in meiner Seele, während du
sprachst, und da du aufgehört hast, ist es mir lästig und ich bin,
um deine Worte zu gebrauchen, verwundet. Wundere dich darüber auch nicht: du weißt ja, daß die von tollen Hunden Ge-
bissenen nicht allein selbst toll werden, sondern daß auch Andere,
denen sie in ihrer Wuth einen Biß beigebracht haben, desgleichen
toll werden. Denn mit dem Bisse theilt sich das Leiden mit und
die Krankheit vervielfältigt sich. L. Gestehst du nun schon, daß
du selbst auch schwärmst? Fr. Ja wohl, und ich bitte dich außerdem, für uns beide eine gemeinschaftliche Kur zu ersinnen.
L. Wir müssen es machen, wie Telephus [2]). Fr. Wie meinst
du? L. Zu dem, der uns verwundet hat, hingehen und ihn auffordern, uns zu heilen.

---

[1]) Anspielung auf die fanatischen, leidenschaftlichen Gebräuche in dem Kultus der
Göttermutter.

[2]) Nach der Mythe wurde Telephus durch den Speer des Achilles verwundet: da
die Wunde sich verschlimmerte und jeder Heilung trotzte, so befragte Telephus das
Orakel des Apollo um Rath. Er erhielt die Weisung, sich an den um Hülfe zu wenden,
der ihm die Wunde beigebracht habe. Als Achilles erklärte, daß er sich nicht auf Heil-
kunst verstehe, erkannte Odysseus den Sinn des Orakels: auf sein Geheiß legte man
Eisenspänchen von dem betreffenden Speere auf die Wunde, die dadurch sogleich zuheilte.

Timon oder der Menschenhasser.

Timon, Zeus, Hermes, Plutos, Penia, Gnathonides, Philiades, Demeas, Thrasykles.

Timon. O Zeus, Schutzgott der Freunde, Gastfreunde und Genossen, des Blitzes und der Eide, Wolkenversammler, laut Donnernder, und wenn dir sonst noch einen Namen die angedonnerten Dichter geben, namentlich wann ihnen das Versmaß Verlegenheiten bereitet: denn dann stützt die große Zahl der Beinamen, die du erhältst, das fallende Metrum und füllt den klaffenden Rhythmus aus. Wo ist jetzt dein laut krachender Blitz und der dumpfrollende Donner und der flammende, glänzende, schreckliche Wetterstrahl? denn alles das hat sich, abgesehen von dem Schall der Worte, als Possen und reiner Dichterqualm erwiesen. Deine besungene, fernhin treffende, stets bereite Waffe ist, ich weiß nicht wie, gänzlich erloschen und erkaltet und bewahrt nicht einmal einen kleinen Zornesfunken gegen die Uebelthäter. Denn von denen, die auf Meineid ausgehen, würde eher einer einen Lampendocht von gestern fürchten, als die Flamme des allbewältigenden Wetterstrahls. So sehr scheinst du ihnen nur einen Holzbrand zu schwingen, von dem sie Feuer oder Rauch nicht fürchten, sondern nur den Schaden von einer Verletzung zu haben meinen, daß sie von Ruß voll werden. Deshalb ist es auch gar nicht zu verwundern, daß Salmoneus[1]), ein leidenschaftlicher, stolzer Mann, dir, dem so kaltblütigen Zeus, entgegenzudonnern wagte. Denn wie? du schläfst ja, als hättest du Mandrogora getrunken, hörst weder die Meineidigen, noch bemerkst die Frevelnden, deine Augen sind bei dem, was geschieht, trübe und

---

[1]) Salmoneus, Sohn des Aeolos und Bruder des Sisyphos. Er wagte dem Zeus sich gleichzustellen, ahmte den Donner mit Kesseln oder seinem Wagen und den Blitz mit Fackeln nach und wurde für diesen Frevel von Zeus in den Tartarus geschleudert.

blöde und deine Ohren taub wie von Hochbejahrten. Freilich, da du noch jung und hitzig warst und dein Zorn in seiner Kraft stand, da thatest du viel gegen die Ungerechten und Gewaltthätigen und hattest damals nie mit ihnen einen Waffenstillstand, sondern immerfort war der Wetterstrahl thätig, die Aegide wurde geschwungen, der Donner rollte und der Blitz wurde unablässig wie Pfeile in einem Scharmützel geschleudert. Die Erdbeben kamen wie aus einem Siebe, der Schnee fiel haufenweise, der Hagel in Felsstücken, und um mit dir in recht lästig übertriebener Weise zu reden, der Regen platzte gewaltsam herunter, jeder Tropfen ein Strom. Daher entstand im Nu zur Zeit des Deukalion ein solcher Schiffbruch, daß, da alles in den Wassern untergegangen war, kaum ein Nachen, der den Funken des Menschengeschlechtes zur Nachgeburt größerer Schlechtigkeit bewahrte, sich rettete und bei Lykornus [1]) landete. Demnach erhältst du von ihnen ein dieser Fahrlässigkeit entsprechendes Handgeld, indem dir keiner mehr opfert und keiner dich bekränzt, wenn nicht etwa einer beiläufig bei den Olympien: auch dieser glaubt nicht sehr Unerläßliches zu thun, sondern entrichtet nur einer alten Sitte seinen Tribut: und in Kurzem werden sie dich, edelster der Götter, entsetzen und dich die Rolle des Kronos [2]) spielen lassen. Ich will nicht sagen, wie oft sie bereits deinen Tempel geplündert haben: andere haben sogar schon an dich selbst Hand in Olympia gelegt, und du, Hochdonnernder, zögertest entweder, die Hunde [3]) auf die Beine zu bringen, oder die Nachbarn herbeizurufen, damit sie zur Hülfe herbeieilen und die Räuber, während sie sich noch zur Flucht anschickten, festnähmen: sondern du, edler Gigantenvernichter und Titanenbezwinger, saßest mit dem zehn Ellen langen Wetterstrahl

---

[1]) Stadt auf der Südseite des Parnassus.

[2]) Wie Laertes und andere homerische Heroen alt werden und ihre Würde freiwillig oder unfreiwillig ihren kräftigeren Söhnen übergeben, ebenso tritt auch im Olymp Zeus an die Stelle seines Vaters Kronos.

[3]) Der Gebrauch von Hunden zum Schutz der Tempel war allgemein. Es wird als ein Beweis der Frömmigkeit Scipio's angeführt, daß die Hunde ihn nicht anbellten, wenn er auf das Kapitol kam, um die Götter zu verehren.

in der Rechten da und ließest dir von ihnen die Locken [1]) ab=
scheeren. Wann, o Wunderlicher, wirst du aufhören, diese Dinge
so sorglos zu übersehen? oder wann die so große Ungerechtigkeit
strafen? Wie viel Phaëtone und Deukalione [2]) sind gegen die
überschwängliche Frevelhaftigkeit des Lebens genügend? Denn um
das Allgemeine zu übergehen und von mir selbst zu sprechen,
nachdem ich so viele Athener emporgebracht, aus Bettlern reiche
Männer gemacht und alle Bedürftigen unterstützt, richtiger aber
meinen ganzen Reichthum auf Wohlthaten an Freunde vergeudet
habe und dadurch arm geworden bin, so kennen sie mich auch gar
nicht einmal mehr und diejenigen, die sich bis dahin vor mir büc=
ten und beugten und an meinem Winke hingen, sehen mich nicht
mehr an, sondern wenn ich auch nur einem von ihnen auf der
Straße begegne, so gehen sie vorbei, wie sie an einer von der Zeit
umgeworfenen Grabsäule eines längst vergessenen Todten vorbei=
gehen, ohne sie zu lesen; andere schlagen, wenn sie mich schon von
weitem bemerken, einen andern Weg ein, da sie den, der vor nicht
langer Zeit ihr Retter und Wohlthäter gewesen, für einen lästi=
gen, Unheil verkündenden Anblick halten. Daher habe ich mich
aus Noth nach diesem entlegenen Grundstück begeben und bearbeite
in einem Lederwams für den Lohn von vier Obolen [3]) das Land
und philosophire mit der Einsamkeit und dem Spaten. Hier denke
ich wenigstens diesen Gewinn zu haben, daß ich nicht mehr viele
gegen ihr Verdienst glücklich sehen werde: denn das ist betrübender.
Schüttle endlich einmal, o Sohn des Kronos und der Rhea, diesen
tiefen, unerwecklichen Schlaf ab — denn du hast ja länger als
Epimenides [4]) geschlafen — fache den Wetterstrahl an oder zünde
ihn im Aetna an, und zeige durch eine große Flamme einen Zorn

---

[1]) Haare, Bart, Mantel und Bekleidung der Füße an der Statue des olym=
pischen Jupiter waren von gediegenem Golde.

[2]) Vertilgung des Menschengeschlechtes durch Feuer und Wasser.

[3]) Der Obolos beträgt etwa einen $3/4$ Groschen.

[4]) Neben vielem Wunderbaren, das von dem Kretenser Epimenides (berühmt
durch seine Sühnung des Kylonischen Frevels in Athen) erzählt wird, soll er auch
einmal in der diktäischen Höhle sich niedergelegt und nach Einigen vierzig, nach An=
dern fünfzig oder siebenundfünfzig Jahre geschlafen haben.

des männlichen und jugendlichen Zeus, wenn nicht etwa wahr ist, was die Kretenser über dich und dein Grab dort fabeln [1]). Zeus. Wer ist der ganz schmutzige und struppige Kerl im Leder= wams, Hermes, der aus Attika am Fuß des Hymettus zu uns heraufschreit? Jetzt gräbt er, glaub' ich, gebückt: der Mensch ist schwatzhaft und dreist — vermuthlich ein Philosoph, denn sonst würde er nicht so gottlose Reden gegen uns führen. Hermes. Wie, mein Vater? du kennst den Timon, den Sohn des Eche= kratibes aus Kollytos [2]) nicht? Das ist jener, der uns oft mit vollzähligen Opfern bewirthete, der uns ganze Hekatomben dar= brachte, bei dem wir an den Diasien [3]) trefflich zu schmausen pflegten. Zeus. Ach über den Wechsel. Das ist jener Schöne, Reiche, um den so viele Freunde sich drängten? durch welches Begebniß ist er in diese Lage gerathen? denn er ist elend, strup= pig und nach dem schweren Spaten, den er trägt, zu schließen, gräbt er für Taglohn. Hermes. Wenn man so sagen will, ruinirte ihn Biederkeit, Menschenfreundlichkeit und Mitleid mit allen Bedürftigen, soll man aber die Sache beim wahren Namen nennen, Unverstand, Einfalt und Mangel an Urtheil über die Freunde, da er nicht einsah, daß er Raben und Wölfen Dienste erweise, sondern meinte, während so viele Geier ihm an der Leber nagten, es seien Freunde und Genossen, denen aus Wohlwollen für ihn die Speise behage. Doch sie legten ihm die Knochen bloß, benagten sie, und wenn etwas Mark darin war, sogen sie auch das mit großer Sorgfalt aus, ließen ihn dann verdorrt und mit eingeschnittenen Wurzeln liegen und gingen davon, ohne ihn mehr zu kennen und anzusehen — denn wozu sollten sie es auch — geschweige ihm ihrerseits zu helfen oder etwas zu geben. Deshalb hat er aus Scham die Stadt verlassen und bearbeitet jetzt mit dem Spaten und in einem Lederwams, wie du siehst, das Land für Lohn, voller Trübsal, daß diejenigen, die von ihm reich geworden sind, ganz geringschätzig an ihm vorbeigehen und

---

[1]) Nach einer kretensischen Sage sollte Zeus auf der Insel begraben sein.

[2]) Kollytos, ein Demos der ägeischen Phyle.

[3]) Ein Hauptfest zu Ehren des Zeus Meilichios in Athen.

nicht einmal wissen, ob er Timon heiße. Zeus. Keinenfalls
darf der Mann übersehen und vernachlässigt werden: er könnte
sonst mit Recht über sein Mißgeschick unwillig sein: denn wir
werden auch handeln wie jene verfluchten Schmeichler, wenn wir
einen Mann vergessen, der uns auf den Altären so viele fette
Schenkelknochen von Stieren und Ziegen verbrannte. Noch sitzt
mir der Fettdampf davon in der Nase. Indessen habe ich vor
Unruhe und vieler Störung durch Meineidige, Gewaltthätige und
Räuber, sodann auch aus Furcht vor den Tempeldieben — denn
ihre Zahl ist groß, man kann sich schwer ihrer erwehren und sie
verstatten uns nicht einen Augenblick die Augen zu schließen —
schon lange nicht nach Attika hingesehen, namentlich seit Philosophie und Wortzänkereien bei ihnen emporkamen: vor diesem
gegenseitigen Streiten und Schreien kann man nicht einmal die
Gebete hören: man muß daher entweder mit zugestopften Ohren
dasitzen, oder sich von ihnen zu Tode langweilen lassen, während
sie über ein Ding, das sie Tugend nennen, über körperlose Exi-
stenzen und solche Possen mit lauter Stimme deklamiren. Daher
traf es sich auch, daß dieser wackere Mann von uns vernachlässigt
wurde. Gleichwohl nimm, Hermes, den Plutos [1]) zu dir und
gehe schnell zu ihm. Plutos möge auch den Thesauros [2]) mit
sich führen und beide sollen bei dem Timon bleiben und sich nicht
so leicht von ihm entfernen, sogar wenn er sie in Folge seiner
Gutherzigkeit wiederum aus dem Hause verjagen wollte. Was
aber jene Schmarotzer und den Undank betrifft, den sie gegen ihn
bewiesen, so werde ich ein ander Mal daran denken und sie sollen
büßen, wenn ich den Blitz ausgebessert habe: denn es sind die
beiden größten Strahlen an ihm abgebrochen und abgestumpft,
als ich ihn jüngst auf den Sophisten [3]) Anaxagoras zu hitzig los-

---

[1]) Gott des Reichthums.
[2]) Schatz.
[3]) Im griechischen Sprachgebrauche bezeichnet das Wort Sophist jeden, der sich
durch Weisheit auszeichnet oder seine Hauptthätigkeit dem Unterricht in den Wissenschaften widmet: Solon, Sokrates, Plato, Isokrates u. s. f. heißen Sophisten. Der
entschieden gehässige Begriff des Wortes ist modern.

schleuderte, der seine Schüler überreden wollte, wir Götter existirten gar nicht: Ich verfehlte ihn zwar — denn Perikles hielt seine Hand über ihn — der Blitz aber schlug in das Anakeion [1]) ein und steckte es in Brand und wurde selbst an dem Felsen beinahe zertrümmert. Unterdessen wird für sie dies schon eine hinreichende Strafe sein, wenn sie den Timon sehr reich sehen. Hermes. Wie trefflich es doch war, laut zu schreien und grob und unverschämt zu sein: das nützt nicht allein vor Gericht, sondern auch beim Gebet. Man sehe nur, Timon, der schrie, freimüthige Reden im Gebete führte und die Aufmerksamkeit des Zeus auf sich zog, wird auf der Stelle aus einem ganz armen ein reicher Mann werden. Hätte er gebückt still weiter gegraben, so würde er noch graben, ohne daß sich Einer um ihn kümmerte. Plutos. Aber ich mag nicht zu ihm gehen, Zeus. Zeus. Weshalb nicht, mein bester Plutos, und noch dazu, wenn ich es dir befehle? Plutos. Ja fürwahr, weil er gegen mich frevelte, mich unter die Leute trug und mich in viele Theile zerlegte, obwohl ich sein Freund von Vaters Zeiten war, und weil er mich fast mit der Heugabel aus dem Hause stieß, gleich denjenigen, die Feuer von der Hand abschütteln. Soll ich nun wieder zu ihm gehen, um Schmeichlern, Schmarotzern und Dirnen übergeben zu werden? Zu jenen schicke mich, o Zeus, die die Gabe empfinden, die mich hegen werden, von denen ich geehrt und ersehnt bin. Diese Tröpfe, die Geschenke von zehn Talenten rücksichtslos wegwerfen, mögen mit der Armuth zusammensein, die sie mehr ehren als mich, von ihr ein Lederwams und einen Spaten nehmen und zufrieden sein, wenn sie elende vier Obolen bekommen. Zeus. Timon wird nicht mehr in dieser Weise gegen dich handeln: wenn seine Hüfte nicht ganz unempfindlich ist, so hat ihn der Spaten gar sehr belehrt, daß er dich der Armuth hätte vorziehen sollen. Jedoch scheinst du mir sehr tadelsüchtig zu sein, wenn du jetzt den Timon anklagst, weil er dir die Thüren öffnete und dich frei herum streifen ließ, ohne dich einzusperren und eifersüchtig auf dich zu sein. Sonst warst du im Gegentheil auf die Reichen unwillig, die dich,

---

[1]) Tempel der Dioskuren auf der Akropolis von Athen.

wie du sagtest, unter Riegel und Schloß brächten und dich ver=
siegelten, so daß du auch nicht durch eine Spalte ans Tageslicht
emporguden konntest. Darüber beklagtest du dich nun zu mir
und meintest, du müßtest in dem tiefen Dunkel ersticken. Und
deshalb kamst du uns bleich und sorgenvoll vor, hattest die Finger
zusammengezogen in Folge der Gewohnheit, immer zu rechnen,
und drohtest, von ihnen zu entlaufen, wenn sich dir eine Gelegen=
heit böte. Ueberhaupt schien es dir gar entsetzlich, in einem Ge=
mach von Erz oder Eisen wie Danae [1]) unberührt zu bleiben und
unter strengen und schurkischen Lehrmeistern, dem Wucher und Ein=
maleins, aufzuwachsen. Du erklärtest ihr Verfahren für thöricht,
daß sie sich zwar übermäßig nach dir sehnten, dich aber dann nicht,
wenn es bei ihnen stände, zu genießen wagten und ihre Liebe trotz
ihrer Macht nicht befriedigten, sondern dich schlaflos mit unver=
wandtem Blick auf Siegel und Schloß bewachten, in der Meinung,
es sei ein hinlänglicher Genuß, nicht selbst genießen zu können,
sondern keinem den Genuß mitzutheilen, wie der Hund in der
Krippe, der weder selbst die Gerste fraß, noch dem hungrigen
Pferde es gestattete. Außerdem lachtest du auch darüber, daß sie
selbst sparen, dich bewachen und, was das Neueste ist, auf sich
selbst eifersüchtig sind, aber nicht wissen, daß ein verfluchter Sklav
oder ein schurkischer Haushälter heimlich hineinschlüpfend beim Wein
schwelgen wird, während er den armen Teufel von knauserigem
Herrn bei einer trüben und enghalsigen Lampe und einem ölbur=
stigen Dochte schlaflos die Zinsen berechnen läßt. Wie, ist es
nun nicht ungerecht, vorher jenes zu tadeln, jetzt aber dem Timon
das Gegentheil vorzuwerfen? Plutos. Und doch wirst du bei
richtiger Prüfung finden, daß ich in beiden Fällen Recht habe.
Denn Timon's sorglose Fahrlässigkeit würde mit Grund als nicht
wohlwollend gegen mich erscheinen. Diejenigen dagegen, die mich
durch Thür und Dunkel eingesperrt bewachen, dafür sorgen, daß
ich ihnen immer dicker und fetter werde, mich weder selbst an=
rühren, noch mich an das Tageslicht führen, damit mich auch kein

---

[1]) Eine zierliche Anspielung auf die Mythe von Danae, die ihr Vater Akrisios
in einem ehernen Thurme einschloß, um allen Freiern den Zutritt zu verwehren.

4 *.

Anderer sähe, diese hielt ich für thöricht und frevelhaft, weil sie mich, der ich ihnen kein Leid gethan, in so vielen Banden verfaulen lassen, ohne zu wissen, daß sie nach kurzer Zeit fortgehen und mich einem andern der Reichen hinterlassen werden. Ich lobe also weder jene noch diese, die mich immer in den Fingern haben, sondern diejenigen, die mit Maß in der Sache zu Werke gehen, was überall das beste ist, und sich weder jeglichen Gebrauch versagen, noch Alles verschleudern. Denn erwäge einmal, Zeus, beim Zeus[1])! wenn einer ein junges, schönes Mädchen nach Brauch und Sitte geheirathet hätte und sie dann nicht bewachen und gar nicht auf sie eifersüchtig sein wollte, sie bei Nacht und bei Tage hingehen ließe, wohin sie wollte, zusammensein, mit wem sie wollte, ja sogar selber sie zuführen möchte, ihr die Thür öffnen, Kupplerdienste verrichten und alle zu ihr einladen, würde dieser nach einem Liebhaber aussehen? Du wenigstens, Zeus, der du so oft geliebt hast, würdest das nicht behaupten. Wenn aber umgekehrt einer eine freie Jungfrau in gesetzlicher Weise in sein Haus genommen hätte, um eheliche Kinder zu erzeugen, und weder selbst das blühende, schöne Wesen berühren, noch einem andern den Anblick gestatten wollte, sondern sie kinderlos unter Schloß und Riegel dahin welken ließe und noch dazu behauptete, sie zu lieben, und dies durch seine Farbe, seine Magerkeit und die tief liegenden Augen bewiese, würde dieser nicht wahnsinnig erscheinen, der, anstatt Kinder zu zeugen und der Ehe zu genießen, ein so schönes und liebliches Geschöpf verblühen ließe und sie ihr ganzes Leben hindurch hielte wie eine Priesterin der Demeter? So ärgert es auch mich, wenn ich von einigen wie ein werthloser Gegenstand herausgestoßen, vergossen und verpraßt, von andern wie ein gebrandmarkter Ausreißer in Fesseln gelegt werde. Zeus. Weshalb bist du auf sie ärgerlich? Beide leiden ja eine schöne Strafe, die einen leben wie Tantalus, ohne etwas zu trinken und zu kosten, mit trockener Kehle und sperren nach dem Golde nur den Mund

---

[1]) Da sich diese Schwurform in Lucian's Dialogen so häufig findet, so läßt sich schließen, daß es für die Griechen etwas sehr Scherzhaftes haben mußte, im Gespräch mit Zeus bei seinem Namen geschworen zu sehen.

auf, den andern rauben die Harpyien die Nahrung aus dem
Schlunde, wie dem Phineus [1]). Wohlan denn, gehe, du wirst den
Timon weit verständiger finden. Plutos. Der wird einmal
aufhören, wie aus einem durchlöcherten Korbe, bevor ich ganz
hineingeflossen bin, mich eifrig auszuschöpfen, um dem Zufluß zu-
vorzukommen, damit ich nicht wogenartig eindringend ihn über-
schwemme? O nein, ich werde wohl in das Faß der Danaiden
Wasser tragen und vergebens immer zugießen, da das Gefäß
nicht dicht hält und das Hinzufließende herausläuft, beinahe bevor es noch hineingeflossen ist. So viel weiter ist die Oeffnung
des Fasses zum Ausfließen und der Ausgang ungehindert. Zeus.
Nun, wenn er dieses klaffende und stets aufgesperrte Loch nicht
zustopft, so wird er, wann du in kurzer Zeit herausgeflossen bist,
in dem Bodensatz des Fasses wieder leicht das Lederwams und
den Spaten finden. Geht nun schon fort und macht ihn reich.
Du aber, Hermes, erinnere dich auf dem Rückwege, die Cyklopen
vom Aetna zu uns zu führen, damit sie den Blitzstrahl eilig aus-
bessern, denn wir werden ihn bald geschärft brauchen. Hermes.
Wir wollen gehen, Plutos. Was ist das? Du hinkst? ich habe
nichts davon gemerkt, Vortrefflicher, daß du nicht allein blind,
sondern auch lahm bist. Plutos. Ich bin das nicht immer,
Hermes, sondern wann ich, vom Zeus geschickt, zu einem gehe,
so bin ich, ich weiß nicht wie, langsam und auf beiden Füßen
lahm, so daß ich kaum bis an das Ziel gelange, indem derjenige,
der mich erwartet, zuweilen vorher alt geworden ist. Wann ich
mich aber entfernen muß, dann wirst du mich beflügelt sehen,
weit schneller, als die Träume. In demselben Augenblick fällt
das Seil und ich werde schon als Sieger ausgerufen und habe
die Rennbahn übersprungen, zuweilen bevor mich noch die Zuschauer sahen. Hermes. Das ist doch nicht wahr, was du da
sagst. Ich könnte dir viele nennen, die gestern auch nicht einen

---

[1]) Phineus, Sohn des Agenor, König zu Salmydessos in Thracien, ein blinder
Seher, auf Befehl der Götter von den Harpyien gepeinigt, weil er auf Veranlassung
seiner zweiten Gemahlin die von dieser verleumdeten Söhne aus seiner ersten Ehe
geblendet hatte.

Obolos besaßen, um sich einen Strick zu kaufen, heute plötzlich reich sind und prächtig mit einem weißen Gespann daherfahren [1]), obwohl sie nicht einmal einen Esel hatten. Trotzdem gehen sie in Purpur und mit goldbeladenen Händen einher, ohne selbst, glaube ich, sicher zu sein, daß sie nicht im Traume reich sind. Plutos. Das ist etwas Anderes, Hermes, ich gehe dann nicht auf meinen eigenen Füßen und dann schickt mich nicht Zeus, sondern Pluto [2]) zu ihnen, der ja auch Reichthum und große Geschenke verleiht. Er deutet ja das schon durch seinen Namen an. Wenn ich mich nun zu einem andern übersiedeln soll, so werfen sie mich auf eine Tafel, versiegeln mich sorgfältig und tragen mich flugs davon. Und der Todte, um den sich die Katzen balgen, liegt irgendwo in einer dunkeln Kammer des Hauses, bis über die Kniee mit einem alten Tuch bedeckt, mich aber erwarten die hoffenden Erben auf dem Markt mit offenem Munde, wie die schwirrenden Jungen die heranfliegende Schwalbe. Ist aber das Siegel abgenommen, der Faden durchschnitten, das Testament geöffnet und mein neuer Herr ausgerufen, entweder ein Verwandter, oder ein Schmeichler, oder ein in Folge von Liebesdiensten geehrter Sklave mit noch rasirter Backe, der für mannigfaltige Genüsse, die er, obwohl bereits verblüht, seinem Herrn gewährte, die große Belohnung erhielt, dann ergreift mich dieser, wer er auch sei, und trägt mich sammt dem Testament im Laufe eilig davon: anstatt seines früheren Namens Pyrrhios [3]), Dromon oder Tibios nennt er sich Megalles, Megabyzos oder Protarchos und läßt jene, einander anglotzend, mit

---

[1]) Weiße Pferde werden von Lucian mehrmals als Zeichen eines besondern Aufwandes erwähnt.

[2]) Die Aehnlichkeit der griechischen Worte Pluto (Gott der Unterwelt) und Plutos veranlaßt das Wortspiel.

[3]) Pyrrhios, Dromon, Tibios sind gewöhnliche Sklavennamen; besonders häufig ist der Name Tibios für die Sklaven aus Paphlagonien. Mehrere hervorragende Männer des Namens Megalles und Protarchos kommen in der griechischen Geschichte vor; über den Namen Megabyzos bemerkt Hemsterhusius: „Ob je ein Grieche so geheißen habe, weiß ich nicht: es steht aber fest, daß sowohl viele vornehme und in der griechischen Geschichte sehr bekannte Perser, als auch die Priester der ephesischen Diana, diesen Namen geführt haben.

umsonst aufgesperrtem Schnabel in wahrer Trauer zurück, daß
ihnen ein solcher Thunfisch, nachdem er einen nicht unbedeutenden
Köder verschlungen, aus dem Winkel des Netzes entschlüpft sei.
Wenn aber jener ungeschlachte und dickhäutige Mensch auf einmal
in mich hineinplumpt, der noch die Fußschelle fürchtet und, falls
ein Anderer im Vorbeigehen mit der Peitsche knallt, das Ohr
spitzt und vor dem Mahlgewölbe [1]) wie vor einem Tempel seine
Verehrung bezeugt, dann ist er für die Begegnenden nicht mehr
erträglich, er insultirt die Freien und peitscht seine Mitsklaven,
um zu probiren, ob auch ihm das freistehe, bis er in die Netze
einer kleinen Dirne fällt, oder auf den Gedanken geräth, Pferde
zu halten [2]) oder sich Schmeichlern überläßt, die schwören, er sei
schöner als Nireus [3]), edler als Cekrops oder Kodrus [4]), klüger
als Odysseus, reicher als sechzehn Krösusse zusammen — bis der
arme Teufel dann, sage ich, auf diese Weise die allmälig durch
viele Meineide, Räubereien und Schurkereien gesammelten Schätze
in einem Augenblick verschleudert. H e r m e s. Du sprichst da, wie
es beinahe wirklich zugeht. Wenn du aber auf eigenen Füßen
umherwandelst, wie findest du bei deiner Blindheit den Weg? oder
wie erkennst du diejenigen, zu denen dich Zeus schickt, da er sie
für würdig erklärt, reich zu sein? P l u t o s. Glaubst du denn,
daß ich sie finde? Gewiß nicht: ich würde sonst nicht den Ari=
stides verlassen haben und zu Hipponikus, Kallias [5]) und vielen
andern Athenern, die auch nicht einen Heller werth sind, gegangen

---

[1]) In dem μυλών pistrinum (Stampfmühle) wurden nur die niedrigsten
Sklaven zur Arbeit angewandt: die Uebrigen mußten da nur ihre Strafen abbüßen.

[2]) Die ἱπποτροφία (das Halten von Equipage) wird häufig als das kost=
spielige Zeichen großen Reichthums angeführt.

[3]) Nireus, der schönste der Griechen nach dem untadeligen Peliden Hom.
Il. II, 674.

[4]) Der erste und der letzte der mythischen Könige Athens.

[5]) Der Reichthum dieser Familie war sprichwörtlich geworden: Hipponikos hat
durch die Art, wie er das von Solon ihm geschenkte Vertrauen mißbrauchte, ver=
dientermaßen einen schlimmen Namen in der Geschichte: sein Sohn Kallias, der
Stiefsohn des großen Perikles, wird wegen seiner Liederlichkeit von Aristophanes an
mehreren Stellen hart mitgenommen und auch Historiker wie Plutarch wissen an ihm
nur seinen Reichthum zu loben.

sein. Hermes. Was thust du aber, wenn du hinabgeschickt bist? Plutos. Ich irre auf und ab umher, bis ich unvermerkt auf Jemanden stoße. Dieser, wer es auch ist, der mich zuerst angetroffen hat, führt mich zu sich nach Hause und behält mich und bezeugt dir, Hermes, für den unerwarteten Gewinn seine Verehrung. Hermes. Täuscht sich also Zeus in dem Glauben, daß du nach seinem Gutbünken diejenigen reich machst, die er für würdig hält, reich zu werden? Plutos. Und das mit vollem Recht, mein Guter, da er mich, obwohl er weiß, daß ich blind bin, abschickte, um eine so schwer zu findende und seit lange aus dem Leben geschwundene Sache zu suchen, die sogar Lynkeus [1] nicht leicht auffinden würde, weil sie so unsichtbar und klein ist. Denn da es der Guten so wenige gibt, der Schlechten aber viele, und sie Alles in den Städten inne haben, so treffe ich beim Herumgehen leichter auf diese und werde von ihnen gefangen. Hermes. Wie entfliehst du denn aber leicht, wann du sie verlässest, da du den Weg nicht kennst? Plutos. Dann bekomme ich, ich weiß nicht wie, nur für die Zeit meiner Flucht scharfe Augen und gerade Füße. Hermes. Antworte mir noch dies eine: wie kommt es, daß du, obwohl du (ich muß es sagen) blind und außerdem bleich und schwerfällig zu Fuß bist, eine so große Menge Liebhaber hast, daß alle auf dich ihre Augen richten und wenn sie dich erlangt haben, glücklich zu sein glauben, wenn sie dich aber verfehlen, das Leben nicht ertragen? ich kenne mindestens nicht wenige, die so arg in dich verliebt sind, daß sie sich auch von jähen Felsen in das unergründliche Meer [2] stürzten, da sie meinten, von dir übersehen zu werden, weil du sie eben überhaupt nicht gesehen hattest. Doch auch du selbst würdest gewiß zugeben, wenn du dich einigermaßen kennst, daß in einen solchen Gegenstand

---

[1] Lynkeus, einer der Argonauten, von dessen scharfem Auge die Dichter vielerlei Wunder zu erzählen wissen: nach Pindar sah er durch eine Eiche, nach dem Verfasser der Argonaut., die unter dem Namen des Orpheus gehen, konnte er durch Erde und Meer bis in den Tartarus sehen.

[2] Anspielung auf die Verse des Theognis, in denen er sagt: um der Armuth zu entfliehen, müsse man auch von jähen Felsen in das unergründliche Meer sich stürzen.

Verliebte mit der Korybanten-Wuth [1]) behaftet find. Plutos.
Glaubst du denn, daß sie mich so sehen, wie ich bin, lahm oder
blind oder mit meinen übrigen Gebrechen? Hermes. Wie denn
anders, Plutos, wenn sie nicht auch alle selbst blind sind? Plutos. Sie sind nicht blind, Bester, sondern Unverstand und Täuschung, die jetzt Alles beherrschen, umnebeln sie. Außerdem lege
ich auch, um nicht ganz ungestaltet zu sein, eine sehr hübsche ver-
goldete und mit Steinen besetzte Maske um, ziehe ein Purpurkleid an und begegne ihnen so; sie glauben nun die Schönheit
des Gesichtes selbst zu sehen, lieben mich und vergehen, wenn sie
mich nicht erlangen. Denn wollte mich Jemand ihnen ganz entblößt zeigen, so würden sie offenbar über sich selbst das Urtheil
fällen, daß sie hierin blind sind und garstige und ungestaltete
Dinge lieben. Hermes. Weshalb lassen sie sich aber, wenn sie
nun schon selbst im Reichthum sind und die Maske umgelegt
haben, noch täuschen und würden, wenn Einer sie ihnen nehmen
wollte, eher den Kopf als die Maske aufgeben? denn dann, wann
sie das ganze Innere gesehen, kann es ihnen doch nicht mehr unbekannt sein, daß die Wohlgestalt aufgetragen ist? Plutos.
Auch hierin unterstützt mich nicht Weniges, Hermes. Hermes.
Was? Plutos. Sobald mich einer zuerst angetroffen hat und
mich mit offener Thüre aufnimmt, so kommt unvermerkt mit mir
Hoffahrt, Unverstand, Prahlerei, Weichlichkeit, Uebermuth, Selbst-
betrug u. dgl. Unzähliges mehr hinein. Haben nun alle diese
Dinge seine Seele in Beschlag genommen, so bewundert er, was
nicht zu bewundern ist, strebt nach dem, was man vermeiden muß,
und staunt mich, den Vater aller jener bösen Dinge, die mich wie
Trabanten umgeben, an und würde eher Alles dulden, als es
über sich gewinnen, mich loszulassen. Hermes. Wie glatt und
schlüpfrig du bist, Plutos, wie schwer festzuhalten und zum Entweichen geschickt, nirgends gewährst du eine feste Handhabe, sondern gleich den Aalen oder Schlangen entschlüpfst du aus den
Fingern, ich weiß nicht wie: die Armuth dagegen ist klebrig und
leicht zu fassen, auf dem ganzen Körper sind ihr unzählige Haken

---

[1]) Anspielung auf die fanatischen leidenschaftlichen Gebräuche in dem Kultus der
Göttermutter.

herausgewachsen, so daß diejenigen, die sich ihr nähern, sogleich festgehalten werden und sich nicht leicht loslösen können. Aber über dem Geschwätz ist uns schon eine nicht geringe Sache entgangen. Plutos. Welche? Hermes. Daß wir den Thesauros nicht mit uns genommen haben, der das Nothwendigste war. Plutos. Deswegen sei getrost. Wenn ich zu euch hinaufkomme, so lasse ich ihn immer in der Erde zurück und trage ihm auf, er solle die Thür schließen und darin bleiben, aber Niemanden öffnen, wenn er mich nicht rufen hört. Hermes. Wir wollen nun schon Attika betreten: fasse meinen Mantel und folge mir, bis ich bis zu dem entlegenen Grundstück gelangt bin. Plutos. Du thust wohl daran, Hermes, daß du mich leitest: denn wenn du mich verlässest, so werde ich bald beim Herumstreifen dem Hyperbolos oder Kleon [1]) in die Hände fallen. Was ist das aber für ein Getöse wie von Eisen an einem Stein? Hermes. Timon arbeitet hier in der Nähe auf einem bergigen, steinigen Lande. Ha, auch die Armuth ist bei ihm und dort die Arbeit, die Ausdauer, die Weisheit, die Tapferkeit und die ganze Schaar aller derer, die unter der Fahne des Hungers dienen, weit bessere Wesen, als deine Trabanten. Plutos. Weshalb entfernen wir uns nicht so schnell als möglich, Hermes? Denn gegen einen von einem solchen Heere umgebenen Mann können wir nichts Bedeutendes ausrichten. Hermes. Zeus hat es anders beschlossen: wir wollen den Muth nicht sinken lassen Penia. Wohin führst du den da an der Hand, Argeiphontes [2])? Hermes. Wir sind von Zeus hierher zu Timon geschickt. Penia. Jetzt kommt der Reichthum zu Timon, nachdem ich ihn in traurigem Zustand aus den

---

[1]) Kleon, Besitzer einer Lederfabrik, und Hyperbolos, ein Lampenhändler, berühmte Volksführer zu Athen in dem peloponnesischen Kriege: um über den letztern Mann ein sicheres Urtheil zu fällen, reichen unsere historischen Hülfsmittel nicht aus. Mit welcher Vorsicht Aristophanes als Quelle für die Geschichte gebraucht werden muß, hat G. Grote bewiesen. Siehe meine Griechischen Charaktere aus Grote Bd. II, Kleon.

[2]) Altes episches Beiwort des Hermes von ungewisser Etymologie: es wird gewöhnlich Argostödter übersetzt, mit Anspielung auf die Mythe von Jo und dem sie bewachenden Argos, den Hermes getödtet haben soll.

Händen der Ueppigkeit in Empfang genommen, ihn diesen hier, der Weisheit und Armuth, übergeben und ihn zu einem edlen und würdigen Manne gemacht habe? Scheint es euch so leicht, mich zu verachten und zu beleidigen, daß ihr mir das einzige, den Anforderungen der Tugend genau entsprechende Besitzthum, welches ich hatte, entreißt, damit ihn der Reichthum wieder in seine Hände bekomme, ihn dem Hochmuth und Dünkel überliefere und, wann er ihn ebenso weichlich und unverständig wie einst gemacht, ihn mir wieder als Lump abgäbe? H e r m e s. Zeus hat das beschlossen, o Armuth. P e n i a. Ich gehe fort: folgt mir, Arbeit, Weisheit und ihr übrigen: dieser wird bald merken, eine wie treffliche Mitarbeiterin und Lehrmeisterin des Besten er in mir verläßt. So lange er mit mir zusammenlebte, war sein Körper gesund, sein Geist selbstständig, er führte das Leben eines Mannes und sah auf sich selbst, diese vielen überflüssigen Dinge hielt er für nicht ihm angehörig, wie sie auch wirklich sind. H e r m e s. Sie gehen fort: wir wollen uns ihm nähern. T i m o n. Wer seid ihr, Schurken? seid ihr nur hierher gekommen, um einen redlichen Tagelöhner zu stören? Aber ihr sollt mir nicht ungestraft davonkommen, ihr Bösewichter, die ihr alle seid: ich werde euch auf der Stelle mit den Erdschollen und Steinen die Glieder zertrümmern. H e r m e s. Wirf ja nicht, Timon, wir sind keine Menschen, sondern ich bin Hermes, dieser ist der Reichthum: Zeus sendet uns, deine Gebete erhörend. Laß daher ab von deinen Mühen und nimm zu guter Stunde den Reichthum in Empfang. T i m o n. Wenn ihr auch Götter seid, wie ihr sagt, so werdet ihr doch sofort schreien. Denn ich hasse alle Menschen und Götter zugleich, diesen Blinden aber gedenke ich, wer er auch sein mag, mit meinem Spaten zu zerschmettern. P l u t o s. Wir wollen zum Zeus fortgehen, Hermes: der Mensch scheint mir nicht wenig verrückt zu sein, damit mir mein Bleiben nicht noch übel bekomme. H e r m e s: Nichts Verkehrtes, Timon! Laß dieses zu wilde und rauhe Betragen, strecke deine Hände aus und nimm das Glück, sei wieder reich und der erste der Athener, und selber allein glücklich, verachte jene Undankbaren. T i m o n. Ich brauche euch nicht: der Spaten ist mir ein hinlänglicher Reichthum: im Uebrigen bin

ich am glücklichsten, wenn mir Niemand naht. Hermes. So
unleutselig, Freund? Soll ich dem Zeus dieses unfreundliche und
gestrenge Wort überbringen ¹)? Zwar war es natürlich, daß du
die Menschen hassest, da du von ihnen so viel Schlimmes erfah=
ren, aber durchaus nicht die Götter, die so für dich sorgen. Ti=
mon. Dir, Hermes, und dem Zeus danke ich von Herzen für die
Vorsorge, diesen Reichthum da will ich aber nicht nehmen. Her=
mes. Warum nicht? Timon. Weil er mir seit lange an un=
zähligem Unglück schuld ist, der mich Schmeichlern überlieferte,
Nachsteller heranführte, Haß mir erregte, durch Ueppigkeit mich
verdarb, mich neidisch machte und endlich plötzlich mich so treulos
und verrätherisch verließ: die vortreffliche Armuth dagegen, die
mich in den männlichsten Anstrengungen übte und in Gesellschaft
von Wahrheit und Freimuth lebte, gewährte mir, wenn ich ar=
beite, das Nöthige und lehrte mich jene vielen Dinge verachten,
indem sie von mir selbst meine Lebenshoffnung abhängig machte
und zeigte, welches mein Reichthum sei, den weder ein schwän=
zelnder Schmeichler, noch ein einschüchternder Sykophant, nicht der
aufgeregte Haufe, nicht das abstimmende Mitglied der Volksge=
richte ²), nicht ein nachstellender Thrann rauben könnte. Von der
Arbeit gekräftigt, bestelle ich diesen Acker fleißig und habe, ohne
etwas von dem Elend in der Stadt zu sehen, durch den Spaten
mein genügendes und ausreichendes Brod. Deshalb führe nur,
Hermes, den Reichthum wieder zum Zeus zurück, denn ich bin
zufrieden, wenn ich alle Menschen durch die Bank wehklagen
mache. Hermes. Das thue ja nicht, mein Guter! denn dazu
sind nicht alle geeignet. Laß nun dieses zornvolle, jugendliche
Benehmen und nimm den Reichthum in Empfang: nicht verwerf=
lich sind die Gaben des Zeus. Plutos. Soll ich mich vor dir
rechtfertigen, Timon? oder ist es dir lästig, wenn ich spreche?
Timon. Sprich, jedoch nicht lang, auch nicht mit Einleitungen,
wie die verfluchten Redner. Dem Hermes hier zu Liebe werde
ich dich Weniges sagen lassen. Plutos. Da deine Anklagen so

¹) Ein Vers der Ilias XV, 202, den Iris zu Poseidon sagt.
²) Im Texte steht das Wort έκκλησιαστής.

zahlreich sind, so sollte ich auch vielleicht ausführlich sprechen: gleichwohl gib einmal Acht, ob ich dir, wie du sagst, Unrecht gethan habe, der ich dir alles Angenehmste verschaffte, Ansehen, Ehrenplätze, Bekränzungen, kurz Alles, was zum Wohlleben gehört: durch mich warst du angesehen und gepriesen und Alle bemühten sich um dich. Wenn du aber von den Schmeichlern Unangenehmes erfahren hast, so bin ich daran unschuldig. Vielmehr habe ich selber von dir darin ein Unrecht erlitten, daß du mich in so entehrender Weise verfluchten Männern vorwarfst, die dich lobten und bethörten und mir auf jede Art nachstellten. Und zuletzt sagtest du, daß ich dich verrathen habe, wogegen ich meinerseits dir doch Vorwürfe machen könnte, daß du mich auf jede Weise vertrieben und über Hals und Kopf aus dem Hause gestoßen hast. Daher hat dir nun die sehr geehrte Armuth anstatt eines weichen Prachtmantels dieses Lederwams umgehängt. Hermes hier kann bezeugen, wie ich den Zeus bat, daß ich nicht mehr zu dir gehen dürfte, da du dich so gegen mich benommen hast. **Hermes.** Siehst du aber nun, Plutos, wie er schon geworden ist? daher verweile getrost mit ihm. Und du, Timon, grabe weiter, wie du da bist: du, Plutos, bringe den Thesauros unter seinen Spaten: wenn du rufst, wird er dir Gehör geben. **Timon.** Ich muß gehorchen, Hermes, und es mir gefallen lassen, wieder reich zu sein: was könnte man auch machen, wenn die Götter einen zwingen? Doch sieh zu, in welche Ungelegenheiten du mich Armen stürzest, der ich bis jetzt sehr glücklich lebte und nun plötzlich, ohne ein Unrecht begangen zu haben, so viel Gold bekomme und so viele Sorgen auf mich laden werde. **Hermes.** Um meinetwillen unterziehe dich dem, Timon, und wenn es lästig und nicht erträglich ist, so thue es, damit jene Schmeichler vor Neid bersten. Ich meinerseits werde über den Aetna in den Himmel hinauffliegen. **Plutos.** Wie es scheint, ist er fort: denn ich glaube seine Flügel rauschen zu hören. Du warte hier, ich werde fortgehen und dir den Thesauros hinaufschicken. Oder schlage nur lieber zu: heda, du goldner Thesauros, gib dem Timon hier Gehör und laß dich von ihm aufheben: thue recht tiefe Stiche mit dem Spaten, Timon: ich werde euch verlassen.

Timon. Wohlan, o Spaten, nun verdopple mir deine Kraft und laß nicht ab, den Schatz aus der Tiefe an das Tageslicht zu bringen. O Wunder wirkender Zeus, liebe Korybanten [1]) und Gewinn verleihender Hermes, woher kommt die Masse Gold? ist es ein Traum? ich fürchte, wenn ich erwacht bin, dürfte ich Kohlen finden. Nein! es ist geprägtes, funkelndes, schweres und herrlich anzuschauendes Gold. — O Gold, du schönste Augenlust der Sterblichen! [2]) Du leuchtest bei Tag und bei Nacht wie flammendes Feuer [3]). Komm, du liebstes und lieblichstes aller Dinge. Nun glaub' ich, daß auch Zeus einst Gold geworden sei. Welches Mädchen würde einem so schönen, durch das Dach herabträufelnden Liebhaber nicht mit Freuden ihren Schooß geöffnet haben? O Midas und Krösus und ihr Weihgeschenke in Delphi, wie waret ihr nichts gegen Timon und Timon's Reichthum, dem auch der Perserkönig nicht gleich kommt. O Spaten und liebstes Lederwams, es geziemt sich nun schon, euch hier dem Pan [4]) zu weihen: ich selber werde mir dieses ganze Grundstück kaufen, über dem Schatze einen Thurm [5]) bauen, der für mich allein genügt darin zu leben, und denke auch im Tode denselben zum Grabe zu haben. Für mein folgendes Leben sei es beschlossen und als Gesetz festgestellt, mit Keinem Verkehr zu haben, Keinen zu kennen und von Keinem Notiz zu nehmen. Die Namen Freund, Gastfreund, Genosse oder der Altar des Mitleids [6]) sind arges Gewäsch: und einen Weinenden zu bemitleiden oder einem Bedürftigen zu helfen sei Ungesetzlichkeit und Umsturz der Sitten. Meine Lebensweise sei vereinzelt, wie die der Wölfe, und mein

---

[1]) „Die Korybanten suchte man als Urheber des Wahnsinns und plötzlichen Schreckens zu versöhnen, wenn unvermuthet sich etwas Ungeheuerliches oder Wunderbares zeigte und Bestürzung erregte." Hemsterhuis.

[2]) Ein Vers aus einer nicht erhaltenen Tragödie des Euripides.

[3]) Aus Pindar's erster olympischer Ode.

[4]) Als Gott des Feldbaues und der Heerden.

[5]) Der Reisende Pausanias Attic. 30, 4 sah diesen Thurm noch.

[6]) Der Altar des Mitleids, dessen Gründung in eine sehr frühe Zeit fällt, und der sich bis in die Zeit des Kaisers Julian erhielt, ist einer von den vielen Belegen für die Humanität der Athener.

einziger Freund Timon: alle andern seien Feinde und Nachsteller:
nur mit einem von ihnen zusammen zu kommen, sei Befleckung:
und wenn ich einen bloß sehe, soll der Tag ein Unglückstag sein.
Sie sollen überhaupt für uns von Statuen aus Marmor oder
Erz sich nicht unterscheiden: und wir wollen von ihnen weder
einen Herold annehmen, noch mit ihnen einen Vertrag schließen.
Diese Einöde soll die Grenze gegen sie sein. Stamm= und Brü=
derschafts= und Demos=Genossen und Vaterland selbst sind kalte,
nutzlose Namen, die nur bei Thoren in Achtung stehen. Timon,
von Schmeichelei und lästigen Lobsprüchen befreit, soll allein reich
sein, allein die Uebrigen verachten und für sich allein schwelgen:
allein soll er, die andern abschüttelnd, weil er sein eigener Haus=
und Feldnachbar ist, den Göttern opfern und schmausen. Ja, es
sei beschlossen, daß er sich allein Lebewohl sage, und wenn er
sterben muß, sich selber den Kranz aufsetze[1]). Und sein liebster
Name sei Menschenhasser, die Kennzeichen seines Wesens Ver=
drießlichkeit, Rauhheit, Ungeschliffenheit, Zorn und Inhumanität.
Wenn ich aber einen im Feuer umkommen sehe und er mich an=
fleht, es auszulöschen, so soll ich es mit Pech und Oel auslöschen.
Und wenn Einen im Winter der Fluß an mir vorüberträgt und
er mit ausgestreckten Händen mich bittet, ihn zu fassen, so soll es
meine Pflicht sein, auch diesen auf den Kopf hinunterzustoßen,
so daß er nicht mehr hervorkommen kann. Auf diese Weise
würden sie die gleiche Vergeltung erhalten. Timon, der Sohn
des Echekratides aus Kolyttos, brachte das Gesetz ein, der näm=
liche Timon ließ darüber auch in der Volksversammlung abstim=
men[2]). Nun gut, das sei beschlossen und wir wollen männlich
dabei bleiben. Doch wäre es mir höchst erwünscht, wenn es allen
kund würde, daß ich wieder zu übergroßen Reichthümern gelangt
bin: denn das würde ihnen die Hälse zuschnüren. Doch was ist

---

[1]) Wie den Siegern in den heiligen Spielen, so wurde auch den Todten von
ihren Angehörigen oder Freunden ein Kranz auf die Stirne gesetzt.

[2]) Wenn ein Gesetzesvorschlag in der Volksversammlung eingebracht wurde, so
war es Sache des Vorsitzenden, zu entscheiden, ob derselbe überhaupt zur Abstimmung
gebracht werden dürfe. Timon ist Antragsteller und Vorsitzender und beschließende
Versammlung in einer Person.

das? O über die Schnelligkeit! Von allen Seiten laufen sie be=
stäubt und keuchend zusammen, ich weiß nicht, woher sie Witte=
rung von dem Golde bekommen haben. Soll ich nun auf diesen
Felsen steigen und sie mit Steinwürfen von der Höhe herab ver=
jagen, oder soll ich ein einziges Mal meinen Gesetzen zuwider
handeln und mich mit ihnen einlassen, damit sie sich über meine
Verachtung ihrer desto mehr ärgern? Das halte ich auch für
besser. Daher wollen wir zurücktreten und sie empfangen. Laß
sehen, wer ist dieser erste? Der Schmarotzer Gnathonides, der
mir jüngst, als ich ihn um einen Beitrag bat, einen Strick hin=
reichte, obwohl er oftmals bei mir ganze Fässer gebrochen hat.
Es ist gut, daß er zuerst kam: er soll vor den andern jammern.
Gnathonides. Sagte ich nicht, daß die Götter den Timon, den
wackern Mann, nicht vernachlässigen werden? sei mir gegrüßt, mein
schönster, bester Timon! wie geht es, Zechbruder? Timon.
Fürwahr auch dir, Gnathonides, biet' ich meinen Gruß, du Ge=
fräßigster aller Geier und Schändlichster aller Menschen! Gna=
thonides. Immer liebst du das Scherzen: doch wo ist das
Trinkgelage? ich bringe dir ein neues Lied mit, einen von den
eingelernten Dithyramben [1]). Timon. Gewiß, dieser Spaten
wird dich gar jämmerliche Lieder singen lehren. Gnathonides.
Was ist das? Du schlägst mich, Timon? Ich werde Zeugen rufen:
o Herakles, au, au, ich fordere dich wegen Körperverletzung vor
den Areopag [2]). Timon. Wenn du noch einen Augenblick zögerst,
so werde ich wegen Todtschlag vorgefordert werden. Gnatho=
nides. Bei Leibe nicht: heile vielmehr die Wunde durch Auf=
streuen von etwas Gold: das Mittel ist gar blutstillend. Ti=
mon. Stehst du noch? Gnathonides. Ich gehe: dir wird es
aber keine Freude bringen, daß du aus einem trefflichen Manne
ein so verkehrter geworden bist. Timon. Wer ist dieser Glatz=

---

[1]) Der Dithyrambos war eigentlich ein Festlied zu Ehren des Dionysos, später
wurde er auch an andere Götter gerichtet: ursprünglich trugen ihn Chöre vor, nach
dem peloponnesischen Kriege auch Einzelne.

[1]) Vor das Forum des Areopag gehörten die Mordsachen, absichtliche schwere
Körperverletzungen u. dgl.

kopf, der da herankommt? es ist Philiades, der abscheulichste aller Schmeichler. Dieser hatte von mir ein ganzes Grundstück bekommen und zwei Talente Mitgift für seine Tochter, bloß zum Lohn für seine Lobsprüche, die er mir, während die Andern schwiegen, wegen meines Gesanges ertheilte, wobei er schwur, ich sänge besser als die Schwäne, und jetzt, da er mich jüngst krank sah und ich ihn mit der Bitte um eine Unterstützung anging, antwortete mir der wackere Mann mit Schlägen. Philiades. O über die Unverschämtheit! jetzt kennt ihr den Timon? jetzt ist Gnathonides dein Freund und Zechbruder? für solche Undankbarkeit hat er freilich die gerechte Strafe erfahren. Wir alten Vertrauten, die wir zusammen Jünglinge waren und demselben Demos angehören, halten gleichwohl Maß, damit es nicht scheine, als überfielen wir dich. Sei mir gegrüßt, mein Gebieter, und hüte dich doch nur vor diesen schändlichen Schmarotzern, die allein bei Tische Freunde sind, im Uebrigen aber von Raben sich nicht unterscheiden. Jetzt kann man Niemanden mehr trauen: alle sind undankbar und schlecht. Ich wollte dir ein Talent[1]) bringen, damit du es zu deinen dringenden Bedürfnissen gebrauchen könntest, da hörte ich schon auf dem Wege in der Nähe, daß du in den Besitz eines übergroßen Reichthums gelangt wärest. Ich komme nun, um dir diese Ermahnungen zu ertheilen. Da du jedoch weise bist, wirst du vielleicht meine Worte nicht nöthig haben: du könntest ja auch den Nestor in dem, was noth thut, unterweisen. Timon. Da hast du Recht, Philiades: doch komm heran: auch dich will ich mit dem Spaten bewillkommnen. Philiades. Menschen, der Undankbare hat mir den Schädel zertrümmert, weil ich ihm das Nützliche rieth. Timon. Sieh, da kommt ein Dritter, der Redner Demeas, heran mit einem Dekret in der Hand. Er wird wohl jetzt mit mir verwandt sein wollen. Dieser erhielt von mir an einem Tage sechzehn Talente, um sie der Stadt zu bezahlen — denn er war verurtheilt und in's Gefäng-

---

[1]) Das griechische Talent ist, wie das englische Pfund, eine imaginäre Münze: es gab mehrere Arten Talente, jede war über 1000 Thaler unseres Geldes.

niß geworfen, weil er nicht zahlen konnte, aus Mitleid machte ich ihn frei — und jüngst, da ihn das Loos traf, dem erechtheischen [1]) Stamm das Theorikon [2]) zu vertheilen und ich ihn um meinen Antheil ersuchte, so sagte er, er wisse nicht, daß ich ein Bürger sei. Demeas. Sei mir gegrüßt, o Timon, du großer Nutzen deines Geschlechtes, du Stütze der Athener, du Schild von Hellas. Schon lange erwartet dich das versammelte Volk und beide Senate [3]). Höre aber zuvor das Dekret, welches ich für dich abgefaßt habe. „Da Timon, der Sohn des Echekratides aus Kollytos, nicht allein ein wackerer, sondern auch ein weiser Mann, wie schwerlich ein anderer in Hellas, stets um die Stadt sich verdient gemacht, im Faustkampfe, im Ringen und Wettlauf zu Olympia an e i n e m Tage gesiegt hat, und mit einem Viergespann und einem Zweigespann von jungen Pferden —" Timon. Ich habe ja Olympia noch nie in meinem Leben gesehen. Demeas. Was schadet das? du wirst es später sehen. Es ist besser, daß viel Derartiges dabei sei. „Und da er im vorigen Jahre bei Acharnä [4]) zum Besten der Stadt sich ausgezeichnet und zwei Abtheilungen Peloponnesier in die Pfanne gehauen hat —" Timon. Wie? weil ich keine Waffen hatte, wurde ich ja gar nicht einmal auf die Liste gesetzt. Demeas. Du sprichst von dir selbst bescheiden: wir aber wären undankbar, wenn wir es dir nicht gedenken wollten. „In Anbetracht ferner, daß er durch Abfassung von Dekreten, durch seine Rathschläge und als Feldherr der Stadt nicht geringe Dienste erwiesen hat, so will in

---

[1]) Als Satyriker nimmt es Lucian mit historischer Wahrheit häufig nicht genau: so gehört auch hier der Demos Kollytos, in dem Timon wohnte, nicht zu der erechtheischen, sondern zu der ägeischen Phyle.

[2]) Weil die scenischen Aufführungen zugleich religiöse Festlichkeiten waren, so erhielt seit Perikles jeder Bürger eine gewisse Summe, um sich einen Platz im Theater zu kaufen, das sogenannte Theorikon. Vergl. darüber Grote, history of Greece, vol. II, 492.

[3]) Der Rath des Areopag und der Rath der Fünfhundert.

[4]) Der Hauptort des größten von den attischen Demen. Ist die Lesart richtig, so spielt Lucian auf das von Thucydides II, 22 erwähnte Reitertreffen an: weil dasselbe aber für die Athener unglücklich ablief, so vermuthet Hemsterhusius: πρὸς Ἀκαρνᾶνας, gegen die Akarnanen, die am peloponnesischen Kriege Theil nahmen.

Erwägung alles dessen der Senat und das Volk und die Heliäa [1]) nach Stämmen und die Demen einzeln und in ihrer Gesammtheit beschlossen haben, den Timon in Gold aufzustellen neben der Athene auf der Burg, mit dem Donnerkeil in der Rechten und sieben Strahlen auf dem Haupte, und ihn mit goldenen Kränzen zu krönen und die Kränze an den Dionysien [2]) bei der Aufführung neuer Tragödien öffentlich auszurufen — den Antrag stellte der Redner Demeas als sein naher Verwandter und Schüler, denn Timon ist auch der beste Redner und alles andere, was er will." Da hast du nun das Dekret: ich wollte dir auch meinen Sohn vorstellen, den ich nach dir Timon genannt habe. Timon. Wie, Demeas, du hast ja noch gar nicht einmal geheirathet, so viel ich weiß. Demeas. Nun, ich werde, wenn Gott will, im nächsten Jahre heirathen und Kinder haben und das erste — es wird gewiß ein Knabe sein — nenne ich schon jetzt Timon. Timon. Höre mal, ich weiß nicht, ob du noch heirathen wirst, wenn du von mir einen solchen Schlag bekommst. Demeas. O weh! was ist das? Tyrannenmacht maßest du dir an, Timon, und schlägst die Freien, obwohl es mit deiner freien Geburt und deinem Bürgerrecht nicht im Reinen ist? Du wirst aber gar schnell Strafe büßen sowohl für das Uebrige, als auch dafür, daß du die Burg in Brand stecktest. Timon. Die Burg ist ja nicht in Brand gesteckt, du Schändlicher: daher bist du offenbar ein Sykophant. Demeas. Du bist auch reich, weil du in die Hinterzelle (des Parthenon [3]) eingebrochen bist. Timon. Ebenso wenig ist dies geschehen: somit ist auch das unglaublich. Demeas. Nachher wird der Einbruch verübt werden: du hast aber

---

[1]) „Wie dieser Gerichtshof (der allerdings Bekk. Anecd. K. 310, 32 auch μεγάλη ἐκκλησία genannt wurde) hierher kommt, ist nicht klar. Die ganze Stelle enthält sehr Vieles, was vom gewöhnlichen uns bekannten Gebrauch völlig abweicht, und gewiß nicht der Unkenntniß Lucian's zur Last fällt, als vielmehr auf Rechnung der bombastischen, alles Maß übersteigenden Schmeichelei des Demeas zu setzen ist. Demeas will sagen, daß der ganze Staat, alle Beamten wie jeder Einzelne, an diesem Beschlusse Theil genommen haben." Sommerbrodt.

[2]) Es sind die großen städtischen Dionysien gemeint, die durch Aufführung neuer dramatischer Kompositionen verherrlicht zu werden pflegten.

[3]) Die Hinterzelle des Parthenon, wo der Staatsschatz aufbewahrt wurde.

5 *

schon Alles, was darin war. Timon. Nimm nun noch einen zweiten hin. Demeas. O weh, mein Rücken! Timon. Schreie nicht: ich werde dir auch den dritten appliciren: denn es wäre doch zu lächerlich, wenn ich unbewaffnet zwei Abtheilungen Lacedämonier in die Pfanne gehauen hätte und nicht ein jämmerliches Menschlein zertrümmern könnte: umsonst würde ich auch im Faustkampf und Ringen bei Olympia gesiegt haben. —

Doch was ist das? ist das nicht der Philosoph Thrasykles? Kein Anderer. Mit herabhängendem Bart und in die Höhe gezogenen Augenbraunen kommt er, für sich hinstolzierend, daher, wie ein Titane um sich schauend, das Haar auf der Stirn in die Höhe gesträubt gleich einem leibhaftigen Boreas oder Triton, wie sie Zeuxis [1]) malte. Dieser Mann, der in Haltung, Gang und Umwurf des Kleides Wohlanstand, Ordnung und Besonnenheit ausdrückt, des Morgens Unzähliges über die Tugend spricht, die Freunde des Vergnügens anklagt und die Selbstgenügsamkeit lobt, wann er nach dem Bade zur Tafel kommt und der Diener ihm den großen Becher hingereicht hat — der ungemischteste Wein ist ihm der liebste — dann zeigt er gleich, als hätte er das Wasser der Lethe getrunken, das Gegentheil von jenen Reden am Morgen, wie ein Stoßvogel rafft er die Speisen fort und drängt seinen Nachbarn mit dem Ellenbogen ab, den Bart voller Brühe, wie ein Hund sich vollschlingend, in übergebückter Stellung, als erwarte er die Tugend in den Schüsseln zu finden, und um auch nicht ein Bischen Sauce übrig zu lassen, wischt er die Teller sorgfältig mit dem Zeigefinger aus. Stets ist er unzufrieden, auch wenn er den ganzen Kuchen oder den Schweinebraten allein

---

[1]) „Zeuxis, Maler aus Herakleia in Großgriechenland, Zeitgenosse und Nebenbuhler des Parrhasius, dessen Blüthe in das Ende des peloponnesischen Krieges fällt. Besonders berühmt waren von seinen Gemälden: eine Götterversammlung, Eros mit Rosen bekränzt, Marsyas, Pan, Alkmene, Herakles als Kind, Galene, eine Penelope, eine Kentaurenfamilie, ein Athlet u. a. (Siehe Luc. Zeuxis.) Des hier genannten Boreas und Triton geschieht anderswo keine Erwähnung. Bekannt sind ferner seine durch den Schein der Wirklichkeit täuschenden Weintrauben und das Bild einer alten Frau, über dessen Anblick der Künstler sich selbst zu Tode gelacht haben soll." Sommerbrodt.

bekommen hat, oder was sonst seiner Leckerhaftigkeit und Un-
ersättlichkeit behagt, und in seinem ausgelassenen Rausche bricht
er nicht nur in Gesang und Tanz, sondern sogar in Schmähungen
und Wuth aus. Ferner spricht er bei dem Glase viel und dann
vorzüglich über Besonnenheit und Mäßigkeit: überdem führt er
diese Reden, wenn ihm von dem ungemischten Weine schon übel
ist und seine Zunge lächerlich lallt: sodann folgt Erbrechen und
endlich heben ihn Einige auf und tragen ihn fort, während er sich
mit beiden Händen an der Flötenspielerin festhält. Doch auch
nüchtern würde er Keinem im Lügen, in Frechheit oder Geldgier
den Vorrang einräumen. Er ist aber auch der erste unter den
Schmeichlern und schwört am leichtesten falsche Eide, die Täuschung
geht ihm voran und die Unverschämtheit zur Seite, kurz, er ist
ein vollkommener und in jeder Beziehung vollendeter Meister seiner
Kunst. In nicht langer Zeit soll der Treffliche ein Wehgeschrei
erheben. Was ist das? Der Tausend! Spät kommt mein Thrasykles! Thrasykles. Nicht in derselben Absicht wie diese vielen
Leute bin ich gekommen, Timon, die aus Staunen über deinen
Reichthum in der Hoffnung auf Silber und Gold und kostbare
Gastmähler zusammengelaufen sind, um gegen einen einfachen und
seine Habe gern mittheilenden Mann, wie du, viel Schmeichelei zu
zeigen. Du weißt ja, daß für mich Brod eine genügende Mahlzeit ist, daß meine liebste Zukost Lauch oder Kresse oder, wenn
ich einmal schwelge, etwas Salz ist, mein Trank das Wasser der
Quelle Enneakraunos [1]). Dieser Mantel ist besser als jedes Purpurkleid: Gold scheint mir nicht werthvoller, als die Steinchen
am Meeresufer. Um deinetwillen machte ich mich auf, damit
dich nicht diese schlimmste und gefährlichste Sache, der Reichthum,
verderbe, der oftmals Vielen an unheilbarem Unglück Schuld gewesen ist. Wolltest du mir gehorchen, so wirst du ihn am liebsten
ganz in's Meer werfen, da er für einen guten Mann, der den
Reichthum der Philosophie erkennen kann, nicht nöthig ist. Du
darfst ihn jedoch nicht in die Tiefe schleudern, sondern nur bis
über die Knie in's Wasser steigen und ihn kurz vor die Brandung

---

[1]) Ein von Pisistratus ausgebauter, bekannter Brunnen in Athen.

legen, wenn Niemand sucht als ich. Willst du das aber nicht, so kannst du ihn noch auf eine bessere Weise schnell bis auf den letzten Heller aus dem Hause loswerden: vertheile ihn an alle Bedürftige, gib dem einen fünf Drachmen, dem andern eine Mine, dem dritten ein halbes Talent. Wenn aber einer ein Philosoph ist, so verdient er, das Doppelte oder Dreifache zu bekommen. Mir genügt es — doch fordere ich nicht meinetwegen, sondern um den armen Freunden geben zu können — wenn du mir diesen Ranzen[1]) füllst, der nicht einmal zwei ganze äginetische Scheffel faßt. Ein Philosoph muß mit Wenigem zufrieden und mäßig sein und nicht über den Ranzen hinausdenken. Timon. Das gefällt mir von dir, Thrasykles: doch bevor es an den Ranzen kommt, will ich, wenn es dir recht ist, dir den Kopf mit Beulen anfüllen und sie dir mit dem Spaten zumessen. Thrasykles. O Demokratie und Gesetze, in der freien Stadt prügelt uns der Verfluchte. Timon. Was zürnst du, Bester? ich habe dich doch nicht betrogen? ich werde dir noch eine Metze über das Maß zugeben. Doch was ist das? Es versammeln sich Viele: dort kommt Blepsias und Laches und Gniphon und das ganze Regiment derer, die Schläge haben wollen. Ich will auf diesen Felsen steigen, den Spaten, der lange genug gearbeitet hat, ruhen lassen, mir möglichst viele Steine zusammentragen und von oben auf sie herunterhageln. Blepsias. Wirf nicht, Timon, wir gehen schon fort. Timon. Doch nicht ohne Blut und Wunden.

---

[1]) Der Ranzen oder Brodsack (πήρα), ein grober Mantel (τρίβων) und ein Stock (ξύλον) waren die Abzeichen der mit der Einfachheit kokettirenden Philosophen des lucianischen Zeitalters.

Prometheus oder der Kaukasus.

Hermes, Hephästos, Prometheus.

Hermes. Hier ist nun der Kaukasus, an den dieser un=
glückliche Titane genagelt werden soll. Wir wollen uns schon
nach einem passenden Abhange umsehen, ob etwa eine Stelle von
Schnee frei ist, damit die Bande fester anschließen und dieser
am Kreuze Allen sichtbar sei. **Hephästos.** Das wollen wir,
Hermes: er darf weder tief und in der Nähe der Erde ange=
nagelt werden, damit ihn nicht seine Gebilde, die Menschen, be=
schützen, noch auch auf der Spitze — denn er würde von unten
nicht zu sehen sein — sondern er möge, wenn du derselben Mei=
nung bist, hier wo in der Mitte über der Schlucht gekreuzigt
werden, die Arme ausgebreitet, von diesem Abhange bis zum
gegenüberstehenden. **Hermes.** Du hast Recht. Die Felsen sind
jäh und ringsum unzugänglich, und der Abhang hat eine so enge
Fläche, daß man kaum mit den Fußspitzen darauf stehen könnte
— kurz, das Kreuz würde hier am besten Platze sein. Zögere
nun nicht, Prometheus, sondern steige hinauf und laß dich an
den Berg annageln. **Prometheus.** Ihr könntet doch mit mir
Mitleid haben, Hephästos und Hermes, da ich unverdient unglück=
lich bin. **Hermes.** Meinst du damit, Prometheus, daß wir
uns für die Vernachlässigung des Befehles auf der Stelle anstatt
deiner kreuzigen lassen sollen? oder denkst du, der Kaukasus reiche
nicht hin, um noch zwei andere Gekreuzigte zu fassen? Wohlan,
reiche deine rechte Hand hin: schließe sie, Hephästos, und nagle
sie mit tüchtigen Hammerschlägen fest: gib auch die andere: mache
auch diese recht fest. Nun ist es gut: bald wird auch der Adler
herbeifliegen, um dir die Leber zu zerfressen, damit du für deine
schöne, kunstvolle Bildnerei den ganzen Lohn habest. **Prome=
theus.** O Kronos, Japetus und du, o Mutter, was leide ich
Unglücklicher, ohne etwas Böses gethan zu haben! **Hermes.**
Du hast nichts Böses gethan, Prometheus? und doch hast du

erstens, da dir die Theilung des Opferfleisches überlassen war, sie so ungerecht und betrügerisch gemacht, daß du für dich das Beste wegnahmst, den Zeus aber hintergingst, indem du die „Knochen in weißes Fett hülltest". Mir fällt nämlich Hesiod [1]) ein, der so sagt. Sodann formtest du die Menschen, die boshaftesten Geschöpfe, und besonders die Weiber. Zu Allem stahlst du das werthvollste Besitzthum der Götter, das Feuer, und gabst es den Menschen. Nach so bösen Thaten behauptest du, man lege dich in Fesseln, ohne daß du ein Unrecht begangen habest? Prometheus. Auch du, Hermes, scheinst, wie es bei Homer heißt, einen Unschuldigen anzuschuldigen [2]), wenn du mir solche Dinge vorrückst, für die ich mir, wenn Recht geschähe, die Bewirthung im Prytaneum [3]) zuerkennen würde. Wenn du Muße hast, so würde ich mich gern wegen der gegen mich erhobenen Anschuldigungen rechtfertigen, um zu zeigen, daß Zeus eine ungerechte Entscheidung in Betreff meiner gefällt habe. Du deinerseits vertheidige ihn, — du hast ja eine geläufige Zunge und bist in Rechtshändeln geschickt — daß er einen gerechten Ausspruch that, als er mich, ein höchst trauriges Schauspiel für alle Scythen, auf dem Kaukasus, nahe an diesen kaspischen Thoren kreuzigen ließ. Hermes. Die Appellation, zu der du aufforderst, Prometheus, kommt zwar zu spät und hilft nichts: trotzdem aber sprich: wir müssen auch so schon warten, bis der Adler herabfliegt, um für deine Leber zu sorgen. Es dürfte nun passend sein, diese mäßige Zwischenzeit auf das Anhören eines sophistischen Vortrags zu verwenden, wie man ihn von einem so großen Redekünstler wie du erwarten kann. Prometheus. Sprich also zuerst, Hermes, und daß du mich nur ja auf das Schärfste anklagst und von dem Rechte deines

---

[1]) Hesiod. Theog. 535.
[2]) Hom. Il. XIII, 775 sagt Paris diese Worte zu Hektor.
[3]) Die Bewirthung im Prytaneum, dem Gebäude, wo die Prytanen mit dem Senate ihre Sitzungen hielten, war eine ausgezeichnete Ehre, die den Siegern bei Olympia, Männern, die sich um das Vaterland besonders verdient gemacht hatten, fremden Gesandten u. s. f. erwiesen wurde. Hier hat wohl Lucian die Worte des Sokrates aus Plato's Apologie im Sinne gehabt, der seinen Richtern erklärte, daß er sich keiner Strafe, sondern der Bewirthung im Prytaneum für würdig halte.

Vaters nichts vergißt: dich, Hephästos, mache ich zum Richter. Hephästos. Wisse vielmehr im Gegentheil, daß du mich zum Ankläger, nicht zum Richter haben wirst, da du das Feuer stahlst und meine Esse kalt zurückließest. Prometheus. Dann theilet die Anklage, sprich du über meinen Diebstahl, Hermes wird die Vertheilung des Fleisches und die Menschenmacherei angreifen: ihr beide seid Künstler und seht mir nach gewaltigen Rednern aus. Hephästos. Hermes wird auch für mich sprechen, denn ich beschäftige mich nicht mit Prozeßreden, sondern verweile meistentheils an meinem Schmiedeofen. Er aber ist ein Redner und hat sich in solchen Dingen nicht beiläufig geübt. Prometheus. Ich hätte zwar nicht geglaubt, daß Hermes über den Diebstahl sprechen und mir, seinem Kunstgenossen, eine derartige Handlung vorwerfen würde: wenn du dich dem aber unterziehst, Sohn der Maja, so ist es schon Zeit, die Anklage vorzutragen. Hermes. Einer sehr langen Rede bedarf es zwar über die von dir verübten Dinge, Prometheus, und einer hinlänglichen Zurüstung: doch für jetzt genügt es, die Summe deiner ungerechten Handlungen zu sagen, daß du, da dir die Vertheilung des Opferfleisches überlassen war, das Beste für dich selbst behieltst, den König hintergingst, ohne Grund die Menschen formtest, das Feuer uns stahlst und es ihnen brachtest. Wie es scheint, siehst du nicht einmal ein, mein Bester, daß du hiebei die große Güte des Zeus erprobt hast. Läugnest du es gethan zu haben, so wird man es beweisen und durch eine lange Rede die Wahrheit möglichst in's Licht stellen müssen. Gestehst du aber zu, das Fleisch so vertheilt, die Neuerungen in Bezug auf die Menschen vorgenommen und das Feuer gestohlen zu haben, so habe ich zur Genüge angeklagt und werde nicht ausführlicher sprechen, denn es würde nur unnützes Geschwätz sein. Prometheus. Ob auch das Geschwätz sei, was du gesagt hast, werden wir ein wenig später wissen. Da du aber behauptest, daß die von dir erhobenen Anklagen genügend seien, so werde ich versuchen, wenn ich es vermag, die Anschuldigungen zu widerlegen. Und zuerst höre mich über das Opferfleisch an. Ich schäme mich aber, bei dem

Uranos [1]), auch jetzt, während ich davon spreche, um des Zeus
willen, wenn er so kleinlich und tadelsüchtig ist, daß er einen so
alten Gott an's Kreuz nageln ließ, weil er einen kleinen Knochen
in seinem Antheil fand, ohne an die ihm von mir geleistete Unterstützung sich zu erinnern und zu bedenken, um was es sich denn
bei seinem Zorn eigentlich handelt, und daß es sich für einen
Knaben schicke, darüber zu zürnen und unwillig zu sein, wenn er
nicht das größere Stück erhält. Solche zu einem Trinkgelage
gehörende Prellereien muß man jedoch nicht im Gedächtniß behalten, Hermes, sondern wenn auch bei dem Schmause ein Verstoß vorgefallen ist, ihn als Scherz ansehen und den Zorn darüber vergessen, noch bevor man aufgestanden ist: den Haß aber
auf morgen aufzubewahren, ihn nachzutragen und einen Grimm
von gestern beizubehalten — pfui, das geziemt weder Göttern,
noch ist es sonst königlich. Gewiß, wenn man den Trinkgelagen
diese Zierden nimmt, Täuschungen, Scherze, gegenseitiges Durch-
ziehen und Lachen über einander, so bleibt Trunkenheit, Ueber-
füllung und Stillschweigen übrig, traurige, unerfreuliche und für
ein Gelage sich am wenigsten passende Dinge. Daher glaubte
ich auch nicht, daß Zeus noch am folgenden Tage daran denken,
geschweige denn, daß er darüber so unwillig sein und meinen
werde, ein entsetzliches Unrecht erlitten zu haben, wenn Einer bei
der Vertheilung des Fleisches einen Scherz machte, um zu versuchen, ob der Wählende das Beste erkennen werde. Nimm aber
gleichwohl selbst den schlimmeren Fall an, Hermes, daß ich dem
Zeus nicht die kleinere Hälfte zuertheilt, sondern ihm das Ganze
weggenommen hätte; wie nun? hätte er deshalb, wie das Sprichwort sagt, Himmel und Erde mit einander mischen, Fesseln, Kreuze
und überhaupt den Kaukasus in's Spiel bringen und Adler her-
abschicken sollen, um mir die Leber zu zernagen? Hüte dich, daß
es nicht in dem, der darüber unwillig ist, Kleinlichkeit, uneblen
Sinn und leichtfertigen Zorn verrathe: denn was hätte dieser bei
dem Verluste eines ganzen Ochsen gethan, wenn er wegen wenigen

---

[1]) Prometheus schwört bei dem Stammvater der alten Götterdynastie, die ihm
die allein berechtigte ist.

Fleisches in solchen Zorn geräth? Um wie viel verständiger betragen sich hierin die Menschen, von denen man erwarten sollte,
daß sie sich leichter ereifern, als die Götter: trotzdem würde keiner
von ihnen seinem Koche die Strafe der Kreuzigung zuerkennen,
wenn er beim Fleischkochen mit dem Finger etwas Brühe ablecken,
oder vom Braten ein Stückchen abschneiden und es hinunterschlucken
wollte, sondern sie verzeihen ihm das. Werden sie aber gar einmal sehr zornig, so geben sie ihm ein Paar Püffe oder Ohrfeigen,
an's Kreuz jedoch ist noch nie einer wegen solcher Dinge bei ihnen
geschlagen worden. So viel nun über das Opferfleisch: für mich
ist es schimpflich, wegen dieser Anschuldigungen mich zu vertheidigen, weit schimpflicher aber für jenen, sie anzubringen. Jetzt
komme ich auf den zweiten Punkt, daß ich die Menschen bildete.
Da sich dies auf eine doppelte Art anklagen läßt, so weiß ich
nicht, welchen Vorwurf ihr mir macht, ob in dieser Beziehung,
daß überhaupt nicht Menschen hätten geschaffen werden sollen, sondern daß sie lieber lebloser Lehm hätten bleiben sollen, oder daß
sie zwar hätten geformt, aber auf eine andere Weise gestaltet
werden sollen? gleichwohl werde ich über Beides sprechen und zuerst nachzuweisen versuchen, den Göttern sei daraus kein Schaden
erwachsen, daß die Menschen in das Leben geführt wurden, sobann
daß es für sie nützlich und bei weitem besser war, als wenn die
Erde öde und ohne Menschen geblieben wäre. Einstmals existirte
nur — so dürfte es sich auch leichter zeigen, ob ich dadurch ein
Unrecht begangen habe, daß ich die Neuerung in Bezug auf die
Menschen machte — also ich sage, einst existirte nur das göttliche
und himmlische Geschlecht, die Erde war wild und ungestaltet,
ganz mit dichten Wäldern bedeckt, es gab weder Altäre, noch
Tempel der Götter — denn woher hätten sie auch kommen sollen?
— noch Prachtsäulen oder Statuen oder sonst Gegenstände dieser
Art, die man jetzt überall mit großer Sorgfalt verehrt sieht. Mir
fiel es nun ein — denn ich denke immer auf das gemeine Beste
und erwäge, wie das Interesse der Götter gefördert werden und
alles Andere an Ordnung und Schönheit zunehmen könnte —
daß es besser wäre, wenn ich ein wenig Lehm nähme und daraus
Geschöpfe formte, deren Gestalt der unsrigen ähnlich sähe. Mir

schien auch den Göttern etwas zu fehlen, wenn nicht ein Entgegen-
gesetztes da wäre, im Vergleich mit welchem sie glücklicher erscheinen würden. Jedoch sollten diese Wesen sterblich sein, in
jeder andern Beziehung aber höchst geschickt, klug und mit Erkenntniß des Besseren begabt. Ich knetete also, um mit dem Dichter
zu reden [1]), die Erde mit Wasser, erweichte sie und formte die
Menschen und rief die Athene hinzu, um mich in meiner Arbeit
zu unterstützen. Das ist nun das große Unrecht, welches ich den
Göttern zugefügt habe. Du siehst auch, welches meine Strafe
ist, weil ich Geschöpfe aus Lehm gestaltete und das bis dahin
Unbewegte in Bewegung brachte: und wie es scheint, sind seit
jenem Augenblick die Götter weniger Götter, weil auf der Erde
einige sterbliche Wesen in's Dasein gekommen sind. Denn Zeus
zürnt auch jetzt so, als würden die Götter durch die Erschaffung
der Menschen gekürzt, er müßte denn etwa dies fürchten, daß
auch diese Abfall gegen ihn im Schilde führen und wie die Giganten [2]) die Götter mit Krieg überziehen werden. Daß ihr also
durch mich und meine Werke kein Unrecht erlitten habt, Hermes,
ist offenbar: oder zeige mir auch nur ein einziges, wenn es auch
das kleinste ist, und ich will schweigen und Gerechtes von euch
erduldet haben. Daß aber den Göttern damit etwas Nützliches
widerfahren ist, könntest du lernen, wenn du wahrnehmen wolltest, daß die ganze Erde nicht mehr wüst und unbearbeitet, sondern mit Städten, Feldbau und zahmen Pflanzen geschmückt ist,
daß das Meer beschifft und die Inseln bewohnt werden, daß es
überall Altäre, Opfer, Tempel und festliche Versammlungen gibt
— alle Straßen, alle Märkte der Menschen von Zeus erfüllt
sind [3]). Denn hätte ich die Menschen für mich allein gebildet
und sie zu meinem Gebrauche behalten, so könnte man mir vielleicht Habsucht und Uebervortheilung vorwerfen, ich habe sie euch
aber als gemeinsames Gut überlassen, vielmehr kann man überall

---

[1]) Hesiod. Op. et. Di. 61, in der Beschreibung, wie Hephästos die Pandora
gestaltete.
[2]) Die Kämpfe gegen die Titanen und Giganten gehören zu den gefeiertsten
Thaten der olympischen Götter.
[3]) Krat. Phänom. 3.

Tempel des Zeus, des Apollo, der Here und die deinigen, Hermes, sehen, nirgends aber einen Tempel des Prometheus [1]). Merkst du, wie ich nur mein Interesse im Auge habe, das gemeinsame aber verrathe und kürze? Erwäge mir auch das noch, Hermes, ob du meinst, daß ein Besitzthum oder Machwerk, welches Niemand sieht oder lobt, dem Besitzer gleich viel Annehmlichkeit und Ergötzung bereiten wird. Wozu erwähnte ich das? Wenn die Menschen nicht geschaffen wären, so würde die Schönheit des Weltalls ohne Zeugen gewesen sein und wir würden einen Reichthum besessen haben, der weder von einem Andern bewundert, noch von uns selbst in gleichem Maße geschätzt worden wäre. Denn wir hätten ihn auch nicht gegen etwas Kleineres halten und nicht erkennen können, wie glücklich wir sind, wenn wir nicht Einige sähen, die das nicht haben, was wir haben. So erscheint auch das Große groß, wenn man es an dem Kleinen mißt. Anstatt mich wegen dieser Erfindung zu ehren, habt ihr mich an's Kreuz geschlagen und mir mein Vorhaben so vergolten. Aber es treiben, wirst du sagen, einige Bösewichter unter ihnen Ehebruch, führen Krieg, heirathen ihre Schwestern und stellen ihrem Vaterlande nach. Geschieht denn das nicht auch bei uns in Fülle? Und doch würde deshalb wohl Niemand dem Himmel und der Erde einen Vorwurf machen, daß sie uns zusammengesetzt haben. Vielleicht könntest du auch das noch anführen, daß wir durch die Sorge um sie viel Mühe haben müssen. Also sei auch der Hirt deshalb unzufrieden, daß er eine Heerde hat, weil er für sie sorgen muß. Doch ist diese Mühe auch angenehm, und die nicht unergötzliche Sorge gewährt manche Unterhaltung; denn was würden wir thun, wenn wir nicht für sie zu sorgen hätten? wir würden faullenzen, Nektar trinken und ohne Appetit uns an Ambrosia voll essen. Was mich aber am meisten ärgert, ist dieß, daß ihr zwar meine

---

[1]) Da Pausanias im 30. Kapitel der Attika ausdrücklich einen Altar des Prometheus erwähnt, so hat unsere Stelle zu verschiedenen Auslegungen Anlaß gegeben. Das Richtige hat wohl Hemsterhusius gesehen. Wenn sich auch Spuren einer Verehrung des Prometheus finden, so sind dieselben doch im Verhältniß zu der den übrigen Göttern gezollten Verehrung so geringfügig, daß Prometheus sie mit geringer rhetorischer Uebertreibung als gar nicht vorhanden bezeichnen konnte.

Menschenmacherei und vorzüglich die Weiber tadelt, daß ihr sie
trotzdem aber doch liebt und nicht aufhört, bald als Stiere, bald
als Satyrn und Schwäne zu ihnen herabzusteigen und ihnen die
Ehre anthut, Götter mit ihnen zu erzeugen. Vielleicht wirst du
sagen, die Menschen hätten zwar geformt werden sollen, doch in
einer andern Weise, nicht uns ähnlich. Welches andere, bessere
Muster hätte ich diesem vorziehen sollen, von dem ich wußte, daß
es in jeder Beziehung schön sei? oder hätte ich die Wesen ohne
Verstand, thierisch und wild machen sollen? und wie hätten sie
bei einer andern Beschaffenheit den Göttern geopfert, oder euch die
übrigen Ehren erwiesen? Wann sie euch die Hekatomben darbringen, zögert ihr nicht, falls es sein muß, sogar bis zum Okea-
nos „unter die untadeligen Aethiopen" ¹) zu gehen, den aber, der
euch die Ehrenbezeugungen und die Opfer verschafft hat, habt ihr
an's Kreuz geschlagen. Ueber den Punkt, der die Menschen betrifft, ist nun auch dies genügend. Ich werde nun schon mit
deiner Erlaubniß zu dem Feuer und dem viel geschmähten Diebstahl übergehen. Und beantworte mir, bei den Göttern, ohne
Zögern Folgendes: Haben wir etwas von dem Feuer verloren,
seitdem es bei den Menschen ist? du könntest es nicht sagen.
Denn das, glaub' ich, ist die Natur dieses Dinges, es wird nicht
weniger, wenn auch ein Anderer davon nimmt, es erlöscht nicht,
wenn Jemand anzündet. Es ist nun geradezu Neid, zu verhindern, daß man Andern, die seiner bedürfen, davon mittheile, wo-
durch euch kein Schaden erwächst. Doch müssen Götter gut und
„Geber des Guten" ²) sein und jedem Neide fern stehen. Denn
wenn ich auch alles Feuer fortgenommen und es auf die Erde
gebracht und überhaupt nichts zurückgelassen hätte, so würde ich
euch kein großes Unrecht zugefügt haben: ihr braucht es ja nicht,
da ihr weder friert, noch Ambrosia kocht, noch eines künstlichen
Lichtes bedürfet. Die Menschen aber brauchen das Feuer sowohl
zu den andern Dingen nöthig, als namentlich zu den Opfern,

---

¹) Hom. Il. I, 423, begibt sich Zeus mit allen Göttern zu den Aethiopen,
um ihre Opfer zu genießen.
²) Häufiges Beiwort der Götter bei den alten Epikern.

damit sie die Straßen mit Fettdampf durchräuchern, Weihrauch anzünden und die Schenkelknochen auf den Altären verbrennen können. Ich bemerke wenigstens, daß ihr am Rauche das meiste Gefallen findet und es für den lieblichsten Schmauß haltet, wenn der Fettdampf „im Rauche sich kräuselnd" [1] in den Himmel gelangt. Dieser Vorwurf würde also am meisten eurem Wunsche zuwider sein. Ich wundere mich in der That, daß ihr nicht auch der Sonne befehlt, ihnen nicht zu scheinen: und doch ist diese ein weit göttlicheres und flammenderes Feuer. Oder werfet ihr auch ihr vor, daß sie euer Besitzthum verzettelt? Ich bin fertig: scheint euch, Hermes und Hephästos, etwas nicht richtig, so weiset mich zurecht und widerleget es und ich werde mich dann wieder vertheidigen. Hermes. Es ist nicht leicht, Prometheus, mit einem so vortrefflichen Sophisten zu ringen. Doch war es ein Glück, daß Zeus dir nicht zuhörte, denn ich weiß gewiß, sechzehn Geier würde er beordert haben, um dir die Eingeweide auszureißen: so heftig hast du unter dem Schein, dich zu vertheidigen, ihn angeklagt. Darüber wundere ich mich aber, wie du als Seher nicht vorher wußtest, daß du hiefür wirst gezüchtigt werden. Prometheus. Ich wußte es ebenso gut, Hermes, wie ich auch jetzt wieder weiß, daß ich Erlösung finden und daß in nicht langer Zeit ein Bruder von dir aus Theben [2] kommen wird, um den Adler niederzuschießen, der, wie du sagst, heranfliegt. Hermes. Möchte das geschehen, Prometheus, und möchte ich dich erlöst mit uns schmausen, jedoch nicht das Fleisch vertheilen sehen. Prometheus. Sei getrost: ich werde mit euch schmausen und Zeus wird mich für eine nicht geringe Wohlthat loslassen. Hermes. Für welche? Zaudere nicht, sie zu nennen. Prometheus. Kennst du die Thetis [3], Hermes? doch ich darf es nicht sagen: es ist besser, das Geheimniß als Lösegeld zu bewahren. Hermes. Thue es, Titane, wenn das besser ist. Wir, Hephästos, wollen fortgehen: der Adler ist ja auch schon nahe. Halte nun

---

[1] Hom. Jl. I, 317.
[2] Herakles.
[3] Siehe das nächstfolgende Göttergespräch.

standhaft aus: möge bald der Schütze aus Theben, den du erwähnst, erscheinen, um dich von den Bissen des Vogels zu befreien.

Göttergespräche.

I.

Prometheus und Zeus.

Prometheus. Löse mich aus den Banden, Zeus: ich habe ja schon schrecklich gelitten. **Zeus.** Dich lösen? du müßtest noch schwerere Fesseln haben und den ganzen Kaukasus auf dem Nacken tragen und sechzehn Geier sollten dir nicht allein die Leber zerfressen, sondern auch die Augen ausstechen, dafür, daß du uns solche Geschöpfe, die Menschen, formtest und das Feuer stahlst und Weiber fabricirtest. Denn wie du mich bei der Theilung des Opferfleisches betrogst, indem du in Fett gehüllte Knochen mir vorsetztest und die bessere Portion für dich behieltst, was soll ich da sagen? **Prometheus.** Habe ich nicht schon genug gebüßt, da ich, so lange an den Kaukasus genagelt, den verteufeltsten der Vögel, den Adler, mit meiner Leber nährte? **Zeus.** Auch nicht den tausendsten Theil von dem, was du dulden mußt. **Prometheus.** Du wirst mich auch nicht umsonst lösen, Zeus, sondern ich werde dir etwas sehr Nöthiges eröffnen. **Zeus.** Du willst mich überlisten, Prometheus. **Prometheus.** Was wird mir das helfen? Du wirst ja nicht vergessen, wo der Kaukasus ist, und um Bande wirst du auch nicht in Verlegenheit sein, wenn du mich bei einer List ertappst. **Zeus.** Sage zuvor, welchen mir nöthigen Lohn du zahlen wirst. **Prometheus.** Wenn ich sage, wohin du jetzt gehst, wird dir dann auch meine Weissagung über das Andere glaubwürdig sein? **Zeus.** Ohne Zweifel. **Prometheus.** Zur Thetis, um sie als Gattin zu behandeln. Zeus. Das hast du freilich erkannt: was hast du nun sonst noch? es scheint ja, als würdest du etwas Wahres sagen. Prometheus. Mache dir nichts mit der Nereide zu schaffen, Zeus; denn wenn diese von dir schwanger wird, so wird ihr Kind es mit dir ebenso machen, wie du es machtest mit — Zeus. Meinst du, ich werde vom Throne gestoßen werden? Prometheus. Möge es nicht geschehen, Zeus: doch etwas Der=artiges droht ihre Umarmung. Zeus. Um diesen Preis danke ich für die Thetis: zum Lohn hiefür soll dich Hephästos in Frei=heit setzen.

II.

Eros und Zeus.

Eros. Wenn ich auch etwas fehlte, Zeus, verzeihe mir: ich bin ja ein Knäblein und noch unbesonnen. Zeus. Du, Eros, ein Knäblein? du bist ja weit älter, als Japetus [1]); oder weil dir nicht Bart und graue Haare gewachsen sind, deshalb willst du, obwohl ein Greis und ein Schelm, für ein Kind gelten? Eros. Was habe ich alter Mann, wie du sagst, dir denn für ein großes Unrecht gethan, daß du mich sogar in Fesseln zu legen gedenkst? Zeus. Erwäge, Verruchter, ob ein kleines, der du so deinen Spott mit mir treibst, daß es nichts gibt, wozu du mich nicht gemacht hast, zu einem Satyr [2]), einem Stier, zu Gold, zu einem Schwan, einem Adler: in mich selbst machtest du schlecht=hin Keine verliebt, auch habe ich nie empfunden, daß ich einem

---

[1]) Nach der Götter=Genealogie des Hesiod Theogon. 116 sind Eros und Gäa aus dem Chaos entstanden: von Uranos und Gäa stammen Japetus und die an=bern Titanen ab. An mehreren andern Stellen, z. B. im dreiundzwanzigsten Göttergespräch, ist jedoch Eros bei Lucian der Sohn der Aphrodite und gehört zu den jüngeren Göttern.

[2]) Wegen der vielen Gestalten, die Zeus annahm, um als Liebhaber zu reus=siren, führt er den Beinamen πολύμορφος, der Vielgestaltige. Als Satyr besuchte er die Antiope, als Stier die Europa, als Schwan die Leda, als Goldregen die Danae, als Adler die Asteria; doch ist damit das Register seiner Verwandlungen noch lange nicht geschlossen.

Weibe burch bich liebenswürbig geworden bin, sondern ich muß Täuschungen gegen sie anwenden und mich verbergen: den Stier ober Schwan lieben sie zwar, wenn sie mich aber erblicken, sind sie vor Furcht todt. Eros. Natürlich, als Sterbliche ertragen sie beinen Anblick nicht, Zeus. Zeus. Wie kommt es denn, baß Branchos[1]) und Hyakinthos den Apollo lieben? Eros. Aber die Daphne floh auch vor jenem, obwohl er Locken und keinen Bart hat. Willst du Liebe einflößen, bann schwinge nicht die Aegibe und führe nicht den Wetterstrahl, sondern mache bich so anmuthig als möglich, laß auf beiden Seiten Locken herab-wallen und sammle sie in ein Stirnband, lege ein Purpurkleid an, binde dir goldene Sandalen unter, wandle im Taktschritt zur Flöte und Chmbel, und bu wirst sehen, baß bir mehr folgen, als dem Dionysos Mänaben. Zeus. O pfui: um biesen Preis will ich nicht liebenswürdig sein. Eros. Dann laß auch das Lieben, Zeus: bies ist ja leichter. Zeus. Nein, lieben will ich zwar, aber die Mäbchen mit weniger Schwierigkeit erlangen: unter dieser Bedingung laß ich bich frei.

III.

Zeus und Hermes.

Zeus. Die Tochter des Inachus, die schöne, kennst bu, Hermes? Hermes. Ja, bu meinst die Io. Zeus. Sie ist kein Mäbchen mehr, sondern eine Ferse. Hermes. Das ist wunderbar: auf welche Weise wurde sie benn veränbert? Zeus. Here verwandelte sie aus Eifersucht: außerdem hat sie noch etwas Neues, Schreckliches, gegen sie ersonnen: sie setzte über sie einen vieläugigen Hirten, Argos genannt, der schlaflos die Ferse hütet. Hermes. Was sollen wir nun thun? Zeus. Fliege nach Nemea hinab — bort herum hütet der Argos die Io — töbte

---

[1]) Dieser Branchos ist der mythische Stammvater der vornehmen Familie der Branchiben zu Milet, die seit alten Zeiten in dem Besitz des Drakels des bibymälschen Apollo war. Nach Lucian ist Branchos der Liebling des Apollo, der römische Dichter Statius macht ihn zu seinem Sohne.

ihn, bie Jo aber führe über bas Meer nach Egypten und mache sie zur Isis: in Zukunft soll sie für bie bort lebenben Menschen eine Göttin sein, den Nil austreten lassen, bie Winde senben und bie Schiffenben beschirmen.

IV.

Zeus und Ganymedes.

Zeus. Wohlan, Ganymedes, ba wir schon an Ort und Stelle angelangt sind, gib mir sogleich einen Kuß, damit du siehst, baß ich nicht mehr einen krummen Schnabel und scharfe Krallen und Flügel habe, wie es bir vorkam, als bu mich für einen Vogel hieltest. Ganymedes. Warst bu nicht eben ein Adler, Mensch, und raubtest bu mich nicht, herabstoßend, mitten von dem Herbe weg? wie sind nun bie Flügel ausgefallen und wie siehst bu plötzlich anders aus? Zeus. Du siehst weber einen Men=schen, lieber Knabe, noch einen Adler, ich bin der König aller Götter und verwandle mich nach Umständen. Ganymedes. Was sagst bu? bu bist der Pan? Wie kommt es benn, baß bu keine Hirtenflöte und keine bichtbehaarten Beine hast? Zeus. Hältst bu benn jenen allein für einen Gott? Ganymedes. Ja, wir opfern ihm auch einen fehlerfreien[1]) Bock, den wir nach der Höhle führen, wo er steht: bu aber scheinst mir ein Menschenräuber zu sein. Zeus. Sage mir, hörtest bu nicht den Namen des Zeus und sahst bu auch nicht seinen Altar auf dem Gargarus[2]), des Got=tes, der regnen läßt und bonnert und Blitze macht? Gany=medes. Bist bu, mein Bester, ber, ber uns jüngst mit bem vielen Hagel überschüttete, der in der Höhle wohnen soll, der bas Ge=töse macht, bem ber Vater ben Widder opferte? wegen welches Vergehens raubtest bu mich benn, König ber Götter? vielleicht werden schon bie Wölfe die verlassenen Schafe anfallen und sie zerreißen. Zeus. Kümmerst bu dich benn noch um die Schafe,

---

[1]) Im Griechischen steht bas Wort ἐνορχις. .
[2]) Die bei Homer mehrmals erwähnte Spitze bes Iba.

da du unsterblich geworden bist und hier mit uns zusammen sein
wirst? Ganymedes. Was sagst du? du willst mich nicht so=
gleich noch heute auf den Ida hinabführen? Zeus. Keinenfalls:
ich wäre umsonst anstatt eines Gottes ein Adler geworden. Ga=
nymedes. Dann wird mich der Vater suchen und zürnen, wenn
er mich nicht findet, und ich werde später Schläge kriegen, weil
ich die Heerde verließ. Zeus. Wo wird er dich denn suchen?
Ganymedes. Nein, nein! ich bange mich schon nach ihm. Wenn
du mich zurückbringst, so verspreche ich dir, daß er dir noch einen
andern Widder als Lösegeld opfern werde: wir haben den drei=
jährigen, den großen, der die Heerde auf die Weide führt. Zeus.
Wie unschuldig und einfach der Knabe ist, noch ein reines Kind.
— Wohlan, Ganymedes, schlage dir alle jene Dinge aus dem
Sinn und vergiß sie, die Heerde und den Ida. Du gehörst ja
schon zu den Himmlischen und wirst von hier aus dem Vater und
dem Vaterlande viel Gutes thun, anstatt Käse und Milch wirst
du Ambrosia essen und Nektar trinken. Diesen wirst du auch uns
Andern einschenken: was aber die Hauptsache ist, du wirst nicht
mehr ein Mensch, sondern unsterblich sein und dein Stern [1]) soll
am schönsten glänzen, kurz, du wirst glücklich sein. Ganymedes.
Wenn ich aber spielen will, wer wird mit mir spielen? auf dem
Ida waren wir viel Altersgenossen. Zeus. Du hast auch hier
einen, der mit dir spielen wird, den Eros, und sehr viele Würfel:
sei nur getrost und heiter und sehne dich nach nichts mehr von
dem, was unten ist. Ganymedes. Wozu könnte ich auch nütz=
lich sein? oder werde ich auch hier eine Heerde hüten müssen?
Zeus. Nein, du wirst Mundschenk und über den Nektar gesetzt
sein und für unser Gelage zu sorgen haben. Ganymedes.
Das ist nicht schwer, ich weiß, wie man Milch einschenken und
den Becher überreichen muß. Zeus. Sieh mal, da denkt er
wieder an die Milch und glaubt, er werde Menschen aufwarten:
dies ist der Himmel und wir trinken, wie ich sagte, Nektar.
Ganymedes. Ist er lieblicher, Zeus, als Milch? Zeus. Du

---

[1]) Nach den meisten Gewährsmännern ist der Wassermann Ganymedes: siehe
Eratosth. Catast. c. 26.

wirst es bald wissen, und wenn du ihn gekostet hast, wirst du nicht mehr nach Milch verlangen. Ganymedes. Wo werde ich aber in der Nacht schlafen? mit meinem Altersgenossen Eros? Zeus. Nein, deshalb raubte ich dich, damit wir zusammen schlafen. Ganymedes. Könntest du nicht allein schlafen, ist es dir vielmehr lieber, mit mir zu schlafen? Zeus. Ja, mit einem so Schönen, wie du bist, Ganymedes. Ganymedes. Was wird dir die Schönheit zum Schlafe helfen? Zeus. Sie hat einen lieblichen Zaubertrank und führt einen sanfteren Schlaf herbei. Ganymedes. Doch war der Vater, wenn ich bei ihm lag, unwillig und erzählte des Morgens, daß ich mich immer hin und her wälzte, ihn mit Füßen stieß und im Schlafe sprach, so daß er keine Ruhe hatte: daher schickte er mich meistens zur Mutter schlafen. Wenn du mich also deshalb, wie du sagst, raubtest, so kannst du mich schon wieder auf die Erde herablassen, oder du wirst durch Schlaflosigkeit belästigt werden, da ich dich durch mein unablässiges Hinundherwerfen stören werde. Zeus. Das ist mir gerade das Angenehmste, wenn ich mit dir wachen, dich oftmals küssen und umarmen kann. Ganymedes. Du wirst es selbst sehen: ich werde schlafen, wenn du mich herzest. Zeus. Dann werden wir wissen, was zu thun ist. Jetzt führe ihn fort, Hermes, und bringe ihn, wenn er von der Unsterblichkeit getrunken, zurück, damit er unser Mundschenk sei, nachdem du ihn zuvor belehrt hast, wie er den Becher hinzureichen hat.

V.

Here und Zeus.

Here. Seitdem du diesen phrygischen Knaben vom Ida hierher entführt hast, Zeus, schenkst du mir weniger Aufmerksamkeit. Zeus. Also auf diesen Unschuldigen und ganz Harmlosen bist du auch schon eifersüchtig, Here? ich glaubte, du zürntest nur den Frauen, die mit mir ein Verhältniß gehabt haben. Here. Auch das ist nicht recht und schickt sich nicht für dich, daß du, der Gebieter aller Götter, mich, deine rechtmäßige Gemahlin, ver-

läſſeſt und auf die Erde hinabgehſt, um als goldener Regen, oder
als Satyr oder Stier zu verführen. Doch jene bleiben wenigſtens auf der Erde, dieſen Knaben vom Ida aber raubteſt du und
kamſt hinaufgeflogen, edelſter der Götter, und er wohnt, mir auf
den Hals gebracht, bei uns, angeblich, um den Nektar einzuſchen-
ken. Warſt du wegen Mundſchenken ſo in Verlegenheit und ſind
Hebe und Hephäſtos ſchon zu gebrechlich, uns aufzuwarten? du
würdeſt aber auch den Becher nicht anders von ihm nehmen, als
wenn du ihn vor aller Augen geküßt haſt, und der Kuß iſt dir
lieblicher als Nektar, und deshalb verlangſt du auch oft ohne
Durſt zu trinken. Zuweilen koſteſt du nur und gibſt ihm den
Becher, und wenn er getrunken hat, nimmſt du ihn zurück und
leerſt ihn ganz, aus dem der Knabe trank und wo er die Lippen
andrückte, um zugleich zu trinken und zu küſſen. Jüngſt legteſt
du, der König und Vater aller, ſogar die Aegide und den Wetter-
ſtrahl bei Seite und ſaßeſt da mit deinem langen Barte, den du
herunter hängen haſt, und würfelteſt mit ihm. Alles das ſehe
ich, daher glaube nicht, mir verborgen zu bleiben. Zeus. Und
was iſt denn dabei Arges, Here, wenn man beim Trinken einen
ſo ſchönen Knaben küßt und an beidem, dem Kuſſe und dem Nektar, ſich ergötzt? Wenn ich ihm nur einmal dich zu küſſen ge-
ſtatte, ſo wirſt du mich nicht mehr tadeln, daß ich den Kuß für
mehr werth halte, als den Nektar. Here. Das ſind Reden von
Knabenverführern: ich müßte von Sinnen ſein, wenn ich dieſen
weichlichen, ſo verzärtelten phrygiſchen Knaben mit meinen Lippen
berühren wollte. Zeus. Schmähe mir nicht, Beſte, meinen Liebling; dieſer weibiſche, verweichlichte Knabe aus dem Barbaren-
lande iſt mir lieber und reizender — doch ich will es nicht ſagen,
um dich nicht noch mehr aufzubringen. Here. Meinetwegen
kannſt du ihn auch heirathen: merke dir aber wenigſtens, was
du wegen dieſes Mundſchenken bei dem Gelage für Thorheiten
begehſt. Zeus. Dein hinkender Sohn Hephäſtos ſollte uns wohl
einſchenken, wenn er eben aus der Eſſe kommt, noch mit Kohlenſtaub bedeckt iſt, eben die Feuerzange bei Seite gelegt hat, und
aus ſeinen Fingern ſollten wir den Becher nehmen, ihn an uns
ziehen und ihn küſſen, den auch du, die Mutter, nicht küſſen möch-

teſt, da ſein Geſicht von Ruß ſchmutzig iſt. Das iſt anmuthiger?
nicht wahr? und jener Mundſchenk ſchickt ſich durchaus für das
Gelage der Götter, den Ganymedes aber müſſen wir wieder auf
den Ida herunterſchicken, denn er iſt ſauber und hat roſenfarbige
Finger und überreicht den Becher geſchickt, und was dich am mei=
ſten ärgert, ſein Kuß iſt lieblicher als Nektar. Here. Alſo ſeit
der Ida dieſen ſchönen Lockenkopf auferzogen hat, iſt Hephäſtos
lahm, ſeine Finger deines Bechers unwürdig, er iſt mit Ruß
bedeckt, und dir wird übel, wenn du ihn ſiehſt: einſt bemerkteſt
du dies nicht, und der Kohlenſtaub und die Eſſe war kein Hin=
derniß, daß dir der Trank aus ſeiner Hand wohl behagte. Zeus.
Du betrübſt dich auf dieſe Weiſe nur ſelber, Here, nichts weiter,
und ſteigerſt meine Liebe durch deine Eiferſucht. Wenn es dich
verdrießt, von dem blühenden Knaben den Becher zu nehmen, ſo
laß deinen Sohn dir einſchenken, du aber, Ganymedes, gib mir
allein den Becher und küſſe mich bei einem jeden zweimal, wenn
du ihn mir gefüllt überreichſt und wenn du ihn wieder von mir
zurückbekommſt. Was iſt das? du weinſt? Fürchte dich nicht!
denn wenn einer dich kränken will, ſo wird er Schläge bekommen.

VI.

Here und Zeus.

Here. Was hältſt du von dem Charakter dieſes Ixion [1]),
Zeus? Zeus. Ich halte ihn für einen charmanten Mann,
Here, und für einen guten Geſellſchafter: er würde ja auch nicht
an unſerem Gelage Theil nehmen, wenn er dieſer Ehre unwerth
wäre. Here. Aber er iſt derſelben unwerth, da er ein über=
müthiger Frevler iſt: er ſoll nicht mehr mit uns zuſammen ſein.
Zeus. Was verübte er denn? auch ich muß es, denk' ich, wiſſen.

---

[1]) Weder über den Vater, noch über die Urſache, weßhalb er zu der hohen
Ehre, Tiſchgenoſſe der Götter zu ſein, zugelaſſen wurde, herrſcht unter den Mytho=
logen Einſtimmigkeit. Seine Gemahlin heißt Dia, die ihm den durch ſeine Freund=
ſchaft mit Theſeus berühmten Peirithoos geboren, der aber von Lucian und andern
ein Sohn des Zeus genannt wird.

Here. Was benn Anderes? — doch ich schäme mich, es zu sagen: derartig ist, wozu er sich erkühnte. Zeus. Um so mehr solltest du es sagen, weil er Schändliches versuchte. Er hat doch nicht an eine ein Ansinnen gestellt? denn ich merke schon, was das für eine Schändlichkeit ist, bie du zu nennen zauberst. Here. Mir selber that er es, Zeus, keiner andern, schon lange Zeit. Und zuerst wußt' ich nicht, weßhalb er mich unverwandt ansah: er seufzte auf und vergoß Thränen, und zuweilen, wenn ich getrunken und dem Ganymedes den Becher gegeben hatte, forderte er aus eben jenem zu trinken, nahm ihn und küßte ihn dabei, führte ihn an seine Augen und sah mich wieder an. Da merkte ich schon, daß es Verliebtheit sei: lange scheute ich mich, dir davon zu sagen, und glaubte, der Mensch werde von dem Wahnsinn ablassen. Da er sich aber erdreistete, mir sogar Anträge zu machen, so verließ ich ihn noch in Thränen und auf den Knieen, verstopfte mir die Ohren, um seine frevelhaften Bitten nicht zu hören, und kam, um es dir zu sagen. Sieh nun selbst zu, wie du den Mann strafen wirst. Zeus. Ei der Verruchte, auf mich selbst hat er es abgesehen und bis zur Here versteigt sich sein Sinn? so sehr hat ihn der Nektar berauscht? Doch wir selbst sind daran schuld und treiben die Menschenliebe zu weit, da wir sie auch zu unsern Genossen an der Tafel machten. Es ist verzeihlich, wenn sie, dasselbe trinkend, wie wir, und himmlische Schönheiten schauend, wie man sie auf der Erde nicht sieht, von Liebe erfaßt wurden und ihren Genuß begehrten. Die Liebe ist etwas Gewaltsames und beherrscht nicht allein Menschen, sondern zuweilen auch uns selber. Here. Ueber dich freilich gebietet Amor unumschränkt und zieht dich, wie man zu sagen pflegt, an der Nase herum, und du folgst ihm, wohin er dich führt, und verwandelst dich leicht, in was er befiehlt, und überhaupt bist du sein Eigenthum und Spielzeug. Auch jetzt weiß ich, daß du dem Ixion Verzeihung ertheilst, weil du einstmals mit seinem Weibe buhltest, das dir den Peirithoos gebar. Zeus. Erinnerst du dich noch daran, wenn ich einmal auf die Erde herunterstieg und ein wenig scherzte? aber weißt du, was ich mit Ixion zu machen gedenke? durchaus nicht, ihn zu strafen, auch nicht ihn von un-

ferer Tafel zu verstoßen, das wäre linkisch: da er aber verliebt
ist und, wie du sagst, weint und unerträglich leidet — Here.
Nun, was denn, Zeus? ich fürchte, auch du dürftest mir etwas
Frevelhaftes ansinnen. Zeus. Keineswegs: sondern wir wollen
ein dir ähnliches Bild aus einer Wolke formen und es neben ihn
legen, wann das Gelage aufgehoben ist und er, wie natürlich, vor
Liebe keinen Schlaf hat: auf diese Weise wird wohl seine Qual
aufhören, wenn er in den Besitz seiner Wünsche gelangt zu sein
glaubt. Here. O pfui! der Vermessene möge schmählich zu
Grunde gehen! Zeus. Laß es dir trotz dem gefallen, Here.
Was könntest du Arges von dem Trugbild leiden, wenn Ixion
eine Wolke umarmt? Here. Er wird aber die Wolke für mich
halten und die Schande wird wegen der Aehnlichkeit mich treffen!
Zeus. Da sagst du nichts: weder könnte die Wolke Here werden, noch du eine Wolke: Ixion wird nur getäuscht werden.
Here. Alle Menschen sind unzart: er wird vielleicht auf die Erde
hinabgehen und prahlen und allen erzählen, er habe Here umarmt
und das Bett mit Zeus getheilt, und am Ende sagen, ich liebe
ihn, und sie werden ihm glauben, da sie nicht wissen, daß er eine
Wolke in seinen Armen hatte. Zeus. Nun, wenn er etwas derartiges sagt, so wird er in den Hades gestoßen, kläglich an ein
Rad gefesselt und mit ihm immer herumgeschwungen werden und
unaufhörlichen Schmerz leiden zur Strafe, nicht für die Liebe —
denn das ist nichts Arges — sondern für seine Großprahlerei.

VII.

Hephästos und Apollo.

Hephästos. Hast du das eben geborne Kind der Maja[1])
gesehen, Apollo? wie schön es ist und wie es alle anlächelt und

---

[1]) Maja, die Tochter des Titanen Atlas, gebar dem Zeus den Hermes. Die
Mannigfaltigkeit seiner Talente, von denen dieses Gespräch handelt, machte ihn zum
Boten der Götter, zum Schutzgott der Kaufleute, der Redner, der Künstler, der
Diebe, der Palästren u. s. f., zum Geleiter der Seelen in den Hades, vergl. den Ho-
merischen Hymnus auf Hermes.

schon zeigt, daß aus ihm etwas sehr Gutes werden wird? Apollo. Aus jenem Kinde etwas sehr Gutes, Hephästos, welches in Bezug auf seine Schelmerei älter ist als Japetus? Hephästos. Was könnte denn das jüngst geborne für ein Unrecht begehen? Apollo. Frage den Poseidon, dem es den Dreizack stahl, oder den Ares: denn auch diesem zog es unvermerkt das Schwert aus der Scheide, um nicht zu sagen, daß es auch mir selber den Bogen und die Pfeile entwendete. Hephästos. Das nur eben geborene that das, welches kaum stehen kann, das in den Windeln liegt? Apollo. Du wirst es es erfahren, Hephästos, wenn es blos zu dir gekommen ist. Hephästos. Das ist schon der Fall gewesen. Apollo. Wie nun? hast du alle Werkzeuge und fehlt keines von ihnen? Hephästos. Sie sind alle da, Apollo. Apollo. Sieh gleichwohl genau zu. Hephästos. Wahrhaftig, die Feuerzange seh ich nicht. Apollo. Du wirst sie aber wohl in den Windeln des Kindes sehen. Hephästos. Der hat ja so behende Finger, als wenn er sich der Kunst zu stehlen schon in Mutterleibe befleißigt hätte. Apollo. Ja, du hörtest ihn nicht schon viel und geläufig plaudern: er will uns sogar bei Tische aufwarten. Gestern aber forderte er den Eros zum Ringen heraus und warf ihn sogleich nieder, indem er ihm, ich weiß nicht wie, ein Bein stellte. Darauf, während der Lobsprüche, die er erhielt, stahl er der Aphrodite, die ihn wegen seines Sieges umarmte, ihren Gürtel, und dem Zeus, als er noch lachte, das Scepter. Wenn aber der Wetterstrahl nicht zu schwer gewesen wäre und zu viel Feuer gehabt hätte, so hätte er auch ihn weggenommen. Hephästos. Das ist ja ein verteufelt gewandter Junge. Apollo. Noch mehr, er ist auch schon ein Musikus. Hephästos. Woraus schließest du das? Apollo. Irgendwo hatte er eine todte Schildkröte gefunden, sogleich machte er sich aus der Schale ein Instrument, befestigte Handhaben und einen Steg daran, schlug Wirbel ein und legte einen Sattel unter, spannte sieben Saiten ein und spielte so anmuthig und melodisch, Hephästos, daß ich auf ihn neidisch war, obwohl ich lange das Citherspiel übe. Maja sagte, daß er auch die Nächte nicht im Himmel bleibe, sondern aus Vorwitz bis in den Hades hinabsteige, offenbar, um auch dort etwas zu stehlen. Er ist beflügelt und hat sich eine Ruthe von bewunderungswürdiger Kraft[1]) gemacht, mit der er die Seelen an sich zieht und die Todten hinabführt. Hephästos. Ich gab sie ihm zum Spielzeug. Apollo. Nun, zum Lohne dafür hat er dir die Feuerzange entwendet. Hephästos. Gut, daß du mich an die erinnerst: ich will sie holen gehen und vielleicht findet sie sich, wie du sagst, in den Windeln.

VIII.

Hephästos und Zeus[2]).

Hephästos. Was soll ich thun, Zeus? ich bringe, wie du befahlst, die schärfste Axt mit, so daß ich nöthigenfalls sogar einen Stein mit einem Hiebe durchhauen kann. Zeus. Gut, Hephästos, hole aus und spalte mir den Kopf in zwei Theile. Hephästos. Stellst du mich auf die Probe, ob ich rasend bin? Befiehl mir etwas anderes, was ich thun soll. Zeus. Eben dies, mir den Schädel spalten. Bist du aber ungehorsam, so wirst du nicht jetzt zum ersten Mal meinen Zorn erfahren: du mußt mit allen Kräften zuschlagen und nicht zögern, denn ich sterbe vor Geburtsschmerzen, die mir das Gehirn umkehren. Hephästos. Nimm dich in Acht, Zeus, daß wir nicht etwas Unheilvolles thun: das Beil ist scharf und wird dich nicht ohne Blut und nicht nach Art der Eileithyia[3]) entbinden. Zeus. Schlage nur dreist zu, Hephästos: ich weiß, was frommt. Hephästos. Ich gehorche, obwohl ungern: denn was soll man machen, wenn du befiehlst? — Was ist das? ein bewaffnetes Mädchen? Du hattest ein großes Unheil in deinem Kopfe, Zeus. Man darf sich nicht wun=

---

[1]) Diese Ruthe ist von dem Herolbstabe, den er als Bote der Götter trägt, verschieden.

[2]) Nach Hesiod Theog. V. 886 verschlang Zeus seine erste Gemahlin Metis (die Klugheit) auf den Rath des Uranos und der Gäa, weil Metis mit einem Sohne schwanger war, der seinen Thron gefährden würde. Hierauf brachte Zeus mit der Beihülfe des Hephästos die Athene aus seinem Haupte zur Welt.

[3]) Die Göttin der Entbindung, bei den Römern Lucina.

bern, baß du so jähzornig warst, da du ein so großes und noch
dazu bewaffnetes Mädchen unter deiner Hirnhaut ernährtest: und
uns blieb es verborgen, daß du nicht einen Kopf, sondern ein
Feldlager habest. Sieh da, das Mädchen hüpft und tanzt, schüttelt den Schild und schwingt den Speer und geräth in Verzückung,
und was die Hauptsache ist, in so kurzer Zeit ist sie schon sehr
schön und blühend geworden, zwar hat sie graublaue Augen, aber
auch dazu kleidet der Helm nicht schlecht: deshalb übergib sie mir
schon als Lohn für die Entbindung zum Weibe, Zeus. Zeus.
Du forderst Unmögliches, Hephästos: denn sie wird immer Jungfrau bleiben wollen: ich meinerseits habe nichts dagegen einzuwen-
den. Hephästos. Das wollte ich nur: das Uebrige wird meine
Sorge sein: und ich werde sie auf der Stelle rauben. Zeus.
Wenn du es kannst, so thu' es: doch weiß ich, daß du nach Un-
möglichem strebst [1]).

IX.

Poseidon und Hermes.

Poseidon. Kann man jetzt den Zeus antreffen, Hermes?
Hermes. Keinenfalls, Poseidon. Poseidon. Melde mich trotzdem bei ihm. Hermes. Ich sage dir, sei nicht beschwerlich; es
ist nicht gelegen, daher kannst du ihn jetzt nicht sehen. Poseidon. Er ist doch nicht etwa mit der Here zusammen? Hermes.
Nein, es ist etwas Anderes. Poseidon. Ich verstehe, Ganymedes ist drin. Hermes. Auch das nicht: er fühlt sich matt.
Poseidon. Woher, Hermes? das ist ja arg. Hermes. Es
ist so, daß ich mich schäme, es zu sagen. Poseidon. Mir, dem
Oheim gegenüber, mußt du das nicht thun. Hermes. Er ist
eben entbunden worden. Poseidon. O geh doch, er entbunden?
wer war denn der Vater? ohne daß wir es merkten, war er also
ein Zwitter? nicht einmal der Umfang seines Bauches deutete

---

[1]) Wie unglücklich die Bewerbung des Hephästos ablief, erzählt Apollodor in
seiner Bibliothek B. III. s. 6.

etwas derartiges an. Hermes. Da hast du recht, der enthielt auch nicht das Kind. Poseidon. Ich weiß: er gebar wieder aus dem Kopfe, wie die Athene: sein Kopf ist ein reiner Eierstock. Hermes. O nein, er ging im Schenkel mit dem Kinde der Semele schwanger. Poseidon. Nun das ist vortrefflich, daß uns der Herrliche am ganzen Leibe über und über trächtig ist. Aber wer ist die Semele? Hermes. Aus Theben, eine von den Töchtern des Kadmus: er band mit ihr an und machte sie schwanger. Poseidon. Und dann brachte er das Kind anstatt jener zur Welt, Hermes? Hermes. Ja wohl, wenn es dir auch sonderbar erscheint. Here bethörte die Semele — du weißt, wie eifersüchtig sie ist — und überredete sie, von Zeus zu verlangen, er solle sie unter Donner und Blitzen besuchen. Wie er sich dazu bestimmen ließ und mit dem Wetterstrahl zu ihr kam, da gerieth das Dach in Brand und Semele kommt durch das Feuer um, mir befiehlt er, ihr den Bauch aufzuschneiden und das noch unausgebildete Kind von sieben Monaten zu ihm zu bringen: und als ich es that, spaltete er sich den Oberschenkel und legte es hinein, damit es da auswachse, und jetzt hat er es im dritten Monat geboren und ist von den Geburtswehen matt. Poseidon. Wo ist jetzt das Kind? Hermes. Ich brachte es nach Nysa [1]) und gab es den Nymphen, um es unter dem Namen Dionysos aufzuziehen. Poseidon. Mein Bruder ist also Vater und Mutter dieses Dionysos zugleich? Hermes. So scheint es: ich will nun gehen, um ihm Wasser auf die Wunde zu holen und das Uebrige zu thun, was bei einer Wöchnerin zu geschehen pflegt.

X.

Hermes und Helios.

Hermes. Helios, du sollst heute nicht fahren, sagte Zeus, auch morgen nicht, auch übermorgen nicht, sondern zu Hause bleiben und die Zwischenzeit soll eine lange Nacht sein: daher mögen

---

[1]) Stadt in Indien.

die Horen [1]) die Pferde wieder abspannen, du aber lösche das Feuer aus und ruhe dich einmal nach langer Zeit. Helios. Da bringst du mir neue und sonderbare Botschaft, Hermes. Er glaubt doch nicht etwa, daß ich auf dem Wege etwas versah und die Pferde aus der Bahn treten ließ? er zürnt mir doch nicht gar deswegen und hat beschlossen, die Nacht dreifach so lang zu machen, als den Tag? Hermes. Nichts von der Art, und dies wird nicht für immer sein: er bedarf nur jetzt für sich selber einer längeren Nacht. Helios. Wo ist er, oder woher wurdest du abgeschickt, um mir dies zu melden? Hermes. Aus Böotien, Helios, von der Gemahlin des Amphitruo, in deren Gesellschaft er sich befindet. Helios. Reicht denn eine Nacht nicht aus? Hermes. Durchaus nicht: denn dieses Zusammensein soll einem großen und kampflustigen Gotte das Dasein geben und dieser kann nicht in einer Nacht fertig gemacht werden. Helios. Nun Glück auf zu seiner Vollendung! Das geschah aber unter Kronos nicht, Hermes — wir sind ja allein — er war nie dem Bette der Rhea untreu und verließ nicht den Himmel, um in Theben zu schlafen, sondern Tag war Tag und die Nacht hatte das den Jahreszeiten entsprechende Maß, nichts Fremdartiges und keine Vertauschung fand statt, nie würde jener mit einem sterblichen Weibe sich zu thun gemacht haben. Jetzt aber muß um eines elenden Weibleins willen alles umgedreht werden, die Pferde müssen wegen ihrer Unthätigkeit ungelenkiger werden, der Weg muß schwierig werden, wenn er drei Tage hinter einander unbetreten bleibt, und die Menschen müssen kläglich im Dunkel leben. Solchen Vortheil werden sie von den Liebeleien des Zeus haben und voller Erwartung dasitzen, bis er den Athleten, von dem du sprichst, in dem langen Dunkel fertig gemacht hat. Hermes. Schweige, Helios, damit dir deine Reden nicht übel bekommen. Ich werde zur Selene und dem Hypnos (Schlaf) gehen und auch ihnen, was Zeus befahl, melden, daß jene auf ihrer Bahn langsam vorschreiten, daß der Schlaf aber nicht die Menschen verlassen solle, damit sie nicht merken, daß die Nacht so lang geworden ist.

---

[1]) Ueber die Horen vergleiche die Abhandlung von K. Lehrs in seinen populären Aufsätzen.

XI

Aphrodite und Selene.

Aphrodite. Ei, Selene, was höre ich die Leute von dir sagen? daß du dein Gespann anhältst, wenn du in der Nähe von Karien bist und den als Jäger unter freiem Himmel schlafenden Endymion erblickst, zuweilen aber auch mitten aus deiner Bahn zu ihm herabsteigst. **Selene.** Frage deinen Sohn, Aphrodite, der mir daran schuld ist. **Aphrodite.** Ach ja, das ist ein Schelm: wie hat er es mit mir, seiner Mutter, gemacht! Bald führt er mich auf den Ida hinab wegen des Anchises[1]) aus Ilion, bald auf den Libanos zu jenem assyrischen Knaben[2]), in den er auch die Persephone verliebt machte und mir den Geliebten zur Hälfte nahm. Daher drohte ich oftmals, wenn er davon nicht ablassen wird, ihm den Bogen und Köcher zu zerbrechen und ihm die Flügel zu beschneiden: einmal gab ich ihm auch schon Schläge mit dem Pantoffel auf den Hintern: dann fürchtet er sich für den Augenblick und bittet, bald hat er aber, ich weiß nicht wie, alles wieder vergessen. Doch sage mir, ist Endymion schön? Denn das gewährt bei dem Leiden Trost. **Selene.** Mir erscheint er auch sehr schön, Aphrodite, und vorzüglich, wenn er in dem unter= gebreiteten Mantel auf dem Felsen schläft und in der Linken die Jagdspeere hält, die ihm schon aus der Hand entgleiten, und die Rechte, nach oben um den Kopf geschlungen, anmuthsvoll auf dem Gesichte ruht, und er nun in Schlummer aufgelöst seinen am= brosischen Athem aushaucht. Dann steige ich ohne Geräusch her= unter, gehe auf den Fußspitzen, damit er nicht beim Erwachen erschrecke und — doch, du weißt es: was soll ich dir das Wei= tere sagen? Nur, ich vergehe vor Liebe.

---

[1]) Ueber Anchises, den Vater des Aeneas, und sein Verhältniß zu Aphrodite sehe man den Homerischen Hymnus auf Aphrodite.

[2]) Adonis.

XII.

Aphrodite und Eros.

Aphrodite. Mein Kind Eros, sieh, welche Händel du er=
regst: ich spreche nicht davon, was du die Menschen auf der Erde
überredest, gegen sich selbst, oder gegen einander zu thun, sondern
davon, daß du auch im Himmel den Zeus viele Gestalten an=
nehmen lässest, welche dir gerade beliebt, daß du die Selene vom
Himmel herabziehst und den Helios zuweilen zwingst, seine Fahrt
vergessend, bei Klymene [1]) zu verweilen. Denn was du gegen
mich, deine Mutter, frevelst, das thust du dreist. Du hast aber
auch, Unverschämtester, die Rhea selbst, die schon eine Matrone
und die Mutter so vieler Götter ist, überredet, ihr Herz an einen
Knaben zu hängen und nach dem jungen Phrygier [2]) zu schmach=
ten, und jetzt hast du sie in solche Raserei versetzt, daß sie die
Löwen anspannt und mit den Korybanten, die auch rasend sind,
den Ida hinauf und hinab daherzieht: sie selbst heult über den
Attys, von ihren Korybanten schneidet sich einer mit dem Schwerte
in den Arm, ein anderer eilt rasend mit fliegendem Haar durch
die Berge, ein dritter bläst auf dem Horn, ein vierter macht auf
der Trommel Geräusch oder schlägt die Cymbel, kurz, auf dem
ganzen Ida ist Verwirrung und begeisterte Wuth. Ich fürchte
nun Alles; ich, die ich zum Unheil der Welt dich geboren, fürchte,
daß Rhea, wenn sie einmal in Raserei ist, oder soll ich lieber
sagen, wenn sie noch bei Sinnen ist, den Korybanten befehle, dich
zu ergreifen und zu zerreißen, oder dich den Löwen vorzuwerfen.
Das fürchte ich, da ich dich in Gefahr sehe. **Eros.** Sei ge=
trost, Mutter, denn ich bin auch schon mit den Löwen vertraut:
oft steige ich auf ihren Rücken, fasse ihre Mähnen und lenke sie,
sie wedeln mich an, nehmen meine Hand in den Mund, belecken
sie und geben sie mir zurück. Sollte Rhea selber Zeit haben,
an mich zu denken, da sie ganz in ihrem Attys lebt? Doch,

---

[1]) Die dem Helios den Phaëton gebar.
[2]) Dem Attys. Siehe das schöne Gedicht von Catull.

welch ein Unrecht begehe ich, wenn ich zeige, was schön ist? Begehret nicht das Schöne. Daher messet mir die Schuld nicht bei, oder willst du, Mutter, daß weder du den Ares liebest, noch er dich? Aphrodite. Wie gewaltig du bist und Alles beherrschest, erinnere dich aber an meine Worte.

XIII.

Zeus, Asklepios und Herakles.

Zeus. Höret auf, wie Menschen mit einander zu streiten, Asklepios und Herakles, das ist unschicklich und gehört sich nicht für das Gelage der Götter. Herakles. Du willst also, Zeus, daß dieser Quacksalber über mir sitze? Asklepios. Gewiß, ich bin auch ein besserer Mann. Herakles. Weßhalb, du verwetterter[1] Kerl? oder weil dich Zeus mit dem Blitz erschlug, als du thatest, was nicht erlaubt[2] war und dir nun aus Mitleid Unsterblichkeit verliehen hat? Asklepios. Hast du vergessen, Herakles, daß du auf dem Oeta[3] verbranntest, weil du mir das Feuer vorwirfst? Herakles. Unser Leben ist nicht gleich und ähnlich gewesen, ich bin ein Sohn des Zeus, und habe zur Säuberung des Lebens so viele Kämpfe bestanden, indem ich wilde Thiere besiegte und frevelhafte Menschen strafte; du hingegen bist ein Wurzelschneider und Marktschreier und vielleicht dazu brauchbar, kranken Leuten Heilmittel aufzulegen, eine manuhafte That hast du aber nie aufzuweisen gehabt. Asklepios. freilich war es keine, daß ich deine Brandwunden heilte, als du

---

[1] Im Original steht ἐμβρόντητος, welches vom Donner getroffen und verblüfft bedeutet: Wieland übersetzt donnerschlächtig — dieses Wort ist aber, so viel ich weiß, zu wenig gebräuchlich.

[2] Der Heilkünstler Asklepios ließ es nicht nur bei Kuren bewenden, sondern er erweckte auch sogar schon wirklich Gestorbene. Auf die Beschwerde Pluto's über Schmälerung seiner Rechte erschlug Zeus den Asklepios mit dem Wetterstrahl, verlieh ihm aber als Sohn des Apollo die Unsterblichkeit.

[3] Den Lesern der griechischen Tragiker ist diese Mythe aus den Trachinierinnen des Sophokles genügend bekannt.

jüngst halbverbrannt zu uns hinaufkamst, da der Unterrock und
banach das Feuer dir beinen Leib verletzt hatte. Wenn ich aber
auch von mir nichts Anderes sagen kann, so habe ich doch weder,
wie du, als Knecht gedient, noch in einem Lydischen Purpurkleide
Wolle gekemmelt und mit golbenem Pantoffel von Omphale
Schläge bekommen, ja nicht einmal in einem Anfalle von Schwer-
muth meine Kinder und mein Weib getödtet⁴). Herakles.
Wenn du nicht aufhörst, mich zu schmäh'n, so wirst du auf der
Stelle erfahren, baß bir beine Unsterblichkeit nicht viel nützen
wirb, denn ich werde bich fassen und bich kopfüber aus dem Himmel werfen, so baß selbst Pänon⁵) dir den zerschmetterten Schädel nicht heilen soll. Zeus. Lasset ab, sag' ich, und störet uns
nicht die Gesellschaft, oder ich werde euch Beibe von bem Gelage
fortschicken. Uebrigens ist es billig, Herakles, baß Asklepios über
bir sitze, weil er früher gestorben ist.

XIV.

Hermes und Apollo.

Hermes. Weßhalb traurig, Apollo? Apollo. Weil ich
in der Liebe unglücklich bin, Hermes. Hermes. Das ist freilich betrübt. Darf man aber das Nähere erfahren? oder schmerzt
dich noch der Vorfall mit Daphne? Apollo. O nein, ich be-
traure ben geliebten Lakonier, ben Sohn des Oebalus¹). Hermes. Sage mir, ist benn Hyakinthos gestorben? Apollo. Ja
wohl. Hermes. Durch wessen Hand? wer war so abscheulich,
jenen schönen Jüngling zu tödten? Apollo. Es ist meine

---

⁴) Der Name bieser Gemahlin ist Megara, die Zahl ihrer Kinder wird von
verschiedenen Gewährsmännern verschieden angegeben, man sehe Hemsterhuf. z. St.
⁵) In den homerischen Gedichten und bei Hesiob heißt der Wundarzt der
Götter Pänon oder Päon; seine Verwechselung mit Apollo gehört der späteren
Zeit an.
¹) Außer Lucian nennen auch Ovib, Philostratus und Hyginus ben Hyakinthos
einen Sohn bes Oebalus; nach Anbern ist sein Bater Amyklus, nach Apollobor III
p. 67, ist er ein Sohn ber Aphrobite und bes Abonis.

eigene That. **Hermes.** Warst du denn rasend, Apollo?
Apollo. Nein, es war ein Unfall, der ohne meine Absicht geschah. **Hermes.** Wie? ich will die Bewandtniß davon hören.
Apollo. Er lernte den Diskus [2]) werfen und ich warf mit ihm;
der verteufeltste der Winde, der Zephyr, liebte ihn auch seit langer Zeit, da er aber von ihm vernachläſſigt wurde und das nicht
ertrug, so warf ich, wie wir zu thun pflegten, den Diskus in die
Höhe, der Zephyr aber blies vom Taygetus [3]) her und trieb ihn
dem Knaben an den Kopf, so daß viel Blut aus der Wunde
floß und der Knabe auf der Stelle starb. Sogleich schoß ich
mit meinem Bogen nach dem Zephyr und verfolgte den Fliehen-
den bis auf den Berg, dem Knaben schüttete ich einen Grabhügel
in Amyklä [4]) auf, wo der Diskus ihn niederstreckte, und die Erde
mußte mir aus seinem Blute die lieblichste und schönste aller
Blumen emporwachsen lassen mit Buchstaben [5]), die auch noch den
Todten betrauern. Glaubst du nun, daß ich ohne Grund betrübt
sei? **Hermes.** Ja, Apollo, du wußtest, daß du einen Sterblichen zu deinem Lieblinge gemacht habest, deßhalb laß dich seinen
Tod nicht bekümmern.

XV.

Hermes und Apollo.

Hermes. Daß der Lahme, der noch dazu seinem Gewerbe
nach ein Schmied ist, die schönsten geheirathet hat, die Aphrodite
und die Charis [1]), das ist doch nicht anzusehen, Apollo. **Apollo.**

---

[2]) Der Diskus, eine tellerförmige Metallscheibe, war ein schon in den heroi-
schen Zeiten (man sehe Hom. Il. XXIII, 826 u. Od. VIII) zu gymnastischen Uebungen häufig gebrauchtes Werkzeug, sie wurde entweder nach einem bestimmten
Ziele oder einfach in die Höhe geschleudert.

[3]) Berg in Lakonien.

[4]) Pausan. Lacon. 19.

[5]) Die Buchstaben 'Aἰ, Aἰ. Die Fabel ist bei den alten Dichtern häufig,
obgleich es nach dem Urtheile der Botaniker keine Blume gibt, die diese Schrift-
zeichen trägt.

[1]) Grazie.

Er hat einmal Glück, Hermes; aber darüber wundere ich mich, wie sie ertragen mit ihm zusammen zu sein, besonders wann sie ihn von Schweiß triefen sehen, in den Schmiedeofen gebückt und mit viel Ruß auf dem Gesicht, und gleichwohl umarmen sie ihn in dieser Verfassung, küssen ihn und schlafen mit ihm. Hermes. Das erregt auch bei mir Aerger und Neid gegen Hephästos. Du kannst immerhin lange Locken haben, Apollo, die Cither spielen und auf deine Schönheit stolz sein, und ich auf meine kraftvolle Gewandtheit und die Laute; wenn die Zeit zum Schlafen kommt, werden wir doch allein liegen. Apollo. Ich bin auch sonst in der Liebe unglücklich, von den beiden wenigstens, die ich am meisten liebte, haßte mich Daphne so, daß sie lieber in einen Baum verwandelt werden wollte, als mit mir zusammen sein, den Hyacinth aber tödtete ich mit dem Diskus und jetzt habe ich für sie Kränze. Hermes. Einstmals habe ich schon die Aphrodite — doch man muß nicht prahlen. Apollo. Ich weiß und sie soll von dir den Hermaphroditos geboren haben. Das sage mir aber, falls du es etwa weißt, woher kommt es, daß Aphrodite und Charis nicht auf einander eifersüchtig sind? Hermes. Weil diese, Apollo, in Lemnos bei ihm ist, Aphrodite aber im Himmel, sonst ist sie meistentheils mit Ares beschäftigt und liebt ihn, so daß sie sich wenig um diesen Schmied kümmert. Apollo. Und glaubst du, daß Hephästos dies wisse? Hermes. Er weiß es, aber was könnte er machen, da er sieht, daß Jener jung und noch dazu ein Soldat ist. Daher verhält er sich ruhig, nur droht er ein Netz zu verfertigen und sie darin zu verstricken, wenn sie zusammen sind. Apollo. Ich weiß nicht, ich wünschte wohl selbst derjenige zu sein, der gefangen wird.

Hera und Leto. [1]

Hera. Schöne Kinder hast du auch dem Zeus geboren,
Leto. Leto. Wir können nicht Alle solche Kinder zur Welt bringen, Hera, wie dein Hephästos ist. Hera. Aber gleichwohl nützt
dieser Lahme, er ist der beste Künstler und hat uns den Himmel
ausgeschmückt, er bekam die Aphrodite zur Frau und wird von
ihr geschätzt. Was kann man aber von deinen Kindern sagen?
Die Tochter ist gar zu männerartig und haust auf Bergen, und
nun sie zuletzt nach Scythien gegangen ist, wissen alle, was sie
schmaust, indem sie die Fremden tödtet und die Scythen nachahmt,
die selbst Menschenfresser sind. Apollo aber maßt sich zwar an,
Alles zu wissen, ein Schütze, Citherspieler, Arzt und Seher zu
sein, er hat Orakelwerkstätten in Delphi, Klaros und Didymi [2]
angelegt und betrügt die ihn Befragenden durch seine schiefen Antworten, die sich nach beiden Seiten drehen lassen, damit ein Irr-
thum ihm keine Gefahr bringe, und reich ist er hierdurch freilich,
denn es gibt der Unverständigen und derer, die sich täuschen
lassen, viele; doch ist es den Einsichtsvolleren nicht unbekannt, daß
es meistentheils Aufschneidereien sind. Wenigstens wußte der
Prophet selbst nicht, daß er seinen Liebling mit dem Diskus tödten
wird, er ahnete nicht, daß Daphne vor ihm fliehen wird, obgleich er so schön ist und lange Locken hat. Daher sehe ich nicht,
weßhalb du glaubtest, schönere Kinder zu haben, als Niobe [3].
Leto. Ich weiß, wie der Anblick dieser Kinder unter den Göt-

---

[1] Leto (Latona) die Tochter des Titanen Cöus und Cousine des Zeus, sie
gebar ihm Apollo und Artemis als Zwillinge.

[2] Die drei berühmtesten Orakel des Apollo sind Delphi in Phocis, Klaros
bei Kolophon in Jonien und Didymi bei Milet, gleichfalls in Jonien.

[3] Niobe, des Tantalus Tochter, war auf die vierzehn Kinder, die sie dem
Könige von Theben Amphion gebar, so stolz, daß sie sich vermaß, sich über Leto
zu erheben. Die berühmte Gruppe Niobe und ihre Kinder stellt die Rache dar,
die Apollo und Artemis für diesen Frevel an ihr und ihrem Geschlechte nahmen.

tern, der Menschenfresserin und des Lügenpropheten, dich betrübt, und besonders wann jene wegen ihrer Schönheit gerühmt wird, dieser aber von allen bewundert bei dem Gelage die Cither spielt. Hera. Ich muß lachen, Leto, er soll bewundernswürdig sein, den Marsyas[4]), wenn die Musen ein gerechtes Urtheil hätten fällen wollen, in der Musik besiegt und geschunden haben würde. Nun aber ist der arme Teufel überlistet und durch eine ungerechte Entscheidung zu Grunde gerichtet. Deine jungfräuliche Tochter ist aber eben so schön, daß sie auf den Aktäon ihre Hunde hetzte, als sie merkte, er habe sie gesehen, aus Furcht, der Jüngling dürfte ihre Häßlichkeit ausplaudern. Ich will nicht davon reden, daß sie schwerlich bei Wöchnerinnen Hebammendienste versehen würde, wenn sie eine Jungfrau wäre. Leto. Du bist übermüthig, Hera, weil du die Gemahlin des Zeus bist und seinen Thron theilst, und deßhalb erlaubst du dir furchtlos Hohn. Doch ich werde dich bald wiederum weinen sehen, wann er dich verläßt und als Stier oder Schwan auf die Erde herabsteigt.

XVII.

Apollo und Hermes.

Apollo. Was lachst du, Hermes? Hermes. Weil ich das Spaßhafteste von der Welt gesehen habe. Apollo. Sage es nun, damit ich mitlachen kann, wenn ich es gehört habe. Hermes. Aphrodite ist in den Armen des Ares ertappt worden und Hephästos hat beide in einem Netz umstrickt. Apollo. Wie? du scheinst ja etwas Lustiges sagen zu wollen. Hermes. Er wußte, glaub' ich, seit langer Zeit davon und lauerte ihnen auf, er legte um sein Bett ein unsichtbares Netz und entfernte sich dann nach seiner Werkstatt. Darauf kommt Ares unvermerkt, wie er glaubte, hinein, ihn sieht aber Helios und sagt es dem Hephästos. Als sie nun das Bett bestiegen hatten und bei der

---

[4]) Marsyas, ein Satyr, der übermüthig genug war, den Apollo zu einem Wettstreit herauszufordern.

Arbeit waren und ganz in die Schlingen hineingekommen waren, da flechten sich die Bande um sie herum und Hephästos tritt hinzu. Jene wußte vor Scham nicht, wie sie sich verhüllen sollte, denn sie war nackt, Ares versuchte zuerst zu entfliehen und hoffte die Bande zu zerreißen, als er aber merkte, daß Entrinnen unmöglich sei, fing er an zu bitten. Apollo. Wie nun? ließ Hephästos sie schon los? Hermes. Noch nicht, sondern er hat die Götter zusammengerufen und zeigt ihnen ihren Ehebruch. Die beiden nackten Gefangenen aber wagen vor Scham nicht, die Augen aufzuschlagen, es schien mir das angenehmste Schauspiel, dem sich nichts vergleichen läßt. Apollo. Schämt sich der Schmied nicht, seine eheliche Schande selbst an den Tag zu bringen? Hermes. O nein, er steht dabei und lacht über sie. Wenn ich jedoch die Wahrheit sagen soll, so beneidete ich den Ares, nicht allein, daß er die schönste Göttin umarmt hat, sondern auch, daß er mit ihr gefesselt war. Apollo. Würdest du nun unter dieser Bedingung dich auch in Fesseln legen lassen? Hermes. Du wohl nicht, Apollo? Geh nur hin und sieh. Ich werde dich sehr loben, wenn du nicht auch dasselbe wünschen wirst.

XVIII.

Hera und Zeus.

Hera. Ich würde mich schämen, Zeus, wenn ich einen so weibischen und durch Trunk entnervten Sohn hätte, der sein Haar mit einer Mitra [1]) aufbindet, meistentheils mit rasenden Weibern lebt, noch weichlicher als jene ist, zum Klange von Cymbeln, Flöten und Pauken tanzt und überhaupt jedem mehr gleicht, als dir, seinem Vater. Zeus. Und doch unterjochte dieser Weichling, mit der weiblichen Kopfbinde, dieser mehr als Frauen Verzärtelte nicht allein Lydien und bezwang die Bewohner des Tmolus

---

[1]) Die Mitra ist eine mehr asiatische Art der Kopfbedeckung, die Griechen erhielten sie von den Lydern. Zur Zeit Juvenals war sie in Rom das Merkmal ausländischer Bajaderen.

und unterwarf die Thracier, sondern er zog auch mit diesem Weiberheere gegen die Inder, erlegte die Elephanten, bemächtigte sich des Landes und führte den König, der ihm eine kurze Zeit Widerstand zu leisten wagte, gefangen fort, und alles das that er tanzend und den Reigen führend, mit Thyrsusstäben von Epheu in der Hand, berauscht, wie du sagst, und in Verzückung. Nahm sich aber einer heraus gegen seine heiligen Weihen zu freveln und Blasphemie zu äußern, so bestrafte er auch diesen, indem er ihn entweder mit Ranken fesseln ließ, oder er machte, daß seine Mutter ihn wie ein Hirschkalb zerriß[2]). Sind dies männliche und des Vaters nicht unwürdige Thaten? Wenn aber Scherz und Muthwillen mit dabei ist, so darf man das nicht tadeln, und vorzüglich, wenn man bedenkt, wie er im nüchternen Zustande sein würde, da er das im Rausche thut. Hera. Du scheinst mir auch seine Erfindung, den Rebstock und den Wein, loben zu wollen, obwohl du siehst, was die Berauschten thun, wie sie taumeln, allerlei Frevel begehen und überhaupt von dem Trank in Raserei gerathen. Den Ikarios[3]) wenigstens, dem er zuerst die Rebe schenkte, tödteten seine eigenen Zechgenossen durch Schläge mit ihren Spaten. Zeus. Da sagst du nichts. Das thut nicht der Wein, auch nicht Dionysos, sondern das maßlose Trinken und der ungebührliche Genuß des ungemischten Getränkes. Wer mäßig trinkt, der wird heiterer und ein angenehmerer Gesellschafter, keinem seiner Genossen würde er das anthun, was Ikarios litt. Du scheinst mir aber noch eifersüchtig zu sein, Hera, und die Semele noch im Gedächtniß zu haben, da du tadelst, was an Dionysos das Beste ist.

---

[2]) Anspielung auf Pentheus, dessen Geschick durch die Bacchantinnen des Euripides bekannt ist.

[3]) Ikarios ist die griechische, Ikarus die lateinische Form des Namens. Muncker zum Hyginus F. 130.

XIX.

Aphrodite und Eros.

Aphrodite. Wie kommt es, Eros, daß du alle anderen Götter überwunden haft, den Zeus, den Poseidon, den Apollo, die Rhea, mich, deine Mutter, daß du aber von der Athene allein dich fern hältst und daß bei ihr deine Fackel ohne Feuer und dein Köcher ohne Pfeil ist? **Eros.** Ich fürchte mich vor ihr, Mutter, ihre blitzenden Augen und ihr schrecklich mannhaftes Wesen sind entsetzlich. Wann ich mit meinem gespannten Bogen auf sie losgehe, so schüttelt sie ihren Helmbusch und dann gerathe ich in Angst, fange an zu zittern und meine Geschosse entgleiten mir aus den Händen. **Aphrodite.** War denn Ares nicht furchtbarer? nichtsbestoweniger hast du ihn entwaffnet und besiegt. **Eros.** O der läßt mich freiwillig herankommen und ruft mich zu sich, doch Athene betrachtet mich immer mit Mißtrauen, und einstmals flog ich zufällig mit der Fackel an ihr vorbei, da sagte sie sogleich: wenn du dich mir näherst, so werde ich dich, ich schwöre es bei meinem Vater, mit dem Speere durchbohren, oder dich am Fuß packen und in den Tartarus werfen, oder dich mit meinen eigenen Händen zerreißen. Viele solche Drohungen stieß sie aus und ihr Blick ist grimmig und auf der Brust hat sie einen schrecklichen Schlangen=behaarten Kopf, den ich am meisten fürchte, es graut mich auch vor ihm und ich fliehe, wenn ich ihn sehe. **Aphrodite.** Vor der Athene und der Gorgo ängstigst du dich nun, wie du sagst, obwohl du den Blitzstrahl des Zeus nicht fürchtetest. Weßhalb sind die Musen aber unverwundbar und außer dem Bereich deiner Geschosse? oder schütteln auch sie Helmbüsche und halten Gorgonen sich vor? **Eros.** Vor ihnen habe ich Ehrerbietung, Mutter, denn sie sind feierlich ernst, denken immer über etwas und beschäftigen sich mit Gesang, und oft stehe ich von ihrem Liede bezaubert neben ihnen. **Aphrodite.** Laß auch diese, weil sie so feierlich ernst sind. Weßhalb aber verwundest du die Artemis nicht? **Eros.** Ueberhaupt ist es auch nicht möglich, sie zu fangen, da sie immer durch die Berge flieht, sodann hat sie schon eine eigenthümliche Liebe. **Aphrodite.** Was liebt sie denn, mein Kind? **Eros.** Jagd, Hirsche und Rehe; sie vergnügt sich, sie zu verfolgen und zu fangen, oder sie nieder-zuschießen, und sie beschäftigt sich ganz allein damit, denn ihren Bruder, obwohl er ein Bogenschütze ist und weithin trifft, — **Aphrodite.** Hast du oftmals getroffen, mein Kind, ich weiß es.

XX.

Das Urtheil des Paris.

Zeus, Hermes, Hera, Athene, Aphrodite, Paris auch Alexandros genannt.

Zeus. Nimm diesen Apfel, Hermes, und geh nach Phry-gien zu dem Sohne des Priamus, dem Rinderhirten — er hütet seine Heerde auf der Gargarusspitze des Ida, und sage ihm, Zeus befiehlt dir, Paris, da du schön bist, und dich auf Liebes-angelegenheiten verstehst, den Göttinnen zu entscheiden, welche von ihnen die schönste ist. Als Kampfpreis soll die Siegerin den Apfel bekommen. Schon ist es auch für euch Zeit, zu dem Richter euch zu begeben, denn ich weise die Entscheidung von mir, da ich euch gleich lieb habe und gern euch alle siegen sehen würde, wenn es möglich wäre. Außerdem muß man auch durchaus, wenn man der einen den Schönheitspreis zuerkannt hat, der Mehrzahl verhaßt werden. Deßhalb bin ich selbst für euch kein passender Richter, doch der phrygische Jüngling, zu dem ihr geht, stammt aus königlichem Geschlecht, und ist ein Verwandter unseres Gany-meds, im Uebrigen aber schlicht und ländlich. Niemand würde ihn eines solchen Anblicks für unwerth halten. **Aphrodite.** Wenn du auch den Momus selbst zum Richter über uns setzen wolltest, Zeus, so würde ich doch dreisten Muthes zur Entschei-dung gehen. Denn was könnte er an mir tadeln? aber auch diese müssen sich den Menschen gefallen lassen. **Hera.** Auch wir fürchten uns nicht, sogar nicht, wenn deinem Ares die Entschei-dung zufallen würde. Wir nehmen diesen Paris an, wer er auch ist. **Zeus.** Bist du auch damit zufrieden, meine Tochter? Was sagst du? Du wendest dich weg und erröthest? Euch Jungfraun ist es eigen, vor so etwas sich zu schämen, gleichwohl nickst du beifällig. Gehet nun fort, daß wir aber ja nicht die Besiegten auf den Richter ungehalten werden und dem Jüngling ein Leid zufügen, denn es ist nicht möglich, daß alle gleich schön seien. Hermes. Wir wollen nun geradezu nach Phrygien gehen, ich werde euch führen, folget ihr mir gemächlich und guten Muthes nach. Ich kenne den Paris, es ist ein schöner und sonst in der Liebe bewanderter Jüngling und im höchsten Grade geeignet, solche Dinge zu entscheiden, schlecht wird er nicht richten. Aphrodite. Das ist sehr gut und für mich vortheilhaft, daß der Richter gerecht ist. Ist er unverheirathet, oder lebt eine Frau mit ihm? Hermes. Er ist nicht ganz unverheirathet. Aphrodite. Wie sagst du? Hermes. Es scheint mit ihm eine zwar hübsche, aber plumpe und gar ländliche, idäische Dirne zu leben, doch sieht es so aus, als kümmere er sich nicht viel um sie. Weßhalb fragst du aber danach? Aphrodite. Ich fragte nur so. Athene. Höre mal, das ist gegen deine Instruktion, daß du dich mit dieser allein unterhältst. Hermes. Es war von nichts Bösem oder euch Nachtheiligem die Rede, sondern sie fragte mich nur, ob Paris unvermählt sei? Athene. Was bezweckte diese Neugierde? Hermes. Ich weiß nicht, sie sagt, daß es ihr nur so einfiel und daß sie ohne Absicht fragte. Athene. Ist er denn unverheirathet? Hermes. Es scheint nicht. Athene. Wie nun? ist sein Sinn kriegerisch und ruhmbegierig, oder ist er ein reiner Hirte? Hermes. Die Wahrheit kann ich nicht sagen, man sollte aber vermuthen, da er jung ist, daß er auch danach strebe und in den Schlachten der erste sein wolle. Aphrodite. Siehst du? ich table dich nicht und werfe es dir nicht vor, daß du mit der da besonders sprichst, das schickt sich für Tabelsüchtige und nicht für Aphrodite. Hermes. Auch sie richtete beinahe dieselbe Frage an mich, beßhalb sei nicht böse und meine nicht, gekürzt zu werden, wenn ich ihr ebenso unverfänglich antwortete. Aber während des Gesprächs haben wir uns schon weit von den Sternen entfernt und befinden uns beinahe in der Gegend von Phrygien. Ich sehe bereits den Iba und den ganzen Gargarus genau, ja fogar, wenn ich mich nicht irre, euren Richter Paris. Here. Wo ist er? ich bemerke ihn nicht. Hermes. Blicke hier nach der Linken, Here, nicht auf die Spitze des Berges, sondern nach der Seite, wo die Höhle ist, da siehst du die Heerde. Here. Ich sehe sie nicht. Hermes. Was sagst du? Du siehst nicht die kleinen Rinder so groß wie mein Finger mitten aus dem Felsen hervorkommen und einen mit dem Stecken, der von den Felsen herunterläuft und die Heerde hindert, sich weiter zu zerstreuen? Here. Nun sehe ich: ist er es? Hermes. Ja. Da wir ihm aber schon nahe sind, so wollen wir, wenn es euch beliebt, auf die Erde steigen und gehen, damit wir ihn nicht erschrecken, wenn wir unbemerkt aus der Höhe uns niederlassen. Here. Gut, und so wollen wir es machen. Da wir aber die Erde betreten haben, so ist es Zeit, Aphrodite, daß du vorangehst und uns den Weg führst, denn du kennst natürlich die Gegend, weil du häufig, wie es heißt, zum Anchises herabgestiegen bist. Aphrodite. Diese Scherze kränken mich nicht sehr, Here. Hermes. Nein, ich werde euch führen, auch ich verweilte häufig auf dem Ida, als Zeus den jungen Phrygier liebte; von ihm gesandt, kam ich oft, um nach dem Knaben zu sehen, und als er sich schon in den Adler verwandelt hatte, flog ich neben ihm und half ihm den Schönen tragen, und wenn ich mich recht erinnere, entführte er ihn von diesem Felsen. Der Knabe spielte bei der Heerde gerade auf der Rohrflöte, da kam Zeus hinter ihm herabgeflogen, umschlang ihn sehr sanft mit seinen Krallen und faßte mit dem Schnabel die Tiara, die er auf dem Kopfe hatte, und hob so den Knaben in die Höhe, der in Angst war und mit weggebogenem Nacken ihn anblickte. Alsbann nahm ich die Rohrflöte, die er vor Furcht fortgeworfen hatte — doch unser Schiedsrichter ist in der Nähe, daher wollen wir ihn anreden. Sei mir gegrüßt, Rinderhirte. Paris. Auch du, Jüngling. Wer bist du und was hat dich hierher geführt? oder was geleitest du da für Frauen? für diese so schönen sind die Berge kein passender Aufenthalt. Hermes. Es sind nicht Frauen, Paris, sondern du siehst die Here, die Athene und die Aphrodite und mich den Hermes sandte Zeus. Weßhalb zitterst du aber und erbleichst?

fürchte dich nicht, es gilt nichts Schweres, er heißt dich über ihre Schönheit richten; denn da bu selbst schön und in den Dingen der Liebe erfahren bist, so überläßt er dir die Entscheidung, den Kampfpreis aber wirst du wissen, wenn du den Apfel gelesen hast. Paris. Wohlan, laß sehen, was er will. Die Schönste, sagt er, soll mich erhalten. Wie sollte nun, Gebieter Hermes, ein Sterblicher und ein Bauer dazu, wie ich, über einen un- geahneten Anblick, der für den Verstand eines Rinderhirten zu viel ist, richten können? solche Dinge zu beurtheilen schickt sich mehr für die zierlichen Herrn aus der Stadt. Ich meinestheils möchte vielleicht kunstgerecht entscheiden, welche Ziege oder welche Ferse schöner ist, als die andere. Diese sind aber alle gleich schön und ich weiß nicht, wie man den Blick von der einen los- reißen und zur anderen wenden soll, er will sich nicht leicht ent- fernen, sondern, wohin er zuerst gefallen ist, da haftet er und bewundert es. Und wenn er auf etwas Anderes übergeht, so sieht er auch da Schönes, verweilt und wird von dem Nächsten ergriffen, kurz, ihre Schönheit hat mich ganz umfangen und um- schlungen und ich bin verdrießlich, daß ich nicht mit dem ganzen Körper, wie der Argos [1]), sehen kann. Ich denke, ich würde gut richten, wenn ich den Apfel allen gäbe. Dazu kommt noch, diese ist die Schwester und Gemahlin des Zeus, diese hier sind seine Töchter. Wie ist nun nicht auch in dieser Beziehung die Ent= scheidung schwer? Hermes. Ich weiß nicht, nur ist es nicht möglich, sich dem Befehle des Zeus zu entziehen. Paris. Be- stimme sie, Hermes, zu dem einen, daß die beiden, die den Kür- zeren ziehen, mir nicht zürnen, sondern es nur für einen Fehler meiner Augen halten. Hermes. Sie willigen ein; es ist also schon Zeit, daß du die Entscheidung fällest. Paris. Wir wer- den es versuchen. Was könnte man auch machen? Zuvor will ich aber wissen, ob es genügen wird, sie zu betrachten, wie sie da sind, oder ob sie sich zur genauen Untersuchung werden ent- kleiden müssen. Hermes. Die Bestimmung hierüber wird dir, dem Richter, obliegen, befiehl also, wie du es wünschest. Paris.

---

[1]) Siehe das dritte Göttergespräch.

Wie ich es wünsche? ich will sie nackt sehen. Hermes. Entkleidet euch also, besieh du sie, ich will mich fortwenden. Here. Gut, Paris, ich werde mich zuerst entkleiden, damit du lernst, daß ich nicht allein weiße Arme habe und auf meine großen Augen mich brüste [2]), sondern, daß ich überall gleich schön bin. Paris. Entkleide auch du dich, Aphrobite. Athene. Laß sie sich nicht früher entkleiden, Paris, bis sie ihren Gürtel [3]) abgelegt hat, sie ist eine Zauberin, damit sie dich nicht durch ihn bethöre. Jedoch sollte sie auch nicht so herausgeputzt hier erscheinen und nicht so viel Schminke aufgestrichen haben, wie eine wirkliche Courtisane, sondern ihre Schönheit nackt zeigen. Paris. In Betreff des Gürtels haben sie Recht, lege ihn ab. Aphrobite. Weßhalb nimmst nicht auch du, Athene, den Helm ab und zeigst deinen Kopf entblößt, sondern schüttelst vielmehr den Helmbusch und setzest den Richter in Furcht? oder besorgst du, deine glänzenden Augen dürften sich schlecht ausnehmen, wenn man sie ohne das Schreckenerregende sieht? Athene. Sieh', da hab' ich den Helm abgenommen. Aphrobite. Auch ich den Gürtel. Here. Auf denn, wir wollen uns entkleiden. Paris. O Wunder wirkender Zeus über den Anblick, die Schönheit, die Wollust! Was das für eine Jungfrau ist, wie königlich und majestätisch diese glänzt und wie des Zeus wahrhaft würdig, wie lieblich diese hier blickt und wie reizend und bezaubernd sie lächelt! — Nun habe ich aber schon genug von der Glückseligkeit; wenn es erlaubt ist, will ich jede einzeln betrachten, denn jetzt bin ich unschlüssig und weiß nicht wohin ich sehen soll, da meine Augen nach allen Richtungen hingezogen werden. Aphrobite. So wollen wir es machen. Paris. Tretet ihr Beide also ab, du, Here, bleibe. Here. Ich werde bleiben, und wenn du mich genau besehen hast, dann magst du auch im Uebrigen erwägen, ob die Geschenke schön sind, die ich dir biete, wenn du zu meinen

---

[2]) Anspielung auf die bekannten homerischen Beiwörter λευκολενος und βοῶπις.

[3]) Den Lesern Homers ist die magische Wirkung des Gürtels aus Jl. IV bekannt.

Gunsten entscheidest. Denn erklärst du mich für schön, so wirst du Gebieter von ganz Asien sein. Paris. Für Geschenke ist meine Stimme nicht zu haben; tritt ab, es wird geschehen, was mir beliebt. Komme du heran, Athene. Athene. Hier bin ich, und wenn du mir den Preis zuerkennst, so wirst du eine Schlacht nie als der Schwächere, sondern immer als der Starke verlassen; ich werde dich zu einem Krieger machen und dir Sieg verleihen. Paris. Krieg und Kampf brauche ich gar nicht, Athene. Wie du siehst, herrscht jetzt Friede in Phrygien und Lydien und das Reich meines Vaters wird durch keinen Krieg beunruhigt. Sei aber getrost, du wirst nicht benachtheiligt werden, auch wenn wir unser Urtheil nicht Geschenken anbequemen. Kleide dich schon an und setze dir den Helm auf, ich habe genug gesehen. Es ist Zeit, daß Aphrodite komme. Aphrodite. Da bin ich dir nahe, betrachte nun genau das Einzelne, übergehe nichts, sondern verweile bei jedem Theile. Wenn du willst, schöner Jüngling, so vernimm von mir Folgendes. Ich bemerkte längst, daß du jung und schön seist, wie vielleicht kein Anderer in Phrygien, wegen deiner Schönheit preise ich dich glücklich, ich table es aber, daß du nicht diese Klippen und Felsen verlässest und in der Stadt lebst, sondern deine Schönheit in der Einöde vernichtest. Denn welchen Genuß könntest du von den Bergen haben? was könnte den Rindern deine Schönheit nützen? Es ziemte sich für dich, auch schon geheirathet zu haben, jedoch nicht eine plumpe Bäuerin, wie die Frauen auf dem Ida sind, sondern eine aus Hellas, von Argos oder Korinth, oder eine Lakonierin, wie Helena ist, jung und schön und mir in keiner Beziehung nachstehend und, was die Hauptsache ist, verliebt. Denn wenn sie dich nur sieht, so weiß ich, sie wird alles verlassen, sich dir überliefern, dir folgen und mit dir wohnen. Gewiß hast auch du von ihr gehört. Paris. Nichts, Aphrodite, gern würde ich dich aber jetzt Alles erzählen hören. Aphrodite. Sie ist eine Tochter der Leda, jener Schönen, zu der Zeus als Schwan herabgeflogen kam. Paris. Wie sieht sie aus? Aphrodite. Weiß, wie es von einer natürlich ist, die ein Schwan erzeugt hat, zart, da sie aus einem Ei geschlüpft ist, wohlgestaltet und durch häufige gymnastische Uebungen gekräftigt, und man hat sich so um sie geriffen, daß ihretwegen auch ein Krieg entstand, als Theseus sie in noch unreifem Alter raubte. Wie sie aber zu ihrer Blüthe gelangt war, erschienen alle Trefflichsten der Achäer zur Werbung, Menelaos aber aus dem Geschlecht der Pelopiden erhielt den Vorzug. Wenn du willst, werde ich deine Vermählung mit ihr ins Werk setzen. Paris. Wie sagst du? mit ihr, die bereits vermählt ist? Aphrodite. Du bist jung und ländlich, ich weiß, wie man das machen muß. Paris. Nun wie? das wollte ich auch wissen. Aphrodite. Du wirst auf Reisen gehn, angeblich um Hellas kennen zu lernen, und wenn du nach Lacedämon kommst, so wird dich die Helena sehen, das Weitere wäre meine Sache, wie sie sich in dich verlieben und dir folgen wird. Paris. Eben das scheint mir auch unglaublich, daß sie ihren Mann sollte verlassen und mit einem fremden Barbaren fortschiffen wollen. Aphrodite. Sei beßwegen getrost, ich habe zwei schöne Söhne, den Himeros [1]) und den Eros [1]), diese werde ich dir übergeben, um dir Wegweiser zu sein. Eros wird die Frau ganz erfüllen und sie zwingen, dich zu lieben, Himeros aber wird sich um dich ergießen und dich so reizend und liebenswürdig machen, als er selbst ist. Auch ich werde mit anwesend sein und die Grazien bitten, sie mögen uns begleiten, damit wir alle sie überreden. Paris. Wie es gehen wird, das liegt im Schooße der Zukunft, Aphrodite, nur liebe ich bereits die Helena, und denke mir, ich weiß nicht wie, ich sehe sie, ich steure gerade auf Hellas los, befinde mich in Sparta und kehre mit dem Weibe heim und es verdrießt mich, daß ich nicht das Alles schon thue. Aphrodite. Verliebe dich nicht früher, Paris, bis du durch deine Entscheidung mir, der Freiwerberin und Brautführerin, deine Erkenntlichkeit bewiesen hast, es dürfte sich wohl ziemen, daß ich, durch den Preis belohnt, mit euch zusammen sei und zugleich die Hochzeit und den Sieg feiere. Für diesen Apfel kannst du Alles kaufen, die Liebe, die Schönheit, die Vermählung. Paris. Ich fürchte, du wirst dich nicht mehr um mich kümmern, wenn ich entschieden habe. Aphrodite.

---

[1]) Siebreiz.

Willst du, daß ich schwören soll? Paris. O nein, gib mir
nur noch einmal dein Versprechen. Aphrodite. Ich verspreche
dir also, daß ich dir die Helena zur Gemahlin geben werde, daß
sie dir folgen und zu euch nach Ilium kommen soll, und daß ich
selbst zugegen sein und alles mit ins Werk setzen will. Paris.
Wirst du auch den Eros und den Himeros und die Grazien mit
dir führen? Aphrodite. Sei getrost, ich werde zu ihnen auch
noch den Pothos[1]) und den Hymenäos[2]) hinzunehmen. Paris.
Unter diesen Bedingungen gebe ich dir den Apfel, nimm ihn
also hin.

XXI.

Ares und Hermes [3]).

Ares. Hast du gehört, Hermes, wie Zeus uns drohte, mit
welcher Ueberhebung und wie unglaublich? Wenn ich will, sagte
er, so werde ich eine Kette vom Himmel herablassen, ihr mögt
euch daran hängen und euch anstrengen mich herunterzuziehen, ihr
werdet euch aber umsonst abmühn: es wird euch nicht gelingen.
Wenn ich sie aber hinaufziehen wollte, so werde ich nicht allein
euch, sondern auch die Erde zugleich und das Meer in die Höhe
heben: — und was du sonst noch gehört hast. Ich wollte nicht
leugnen, daß er einzeln kräftiger und stärker ist, als alle, daß er
aber so vielen zusammen so sehr überlegen sei, daß wir ihn nicht
bezwingen könnten, wenn wir auch die Erde und das Meer hin-
zunähmen, dazu möcht' ich mich nicht überreden lassen. Hermes.
Schweige, Ares: derartiges zu sprechen ist nicht sicher, das Ge=
schwätz dürfte uns leicht übel bekommen. Ares. Glaubst du,
daß ich das zu allen sagen würde, nicht zu dir allein, den ich
als verschwiegen kenne? Was mir aber beim Anhören der prah=

---

[1]) Das personificirte, nur durch Genuß zu befriedigende Verlangen.
[2]) Der Braut= oder Hochzeits=Gesang.
[3]) Die von Lucian in diesem Gespräch angeführten Aeußerungen des Zeus
stehen Hom. Jl. VII, 17 und 1 f.

lerifchen Drohung am lächerlichſten ſchien, darüber kann ich nicht zu dir ſtille ſein. Ich erinnere mich[1]), es iſt noch nicht ſo lange her, als Poſeidon, Here und Athene gegen ihn aufſtanden und darauf ſannen, ihn in Feſſeln zu legen, wie die Furcht ihn in alle mögliche Geſtalten verwandelte, obwohl ihrer nur drei waren, und wenn Thetis ihm nicht aus Mitleiden den hundertarmigen Briareus zu Hülfe gerufen hätte, ſo wäre er ſammt dem Blitz- ſtrahl und dem Donner gebunden worden. Als ich das bedachte, da wandelte mich Lachen über ſeine Schönſprechereien an. Her- mes. Stille, ſag' ich: es iſt weder für dich ſicher, ſolche Dinge zu ſagen, noch für mich, ſie zu hören.

XXII.

Pan und Hermes.

Pan. Sei mir gegrüßt, mein Vater Hermes. Hermes. Du desgleichen: wie komm' ich aber dazu, dein Vater zu ſein? Pan. Biſt du nicht der kylleniſche[2]) Hermes? Hermes. Frei- lich: wie geht es nun zu, daß du mein Sohn biſt? Pan. Ich bin dein unehelicher Sohn, ein Kind der Liebe. Hermes. Wahr- haftig, ein Bock und eine Ziege ſind wohl deine Eltern: denn wie ſollteſt du mit deinen Hörnern, einer ſolchen Naſe, einem zottigen Bart, zweigeſpaltenen Bocksſchenkeln und einem Schwanz über dem Hintern von mir ſein? Pan. Durch deine Spötteleien, Vater, blamirſt du zwar mich, deinen Sohn, doch mehr noch dich ſelbſt, daß du ſolche Kinder zeugſt, ich bin daran unſchuldig. Hermes. Wie nennſt du denn deine Mutter? oder habe ich etwa unbewußt eine Ziege umarmt? Pan. Das nicht, aber erinnere dich, ob du einmal in Arkadien ein freies Mädchen genothzüchtigt haſt? Was beißeſt du dir gedankenvoll am Daumen und ſcheinſt dich nicht beſinnen zu können? Ich meine des Ikarios Tochter Pene-

---

[1]) Siehe Hom. Il. I. 398.
[2]) Ein häufiges Beiwort des Hermes von dem Berge, auf dem er geboren ſein ſoll.

lope[1]). **Hermes.** Was widerfuhr ihr denn in aller Welt, daß
du anstatt mir einem Ziegenbocke ähnlich siehst? **Pan.** Du sollst
ihre eigenen Worte hören. Als sie mich nach Arkadien fortschickte,
sagte sie: Mein Sohn, beine Mutter bin ich, die Spartanerin
Penelope, doch wisse, daß du den Gott Hermes, den Sohn der
Maja und des Zeus, zum Vater hast. Deine Hörner und Bocks-
beine mögen dich nicht betrüben: denn als dein Vater mich umarmte, nahm er, um verborgen zu bleiben, die Gestalt eines
Bockes an und deshalb siehst du einem solchen ähnlich. **Hermes.**
Beim Zeus, ich erinnere mich dieser Sache. Also werde ich, der
ich auf meine Schönheit so stolz bin und noch keinen Bart habe,
dein Vater heißen und von allen wegen meiner schönen Nach-
kommenschaft ausgelacht werden? **Pan.** Ich werde dir gewiß
keine Schande machen, Vater. Ich bin ein Musikus und spiele
die Rohrflöte, daß es eine Lust ist, und der Dionysos kann ohne
mich nichts thun, er hat mich zu seinem Genossen und Gefährten
gemacht und ich führe ihm den Reigen. Und wenn du meine
Heerden siehst, die ich bei Tegea und auf dem Parthenius habe,
so wirst du dich sehr freuen. Auch über ganz Arkadien herrsche
ich. Jüngst unterstützte ich die Athener in der Schlacht und zeich-
nete mich bei Marathon so aus[2]), daß mir die Grotte an der
Burg als Preis zuerkannt wurde. Wenn du nach Athen kommst,
wirst du sehen, wie groß da der Name des Pan ist. **Hermes.**
Sage mir, hast du schon geheirathet, Pan? denn so, denk' ich,
nennen sie dich. **Pan.** O nein, Vater: ich bin verliebt und
möchte an einer nicht genug haben. **Hermes.** Offenbar fällst
du also die Ziegen an. **Pan.** Du spottest, ich tändle mit der

---

[1]) Diese Mythe von der Liebschaft der Penelope ist späteren Ursprungs: die
Odyssee zeichnet sie als ein Muster der Sittsamkeit und ehelichen Treue.

[2]) Pausan. Ath. 28. Bei dem Herannahen der Perser schickten die Athener
den Läufer Pheidippides nach Sparta, um die Spartaner zu schleuniger Hülfeleistung
aufzufordern. Religiöse Skrupel hinderten jedoch die Spartaner diesem Rufe augenblicklich Folge zu geben, da sie vor dem Vollmond nicht ins Feld zu ziehen pflegten. Dem Pheidippides erschien auf seinem Heimwege Pan und hieß ihn den Athenern melden, er sei ihr guter Freund und werde ihnen in dem bevorstehenden
Kampfe seinen besonderen Beistand angedeihen lassen.

Echo, der Pitys [1]) und allen Mänaden des Dionysos und gelte sehr viel bei ihnen. Hermes. Willst du mir etwas zu Gefallen thun, mein Sohn, wenn ich dich darum bitte? Pan. Befiehl, Vater, wir wollen sehen, was sich thun läßt. Hermes. Komm her und umarme mich, sieh aber zu, daß du mich nicht Vater nennst, wenn's ein Anderer hört.

XXIII.

Apollo und Dionysos.

Apollo. Soll man wohl glauben, Dionysos, daß Eros, Hermaphroditos und Priapus [1]), die in Gestalt und Neigungen so ganz verschieden sind, Brüder von derselben Mutter seien? Der erste ist wunderschön, ein Bogenschütze und mit einer Macht bekleidet, vermöge deren er alle Wesen beherrscht, der zweite weibisch, nur ein halber Mann und zweideutigen Aussehens: man könnte nicht unterscheiden, ob er ein Jüngling oder eine Jungfrau ist: Priap endlich ist auch über das Schickliche hinaus Mann. Dionysos. Wundere dich darüber nicht, Apollo: daran ist nicht Aphrodite schuld, sondern die Verschiedenheit der Väter: es kommt ja oft vor, wie bei euch, daß von demselben Vater und derselben Mutter Zwillinge erzeugt werden, von denen einer ein Knabe, der andere ein Mädchen ist. Apollo. Ja, aber wir sehen einander ähnlich und haben dieselben Neigungen und Geschäfte: wir führen Beide den Bogen. Dionysos. Bis auf den Bogen dieselben, Apollo, doch darin seid ihr nicht ähnlich, daß Artemis in Scythien die Fremden tödtet [2]), während du weissagst und die Kranken heilst. Apollo. Glaubst du denn, daß meine Schwester an den Scythen Gefallen finde? sie hat sich ja aus Abscheu vor den Menschenopfern entschlossen, wenn einmal ein Hellene nach

---

[1]) Die Lesart ist nicht sicher. Hemsterhuisus will Peitho lesen, mit der Pan die Nymphe Jyno zeugte. Die Pitys wurde von Pan geliebt und aus Eifersucht von Boreas an einem Felsen zerschmettert und dann in den Lieblingsbaum des Pan, die Fichte oder Föhre (πίτυς), verwandelt.

[2]) Anspielung auf die durch Euripides und Goethe bekannte Mythe.

Taurien kommt, mit ihm fortzuschiffen. Dionysos. Darin thut sie recht. Um jedoch wieder auf den Priapus zu kommen, will ich dir etwas Spaßhaftes von ihm erzählen: jüngst war ich in Lampsakus [1]) und wollte die Stadt vorbeigehn: er lud mich ein und bewirthete mich bei sich: nachdem wir bei dem Abendessen der Flasche tüchtig zugesprochen hatten, erhebt sich gerade etwa um Mitternacht der Treffliche und — doch ich schäme mich, es zu sagen. Apollo. Machte er dir Anträge, Dionysos? Dionysos. Ja, so etwas ist es. Apollo. Was thatest du darauf? Dionysos. Was sonst, als ich lachte. Apollo. Das ist schön, daß du nicht zornig wurdest und in Hitze geriethest. Er verdient Verzeihung, wenn er nach dir, einem so Schönen, Verlangen trug. Dionysos. Deswegen könnte er auch bei dir einen Versuch machen, Apollo: denn du bist schön und hast lange Locken, so daß der Priap sogar Hand an dich legen dürfte. Apollo. Er wird es nicht versuchen, Dionysos: denn neben meinen Locken habe ich Bogen und Pfeile.

XXIV.

Hermes und Maja.

Hermes. Gibt es wohl einen unglücklicheren Gott im Himmel, Mutter, als mich? Maja. Sprich doch nicht so, Hermes. Hermes. Weshalb soll ich es nicht sagen? Bin ich nicht so geplagt, da ich allein arbeiten und zu so vielen Dienstleistungen mich herumzerren lassen muß? Des Morgens, so wie ich aufgestanden bin, habe ich das Speisezimmer auszukehren, und wann ich die Teppiche ausgebreitet und alles in Ordnung gebracht, vor den Zeus zu treten und den Tag über zu laufen, um seine Botschaften hinauf und hinab zu überbringen und gleich bei meiner Rückkehr, noch mit Staub bedeckt, die Ambrosia aufzutragen. Vor der An-

---

[1]) Nach der gewöhnlichen Sage hatte sie den Eros von Ares, den Hermaphroditos von Hermes und den Priap von Dionysos.

[2]) Griechische Stadt am Hellespont, wo Priap geboren sein sollte und deshalb vornehmlich verehrt wurde.

kunft dieses neugekauften Mundschenken [1]) goß ich auch den Nektar
ein. Das Schrecklichste von Allem aber ist, daß ich allein unter
den Andern des Nachts nicht schlafen darf, sondern dann muß ich
dem Pluto die Seelen zuführen, die Todten geleiten und bei dem
Gericht anwesend sein. An den Geschäften des Tages, daß ich
in den Palästen sein, in den Volksversammlungen den Herold
machen und die Rhetoren unterweisen muß, ist es nicht genug,
sondern ich habe auch noch, in so viele Geschäfte zerstückelt, die
Angelegenheiten der Todten mitzubesorgen. Doch die Söhne [2])
der Leda sind Tag um Tag abwechselnd im Himmel oder in der
Unterwelt, ich muß aber jeden Tag beides thun, und die von der
Alkmene und Semele Gebornen, die doch nur armselige sterbliche
Frauen sind, schmausen sorglos, und ich, der Sohn der Maja,
der Tochter des Atlas, warte ihnen auf. Jetzt eben, da ich aus
Sidon von der Tochter des Kadmus [3]) zurückgekehrt war, zu der
er mich geschickt hatte, um zu sehen, was das Mädchen macht,
hat er mich wieder, ohne daß ich Athem schöpfen konnte, nach
Argos gesandt, um mich nach der Danae zu erkundigen, sodann,
sagt er, gehe von da nach Böotien und sieh im Vorbeigehn die
Antiope [4]). Kurz, ich bin schon ganz müde. Wenn es nun möglich wäre, möchte ich gern verkauft werden, wie diejenigen, die auf
der Erde einen schlechten Dienst haben [5]). Maja. Laß das, mein
Sohn: als junger Mensch mußt du dem Vater in allem zur
Hand gehen. Eile jetzt, wie dir befohlen wurde, nach Argos,
dann nach Böotien, damit du für deine Saumseligkeit nicht Schläge
bekommst, denn Liebende haben eine scharfe Galle.

---

[1]) Ganymed: er heißt neugekauft, weil Zeus nach Hom. V. 265 seinem Vater
Tros als Preis für ihn ein Gespann unsterblicher Rosse gab.

[2]) Kastor und Polydeukes: man sehe das 26ste Göttergespräch.

[3]) Von der Europa, die aber von den meisten Gewährsmännern eine Schwester des Kadmus genannt wird, während Semele seine Tochter heißt.

[4]) Sie gebar dem Zeus den Zethus und Amphion.

[5]) Zu Athen stand es dem Sklaven frei, bei ungerechter Behandlung zu fordern, daß er verkauft würde.

XXV.

Zeus und Helios.

Zeus. Was hast du gethan, du Schändlichster der Titanen? Alles auf der Erde hast du zu Grunde gerichtet, weil du den Wagen einem unverständigen Jüngling anvertrautest, der die eine Hälfte der Erbe versengte, da er sich ihr zu sehr näherte, die andere vor Kälte vergehen ließ, indem er das Feuer zu weit entfernte, und überhaupt alles verwirrte und in Unordnung brachte, und wenn ich nicht gemerkt, was vorging, und ihn mit dem Blitzstrahl niedergeschleudert hätte, so wäre auch nicht ein Stück von den Menschen geblieben. Einen so schönen Rossebändiger und Wagenlenker hast du uns ausgeschickt. Helios. Ich fehlte, Zeus, zürne mir aber nicht, wenn ich den inständigen Bitten des Sohnes Gehör gab. Woher hätte ich auch denken können, daß daraus ein so großes Unheil entstehen würde. Zeus. Wußtest du nicht, welche Genauigkeit die Sache erfordert, und daß alles verloren ist, wenn man nur ein wenig aus dem Geleise weicht? Kanntest du nicht den wilden Muth der Rosse, wie scharf man sie im Zügel halten muß? denn läßt man sie nur etwas schießen, so werden sie sogleich zügellos, wie sie natürlich auch mit diesem Knaben durchgingen, bald nach links, bald nach rechts, bald rückwärts, hinauf und hinab, kurz wohin sie wollten: er aber wußte mit ihnen nichts anzufangen. Helios. Alles das wußte ich und deshalb widerstand ich lange und wollte ihm nicht die Lenkung der Rosse anvertrauen. Da er aber unter Thränen flehte und seine Mutter Klymene auch in mich drang, so ließ ich ihn auf den Wagen steigen und gab ihm an die Hand, in welche Postur er sich stellen müsse, wie weit er nach oben mit nachgelassenem Zügel fahren und dann wieder der Tiefe sich zuwenden, und wie er Herr der Zügel und der Unbändigkeit der Rosse nicht nachgeben müsse. Ich sagte ihm auch, wie groß die Gefahr sei, wenn er nicht die gerade Richtung einhalte. Doch er verlor, worüber man sich nicht wundern kann, da er ein Knabe war, den Kopf, als er auf der

Feuermasse stand und in die bodenlose Tiefe hinabschaute. Wie die Rosse merkten, daß ich nicht auf dem Wagen sei, verachteten sie den Jüngling, wandten sich aus der Bahn und richteten dieses Unheil an; er aber ließ die Zügel los und hielt sich, wohl aus Furcht, herabzufallen, am Wagenstuhl: doch er hat ja schon die Strafe und mein Kummer ist hinlänglich, Zeus. Zeus. Hinlänglich sagst du, da du dir eine solche Dreistigkeit hast zu Schulden kommen lassen? Für jetzt bewillige ich dir Verzeihung, in der Folge aber, wenn du eben so gegen deine Instruktion handelst, oder einen solchen Stellvertreter ausschickst, wirst du auf der Stelle erfahren, wie viel feuriger der Blitzstrahl ist, als dein Feuer. So mögen denn jenen die Schwestern am Eridanus bestatten, wo er vom Wagen zur Erde fiel, ihre Thränen sollen sich in Bernstein und sie selbst zur Erinnerung an die traurige Begebenheit in Pappeln verwandeln, du aber bessere deinen Wagen aus — die Deichsel ist an ihm abgebrochen und das eine Rad in Stücke gegangen — spanne die Rosse vor und fahre zu. Behalte alles dies wohl im Gedächtniß.

XXVI.

Apollo und Hermes.

Apollo. Kannst du mir sagen, Hermes, welcher von diesen Beiden Kastor, oder welcher Polydeukes ist? Ich wäre nicht im Stande, sie zu unterscheiden. Hermes. Derjenige, der gestern mit uns zusammen war, ist Kastor, dieser Polydeukes. Apollo. Wie erkennst du sie? sie sehen ja gleich aus. Hermes. Weil dieser, Apollo, auf dem Gesichte die Spuren der Wunden hat, die er beim Ringen von seinem Gegner erhielt, und vornehmlich derjenigen, die ihm, als er mit dem Jason nach Kolchis segelte, der Bebryke Amykus[1]) beibrachte; bei dem andern aber bemerkt man nichts der Art, sondern sein Gesicht ist glatt und ohne Ver-

---

[1]) Die Bebryken sollen zur Zeit der Argonautenfahrt an dem heutigen Marmormeer gewohnt haben. Den Zweikampf ihres Königs Amykus mit Polydeukes schildern Apollonius Rhodius Argon. II. und Theokrit in seinem 22sten Idyll.

letzungen. Apollo. Ich bin dir verbunden, daß du mich die Merkmale lehrtest: alles Uebrige ist bei ihnen gleich, das halbe Ei auf dem Kopfe, darüber der Stern, der Wurfspeer in der Hand und das weiße Roß, welches jeder hat, so daß ich oftmals den Kastor mit dem Namen Polydeukes anredete, und umgekehrt. Sage mir aber noch Folgendes: weshalb in aller Welt sind nicht Beide mit uns zusammen, sondern abwechselnd der eine um den andern bald ein Todter, bald ein Gott? Hermes. Sie thun das aus brüderlicher Liebe. Denn da der eine der Söhne der Leda sterben, der andere unsterblich sein mußte, so theilten sie auf diese Weise die Unsterblichkeit. Apollo. Die Theilung machten sie doch nicht verständig, Hermes, weil sie so einander auch nicht einmal sehen werden, wonach sie doch, glaub' ich, am meisten sich sehnten: denn wie wäre das möglich, da der eine bei den Göttern, der andere bei den Abgeschiedenen ist? Doch da überhaupt jeder der andern ein Göttern oder Menschen nützliches Geschäft treibt, ich z. B. weissage, Asklepios kurirt, du lehrst als der beste Fecht= meister Ringen, Artemis entbindet, was werden nun diese uns thun? oder werden so kräftige Bursche nur schmausen und faul= lenzen? Hermes. Keineswegs, sondern es ist ihnen befohlen, dem Poseidon zu dienen und sie müssen über das Meer reiten, und wenn sie wo vom Sturm bedrängte Schiffer sehen, sich auf das Fahrzeug setzen und die Bemannung retten. Apollo. Das ist eine gute und heilbringende Handthierung, Hermes.

Gespräche der Meergötter.

I.

Doris und Galatea.

Doris. Das ist ein schöner Liebhaber, Galatea, dieser sici= lische Hirt, der sich rasend in dich verliebt haben soll. Galatea.

Spotte nicht, Doris: mag er sein, wie er will, er ist ein Sohn Poseidon's. Doris. Wie nun? wenn er auch ein Sohn des Zeus selbst wäre und dabei so wild und struppig aussähe und, was ihn am meisten entstellt, nur ein Auge hätte, glaubst du, daß die Geburt ihm etwas zum guten Aussehen helfen würde? Galatea. Auch das Struppige und Wilde, wie du sagst, ist nicht häßlich an ihm, denn es gibt ihm etwas Männliches, und das Auge, mit dem er nicht weniger sieht, als wenn er zwei hätte, steht ihm auf der Stirn nicht übel. Doris. Nach deinen Lobsprüchen zu urtheilen, Galatea, scheint Polyphem nicht dein Liebhaber, sondern dein Geliebter zu sein. Galatea. Das wohl nicht, aber ich ertrage euer spöttisches, tadelsüchtiges Wesen nicht, und ich denke, Neid ist der alleinige Grund. Daß er euch auch nicht einmal ansah, als er einst bei seiner Heerde von der Warte unsern Spielen an dem Fuße des Aetna auf dem Gestade zwischen dem Berge und dem Meere zuschaute, daß ich ihm als die schönste von allen vorkam, und daß er auf mich allein sein Auge richtete, das kränkt euch, denn es ist ein Beweis, daß ich schöner und liebenswürdig sei: euch würdigte er keines Blickes. Doris. Wenn du einem Hirten, dessen Gesicht noch dazu mangelhaft ist, schön schienst, glaubst du beneidenswerth geworden zu sein? Doch was hätte er Anderes an dir zu loben, als die Weiße allein? und das thut er, glaub' ich, weil er an Käse und Milch gewöhnt ist. Alles, was dem gleich ist, hält er für schön. Wenn du erfahren willst, wie du im Uebrigen aussiehst, so darfst du dich nur bei Windstille von einem Felsen in's Meer bücken, du wirst nichts weiter, als rein weiße Farbe sehen: diese lobt aber Niemand, wenn sie nicht durch Röthe belebt wird. Galatea. Gleichwohl habe ich Milchweiße doch wenigstens diesen Liebhaber, von euch aber will keine weder ein Hirt, noch ein Schiffer, noch ein Fährmann bewundern. Mein Polyphem ist überdem noch musikalisch. Doris. Schweige still, Galatea: wir hörten ihn singen, als er dir jüngst ein Ständchen brachte: o du liebe Aphrodite, man hätte glauben sollen, daß ein Esel schreie: und seine Laute, wie ist die? ein von dem Fleisch entblößter Hirschschädel, dessen Hörner die Seitenhölzer vorstellen, oben hatte er einen Steg angebracht und die

Saiten eingespannt, ohne sie um Stimmnägel zu wickeln: auf diesem Instrument spielte er in einer widerlichen, unharmonischen Weise, wobei sein Geschrei zu den Mißtönen der Laute gar nicht paßte, so daß wir uns des Lachens über seinen verliebten Gesang nicht enthalten konnten. Sogar die sonst so geschwätzige Echo wollte auf sein Gebrüll nicht antworten, sondern sie schämte sich, einen rauhen und lächerlichen Gesang nachzuahmen. In den Armen trug der Liebenswürdige anstatt eines Schooßhündchens einen jungen Bären, der ihm an Zottigkeit glich. Wer wollte dich nicht wegen eines solchen Liebhabers beneiden, Galatea. **Galatea.** Zeige uns also den deinigen, Doris, der offenbar schöner ist und besser zu singen und die Cither zu spielen versteht. **Doris.** Ich habe keinen Liebhaber und rühme mich nicht, so schön zu sein, daß sich alle in mich verlieben müßten. Einen solchen aber, wie der Cyklop ist, der wie ein Bock stinkt, rohes Fleisch ißt, wie man sagt, und die Fremden verspeist, die zu ihm kommen, einen solchen wünsche ich dir und du mögest ihn wieder lieben.

II.

Der Cyklop und Poseidon[1]).

Der Cyklop. Wie arg hat der verfluchte Fremdling mich zugerichtet, Vater, zuerst machte er mich trunken, dann fiel er im Schlaf über mich her und stieß mir das Auge aus. **Poseidon.** Wer hat sich das unterstanden, Polyphem? **Der Cyklop.** Anfangs nannte er sich Niemand, nachdem er aber entwischt war und ich ihm nicht mehr beikommen konnte, sagte er, sein Name sei Odysseus. **Poseidon.** Ich weiß, wen du meinst, jenen Bekannten aus Ithaka: er befand sich auf der Heimfahrt von Ilium: aber wie setzte er dies ins Werk, da er doch nicht sonderlich beherzt ist? **Der Cyklop.** Als ich von der Weide nach Haus kam, fand ich eine zahlreiche Bande in der Höhle, die offenbar auf

---

[1]) Siehe Odyssee X. 166 u. ff.

meine Heerde es abgesehen hatte. Denn nachdem ich vor den Eingang den Deckel vorgeschoben (es dient mir dazu ein sehr großer Felsblock) und mit einem vom Berge mitgebrachten Baume Feuer angemacht hatte, bemerkte ich, wie sie sich zu verstecken suchten. Wie natürlich packte ich einige von ihnen und verzehrte sie, weil es Räuber waren. Da schenkt mir jener Erzschurke, mag er Niemand oder Odysseus heißen, ein zwar liebliches und wohlduftendes, aber höchst gefährliches und betäubendes Zaubermittel ein und gibt es mir zu trinken. Sogleich schien sich mir alles herumzudrehen, die Höhle selbst stand verkehrt und ich war meiner Sinne nicht mehr mächtig, endlich versank ich in Schlaf. Da spitzte er einen Hebebaum zu, machte ihn glühend und blendete mich im Schlafe, und seitdem bin ich blind, Poseidon. Poseidon. Wie fest schliefst du, mein Sohn, daß du nicht aufsprangst, während du geblendet wurdest! Wie entkam aber Odysseus? denn ich weiß wohl, daß er nicht den Felsen von der Thür hätte fortschaffen können. Der Cyklop. Ich nahm ihn fort, um den Odysseus beim Herausgehen leichter zu fangen und setzte mich mit ausgebreiteten Händen an die Thür und haschte nach ihm, nur die Schafe ließ ich auf die Weide, nachdem ich dem Widder aufgetragen hatte, was er für mich thun sollte. Poseidon. Ich verstehe: unter den Bäuchen der Schafe kamen sie unbemerkt heraus: du hättest die andern Cyklopen zur Hülfe gegen ihn rufen sollen. Der Cyklop. Ich berief sie zusammen, Vater, und sie kamen; als sie mich aber nach dem Namen dessen, der mir nachstellte, fragten, und ich sagte, es sei Niemand, da hielten sie mich für verrückt und gingen davon. So überlistete mich der Verfluchte durch den Namen. Am meisten aber verdroß es mich, daß er mir mein Unglück mit den Worten vorwarf: Sogar dein Vater Poseidon wird nicht im Stande sein, dich zu heilen. Poseidon. Sei getrost, mein Sohn; ich werde ihn strafen, damit er lerne, daß wenigstens die Schiffenbau in meiner Macht stehn, wenn ich auch dein verstümmeltes Auge nicht zu heilen vermag: er ist noch nicht auf dem Lande.

III.

Poseidon und Alpheius.

Poseidon. Was hat das zu bedeuten, Alpheius? du allein vermischest dich nicht mit der Salzfluth, wenn du in das Meer gefallen bist, wie es bei allen Flüssen Sitte ist, ruhst dich auch nicht zerfließend aus, sondern bewahrst in der See deinen Lauf und dein süßes Wasser und eilst noch unvermischt und rein, ich weiß nicht, wohin, wie die Möven und die Reiher in die Tiefe tauchend; es scheint, du wirst irgendwo wieder zum Vorschein kommen und dich zeigen. Alpheius. Es ist eine Liebesangelegenheit, Poseidon, daher frage mich nicht: du hast ja selber oft geliebt. Poseidon. Liebst du ein Weib, Alpheius, oder eine Nymphe, oder eine der Nereiden? Alpheius. Nein, Poseidon, eine Quelle. Poseidon. In welcher Gegend der Erde fließt sie? Alpheius. Sie ist eine Inselbewohnerin, von Sicilien: sie nennen sie Arethusa. Poseidon. Ich kenne die Arethusa, sie ist glänzend und sprudelt auf reinem Grund hervor und ihr Wasser strahlt silberähnlich auf den Kieseln. Alpheius. Du kennst in Wahrheit die Quelle, Poseidon: zu ihr nun gehe ich. Poseidon. Thue das und sei in der Liebe glücklich. Sage mir noch das, wo sahst du die Arethusa? du bist ja ein Arkadier und sie fließt in Syrakus. Alpheius. Ich habe Eile, Poseidon, und du hältst mich durch überflüssige Fragen auf. Poseidon. Du hast Recht: gehe zur Geliebten, tauche aus dem Meere hervor und verbinde dich mit der Quelle in Eintracht zu einem Strome.

IV.

Menelaus und Proteus[1]).

Menelaus. Daß du Wasser wirst, Proteus, ist nicht unglaublich, da du im Meere lebst, auch ein Baum, will ich noch

---

[1]) Siehe Odyssee IV. 420 u. b. ff.

gelten laſſen, ja es iſt nicht aus dem Bereich der Glaublichkeit, daß du dich mitunter in die Geſtalt eines Löwen verwandelſt: daß aber einer, der im Meere wohnt, auch Feuer werden kann, darüber wundere ich mich ſehr und ich glaube es nicht. Proteus. Wundere dich darüber nicht, Menelaus, es iſt einmal ſo. Menelaus. Ich habe es ſelbſt geſehn: aber mit deiner Erlaubniß, mir ſcheint es, daß du bei der Sache Taſchenſpielerkünſte anwendeſt und die Augen der Beſchauer täuſcheſt, ohne ſelbſt etwas Derartiges zu werden. Proteus. Welch' ein Betrug wäre bei Dingen, die ſo in die Augen fallen, möglich? ſahſt du nicht mit offenen Augen, worein ich mich verwandelte? Wenn du aber zweifelſt und die Sache dir eine Täuſchung, nur ein Blendwerk der Augen zu ſein ſcheint, ſo nähere, mein Beſter, wenn ich Feuer werde, deine Hand: dann wirſt du wiſſen, ob ich nur ſo ausſehe, oder auch brennen kann. Menelaus. Der Verſuch iſt nicht ſicher, Proteus. Proteus. Ich denke, du haſt auch nie den Polyp geſehen und weißt nicht, was dieſem Fiſche begegnet. Menelaus. Den Polyp ſah ich wohl, was ihm aber begegnete, möchte ich gern von dir erfahren. Proteus. Wie beſchaffen der Felſen auch iſt, um den er ſeine Fangarme ſchlingt und ſich feſtklammert, er macht ſich ihm ähnlich und verwandelt ſeine Farbe je nach dem Felſen, um den Fiſchern verborgen zu bleiben, wenn er von ihm nicht verſchieden iſt. Menelaus. So ſagt man: was du aber machſt, iſt noch viel unbegreiflicher, Proteus. Proteus. Ich weiß nicht, Menelaus, wem du ſonſt trauen willſt, wenn du deinen eigenen Augen nicht glaubſt. Menelaus. Ich ſah es, aber derſelbe Feuer und Waſſer, das iſt doch ein Wunder.

V.

Panope und Galene.

Panope. Sahſt du, Galene, was geſtern die Eris[1] bei dem Mahle in Theſſalien that, weil ſie nicht auch zu dem Gelage

---

[1] Die Göttin der Zwietracht.

eingeladen war? Galene. Ich nahm an eurem Feste keinen
Theil, Panope: denn Poseidon hatte mir befohlen, in dieser Zeit
darüber zu wachen, daß das Meer ruhig sei [1]). Was that nun
die nicht anwesende Eris? Panope. Thetis und Peleus waren
schon unter dem Geleit der Amphitrite und des Poseidon in das
Brautgemach fortgegangen, inzwischen warf Eris, ohne daß es
Jemand merkte, was leicht möglich war, da die Einen zechten, die
Andern klatschten, oder auf das Citherspiel des Apollo, oder den
Gesang der Musen Acht gaben, einen schönen Apfel unter die
Gäste, einen ganz goldenen, Galene: darauf stand geschrieben:
„die Schöne soll ihn bekommen". Wie absichtlich kam er
dahin gerollt, wo Here, Aphrodite und Athene Platz genommen
hatten. Nachdem Hermes ihn aufgehoben und die Aufschrift gelesen hatte, verhielten wir Nereiden uns ganz stille. Denn was
hätten wir auch bei ihrer Anwesenheit thun sollen? Von ihnen
aber beanspruchte jede den Apfel und verlangte ihn zum Eigen-
thume, und wenn Zeus sie nicht aus einander gebracht hätte, so
wäre es bis zu Thätlichkeiten gekommen. „Ich werde euch die
Sache nicht entscheiden," sagte er — jene verlangten nämlich, er
solle ihr Richter sein — „gehet nach dem Ida zum Sohne des
Priamus, der als Liebhaber des Schönen das Schönere zu unterscheiden weiß: ein schlechtes Urtheil dürft ihr von ihm nicht be-
fürchten. Galene. Was thaten nun die Göttinnen, Panope?
Panope. Sie gehen, glaub' ich, heute nach dem Ida fort, und
binnen Kurzem wird Jemand kommen, um zu melden, wer den
Sieg davon getragen hat. Galene. Ich sage dir jetzt schon,
nimmt Aphrodite an dem Wettstreite Theil, so wird keine andere
siegen, es müßte denn der Schiedsrichter sehr blöde Augen haben.

VI.

Triton, Amymone und Poseidon.

Triton. An den See See Lerna kommt jeden Tag, Poseidon, eine Jungfrau, um Wasser zu holen, ein wunderschönes

---

[1] Anspielung auf den Namen der Nereide, der Windstille bedeutet.

Geſchöpf: ich erinnere mich nicht, ein ſchöneres Mädchen geſehen zu haben. Poſeidon. Sprichſt du von einer Freien, Triton, oder iſt es eine Dienerin, die Waſſer trägt? Triton. O nein, ſondern eine Tochter jenes König von Aegypten [1]), eine von den fünfzig, und ſie heißt Amymone, denn ich erkundigte mich ſchon nach ihrem Namen und Geſchlechte. Danaus behandelt ſeine Töchter ſtrenge, er lehrt ſie ſelbſt arbeiten, ſchickt ſie Waſſer ſchöpfen und hält ſie an, alle andern Geſchäfte ſich nicht verdrießen zu laſſen. Poſeidon. Macht ſie denn den ſo weiten Weg [2]) von Argos nach Lerna allein? Triton. Ja: Argos iſt, wie du weißt, arm an Waſſer [3]): daher muß es ſtets geholt werden. Poſeidon. Du haſt mich durch deine Worte über das Mädchen in nicht geringe Unruhe verſetzt, Triton: wir wollen zu ihr gehen. Triton. Gut, es iſt bereits die Zeit, wann ſie Waſſer zu holen pflegt: und ſie hat beinahe wohl ſchon die Hälfte des Weges auf ihrem Gange nach Lerna zurückgelegt. Poſeidon. Spanne mir alſo den Wagen an: oder das dauert auch zu lange, bis die Pferde angeſchirrt werden und der Wagen in Ordnung gebracht wird, führe nur lieber einen von den ſchnellen Delphinen vor: ich will auf ihm ſofort dahinreiten. Triton. Sieh, da iſt der ſchnellſte Delphin. Poſeidon. Wohl: wir wollen eilen, du, Triton, ſchwimme neben mir: und wann wir nach Lerna kommen, ſo werde ich mich irgendwo verſtecken und du magſt den Späher machen: wenn du merkſt, daß ſie herankommt, — Triton. Da iſt ſie ſchon. Poſeidon. Eine ſchöne und blühende Jungfrau,

---

[1]) Danaus und Aegyptus waren Zwillingsſöhne des Belus: bei ſeinem Tode theilte er das Reich unter Beide. Um die Herrſchaft an ſich allein zu bringen, wünſchte Aegyptus, daß ſeine fünfzig Söhne ſich mit den fünfzig Töchtern ſeines Bruders vermählen möchten. Da dieſer aber darauf nicht eingehen wollte, ſo mußte er fliehen und kam mit ſeinen Töchtern nach Argos. Die Söhne des Aegyptus ſetzten den Mädchen nach und bemächtigten ſich ihrer mit Gewalt: Danaus hatte ſeinen Töchtern befohlen, ihre Gatten in der Brautnacht zu ermorden: alle folgten ſeinem Befehle, mit Ausnahme einer einzigen, die von den meiſten Hypermneſtra genannt wird: nach Lucian war es Amymone. Dieſer einen wurde die bekannte Strafe der übrigen Danaïden erlaſſen.

[2]) Vierzig Stadien.

[3]) πολυδίψιον bei Homer.

Triton: aber wir müssen uns ihrer bemächtigen. Amymone.
Wohin schleppst du mich, Kerl? du bist ein Menschenräuber und
der Oheim Aegyptus hat dich uns wohl nachgeschickt: ich werde
nach dem Vater schreien. Triton. Sei still, Amymone: es ist
Poseidon. Amymone. Warum nicht gar, Poseidon? Weshalb
brauchst du Gewalt gegen mich, Mensch, und zerrst mich in das
Meer? ich Unglückliche werde ertrinken müssen. Poseidon. Sei
gutes Muths, du wirst nichts Schlimmes erfahren: mit meinem
Dreizack werde ich hier auf den Felsen in der Nähe der Brandung schlagen und eine Quelle hervorsprudeln lassen, die deinen
Namen führen soll, und du wirst glücklich sein und allein unter
deinen Schwestern nicht Wasser tragen.

VII.

Notus und Zephyr.

Notus. Diese Färse, die Hermes über das Meer nach
Egypten führt, brachte Zeus, von Liebe erfaßt, um ihr Kränz-
chen, Zephyr? Zephyr. Ja, Notus: damals war sie aber nicht
eine Färse, sondern die Tochter des Flusses Inachus: jetzt hat
Here sie aus Eifersucht in diese Gestalt verwandelt, weil sie sah,
daß Zeus heftig in sie verliebt war. Notus. Liebt er auch
jetzt noch die Kuh? Zephyr. Freilich, und deshalb schickte er
sie nach Egypten und befahl uns, das Meer nicht aufzuregen,
bis sie hinübergeschwommen ist, damit sie dort nach ihrer Nieder-
kunft — sie ist schon guter Hoffnung — sammt ihrem Kinde
unter die Götter aufgenommen würde. Notus. Die Kuh soll
eine Göttin werden? Zephyr. Ja wohl, Notus, und sie wird,
wie Hermes sagte, über die Schiffenden walten und zu verfügen
haben, wen von uns sie aussenden oder hindern will zu wehn.
Notus. Dann müssen wir ihr schon den Hof machen, Zephyr,
wenn sie unsere Herrin ist. Zephyr. Gewiß, auf diese Weise
würde sie uns günstiger gestimmt werden. Doch bereits hat sie
den Weg vollendet und ist an das Land geschwommen. Siehst du,
wie sie nicht mehr auf vier Füßen geht, sondern wie Hermes sie

aufgerichtet und sie wieder zu einem sehr schönen Weibe gemacht hat? Notus. Das ist in der That wunderbar, Zephyr: sie hat keine Hörner, keinen Schwanz und keine gespaltenen Klauen mehr, sondern sie ist ein liebliches Mädchen. Weshalb hat sich jedoch Hermes verwandelt und anstatt eines Jünglings — ein Hundsgesicht bekommen? Zephyr. Wir wollen nicht vorwitzig sein, er weiß am besten, was er zu thun hat.

VIII.

Poseidon und die Delphine [1]).

Poseidon. Das ist recht von euch, ihr Delphine, daß ihr stets freundlich gegen die Menschen seid: einst brachtet ihr den Knaben der Ino, der mit der Mutter von den skironischen Felsen in das Meer gefallen war, auf den Isthmus, und jetzt hast du diesen Citharöden [2]) aus Methymna sammt seinem Ornate und seiner Cither auf deinen Rücken genommen und bist mit ihm nach dem tänarischen Vorgebirge geschwommen und ließest ihn nicht kläglich durch die Schiffer umkommen. Der Delphin. Wundere dich nicht, Poseidon, daß wir den Menschen Gutes thun, wir sind ja selbst aus Menschen Fische geworden. Poseidon. Auch an Dionysos table ich es, daß er euch nach seinem Siege zur See verwandelte [3]), er hätte euch nur unterwerfen sollen, wie er es mit den andern machte. Sage mir nun, wie die Sache mit diesem Arion zuging, Delphin. Der Delphin. Periander fand, glaub' ich, an ihm Gefallen und ließ ihn oft wegen seiner Kunstfertigkeit zu sich holen. Als er durch den Thrannen reich geworden war, bekam er Lust, nach Hause, nach Methymna, zu

---

[1]) Siehe Herodot 1. 23, 24.
[2]) Die Griechen unterscheiden Citharöden und Citharisten: die ersteren sind zugleich Sänger, während diese nur die Cither spielen. Der Hauptbestandtheil des Ornates ist ein langer, mit Gold durchwirkter Purpurmantel, ἐπιπόρπημα genannt.
[3]) Ursprünglich waren die Delphine tyrrhenische Seeräuber, die von Dionysos zur Strafe für ihre Frevel in diese Gestalt verwandelt wurden.

schiffen und seinen Reichthum zu zeigen: er bestieg also ein Schiff, welches von bösen Leuten geführt wurde, und wie es ersichtlich war, daß er viel Gold und Silber bei sich führe, so stellten ihm die Schiffer nach, als sie sich in der Mitte des ägeischen Meeres befanden. „Weil ihr nun das beschlossen habt,“ sprach er, denn ich konnte alles hören, da ich neben dem Nachen schwamm, „so gestattet mir, mein Ornat anzulegen, ein Klagelied über mein Geschick anzustimmen und dann mich freiwillig in's Meer zu stürzen.“ Als die Schiffer es ihm erlaubten, legte er sein Ornat an und sang ein sehr rührendes Lied und sprang dann in's Meer, in der Meinung, sogleich seinen Tod zu finden. Ich aber nahm ihn auf meinen Rücken und schwamm mit ihm nach Tänarum.
Poseidon. Ich lobe dich wegen deiner Liebe zur Musik: du hast ihm für den Gesang einen gebührenden Lohn gegeben.

IX.

Poseidon und die Nereïden [1]).

Poseidon. Diese Meerenge, in die das Mädchen hinabfiel, möge von ihr das Meer der Helle (Hellespont) genannt werden: ihr aber, Nereïden, nehmet die Leiche und traget sie nach Troas, damit sie von den Einheimischen bestattet werde. Amphitrite. O nein, Poseidon, laß sie lieber hier in dem Meere, das von ihr den Namen hat, bestattet werden: wir bemitleiden sie, da sie von ihrer Stiefmutter so Jammervolles erlitten hat. Poseidon. Das darf nicht sein, Amphitrite: auch sonst ziemt es sich nicht, daß sie hier irgendwo im Sande liege, sondern, wie ich sagte, sie wird in Troas oder im Chersones beerdigt werden. Kein kleiner Trost wird es für sie sein, wenn Ino alsbald dasselbe erfahren und, von Athamas verfolgt, von der Spitze des

---

[1]) Von der Göttin Nephele, deren Abstammung dunkel ist, hatte Athamas, ein Sohn des Aeolus, zwei Kinder, Pyrrhus und Helle. Seine zweite Gemahlin Ino, die Tochter des Kadmus, behandelte ihre Stiefkinder so grausam, daß Nephele ihnen einen beflügelten Widder mit goldenen Hörnern und goldenem Vließe sandte, um sie nach Kolchis zu bringen. Auf der Luftreise dahin fiel Helle in das Meer.

Kithäron, wo er in die See vorspringt, ihren Knaben im Arm in das Meer sich stürzen wird. Doch auch sie werden wir dem Dionysos zu Liebe retten müssen: denn Ino ist seine Amme und Wärterin. Amphitrite. Da sie so böse ist, so verdiente sie es wohl nicht. Poseidon. Dem Dionysos dürfen wir uns aber nicht ungefällig erweisen, Amphitrite. Eine Nereïde. Weshalb fiel sie aber von dem Widder, ihr Bruder Phrixos legte ja den Weg wohlbehalten auf ihm zurück? Poseidon. Das geht natürlich zu: als kräftiger Jüngling vermochte er der schnellen Bewegung zu widerstehn, sie aber gerieth, da sie das seltsame, ungewohnte Fahrzeug bestiegen hatte und in die bodenlose Tiefe hinabsah, in Angst, wurde von Betäubung und Schwindel bei dem heftigen Fluge erfaßt, verlor die Hörner des Widders, an denen sie sich bis dahin gehalten, aus den Händen und fiel in das Meer. Die Nereïde. Hätte nun nicht ihre Mutter Nephele, als sie fiel, ihr helfen sollen? Poseidon. Freilich wohl, aber das Schicksal ist weit mächtiger, als die Nephele.

X.

Iris und Poseidon.

Iris. Zeus befiehlt, du sollst, Poseidon, die umherirrende Insel, die, von Sicilien losgerissen, noch unter der Oberfläche des Meeres schwimmt, schon anhalten und sie zum Vorschein bringen, so daß sie ganz sichtbar auf fester Grundlage mitten im ägeischen Meere bleibt: er bedarf ihrer zu etwas. Poseidon. Das wird geschehen, Iris: gleichwohl sage mir aber, welchen Nutzen wird es mir gewähren, wenn sie an's Tageslicht gekommen ist und nicht mehr herumschwimmt? Iris. Leto soll auf ihr entbunden werden: sie leidet schon von den Wehen heftig. Poseidon. Wie nun? ist der Himmel nicht groß genug, um darin zu gebären? oder, wenn dieser nicht ausreicht, vermöchte die ganze Erde nicht ihre Neugebornen aufzunehmen? Iris. Nein, Poseidon: Here hat die Erde durch einen großen Eidschwur verpflichtet, der Leto keinen Platz zu gewähren, wo sie niederkommen könne: diese Insel

ist in dem Eide nicht mit inbegriffen, denn sie war unsichtbar.
Poseidon. Ich verstehe. Halt, Insel, komme wieder aus der
Tiefe hervor und bewege dich nicht mehr, sondern bleibe fest und
nimm, o Glückseligste, die beiden Kinder des Bruders, die schön=
sten der Götter, auf: ihr, Tritonen, führet die Leto zu ihr hin=
über und überall herrsche Windstille. Den Drachen aber, der sie
jetzt in Angst setzt und von Ort zu Ort treibt, werden die Kin=
der, wenn sie geboren sind, sogleich verfolgen und die Mutter
rächen. Melde du dem Zeus, daß alles in Ordnung sei: Delos
steht fest, Leto möge schon kommen und gebären.

XI.

Xanthus und Thalassa (das Meer) [1]).

Xanthus. Nimm mich auf, ich bin entsetzlich zugerichtet,
und lösche meine Brandwunden aus. Thalassa. Was ist das,
Xanthus? Wer hat dich verbrannt? Xanthus. Hephästos:
ach, ich Unglückseliger bin ganz zu einer Kohle geworden und
siede. Thalassa. Weshalb warf er denn Feuer in dich? Xan=
thus. Wegen des Sohnes der Thetis. Als er die Phrygier [2])
hinmordete und ich mit allen meinen innigen Bitten seinen Zorn
nicht zu beschwichtigen vermochte, sondern er mir den Strom durch
Leichen verstopfte, so bemitleidete ich den Armen und näherte mich
ihm, als wollte ich ihn ersäufen, damit er aus Furcht von den
Männern ablasse. Da kam Hephästos, der wohl irgendwo in
der Nähe war, mit allem Feuer, was er selbst hatte, mit dem
vom Aetna und sonst woher, auf mich los, verbrannte die Ulmen
und Tamarisken, briet auch die unglücklichen Fische und Aale und
brachte mich zum Uebersprudeln, so daß ich beinahe ganz trocken

---

[1]) Den kleinen Fluß Scamander bei Troja nannten nach Hom. XX. 74 die
Götter Xanthus. Wie Xanthus für den Beistand, den er den Troern gegen Achil=
leus leistete, von Hephästos auf Bitten der Here gestraft und kirre gemacht wurde,
erzählt Homer Il. XXI. 300 u. ff.
[2]) So werden von den späteren griechischen und den lateinischen Dichtern und
Schriftstellern die Troer häufig genannt.

geworben bin. Du siehst nun, in welcher Verfassung ich mich durch die Brandwunden befinde. Thalaffa. Natürlich bist du trübe und heiß, trübe von dem Blute der Leichen, die Hitze aber kommt vom Feuer, wie du sagst: und dir geschah recht, da du meinen Enkel anfielst, ohne davor Scheu zu empfinden, daß er der Sohn einer Nereïde ist. Xanthus. Hätte ich also mit den Phrygiern, die meine Nachbarn sind, kein Mitleid haben sollen? Thalaffa. Hätte Hephästos mit dem Achilleus, der ein Sohn der Thetis ist[1]), kein Mitleid haben sollen?

XII.

Doris und Thetis.

Doris. Was weinst du, Thetis? Thetis. Eben sah ich, wie das schöne Mädchen mit ihrem neugebornen Kinde von ihrem Vater in eine Kiste geworfen wurde: der Vater befahl den Schiffern, die Kiste aufzunehmen und, wenn sie weit vom Lande hinaufgefahren wären, dieselbe in das Meer zu werfen, damit die Unglückliche umkäme, sie selber und ihr Kind. Doris. Weshalb, Schwester? sage es mir, wenn du alles genau erfahren hast. Thetis. Ihr Vater Akrisios schloß sie in ein ehernes Gemach ein, da er sie trotz ihrer großen Schönheit dazu verurtheilt hatte, beständig eine Jungfrau zu bleiben. Ob das Weitere wahr sei, kann ich nicht sagen, es heißt aber, daß Zeus als goldener Regen zu ihr durch das Dach herabschoß und daß sie den herabfließenden Gott in ihren Schooß aufnahm und schwanger wurde. Als das der Vater, ein eifersüchtiger Greis, merkte, gerieth er in Unwillen und wirft sie, da sie eben entbunden war, in die Kiste, weil er glaubte, daß sie von irgend Jemand verführt sei. Doris. Was that sie, Thetis, als sie in das Meer hinabgelassen wurde? Thetis. Ueber sich selbst schwieg sie, Doris, und trug

---

[1]) Als Here ihren Sohn Hephästos aus Aerger über seine Ungestalt vom Himmel in's Meer warf, nahm Thetis sich seiner an und pflegte ihn: hiefür beweist er sich bei Homer immer äußerst dankbar gegen sie.

die Strafe gebuldig, aber ihr wunderschönes Kind zeigte sie unter Thränen dem Großvater und bat ihn, er möge es leben lassen: und das Kindlein, das von der Gefahr nichts wußte, lächelte das Meer an. Wenn ich daran denke, so füllen sich mir wieder die Augen mit Thränen. Doris. Auch mich hast du zum Weinen gebracht: sind sie aber schon todt? Thetis. Nein, noch befinden sie sich lebendig in der Kiste, die in der Nähe von Seriphus schwimmt. Doris. Weshalb retten wir sie nicht, indem wir sie den Fischern aus Seriphus in die Netze werfen? Die werden sie gewiß herausziehn und erhalten. Thetis. Da hast du recht, so wollen wir es machen: weder sie selbst, noch ihr so schönes Knäblein soll umkommen.

XIII.

Enipeus und Poseidon [1]).

Enipeus. Das ist nicht hübsch, Poseidon, wenn ich die Wahrheit sagen darf, daß du meine Geliebte täuschtest und unter meiner Gestalt dem Mädchen den Gürtel löstest: sie glaubte das von mir zu erfahren und deshalb ließ sie es geschehen. Poseidon. Ich that es, Enipeus, weil du so stolz und langsam warst, ein so schönes Mädchen, das alle Tage zu dir kam und vor Liebe verging, vernachlässigtest und dein Gefallen daran fandst, sie zu quälen: sie irrte an deinem Gestade umher, stieg in das Wasser und badete sich zuweilen mit dem Wunsche, dich anzutreffen, du aber machtest den Spröden. Enipeus. Wie nun? durftest du deshalb mir mein Mädchen vorwegnehmen, den Enipeus anstatt des Poseidon spielen und die Tyro, ein so unschuldiges Mädchen, überlisten? Poseidon. Du bist zu spät eifersüchtig, Enipeus, früher hättest du nicht so stolz thun sollen. Der Tyro ist übrigens nichts Böses widerfahren, da sie von dir ihren Kranz zu

---

[1]) Tyro, die Tochter des Salmoneus, des Königs von Elis, verliebte sich in den Fluß Enipeus; Poseidon nahm seine Gestalt an und sie gebar ihm Zwillinge, den Pelias und den Neleus: vergl. Hom. Odyss. 11, 235.

verlieren glaubte. **Enipeus.** Das ist nicht wahr, beim Fort=
gehn sagtest du ja, daß du Poseidon wärest, was sie noch am
meisten ärgerte. Und ich habe dies Unrecht erlitten, daß du meine
Freuden damals genossest, und umgeben von einer purpurnen
Woge, die euch beide verbarg, an meiner Stelle mein Mädchen
umarmtest. **Poseidon.** Nun wohl, Enipeus, du selbst wolltest
es ja nicht.

XIV.

Triton und die Nereïden.

Triton. Euer Meerungeheuer, ihr Nereïden, welches ihr
gegen die Andromeda, die Tochter des Kepheus[1]), schicktet, that
dem Mädchen nichts zu Leide, wie ihr glaubt, es hat vielmehr
selbst schon seinen Tod gefunden. **Eine Nereïde.** Durch wen,
Triton? oder fiel Kepheus, nachdem er das Mädchen wie zur
Lockspeise ausgesetzt hatte, mit großer Macht aus einem Hinter=
halte über es her und tödtete es? **Triton.** Nein: ihr kennet
ja, glaub' ich, Iphianassa, den Perseus, den Sohn der Danae,
den ihr aus Mitleid rettetet, da er mit der Mutter von dem
Großvater in eine Kiste geworfen war. **Iphianassa.** Ich weiß,
wen du meinst: wahrscheinlich ist er jetzt schon ein Jüngling und
sieht edel und schön aus. **Triton.** Dieser tödtete das Meer=
ungeheuer. **Iphianassa.** Weshalb, Triton: einen solchen Lohn
hätte er uns für seine Rettung nicht zahlen sollen. **Triton.** Ich
werde euch sagen, wie alles geschah: er zog gegen die Gorgonen[2]),

---

[1]) Kassiopeia, die Gemahlin des äthiopischen Königs Kepheus, erregte den Zorn
der Nereïden dadurch, daß sie sich einer größeren Schönheit rühmte. Um diesen
Hochmuth zu rächen, suchte Poseidon das Land des Königs so lange mit Ueber=
schwemmungen und andern Plagen heim, bis sich Kepheus entschloß, seine Tochter
Andromeda zur Sühne einem Meerungeheuer preiszugeben.

[2]) Es waren drei Schwestern, Stheno, Euryale und Medusa — Scheusale,
die anstatt der Haare Schlangen am Kopfe hatten, eherne Hände, die Zähne eines
wilden Ebers u. s. f., außerdem besaßen sie die Eigenschaft, alles, was sie ansahen,
zu versteinern.

um für den König [1]) einen Kampf zu vollenden, als er aber nach Libyen kam — Iphianassa. Wie, Triton, allein? oder führte er auch andere Streitgenossen mit sich? denn sonst ist der Weg schwierig. Triton. Er zog durch die Luft: Athene machte ihn beflügelt: als er aber an dem Ort anlangte, wo sie verweilten, da befanden sie sich wohl im Schlaf, er hieb der Medusa den Kopf ab und flog davon. Iphianassa. Wie sah er sie? sie können ja nicht angesehen werden, oder, wer es thut, der wird nach ihnen nichts weiter ansehen. Triton. Athene hielt ihm ihren Schild vor, — so hörte ich ihn der Andromeda und später dem Kephens erzählen — also Athene ließ ihn in dem glänzenden Schilde wie in einem Spiegel das Bild der Medusa sehn: hierauf faßte er sie, den Blick auf das Bild geheftet, mit der Linken am Haare und mit dem Säbel in der Rechten hieb er ihr den Kopf ab und flog davon, bevor ihre Schwestern erwacht waren. Als er sich aber an dieser äthiopischen Küste befand und der Erde schon nahe flog, da sieht er die Andromeda auf einem vorspringenden Felsen angenagelt liegen, in welcher Schönheit, ihr Götter, mit herabhängendem Haar, halb entblößt bis weit unter die Brust. Und zuerst bemitleidete er ihr Geschick und fragte sie nach der Ursache ihrer Strafe; alsbald erfaßte ihn Liebe, denn das Mädchen sollte einmal gerettet werden, und er beschloß ihr zu helfen. Als nun das Meerungeheuer Grausen erregend herankam, um die Andromeda zu verschlingen, da schlägt der Jüngling herabschwebend mit dem blanken Schwert in der einen Hand zu, mit der andern zeigt er ihm das Gorgonenhaupt und macht es zu einem Stein: so ist es todt, und was von ihm die Medusa sah, erstarrt. Perseus aber löste die Jungfrau aus ihren Banden, gab ihr die Hand und unterstützte sie, als sie auf den Fußspitzen von dem schlüpfrigen Felsen herunterstieg, und jetzt wird er sie in dem Hause des Kephens heirathen und sie nach Argos fortführen, so daß sie anstatt des Todes einen Gemahl gefunden hat, wie man ihn nicht alle Tage findet. Iphianassa. Mir ist es gar nicht verdrießlich, daß die Sache so ging: denn was that das Mädchen

---

[1]) Nach Apollodor B. II. war es Polydektes, König von Seriphus.

uns für ein Unrecht, als die Mutter großprahlte und den Anſpruch machte, ſchöner zu ſein. Doris. Als Mutter würde ſie ſich über das Leiden der Tochter betrübt haben. Iphianaſſa. Wir wollen nicht mehr daran denken, Doris, wenn ein unter Barbaren aufgewachſenes Weib etwas Ungebührliches geſagt hat: durch ihre Angſt um die Tochter erlitt ſie genügende Strafe. Laßt uns alſo über die Hochzeit fröhlich ſein.

XV.

Zephyr und Notus.

Zephyr. Niemals, ſeitdem ich lebe und wehe, ſah ich einen prächtigeren Aufzug im Meere. Sahſt du ihn nicht, Notus? Notus. Was meinſt du für einen Aufzug, Zephyr? oder wer waren die Theilnehmer? Zephyr. Du haſt das lieblichſte Schauſpiel verfehlt, wie du es ſo leicht nicht mehr ſehen wirſt. Notus. Ich war bei dem rothen Meere beſchäftigt, und mußte auch einen Theil Indiens, ſo weit es am Meere liegt, beſtreichen: von dem alſo, was du ſagſt, weiß ich nichts. Zephyr. Kennſt du den Agenor aus Sidon? Notus. Ja, den Vater der Europa. Was denn nun weiter? Zephyr. Eben von ihr will ich dir erzählen. Notus. Doch nicht, daß Zeus ſeit langer Zeit das Mädchen liebt? Dies wußte ich ſchon längſt. Zephyr. Seine Liebe weißt du alſo, höre ſchon das Weitere. Europa war mit Mädchen ihres Alters an das Geſtade ſpielen gekommen, Zeus nahm die Geſtalt eines Stieres an und ſpielte mit ihnen; er ſah wunderſchön aus, war ganz weiß, ſeine Hörner wohl gebogen und hatte etwas ſehr Sanftes in ſeinem Blicke. Er ſprang auch auf dem Geſtade umher und brüllte ſo lieblich, daß Europa es ſogar wagte, ihn zu beſteigen. Wie das geſchehen war, ſo eilte Zeus im Lauf mit ihr zum Meere, ſtürzte ſich hinein und ſchwamm; ſie, darüber außer ſich vor Schreck, hielt ſich mit der Linken an ſeinem Horne, um nicht herunter zu fallen, mit der andern Hand hielt ſie ihr vom Winde gehobenes Gewand zuſammen. Notus. Da ſahſt du ein anmuthiges und reizendes Schauspiel, Zephyr, den schwimmenden Zeus die Geliebte tragend. — Zephyr. Was nun folgt, war noch bei Weitem anmuthiger, Notus. Das Meer wurde sogleich wogenlos und es breitete sich Windstille über die glatte Fläche aus, wir aber hielten alle den Athem an und folgten nur zuschauend. Liebesgötter flogen neben ihnen dem Meere so nahe, daß sie zuweilen das Wasser mit den Fußspitzen berührten, sie sangen, angezündete Fackeln tragend, das Hochzeitslied, die Nereiden tauchten aus der Tiefe empor und ritten meistentheils halbnackt in die Hände klatschend auf Delphinen daneben, und das Geschlecht der Tritonen und alle anderen Meerwesen, deren Anblick nichts Furchterregendes hat, umtanzten das Mädchen. Poseidon fuhr, auf seinem Wagen sitzend, die Amphitrite an seiner Seite, voran, und bereitete freudig dem schwimmenden Bruder den Weg. Ganz zuletzt trugen zwei Tritonen die Aphrodite, die auf einer Muschel ruhte und das Mädchen mit mannigfaltigen Blumen bestreute. So ging es von Phönicien bis Kreta. Als er aber die Insel betrat, da war der Stier nicht mehr sichtbar, sondern Zeus faßte die Europa bei der Hand und führte sie erröthend und mit niedergeschlagenem Blick in die diktäische Grotte, denn sie wußte nun schon, um was es zu thun war. Wir aber stürzten uns, der Eine hier, der andere da in das Meer und brachten es wieder in Bewegung. Notus. Wie preise ich dich glücklich wegen dieses Anblicks, Zephyr, ich sah unterdessen Greife, Elephanten und schwarze Menschen.

Charon oder die Weltbeschauer.

Hermes und Charon.

Hermes. Was lachst du, Charon? oder weßhalb hast du deine Fähre verlassen und bist hierher zu uns gekommen, obwohl du dich doch sonst mit den Angelegenheiten der Oberwelt nicht

sonderlich zu befassen pflegst? Charon. Ich bekam einmal Lust
zu sehen, Hermes, wie es in dem Leben aussieht und was die
Menschen darin treiben, oder was sie verlieren, daß alle jammern,
wenn sie zu uns herabkommen, Keiner von ihnen fährt ohne
Thränen herüber. Deßhalb suchte auch ich, wie jener Jüngling
aus Thessalien [1]), bei Hades die Erlaubniß nach, einen Tag mein
Schiff verlassen zu dürfen; so bin ich an das Tageslicht hinauf-
gekommen und habe dich, denke ich, zu rechter Zeit getroffen, denn
sicherlich wirst du bei mir den Fremdenführer machen und mir
Jegliches zeigen, da du wohl mit Allem bekannt bist. Hermes.
Ich habe nicht Zeit, Fährmann, ich gehe, um dem Zeus da
oben [2]) ein Geschäft bei den Menschen zu besorgen; bekanntlich
braust er schnell auf und ich fürchte, wenn ich saumselig bin,
dürfte er mich dem Dunkel übergeben und mich ganz zu dem
eurigen machen, oder, wie er jüngst dem Hephästos that, auch mich
am Fuße packen und von der göttlichen Schwelle werfen [3]), damit
ich desgleichen durch mein Hinken Gelächter errege, wenn ich einmal den Mundschenken mache. Charon. Als Freund, Schiffs-
kamerad und College im Amte die Todten zu geleiten, wirst du
mich doch nicht auf das Gerathewohl auf der Erde umherirren
lassen? In der That würde es sich für dich geziemen, Sohn der
Maja, dich daran zu erinnern, daß ich dir niemals befahl das
Wasser auszuschöpfen oder das Ruder in die Hand zu nehmen,
sondern du mit deinen kräftigen Schultern schnarchst auf dem
Verdecke ausgestreckt, oder wenn du einen geschwätzigen Todten
findest, unterhältst du dich mit ihm während der ganzen Fahrt;
ich alter Mann führe allein das Ruder. Bei dem Vater be-

---

1) Als die Griechen auf der Expedition gegen Troja an der asiatischen Küste
anlangten, sprang Protesilaos aus Phylake in Thessalien zuerst aus dem Schiffe,
obwohl er wußte, daß demjenigen, der zuerst das Land betrete, der Tod gewiß sei.
Die Bitten seiner treuen Gattin Laodamia verschafften ihm die Erlaubniß, auf
drei Stunden in die Oberwelt zurückzukehren. Nach Ablauf dieser Zeit starb sie
mit ihm. Man sehe das dreiundzwanzigste Todtengespräch.

2) Im Gegensatz zu dem unterirdischen Zeus, wie Pluto oder Hades mitunter
genannt wird.

3) So erzählt Hephästos Hom. Il. 1, 599, 600.

schwöre ich) dich, liebes Hermeschen, verlaß mich nicht, führe mich überall umher und zeige mir alles Merkwürdige im Leben, damit ich auch etwas gesehen habe, wenn ich zurückkehre. Denn wenn du mich verlässest, so wird zwischen mir und den Blinden kein Unterschied sein; wie jene in Folge der Dunkelheit, in der sie sich befinden, straucheln, ebenso wird es auch mit mir der Fall sein, da mich hinwiederum das Licht blendet. Wohlan, Kylleni-scher, thue mir den Gefallen, ich werde es dir für immer geben-ken. **Hermes.** Aus dieser Sache werden mir Schläge erwach-sen, ich sehe schon, wie mir der Lohn dafür, daß ich dich herum-führte, in Ohrfeigen gezahlt wird, trotzdem muß ich dir zu Willen sein. Denn was könnte man machen, wenn ein Freund so ge-waltsam in einen dringt? Daß du alles im Einzelnen so genau siehst, Fährmann, ist unmöglich, das würde viele Jahre Zeit er-fordern, dann würde mich Zeus wie einen entlaufenen Sklaven ausrufen lassen müssen, und du selbst würdest gehindert werden, die Geschäfte der Todtenwelt zu betreiben und möchtest sogar dem Reiche Pluto's Schaden zufügen, wenn du in langer Zeit keine Todten herbeiführtest, auch der Zöllner [1]) Aeakus würde unwillig werden, wenn er keinen Heller einnähme. Wie du aber das Hauptsächlichste von dem, was vorgeht, sehen könntest, darauf müs-sen wir schon denken. **Charon.** Erfinde du selbst das Beste, Hermes, als Fremder weiß ich nichts von den Dingen auf der Erde. **Hermes.** Mit einem Worte, wir bedürfen eines hohen Standpunktes, Charon, damit du von da aus Alles sehen kön-nest. Wenn du in den Himmel hinauf kommen dürftest, so hät-ten wir uns nicht abzumühen, du würdest von da wie von einer Warte Alles genau betrachten. Da du aber den Palast des Zeus nicht betreten darfst, weil du immer mit den Schattenbildern zu-sammen bist, so müssen wir uns nach einem hohen Berge um-sehen. **Charon.** Weißt du, Hermes, was ich mitunter auf un-serer Fahrt zu euch zu sagen pflege? Denn wenn der herab-

---

[1]) Aeakus, der gewöhnlich als Richter in der Unterwelt erscheint, heißt hier Zöllner, d. h. er hat darauf zu sehen, daß die Todten ihr Fährgeld richtig zahlen. Zur Erklärung des Ausdrucks citirt Sommerbrodt catapl. c. 4, wo ihm die an-kommenden Todten zugezählt werden.

stürmende Wind schräg in das Segel fällt und die Wellen an=
fangen hoch zu gehen, dann heißet ihr aus Unkunde mich das
Segel einziehen oder ein wenig das Tau nachlassen oder vor dem
Winde fahren, ich aber fordere euch auf, zu schweigen, denn ich
wisse das besser. Ebenso thue auch du, was du für gerathen
hältst, da du jetzt Steuermann bist; ich werde, wie es sich für
einen Passagier gehört, still da sitzen und deinen Weisungen in
jeder Beziehung gehorchen. Hermes. Du hast Recht, ich werde
sogleich wissen, was zu thun ist, und eine genügend hohe Warte
ausfindig machen. Ist nun der Kaukassus passend, oder der Par=
naß höher, oder der Olymp dort höher als Beide? Soeben, als
ich nach dem Olymp hinsah, hatte ich keinen verächtlichen Einfall,
du mußt aber dich mit mir bemühen und mich unterstützen. Cha=
ron. Befiehl, so viel als möglich werde ich dich unterstützen.
Hermes. Homer, der Dichter, sagt, die Söhne des Aloeus [5]),
die auch ihrer zwei waren, hätten einmal noch als Knaben den
Ossa aus seinen Fundamenten reißen und ihn auf den Olymp
setzen wollen und dann den Pelion auf den Ossa in dem Glau=
ben, diese Treppe werde für sie ausreichen, um in den Himmel
zu steigen. Jene Knaben nun büßten Strafe, denn es waren
Schelme, weßhalb wälzen wir aber nicht die Berge auf einander,
wir ersinnen ja das nicht zum Schaden der Götter und führen
denselben Bau aus, damit wir von der größeren Höhe einen ge=
naueren Umblick haben? Charon. Werden wir zwei, Hermes,
auch im Stande sein, den Pelion oder den Ossa aufzuheben?
Hermes. Weßhalb nicht, Charon? oder hältst du uns für
schwächlicher, als jene Kindlein, da wir doch Götter sind? Cha=
ron. Das nicht, aber die Sache scheint mir eine gewaltig große
Arbeit zu erfordern. Hermes. Das kommt nur daher, Cha=
ron, weil du ein Laie und durchaus kein Poet bist. Der treff=
liche Homer machte uns durch zwei Verse den Himmel auf der
Stelle ersteigbar, mit solcher Leichtigkeit setzte er Berge zusam=

---

[5]) Hom. Odyss. XI, 305. Otos und Ephialtes, Söhne des Poseidon und
der Iphimedeia, von deren Gemahl Aloëus sie den Namen Aloëaden erhielten; sie
wuchsen alle Jahre eine Elle in die Breite und ein Klafter in die Länge.

men, und es nimmt mich Wunder, daß dir das fabelhaft vor=
kommt, da du doch offenbar den Atlas [1]) kennst, der einzig und
allein die Himmelsaxe selbst und mit ihr uns alle trägt. Viel=
leicht hast du auch von meinem Bruder Herakles gehört, daß er
einstmals jenen Atlas abgelöst und selbst die Last aufgenommen
habe, um jenen ein wenig verschnaufen zu lassen. Charon. Auch
das habe ich gehört, ob es aber wahr ist, das mögt ihr, du und
die Dichter, wissen. Hermes. Vollständig wahr, Charon, oder
weßhalb sollten weise Männer lügen? Daher wollen wir zu=
erst den Ossa in die Höhe heben, wie uns das Gedicht und der
Baumeister anweist, und dann auf den Ossa den Blätter schüt=
telnden Pelion [2]) thürmen. Siehst du, wie leicht und dichterartig
wir es ausgeführt haben? Laß mich nun einmal hinaufsteigen
und sehen, ob wir auf ihm noch höher werden bauen müssen.
O weh! wir sind noch nicht über den Fuß des Himmels hinaus,
im Osten ist Jonien und Lydien kaum sichtbar, im Westen nicht
mehr als Italien und Sicilien, im Norden nur die Länder dies=
seits der Donau und im Süden erscheint Kreta nicht deutlich.
Wir müssen, wie es scheint, auch den Oeta von seiner Stelle
schaffen, Fährmann, und dann auf alle den Parnaß setzen. Cha=
ron. So wollen wir ·es machen, sieh nur zu, daß uns das Werk
nicht zu gebrechlich wird, wenn wir es über alle Maßen verlän=
gern, und daß wir dann nicht zugleich mit herabstürzend durch
unsere zerschmetterten Schädel auf bittere Weise erfahren, wie
Homer zu bauen versteht. Hermes. Sei nur gutes Muthes,
alles wird fest halten, schaffe den Oeta her, jetzt den Parnaß
darauf gewälzt. Sieh nun, ich werde wieder heraufsteigen, es ist
gut, ich sehe Alles, komme auch du nun herauf. Charon. Gib
mir die Hand, Hermes, denn du läßt mich auf kein kleines Ge=

---

1) Atlas, der Sohn des Japetos und der Klymene, Bruder des Prometheus
und Epimetheus, wurde nach Hesiod. Theog. 507, weil er Anführer der Titanen
im Kampfe mit Zeus war, verurtheilt, zur Strafe das Himmelsgewölbe zu tragen.
Homer kennt diesen Mythus nicht, denn die Stelle im Anfange der Odyssee läßt
sich anders erklären. Während Herakles seine Last trug, pflückte ihm Atlas die
Aepfel der Hesperiden.
2) Hom. Odyss. XI, 315.

rüst steigen. Hermes. Wenn du Alles sehen willst, Charon, so geht es nicht anders, ist man schaulustig, so kann man es nicht zugleich mit der Sicherheit so genau nehmen, halte dich an meiner Rechten und nimm dich in Acht, auf schlüpfrigen Boden zu treten. Nun wohl, da bist ja auch du oben, weil aber der Parnaß zweigipfelig ist, so wollen wir jeder eine Spitze in Beschlag nehmen und uns niederlassen. Schau schon rings um dich her und betrachte Alles genau. Charon. Ich sehe viel Land und einen großen See, der es umfließt, und Berge und Flüsse, größer als der Kokytos und der Pyriphlegeton [1]) und sehr kleine Menschen und Höhlen, die ihnen vermuthlich zu Wohnungen dienen. Hermes. Was du für Höhlen hältst, das sind Städte. Charon. Weißt du, Hermes, daß wir nichts ausgerichtet und umsonst den Parnaß sammt der Quelle Kastalia [2]) und den Oeta und die andern Berge von der Stelle bewegt haben? Hermes. Warum. Charon. Ich wenigstens sehe von der Höhe nichts deutlich, ich wollte aber nicht allein Städte und Berge wie auf Gemälden sehen, sondern die Menschen selbst, was sie thun und was sie sprechen. Zum Beispiel, als du mich zuerst trafst, sahst du mich lachen und fragtest mich, weßhalb ich lache, da hatte ich eben etwas gehört, was mir über die Maßen Scherz machte. Hermes. Was war es? Charon. Jemand, der von einem Freunde auf den folgenden Tag zu Tische, wie ich glaube, geladen war, sagte: „Ich werde gewiß kommen" und während er noch sprach, fiel, ich weiß nicht wie, ein Ziegel von dem Dache des Gebäudes herunter und tödtete ihn; ich mußte nun lachen, weil er sein Versprechen nicht halten konnte. Ich denke, ich werde auch jetzt heruntergehen, um besser zu sehen und zu hören. Hermes. Bleibe ruhig, selbst diesen Umstand werde ich heilen und dir in kurzer Zeit das schärfste Gesicht verleihen, indem ich auch dazu eine Zauberformel von Homer nehme, und wenn ich die

---

[1]) Ein paar Flüsse der Unterwelt, die dem Charon natürlich am genauesten bekannt sind.

[2]) Kastalia, eine den Musen geweihte und von den Dichtern häufig gefeierte Quelle auf dem Parnaß.

Verse spreche, so präge es dir nur recht ein, daß du nicht mehr blöde Augen hast, sondern alles deutlich siehst. **Charon.** Sage sie nur her.

Hermes. Sieh! nun hab' ich die Hülle dir von den Augen genommen,
Daß du nun wohl erkennst, wer ein Gott ist, oder wer sterblich[10]).

Wie ist es, siehst du schon? **Charon.** Unübertrefflich, jener berühmte Lynkeus ist im Vergleich mit mir blind, deßhalb lehre mich schon das Weitere und antworte auf meine Fragen. Wenn du willst, werde ich desgleichen dich in Versen Homers fragen, damit du siehst, daß auch ich mich mit ihm beschäftigt habe. **Hermes.** Woher kannst du etwas von ihm wissen, da du stets ein Schiffer warst und das Ruder führtest? **Charon.** Wie wegwerfend du da von meiner Kunst sprichst; als ich ihn nach seinem Tode auf meiner Fähre übersetzte, hörte ich ihn Vieles vortragen, einiges davon habe ich noch in meinem Gedächtniß, und doch ereilte uns damals kein kleiner Sturm. Denn als er einen Gesang anzustimmen begann, der eben für die Schiffenden von keiner sonderlich guten Vorbedeutung ist, wie Poseidon die Wolken versammelte und das Meer mit seinem Dreizack wie mit einer Kelle durcheinander wirrte, alle Winde aufregte u. dergl. m., trat plötzlich, während er das Meer in seinen Versen bearbeitete, eine Finsterniß und ein solcher Sturm ein, daß unser Schiff bei= nahe umschlug; damals bekam er auch die Seekrankheit und gab die meisten Rhapsodien sammt der Scylla und der Charybdis und dem Cyklopen von sich. Es war nun nicht schwer, aus einem so reichlichen Ergusse wenigstens Einiges zu behalten. Sage mir nun ferner:

Wer ist jener gewaltige Mann, so groß und so kräftig,
Der mit dem Kopf und den breiten Schultern aus allen emporragt[2])?

---

[1]) Diese Verse spricht Athene zu Diomedes, Hom. Il. V, 127.

[2]) Parodie von Hom. Il. III, 226, wo Helena nach Aias mit den Worten gefragt wird: Τίς τ' ἄρ' ὅδ' ἄλλος Ἀχαιὸς ἀνὴρ ἠΰς τε μέγας τε, ἔξοχος Ἀργείων κεφαλὴν ἠδ' εὐρέας ὤμους.

Hermes. Das ist Milo, der Athlet aus Kroton [1]); die Hele-
nen klatschen ihm Beifall, weil er den Stier auf seinem Rücken
mitten durch das Stadium trägt. Charon. Mit wie viel mehr
Recht, Hermes, würden sie mich preisen, der ich nach Kurzem
den Milon selbst packen und ihn in den Nachen setzen werde,
wenn er zu uns kommt, bezwungen von dem unüberwindlichsten
Gegner, dem Tode, ohne einmal zu wissen, wie er ihm ein Bein
unterschlägt? und dann wird er offenbar in der Erinnerung an
diese Kränze und den Beifall jammern; jetzt ist er stolz auf die
Bewunderung, die sie ihm zollen, weil er den Stier trägt. Meinen wir wohl, daß es ihm einfällt, er werde auch einmal sterben? Hermes. Woher sollte er jetzt bei seiner so großen Kraft
an den Tod denken? Charon. Laß diesen, er wird uns in
nicht langer Zeit zu lachen geben, wenn er auf meinem Nachen
fährt und nicht eine Mücke, geschweige denn einen Stier heben
kann. Sage mir aber noch, wer ist dieser andere majestätische
Mann? nach seiner Kleidung zu urtheilen, ist er kein Helene.
Hermes. Es ist Cyrus, Charon, der Sohn des Kambyses, der
die Herrschaft, die einst die Meder hatten, jetzt an die Perser
gebracht hat. Auch die Assyrier bezwang er jüngst und unterwarf sich Babylon, und nun scheint er gegen Lydien ziehen zu
wollen, um nach dem Sturz des Krösus über alle zu gebieten.
Charon. Wo ist denn Krösus? Hermes. Sieh dorthin auf
die große Burg mit der dreifachen Mauer: das ist Sardes und
da bemerkst du auch den Krösus selbst, der auf einem goldenen
Stuhle sitzt und mit dem Athener Solon sich unterhält. Wollen
wir zuhören, was sie sprechen? Charon. Ja. Krösus. Gastfreund aus Athen [2]), da du meinen Reichthum und meine Schätze
gesehen hast, wie viel ungeprägtes Gold ich habe, und meine andern Kostbarkeiten, so sage mir, wen hältst du für den glücklichsten der Menschen? Charon. Was wird Solon sagen? Her-

---

[1]) Milo lebte um das Jahr 580 v. Chr. Er soll seinen Tod gefunden haben, als er einen Baumstamm, in welchem Keile steckten, mit seinen Händen aus
einander reißen wollte. Die Spalte hielt ihn fest und er wurde von wilden
Thieren zerrissen.

[2]) Die Erzählung ist aus Herodot I, 39.

mes. Sei getroft, nichts Unedles, Charon. Solon. Der Glücklichen gibt es wenige, Kröfus; unter denen, die ich kenne, halte ich den Kleobis und Biton für die glücklichsten, die Söhne der Priesterin aus Argos. Charon. Der fpricht von denen, die jüngst zufammen starben, nachdem fie fich vor den Wagen der Mutter gefpannt und fie bis zum Tempel gezogen hatten. Kröfus. Es fei, diefe mögen den erften Preis der Glückseligkeit davon tragen. Wer kommt nach ihnen? Solon. Der Athener Tellos, der glücklich lebte und für das Vaterland ftarb. Kröfus. Wie, mich hältft du nicht für glücklich, Schurke? Solon. Ich weiß es noch nicht, Kröfus, bis du das Ende des Lebens erreicht haft, denn der fichere Prüfftein hiefür ift der Tod und daß einer bis zu diefem Ziele glücklich gelebt hat. Charon. Das ift fehr fchön, Solon, daß du uns nicht vergeffen haft, fondern verlangft, daß darüber an der Fähre entfchieden werde. Was find das aber für Leute, die Kröfus fortfchickt, und was tragen fie auf ihren Schultern? Hermes. Goldene Ziegel [1]) fendet er an den pythifchen Apollo als Weihegefchenke zum Lohn für die Orakelfprüche, durch die er kurz nachher zu Grunde gehen wird; der Mann ift ein abfonderlicher Freund von Prophezeiungen. Charon. Jenes blaßröthliche Ding, welches fo glänzt, ift alfo Gold? jetzt fehe ich zum erften Mal, wovon ich immer hörte. Hermes. Das ift das vielgepriefene, um das man fich fo fehr reißt. Charon. Doch fehe ich nicht, was es denn Befonderes hat, außer das eine, daß es diejenigen drückt, die es tragen. Hermes. Weißt du denn nicht, wie viele Kriege, Nachftellungen, Räubereien, Meineide, Mordthaten und Einkerkerungen es verurfachte, wie weite Meeresfahrten feinetwegen unternommen werden, wie es Handel und Knechtfchaft bewirkt? Charon. Diefes, Hermes, welches vom Kupfer nicht fehr verfchieden ift? Kupfer ift mir bekannt, da ich, wie du weißt, von jedem der Hinüberfahrenden einen Obolos einfammle. Hermes. Ja, aber Kupfer gibt es viel, daher wird es von ihnen nicht befonders gefucht; diefes ift aber ein feltenes Metall und man gräbt es aus

---

[1]) Herodot I, 50.

einer großen Tiefe hervor, freilich auch nur aus der Erde, wie das Blei und die andern Metalle. Charon. Wie arge Thoren die Menschen doch sind, daß sie einen blaßgelben, schweren Gegenstand so sehr lieben. Hermes. Aber jener Solon scheint es nicht zu lieben, Charon, der, wie du siehst, den Krösus auslacht und die Großprahlerei des Barbaren; es däucht mich, als wolle er ihn etwas fragen, laß uns zuhören. Solon. Sage mir, Krösus, glaubst du, daß der pythische Gott dieser Ziegel irgend bedürfe? Krösus. Gewiß, denn er hat kein solches Weihege= schenk in Delphi. Solon. Du meinst also, du wirst den Gott glücklich machen, wenn er neben den andern auch goldene Ziegel besitzt? Krösus. Wie denn anders? Solon. Da herrscht denn freilich nach dem, was du sagst, große Armuth im Himmel, wenn sie das Gold werden aus Lydien holen müssen, falls sie es begehren. Krösus. Wo könnte es so viel Gold geben, als bei uns? Solon. Sage mir, bringt Lydien Eisen hervor? Krö= sus. Nein, wohl nicht. Solon. Euch fehlt also das Bessere? Krösus. Wie, ist das Eisen besser, als das Gold? Solon. Wenn du mir antworten willst, ohne unwillig zu werden, könn= test du es erfahren. Krösus. So frage denn, Solon. So= lon. Wer ist besser, derjenige, der andere beschützt, oder der be= schützt wird? Krösus. Offenbar derjenige, der Andere beschützt. Solon. Wenn nun also Cyrus, wie einige verlauten lassen, gegen die Lydier zu Felde zieht, wirst du deinem Heere goldene Schwerter machen lassen, oder ist dann das Eisen nothwendig? Krösus. Offenbar das Eisen. Solon. Und wenn du es dir nicht verschaffen könntest, so würde dein Gold als Beute zu den Persern wandern. Krösus. Sprich nicht Worte von so übler Vorbedeutung, Mensch. Solon. Möge es nicht geschehen; wie es aber scheint, räumst du ein, daß das Eisen besser sei, als Gold. Krösus. Willst du also, daß ich eiserne Ziegel dem Gotte zum Geschenk schicken, die goldenen aber wieder zurückkom= men lassen soll? Solon. Auch Eisen wird man nicht brauchen, sondern magst du Erz oder Gold weihen, du wirst es für andere zum Besitzthum oder Funde geweiht haben, für Phocier [1]) oder

---

[2]) Während des heiligen Krieges (356—346) benutzte der Feldherr der Pho=

Böotier oder die Delphier selbst, oder für irgend einen Tyrannen oder Räuber, der Gott aber kümmert sich wenig um deine Gold= arbeiter. **Krösus.** Immer ziehst du gegen meinen Reichthum zu Felde und beneidest ihn mir. **Hermes.** Der Lydier erträgt nicht die Freimüthigkeit und die Wahrheit der Worte, ein armer Mann, der sich nicht beugt, sondern seine Gedanken rückhaltslos äußert, scheint ihm vielmehr etwas Seltsames. Ein wenig später wird er sich aber an Solon erinnern, wann Cyrus, in dessen Gefangenschaft er gerathen soll, ihn wird auf den Scheiterhaufen führen lassen. Ich hörte nämlich jüngst die Klotho [1]) vorlesen, was einem Jeden vom Schicksal bestimmt sei, darunter stand auch geschrieben, daß Krösus in die Gefangenschaft des Cyrus gera= then, Cyrus selbst aber durch die Hand jener Massagetin [2]) ster= ben werde. Siehst du dort die Scythin auf dem weißen Pferde? **Charon.** Ja. **Hermes.** Das ist die Tomyris, sie wird dem Cyrus den Kopf abschneiden und ihn in einen mit Blut gefüll= ten Schlauch werfen. Siehst du auch seinen Sohn, den Jüng= ling? Das ist Kambyses, er wird dem Vater auf dem Throne folgen und nach sehr vielen verfehlten Unternehmungen in Libyen und Aethiopien endlich, nachdem er den Apis getödtet [3]), im Wahn= sinn sterben. **Charon.** Was die Menschen doch für lächerliche Geschöpfe sind! Wer könnte es aber jetzt ansehen, wie sie so die andern verachten, oder wer möchte glauben, daß nach Kurzem dieser ein Gefangener sein, dieser seinen Kopf in einem Schlauch mit Blut haben wird. · Wer ist aber dort Jener, Hermes, der in dem Purpurkleide mit der goldenen Spange und mit dem Diadem, dem der Koch, der den Fisch aufgeschnitten hat, den Ring

---

cter, Anomarchos, die Goldbarren des Krösus und andere Weihegeschenke aus dem Tempel zur Bestreitung der Kriegskosten, siehe G. Grote, history of Greeco, Vol. XI, p. 357 u. ff.

[1]) Klotho, eine der Parzen oder Mören, und zwar diejenige, die den Faden spinnt; die beiden andern heißen Lachesis und Atropos.

[2]) Siehe Herodot I, 204.

[3]) Der von den Egyptern heilig gehaltene Stier. Ueber die Verwundung und den darauf folgenden Tod desselben siehe Herodot III, 20, wo es weiter heißt: Καμβύσης δὲ, ὡς λέγουσ᾽ Αἰγύπτιοι, αὐτίκα διὰ τοῦτο τὸ ἀδίκημα ἐμάνη, ἐὼν οὐδὲ πρότερον φρενήρης.

gibt, auf dem rings umflossenen Eiland, er rühmt sich ein König zu sein[1]). **Hermes.** Du parodirst gut, Charon, da siehst du den Polykrates[2]), den Tyrannen von Samos, der sich für vollkommen glücklich hält. Aber auch dieser wird von dem neben ihm stehenden Sklaven Mäandrios dem Satrapen Oroites verrathen und ans Kreuz geschlagen werden, und in einem Augenblick wird es mit seinem Glück aus sein — auch das hörte ich von der Klotho. **Charon.** Recht so, Klotho, verbrenne sie tapfer, beste, schneide ihnen die Köpfe ab und kreuzige sie, damit sie wissen, daß sie Menschen sind; während dieser Zeit mögen sie erhöht werden, um von dem höheren Orte desto schmerzhafter herunter zu fallen. Ich werde dann lachen, wenn ich jeden von ihnen nackt in dem Nachen wieder erkenne und keiner ein Purpurkleid, eine Tiara oder einen goldenen Stuhl mit sich bringt. **Hermes.** Mit diesen wird es nun so gehen. Siehst du aber den großen Haufen der Menschen, Charon, Schifffahrttreibende, Kriegführende, Prozessirende, das Land Bebauende, Wuchernde, Bettelnde? **Charon.** Ich sehe ein mannigfaltiges Gedränge, das Leben ist voller Verwirrung und ihre Städte gleichen Bienenstöcken, in denen Jeder einen besondern Stachel hat und seinen Nachbar verletzt, einige Wenige aber drängen und plündern wie Wespen die Schwächeren. Was sind das aber für dunkle Gestalten, die sie in Haufen umschweben? **Hermes.** Hoffnungen, Charon, Befürchtungen, Thorheiten, Lüste, Geldsucht, Zorn, Haß u. dergl. Von diesen ist die Thorheit unter sie gemengt und auch Haß, Zorn, Eifersucht, Unwissenheit, Rathlosigkeit und

---

[1]) Der erste Theil des Verses nach Odyssee I, 50, der zweite nach Odyssee V, 450.

[2]) Nach Herodot III, 123 war Mäandrios der Vertraute, den Polykrates abgeschickt hatte, um die Schätze in Augenschein zu nehmen, welche Oroites ihm versprochen hatte. Von einem Verrath ist dort nicht die Rede; doch ließ er sich von Oroites täuschen, der acht Kästen zum großen Theil mit Steinen gefüllt, nur oben mit Gold bedeckt hatte, und veranlaßte durch den Bericht von den großen Reichthümern Polykrates zur Reise nach Sardes, wo ihn Oroites festnehmen und hinrichten ließ. Nach dem Tode des Polykrates bemächtigte er sich der Herrschaft, siehe Herodot III, 142.

Selbsucht bei ihnen eingebürgert, Furcht aber und Hoffnungen
fliegen über ihnen, jene fällt über sie her und setzt sie in Schrecken,
zuweilen bewirkt sie auch, daß sie sich beugen, die Hoffnungen
aber schweben über ihren Häuptern, und wenn man sie am meisten
glaubt fassen zu können, fliegen sie auf und davon und lassen
einen mit offenem Munde zurück, wie du auch unten dem Tantalus das Wasser vom Munde enteilen siehst. Wenn du deine
Augen recht anstrengst, wirst du auch oben die Parzen bemerken,
die einem Jeden auf der Spindel den feinen Faden spinnen, an
dem sein Leben hängt. Siehst du etwas wie Spinngewebe von
den Spindeln auf jeden herabhängen? Charon. Ich sehe lauter
sehr feine, vielfältig mit einander verschlungene Fäden. Hermes.
Natürlich, Fährmann, denn es ist Schicksalsbestimmung, daß dieser
jenen, ein anderer diesen ermorde, und daß dieser jenen beerbe,
dessen Faden kürzer ist, jener aber wiederum diesen; das bedeutet
die Verschlingung. Siehst du nun, wie Alles an einem dünnen
Faden hängt? Da ist einer hinaufgezogen und befindet sich nun
oben, bald wird er herunterfallen, nachdem der Faden abgerissen
ist, weil er die Last nicht mehr aushält, und ein großes Geräusch
machen, dieser aber, der nur ein wenig von der Erde gehoben ist,
wird, wenn er auch fällt, geräuschlos daliegen, indem kaum die
Nachbarn seinen Fall gehört haben. Charon. Das ist recht
lächerlich, Hermes. Hermes. Du könntest es auch gar nicht
gebührend aussprechen, wie lächerlich alle diese Dinge sind, Charon, besonders ihre übermäßigen Bemühungen, und daß sie, mitten in ihren Hoffnungen von dem trefflichen Tode fortgerafft, ab-
treten. Wie du siehst, hat er sehr viele Diener und Boten, kalte
und hitzige Fieber, Auszehrungen, Lungenentzündungen, Schwerter, Räuber, Schierlingsbecher, Richter und Thrannen, wovon
ihnen durchaus nichts in den Sinn kommt, so lange es ihnen
wohl geht, wenn sie aber gefallen sind, dann hat das Weh mir,
das Ach und das Oh kein Ende. Würden sie aber sogleich von
Anfang an bedenken, daß sie selbst sterblich sind, und daß sie
nach diesem kurzen Verweilen hienieden Alles auf der Erde verlassen und aus dem Leben wie aus einem Traum scheiden werden, so würden sie vernünftiger leben und sich über ihren Tod

weniger betrüben. Weil sie aber jetzt hoffen, daß das immer so fortgehen werde, so gerathen sie, wenn der Diener des Todes zu ihnen tritt, sie ruft und sie in den Banden des Fiebers oder der Auszehrung fortführt, in Unwillen über dieses Verfahren, da sie erwarteten, sich niemals losreißen zu dürfen. Denn was würde Jener dort thun, der sich emsig ein Haus baut und die Arbeiter antreibt, wenn er erführe, daß er das Haus zwar vollenden, daß er selber aber, der es eben unter Dach brachte, fortgehen und es dem Erben zum Genusse zurücklassen wird, ohne daß der Arme in ihm auch nur gegessen hat? Denn wenn der dort, welcher sich freut, daß seine Frau ihm einen Knaben geboren, und deßhalb die Freunde bewirthet und ihm den Namen des Vaters gibt, wüßte, daß der Knabe im Alter von sieben Jahren sterben wird, glaubst du, daß er sich über seine Geburt freuen würde? Der Grund hievon ist, weil er jenen bemerkt, der über seinen Sohn glücklich ist, den Vater des Athleten, der in den olympischen Spielen gesiegt hat, den Nachbarn aber, der sein Kind bestattete, sieht er nicht und weiß nicht, wie dünn sein Lebensfaden war. Du siehst, wie viele ihrer sind, die um die Grenzen streiten und Geld sammeln, und wie sie von den erwähnten Dienern und Boten gerufen werden, bevor sie es genossen haben. Charon. Ich sehe das alles und überlege bei mir selbst, was ihnen im Leben angenehm und was denn das eigentlich ist, über dessen Verlust sie sich betrüben. Wenn man unter ihnen die Könige betrachtet, die, abgesehen von der Unbeständigkeit und Zweifelhaftigkeit des Geschickes, am glücklichsten zu sein scheinen, so wird man finden, daß selbst sie mehr Betrübendes, als Angenehmes erfahren, daß sie mit Befürchtungen, Unruhe, Haß, Nachstellungen, Zorn, Schmeichelei zu thun haben, um von Trauer, Krankheit und Affekten, die natürlich über sie wie über alle Menschen gebieten, zu schweigen. Wenn es nun schon mit diesen schlecht steht, so darf man wohl berechnen, wie sich gewöhnliche Privatleute befinden. Ich will dir nun sagen, Hermes, womit man meiner Ansicht nach die Menschen und ihr ganzes Leben vergleichen kann. Du sahst ja wohl schon in einem mit Gewalt hervorsprudelnden Wasser jene Bläschen, aus denen der Schaum sich

bilbet? Einige von ihnen sind klein, so daß sie auf der Stelle
zerplatzen und verschwinden, andere halten länger vor und erheben
sich zu dem größten Umfange, wenn andere kleine sich zu ihnen
gesellen; bald jedoch zerplatzen auch sie, denn es kann nicht anders sein. Ebenso ist es mit dem Leben der Menschen, alle sind
mit Lebensgeist aufgebläht, die einen mehr, die andern weniger,
und bei den einen hat die Aufblähung eine kurze, schnell ver-
gängliche Dauer, bei den andern hört sie gleich mit ihrer Bildung auf; zerplatzen aber müssen sie alle. Hermes. Dein Vergleich läßt sich eben so gut hören, als der Homers, der das
Menschengeschlecht mit Baumblättern [1]) vergleicht. Charon.
Trotzdem es nun so mit ihnen ist, Hermes, siehst du, was sie
thun, und wie sie mit einander um Aemter, Ehre und Besitz
wetteifern, was sie alles werden verlassen müssen, um nur mit
einem Obolos zu uns zu kommen. Da wir uns auf einem hohen
Punkte befinden, soll ich ihnen mit sehr lauter Stimme rathen,
von den thörichten Anstrengungen abzulassen und immer in ihrem
Leben den Tod vor Augen zu haben, indem ich ihnen sage: Was
habt ihr euch um diese Dinge bemüht, ihr Thoren? höret auf,
euch abzuarbeiten, ihr werdet nicht für immer leben. Nichts von
den hiesigen Herrlichkeiten ist ewig und Niemand kann etwas bei
seinem Tode mit sich davon führen, sondern er muß nackt davon
gehen, das Haus, das Grundstück, das Gold muß immer andern
gehören und die Herren wechseln. Wenn ich ihnen dieses und
Aehnliches recht vernehmlich in die Ohren schreie, glaubst du nicht,
daß sie davon viel Nutzen für das Leben haben und weit beson-
nener sein würden? Hermes. Du weißt nicht, mein Bester,
in welche Verfassung Unverstand und Betrug sie gebracht haben,
so daß man auch mit einem Bohrer ihnen nicht die Ohren öffnen
könnte; mit so viel Wachs haben sie sich dieselben zugestopft, wie
Odysseus aus Furcht vor dem Gesange der Sirenen, es mit seinen Gefährten machte. Woher sollten nun jene im Stande sein
zu hören, selbst wenn du vor Schreien bersten wolltest? Denn
was bei euch der Lethe vermag, das thut hier der Unverstand.

---

[1]) Hom. Il. VI, 146.

Doch gibt es unter ihnen einige Wenige, die kein Wachs in die Ohren genommen haben, die nach der Wahrheit streben, mit scharfem Auge die Dinge betrachtet, und ihre Beschaffenheit erkannt haben. Charon. Sollen wir nun wenigstens diesen zurufen? Hermes. Auch das ist überflüssig, ihnen zu sagen, was sie wissen. Bemerkst du, wie abgesondert von der Menge sie stehen, wie sie über das, was geschieht, lachen und durchaus nicht damit zufrieden sind, sondern offenbar darauf sinnen, aus dem Leben zu euch zu entlaufen; denn sie werden auch gehaßt, weil sie die andern der Thorheit überführen. Charon. Brav, ihr Trefflichen, nur sind ihrer sehr wenige, Hermes. Hermes. Auch diese sind genügend; nun laß uns aber schon herabsteigen. Charon. Eins wünschte ich noch zu wissen, Hermes, und wenn du es mir gezeigt hast, so wirst du dein Geschäft als Fremdenführer vollständig erfüllt haben: die Behältnisse möcht' ich sehen, wo sie die Leichen hinschaffen. Hermes. Grabhügel, Grüfte und Gräber nennen sie dieselben. Siehst du nicht jene Erdaufschüttungen vor den Städten, die Säulen und die Pyramiden? Alles das ist bestimmt, die Leichen aufzunehmen und sie zu verwahren. Charon. Weßhalb bekränzen dort jene die Leichensteine und bestreichen sie mit Salbe? Andere errichten auch vor den Grabhügeln einen Scheiterhaufen, machen eine Grube und verbrennen diese kostbaren Mähler [1]) und gießen, wie es scheint, Wein und ein Honiggemisch in die Grube. Hermes. Ich weiß nicht, Fährmann, was dies den im Hades Befindlichen nützt. Sie wenigstens haben die Ueberzeugung, daß die von unten heraufgesandten Seelen den Fettdampf und Rauch umschweben und möglichst viel davon essen und aus der Grube das Honiggemisch trinken. Charon. Daß jene noch trinken oder essen, deren Schädel so verdorrt sind? doch ist es lächerlich, daß ich dir das sage, der du sie alle Tage hinabgeleitest. Demnach weißt du, ob sie noch hinaufkommen könnten, wenn sie einmal unter der Erde gewesen

---

[1]) Besonders häufig wurden die Grabsäulen mit Eppich bekränzt. Nicht nur Mahlzeiten, sondern auch Lieblingsthiere der Verstorbenen, Kleidungsstücke, Schmucksachen u. f. f., wurden mit den Todten verbrannt und bestattet. Siehe Nigrin. c. 30. De Luctu c. 14,

find. Es wäre doch spaßhaft, Hermes, wenn du bei deinen zahlreichen Geschäften sie nicht allein herab-, sondern auch wiederum
hinaufführen müßtest, um zu trinken. O über den Unverstand
der Thoren, die nicht wissen, wie weit der Zustand der Todten
und der Lebenden verschieden ist, und wie es bei uns aussieht.

> Todt sind beide, der Grabesberaubte und der Begrabne.
> Gleichwie Iros geehrt ist Völkerfürst Agamemnon
> Und Thersites gleich dem Sohne der lockigen Thetis.
> Aber alle gesammt sind klägliche Leichengestalten,
> Ausgetrocknet Gerippt im Asphodilengefilde [1]).

Hermes. Beim Herakles, mit wie viel homerischen Versen über-
schüttest du uns! Da du mich aber daran erinnertest, so will ich
dir das Grab des Achilles zeigen. Siehst du das dort am
Meere? Das ist Sigeum in Troas; gegenüber auf dem rhötei-
schen Vorgebirge ist Aias begraben. Charon. Die Gräber
sind nicht groß, Hermes. Zeige mir aber nun die bedeutenden
Städte, von denen wir unten so viel hören: Ninos, die Stadt
Sardanapal's, Babylon, Mykenä, Kleonä und Ilion selber. Ich
erinnere mich, eine große Menge von da übergesetzt zu haben, so
daß ich in ganzen zehn Jahren den Nachen weder ans Land gezogen, noch ihn ausgelüftet habe. Hermes. Ninos ist schon zu
Grunde gegangen, Fährmann, und es ist auch keine Spur von
der Stadt mehr übrig, du könntest nicht einmal sagen, wo es
gestanden hat. Dort, die Stadt mit den schönen Thürmen, mit
der großen Ringmauer, ist Babylon, nach nicht langer Zeit wird
man es, wie Ninos, suchen. Mykenä und Kleonä schäme ich
mich dir zu zeigen, und namentlich Ilion, denn ich bin überzeugt, bei deiner Rückkehr wirst du den Homer wegen seiner groß-
prahlerischen Worte erwürgen, doch einst waren sie blühend, jetzt
sind auch sie todt, denn auch Städte sterben, wie Menschen, Fährmann, und, was das Widersinnigste ist, auch ganze Flüsse. Vom
Inachus in Argos ist auch nicht mehr das Bette übrig. Charon.

---

[1]) Nach Hom. Il. IX, 319. Iros ist der Bettler bei den Freiern der
Penelope Hom. Odyss. XVIII u. ff.; über Thersites siehe Hom. Il. II, 212 u. ff.
Das Asphodilengefilde siehe Hom. Odyss. XI, 539, 572 u. XXIV, 13.

O weh, wie sieht es da mit deinen Lobeserhebungen aus, Homer, und mit den von dir gebrauchten Benennungen, dem „heiligen" „breitstraßigen" Ilion und dem „schön gebauten Kleonä"! Doch à propos, wer sind jene Kriegführenden, oder weßhalb morden sie einander? Hermes. Du siehst Argiver, Charon, und Lacedä- monier, und dort den Feldherrn Othryades ¹), der halb todt mit seinem Blute die Namen auf die Trophäe schreibt. Charon. Um was führen sie Krieg, Hermes? Hermes. Eben um das Gefilde, in dem sie kämpfen. Charon. O über den Unver- stand! sie wissen nicht, daß sie von Aeakus kaum einen Fuß brei- ten Raum bekommen würden, wenn auch jeder von ihnen den ganzen Peloponnes erwürbe. Dieses Gefilde werden aber bald diese, bald jene bestellen und oftmals mit der Pflugschar die Fundamente des Denkmals emporwühlen. Hermes. So wird das sein: wir wollen aber schon herabsteigen, die Berge an Ort und Stelle hinschaffen und uns entfernen, ich, um meine Sen- dung zu besorgen, du aber zu dem Nachen. Charon. Ich bin dir sehr dankbar, Hermes, du wirst für immer als Wohlthäter in meine Gedächtnißtafel eingetragen werden, durch dich hat mir die Reise Nutzen gebracht. Wie erbärmlich es doch mit diesen Menschen aussieht, nur von Charon ist die Rede nicht!

---

¹) Vergl. Herodot I, 82 ff. In dem Kampfe der Spartaner und Argiver (669 v. Chr.) über das kynurische Grenzgebiet von Tyrea waren von den Argi- vern zwei, von den Spartanern nur Othryadas übrig geblieben, der den Kampf- platz als Sieger behauptete, aber aus Scham, allein das Leben gerettet zu haben, sich selbst den Tod gab.

Todtengespräche.

I.

Diogenes und Polydeukes.

Diogenes. Ich trage dir auf, lieber Polydeukes, sobald du oben angelangt bist — an dir ist ja, glaub' ich, die Reihe, morgen wieder in das Leben zurückzukehren — falls du etwa den Cyniker Menippus [1]) siehst — du wirst ihn ja bei Korinth im Kraneum [2]) oder im Lyceum finden, wo er über die mit einander zankenden Philosophen sich lustig macht — ihm zu sagen, ich heiße ihn, wenn er über die Dinge auf der Erde genug gelacht hat, hierher kommen, wo er noch viel mehr lachen wird. Denn dort sei er oft noch unentschlossen, ob er lachen solle oder nicht, und es falle ihm häufig der Gedanke ein: „Wer weiß denn überhaupt, wie es nach dem Leben sein wird?" hier aber werde er nicht aufhören, wie ich jetzt, von Herzen zu lachen, und besonders, wenn er die Reichen, die Satrapen und Tyrannen so demüthig und unscheinbar sieht, die man allein an ihrem Geheul erkennt, und weil sie sich in dem Andenken an die Dinge der Oberwelt unedel und kleinmüthig benehmen. Sage ihm das und außerdem, er solle nicht vergessen, wenn er kommt, seinen Ranzen mit vielen Wolfsbohnen anzufüllen, und wenn er etwa auf einem Kreuzwege ein Hekatemahl [3]), oder ein Reinigungsei, oder sonst etwas der

---

[1]) Ueber den von Lucian so hochgestellten ältern Menippus, dessen Satyren der gelehrte Römer Terentius Varro nachahmte, siehe Diog. Laert. VI. c. 99 und Gellius Noct. Attic. II. 18.

[2]) Wie das Lyceum bei Athen, so war das Kraneum ein Cypressenhain und Gymnasium in der Nähe von Korinth. Beides waren Lieblingsaufenthaltsorte des Diogenes, und deshalb heißt er den Polydeukes auch hier seinen Schüler suchen. Weil Diogenes abwechselnd in Athen und Corinth lebte, so verglich er sein Leben mit dem des Perserkönigs, der desgleichen, je nach der Jahreszeit, seine Residenz in Susa, Ekbatana u. s. s. nahm.

[3]) Wie es eine große Anzahl von Dingen gab, durch deren Berührung die

Art findet, möge er es auch mitbringen. **Polydeukes.** Ich werde es an ihn bestellen, Diogenes: damit ich ihn aber erkenne, sage mir, wie er aussieht. **Diogenes.** Alt, kahlköpfig, er hat einen Mantel mit vielen Löchern, der jeden Luftzug durchläßt und mit mannigfaltigen Lumpen geflickt ist, er lacht immer und macht sich meistens über die großsprecherischen Philosophen lustig. **Polydeukes.** Bei diesen Merkmalen ist es leicht, ihn zu finden. **Diogenes.** Soll ich dir auch an jene Philosophen selbst etwas auftragen? **Polydeukes.** Ja wohl, auch das ist nicht schwer auszurichten. **Diogenes.** Ueberhaupt rathe ihnen, sie sollen aufhören, dummes Zeug zu schwatzen, über das All zu zanken, einander Hörner [1]) aufzusetzen, Krokodile [2]) zu machen und die Jüng-

---

Alten sich zu verunreinigen glaubten, so nahm man auch eine eben so große Anzahl von heilsamen, diese Verunreinigung hintertreibenden oder aufhebenden Dingen an. Der Grieche glaubte, daß diese sogenannten $\kappa\alpha\vartheta\acute{\alpha}\rho\sigma\iota\alpha$ oder $\kappa\alpha\vartheta\acute{\alpha}\rho\mu\alpha\tau\alpha$ (lustramina oder purgamenta) den verunreinigenden Stoff in sich aufnehmen, weshalb sie auch in das Meer geworfen oder tief in der Erde vergraben wurden. Eine von den vielen Sicherungs- oder Reinigungsmethoden waren diese Hekatemähler, verschiedene Speisen, die man auf Kreuzwegen oder an andern, der Hekate heiligen Orten aussetzte und die nur von der niedrigsten Volksklasse genossen wurden, bei der Hunger stärker war, als Aberglaube.

[1]) Verfängliche Trugschlüsse, an denen sich die Philosophen und besonders die Stoiker ergötzten, nannte man $\varkappa\acute{\epsilon}\rho\alpha\tau\alpha$, Hörner: die Form desjenigen, den Chrysippus häufig im Munde führte, war folgende: „Was du nicht verloren hast, das hast du: Hörner hast du nicht verloren, also hast du Hörner".

[2]) Krokobil war ein berühmtes sophistisches Räthsel, womit die Dialektiker einander zu vexiren pflegten. Wer Lust hat, versuche seinen Scharfsinn daran. Hier ist es in Form eines Mährchens. Eine Mutter bat einen Krokobil, der mit ihrem Kinde im Rachen davon lief, flehentlich, er möchte so gut sein und ihr ihren Knaben zurückgeben. Das will ich thun, antwortete der Krokobil, wenn du mir auf die Frage, die ich dir vorlegen will, die Wahrheit sagst. Die Mutter läßt sich die Bedingung gefallen. Sage mir also, spricht der Krokobil, werd' ich dir deinen Knaben zurückgeben oder nicht? — Nun fragt sich, was soll die Mutter antworten? Sie mag mit ja oder mit nein antworten, so kriegt sie ihr Kind nicht wieder. Sagt sie: „du wirst mir's nicht geben," so gibt er ihr es, und da sie folglich die Wahrheit nicht gesagt hat, so ist die Wette verloren und sie muß das Kind dem Krokobil zurückgeben. Sagt sie: „du wirst mir's wiedergeben," so antwortete er: „gelogen! ich gebe dir's nicht wieder," und frißt den Jungen auf, ohne daß die Mutter ihn eines Bruchs ihres Vertrages beschuldigen kann; denn sie sagte ja nicht die Wahrheit. Der Grammatiker Aphthonius räth der Mutter, das erste zu sagen

linge zu unterweisen, so verwirrende Fragen zu stellen. Polydeukes. Wenn ich ihre Weisheit anklage, werden sie aber sagen,
daß ich ungelehrt und ohne Bildung sei. Diogenes. Du sage
ihnen von mir, sie sollen sich zum Henker scheeren. Polydeukes.
Auch das werde ich ihnen melden, Diogenes. Diogenes. An
die Reichen, liebstes Polydeukeschen, bestelle mir Folgendes. Weshalb hütet ihr euer Gold, ihr Thoren? Weshalb plagt ihr euch,
die Zinsen zu berechnen und Talente auf Talente zu häufen, da
ihr doch bald mit einem Obolos zu uns kommen müßt? Polydeukes. Auch ihnen wird das gesagt werden. Diogenes.
Den Schönen und Starken, dem Korinther Megillus und dem
Ringer Damoxenus aber sage, daß es bei uns weder blondes
Haar, noch feurige oder schwarze Augen, keine blühende Gesichtsfarbe, keine straffen Sehnen oder kräftige Schultern gibt, sondern
nur von der Schönheit entblößte Schädel, die alle gleich sind.
Polydeukes. Dies den Schönen und Starken zu sagen ist
nicht schwer. Diogenes. Und den Armen, von denen viele sich
in die Sache nicht finden können und über ihren Mangel jammern, sage, sie mögen weder weinen noch jammern, erzähle ihnen
von der hiesigen Gleichheit und daß sie sehen werden, wie die
dort Reichen hier nichts vor ihnen voraus haben. Auch deinen
Lacedämoniern mache, wenn es dir beliebt, in meinem Namen
Vorwürfe, daß sie sich von ihrer früheren Sittenstrenge entfernt
haben. Polydeukes. Nichts gegen die Lacedämonier, Diogenes,
das leid' ich nicht. Deine Aufträge an die andern werde ich
besorgen. Diogenes. Da du es so willst, wollen wir von ihnen
schweigen: jenen vorher Erwähnten berichte aber meine Worte.

---

und mit dem Kinde (das ihr der Krokodil, um sie der Unwahrheit zu überweisen,
zurückgeben muß,) davon zu laufen. Wenn sie schneller laufen kann, als der Krokodil, so ist der Rath des Aphthonius unstreitig der beste für die Rettung des Knaben: aber das Sophisma bleibt doch immer unaufgelöst." Wieland.

II.

Pluto oder gegen Menippus.

Kröfus. Wir können es mit diesem Cyniker Menippus bei uns nicht aushalten, Pluto: deshalb entferne ihn entweder irgend wohin, oder wir werden uns nach einem andern Orte über= siedeln. **Pluto.** Was thut er euch denn Arges, da er eben so gut ein Todter ist, wie ihr? **Kröfus.** Wenn wir uns an jene Dinge in der Oberwelt erinnern, Midas an sein Gold, Sarda= napal an seinen großen Luxus, ich an meine Schätze, und wir dabei klagen und stöhnen, so lacht er über uns und schimpft uns Sklaven und Schurken, zuweilen stört er unsere Wehklage auch durch Gesang, und überhaupt ist er uns in jeder Weise lästig. **Pluto.** Was sagen sie da, Menippus? **Menippus.** Die Wahrheit, Pluto: ich haffe sie als uneble, nichtswürdige Gesellen, die, nicht zufrieden, schlecht gelebt zu haben, sogar noch im Tode an die Oberwelt denken und an ihr hängen. Es macht mir nun Freude, sie zu ärgern. **Pluto.** Das mußt du nicht thun: denn es ist kein kleiner Verlust, den sie betrauern. **Menippus.** Auch du faselst, Pluto, und stimmst ihrem Gewinsel bei? **Pluto.** Das durchaus nicht, aber ich will nicht, daß ihr mit einander Streit habt (entfernt sich). **Menippus.** Doch wisset, ihr Nichts= nutzigsten unter den Lydern, Phrygiern und Assyriern, daß ich auch so nicht aufhören werde. Wohin ihr geht, werde ich euch folgen, um euch zu ärgern, euch in die Ohren zu singen und euch auszulachen. **Kröfus.** Ist das nicht frevelhafter Uebermuth? **Menippus.** Nein, das war Uebermuth, was ihr thatet, als ihr verlangtet, stets auf den Knieen angebetet zu werden, als ihr freie Männer schmählich behandeltet und überhaupt an den Tod nicht dachtet. Nun heult ihr, da ihr alles dessen beraubt seid. **Krö= fus.** Vieler, großer Besitzthümer, o ihr Götter! **Midas.** Ich, wie vielen Goldes! **Sardanapal.** Welcher Wollust ich! **Me= nippus.** Recht so, fahrt nur so fort mit Heulen, ich werde euch das „Kenne dich selbst" oftmals vorsingen: dieser Gesang möchte zu solchem Wehgeschrei gut passen.

III.

Menippus, Antilochus und Trophonius [1]).

Menippus. Man hat euch doch, ich weiß nicht wie, nach eurem Tode der Ehre für würdig gehalten, euch Tempel zu er-

---

[1]) Für diejenigen Leser, die den Pausanias (IX. 37, 38) nicht zur Hand haben, setze ich Wielands Auszug hieher, der zum Verständniß dieses Dialogs nothwendig ist. Die Höhle des Trophonius stand in den Zeiten Lucians in großem Ruf. Die Legende dieses angeblichen Halbgottes ist eine der seltsamsten. Er war ein Sohn eines sogenannten Königs des Städtchens Orchomenos in Böotien und ein Zeitgenosse des thebanischen Herakles. Sein Vater Erginus war schon sehr bejahrt, als er sich auf Befehl des delphischen Gottes mit einer jungen Person vermählte, um nicht ohne Erben der Reichthümer, die er zusammengebracht hatte, zu sterben. Es ist nicht unmöglich, daß Apollo durch einen seiner bevollmächtigten Priester das Seinige dazu beigetragen haben könnte, dem alten Erginus Erben zu verschaffen. Wie dem auch sein mochte, Trophonius und sein Bruder Agamedes machten sich in ihrem Leben nicht als Wahrsager, sondern als Baumeister berühmt. Sie bauten dem delphischen Apollo seinen vierten Tempel (nachdem der dritte, ein Werk des Hephästos, in einem Erdbeben zerstört worden war) und dem Hyrieus (König des Städtchens Hyria in Böotien) eine Schatzkammer: brachten aber dabei den Kunstgriff an, daß sie sich vermittelst eines Quadersteins, der unmerklich herausgenommen und wieder hineingeschoben werden konnte, einen geheimen Zutritt zu dem Schatze vorbehielten. Hyrieus merkte endlich, daß sein Geldvorrath alle Tage abnahm, und legte neben die Vasen, worin das Geld war, eine Art von Schlingen, worin Agamedes gefangen wurde; und Trophonius, aus Besorgniß, von seinem Bruder in der Tortur verrathen zu werden, wußte sich nicht besser zu helfen, als daß er ihm den Kopf abschnitt und sich damit aus dem Staube machte. Aber als er ihn verscharren wollte, that sich die Erde auf und verschlang ihn lebendig: und noch zu Pausanias Zeiten zeigte man die Stelle in dem Haine von Lebadia, unter dem Namen der Grube des Agamedes. Trophonius, den die Erde als einen Betrüger, Dieb und Brudermörder verschlang, bildete sich damals wohl nicht ein, daß man ihn viele Jahrhunderte später die Stelle eines Propheten und Halbgottes würde spielen lassen. Gleichwohl erfolgte beides. Die Böotier wurden einst zwei Jahre lang mit einer ununterbrochenen Dürre heimgesucht. Sie schickten nach Delphi und erhielten zur Antwort: es könne ihnen Niemand helfen, als Trophonius, den sie zu Lebadia suchen müßten. Glücklicherweise half ihnen ein Bienenschwarm die Höhle entdecken, die in der Folge unter dem Namen der Höhle des Trophonius eines der berühmtesten Orakel in Griechenland wurde. Sie gingen in den Berg, an dessen Fuß der heilige Hain und der Tempel des Trophonius stand. Alles war in diesem Hain wunderbar und darauf angelegt, abergläubischen Leuten den Kopf noch wärmer

11

richten, Trophonius und Amphilochus, ihr geltet für Propheten und die Albernen unter den Menschen glauben, ihr seid Götter. Amphilochus. Sind wir daran schuld, wenn jene aus Unverstand von Todten solche Meinungen hegen? Menippus. Sie würden es aber nicht thun, wenn ihr nicht im Leben solche Aufschneidereien euch erlaubt hättet, als wüßtet ihr die Zukunft voraus und könntet sie denen, die euch befragen, vorhersagen. Trophonius. Amphilochus hier möge wissen, was er darüber zu antworten hat, Menippus, ich meinestheils bin ein Heros und prophezeie, wenn einer zu mir herunterkommt. Du scheinst überhaupt nicht in Lebada gewesen zu sein, sonst würdest du daran nicht zweifeln. Menippus. Was sagst du? wenn ich nicht nach Lebada gekommen und nicht mit einem Leintuch lächerlich ausstaffirt und mit einem Gerstenkuchen in der Hand durch die enge Oeffnung in die Höhle gekrochen wäre, so könnte ich nicht wissen, daß du ein Todter bist, wie wir, und dich nur durch keine Gaukeleien unterscheidest. Aber bei der Wahrsagerkunst beschwöre ich dich, sage mir, was in aller Welt ist ein Heros? ich weiß es nicht. Trophonius. Ein Compositum aus Mensch und Gott. Menippus. A ha, was weder Mensch, noch Gott ist, aber

zu machen. Wer sich des Orakels bedienen wollte, mußte sich vorher verschiedene Tage und Nächte allerlei Reinigungen und Vorbereitungen gefallen lassen, eine Menge Opfer bringen und in der Nacht, in der er in die Höhle steigen wollte, vor der Grube des Agamedes einen Widder schlachten, von dessen Eingeweide abhing, ob ihm sein Vorhaben gelingen würde oder nicht. War es ungünstig, so halfen alle Vorbereitungen und Opfer nichts. War es günstig, so wurde der Postulant nach einer feierlichen Waschung in dem Flusse Hercyne von den Priestern zu den Quellen der Lethe und Mnemosyne geführt, um aus jener das Vergessen aller zerstreuenden Gedanken, aus dieser die Gabe zu schöpfen, sich alles dessen, was ihm in der Höhle begegnen würde, wieder zu erinnern. Er mußte hierauf vor einer Bildsäule des Trophonius, deren Anblick nur denjenigen erlaubt war, die das Orakel befragen wollten, seine Andacht verrichten, und nachdem durch alle diese Umstände seine Einbildungskraft gehörig exaltirt war, zog man ihm einen mit fliegenden Bändern gezierten weißen Leibrock an und führte ihn zu der Höhle, deren Mündung nur eben groß genug war, daß ein Mensch mit der äußersten Mühe hineinkriechen konnte. In dieser Höhle erhielt er nun, entweder durch ein Gesicht, oder durch eine Stimme, die Antwort auf seine Frage, und wenn seine Neugier befriedigt war, kroch er auf eben die Art wieder heraus, wie er hineingekrochen war.

beibes zugleich? Wo ist nun die göttliche Hälfte von bir hinge=
kommen? **Trophonius.** Frage bas Orakel in Böotien, Me=
nippus. **Menippus.** Was bu bamit meinst, Trophonius, weiß
ich nicht, boch sehe ich genau, baß bu burch und burch tobt bist.

IV.

Hermes und Charon.

Hermes. Wenn es bir recht ist, wollen wir einmal rech=
nen, Fährmann, was bu mir schon schulbig bist, bamit wir uns
nicht wieder barüber streiten. **Charon.** Gut, Hermes: es ist
besser unb einfacher, wenn wir uns barüber verständigt haben.
Hermes. Auf beine Bestellung brachte ich bir einen Anker für
5 Drachmen. **Charon.** Das ist viel Gelb. **Hermes.** Ich
versichere bich beim Aeiboneus [1]), ich kaufte ihn für 5 Drachmen
unb einen Ruberriemen für 2 Obolen. **Charon.** Setze fünf
Drachmen unb zwei Obolen an. **Hermes.** Sobann eine große
Nabel, um bas Segel zu flicken, für bie ich fünf Obolen zahlte.
Charon. Setze auch bie hinzu. **Hermes.** Desgleichen Wachs,
um bie Ritzen in bem Nachen zu verstopfen, unb Nägel unb ein
Tau, aus bem bu bie Raa machtest, zusammen für zwei Drach=
men. **Charon.** Gut, bas hast bu billig eingekauft. **Hermes.**
Wenn wir nicht etwas bei ber Rechnung vergessen haben, so ist
bas alles. Wann benkst bu es mir abzugeben? **Charon.** Jetzt
ist es unmöglich, Hermes, wenn aber eine Pest ober ein Krieg
bie Tobten uns haufenweise herabbringt, bann wird sich burch
einen Rechenfehler im Fahrgelbe etwas auf bie Seite schaffen lassen.
Hermes. Jetzt soll ich nun basitzen unb wünschen, baß bas
Schlimmste geschehe, bamit ich baburch zu meinem Gelbe komme?
Charon. Es geht nicht anders, Hermes; benn jetzt kommen, wie
bu siehst, wenige zu uns, benn es ist Friebe. **Hermes.** Es ist
so besser, wenn sich auch beine Schulb baburch in bie Länge zieht.
Uebrigens weißt bu, Charon, wie bie Leute aussahn, bie einst=

---

[1]) Nur eine andere Form für Habes ober Pluto.

mals hierher kamen, alles kräftige Männer, voll von Blut und
Leben, meistentheils waren es Verwundete: jetzt aber kommt nur
einer her, den sein Sohn oder seine Frau durch Gift umgebracht
hat, oder dem in Folge von Ausschweifungen Bauch und Glieder
aufgedunsen sind, lauter bleiche, elende, jenen gar nicht ähnliche
Erscheinungen. Die Mehrzahl der Ankommenden hat einander
wegen Geld, wie man vermuthen sollte, nach dem Leben getrachtet.
Charon. Das ist nun freilich etwas, wonach man sich sehr sehnt.
Hermes. Also möchte man auch mich keines Fehlers zeihen können, wenn ich streng von dir zurückfordere, was du mir schuldest.

V.

Pluto und Hermes.

Pluto. Du kennst den Alten, ich meine den sehr hochbetag-
ten, den reichen Eukrates, der zwar keine Kinder hat, aber fünf-
zigtausend Freunde, die seiner Erbschaft nachjagen. Hermes. Ja,
du sprichst von dem aus Sicyon. Was weiter? Pluto. Ich
bitte dich, ihm zu den neunzig Jahren, die er gelebt hat, noch
andere eben so viele, und wenn es möglich wäre, noch mehrere
zuzumessen, seine Schmeichler aber, den jungen Charinus, den
Damon und alle Andern raffe der Reihe nach hin. Hermes.
Das würde wunderlich scheinen. Pluto. Ganz und gar nicht,
sondern vollständig gerecht. Denn warum wünschen sie, daß er
sterben möge, oder weshalb streben sie nach seinem Vermögen,
welches sie nichts angeht? Das Schändlichste von Allem ist, daß
sie ihm trotz solchen Wünschen vor der Leute Augen den Hof machen,
und daß es zwar offenkundig ist, was sie wollen, wenn er krank
ist, daß sie aber nichts desto weniger zu opfern versprechen, falls
er sich erholen sollte, überhaupt ist die Schmeichelei der Männer
vielgestaltig. Deshalb laß ihn unsterblich sein und sie vorher ab-
ziehn, nachdem sie vergebens den Schnabel nach ihm aufgesperrt
haben. Hermes. Den Schurken wird es spaßhaft ergehn. Häufig
täuscht er sie auch vortrefflich, erregt bei ihnen Hoffnungen, und
während es immer so aussieht, als wollte er sterben, ist er kräf-

tiger, als die Jünglinge, die sich bereits in seine Erbschaft getheilt haben und sich in Rechnung auf das glückliche Leben, das sie erwartet, gütlich thun. Pluto. Eukrates soll also sein Greisenalter abstreifen und, wie Jolaus [1]), sich wieder verjüngen, jene Taugenichtse aber sollen ihren geträumten Reichthum verlassen und, mitten aus ihren Hoffnungen herausgerissen, nach einem kläglichen Ende hierher kommen. Hermes. Sei unbekümmert, Pluto: ich werde sie dir schon einen nach dem andern herbeiführen: es sind ihrer, glaub' ich, sieben. Pluto. Zerre sie herbei, Eukrates aber wird aus einem Greis ein blühender Jüngling werden und einem Jeden das Geleit geben.

VI.

Terpsion und Pluto.

Terpsion. Ist das gerecht, Pluto, daß ich im Alter von dreißig Jahren gestorben bin, während der über neunzig Jahre alte Thukritus noch lebt? Pluto. Ganz gerecht, Terpsion: denn er lebt, ohne zu wünschen, daß einer seiner Freunde sterbe, du aber stelltest ihm die ganze Zeit über nach, in der Erwartung, ihn zu beerben. Terpsion. Hätte denn der alte Mann, der den Reichthum nicht mehr genießen kann, nicht aus dem Leben scheiden und ihn den Jünglingen überlassen sollen? Pluto. Du stellst da neue Gesetze auf, Terpsion, daß derjenige, der den Reichthum nicht mehr zu Vergnügungen gebrauchen kann, sterben solle. Hierüber bestimmte das Verhängniß und die Natur anders. Terpsion. Eben diese Bestimmung table ich ja. Die Sache sollte der Reihe nach gehn, zuerst müßte der Aeltere sterben und nach ihm der an Alter Nächste, nicht umgekehrt: ein übermäßig alter Greis sollte nicht leben, der nur noch drei Zähne hat, vor Trief-

---

[1]) Jolaos, der Neffe und Gefährte des Herakles, opferte diesem zuerst als Heros, als er sich auf dem Deta verbrannte. Als Jolaos vor Alter schwach und hinfällig geworden war, bestimmte der unter die Götter aufgenommene Herakles seine Gemahlin Hebe (die Göttin der Jugend), ihn wieder jung zu machen. Siehe Ovid, Metamorphos. IX. 9.

äugigkeit kaum sehen kann, auf vier Sklaven sich stützt, kein Vergnügen mehr kennt und von der Jugend als lebende Leiche ver-
lacht wird, während die schönsten und kräftigsten Jünglinge sterben. Das ist ja die verkehrte Welt: oder wenigstens sollte man
das Ende wissen, wann jeder Alte sterben wird, damit man nicht
einigen umsonst den Hof macht. Nun aber geht es nach dem
Sprichwort, der Wagen zieht den Ochsen. Pluto. Diese Dinge
sind viel gescheibter, als sie dir vorkommen, Terpsion. Weshalb
schnappt ihr nach fremdem Eigenthum und drängt euch dazu, von
kinderlosen Greisen adoptirt zu werden? Wenn sie euch begraben, so werdet ihr ausgelacht und die Sache macht der Menge
sehr viel Scherz: wie sehr ihr jenen den Tod wünscht, so viel
Belustigung gewährt es allen, wenn ihr früher sterbt, als sie.
Denn ihr habt eine neue Kunst erfunden, alte Frauen und Greise
zu lieben, besonders wenn sie keine Kinder haben, andernfalls
kümmert ihr euch nicht um sie. Doch häufig kommt es vor, daß
diejenigen, denen ihr die Cour macht, die Gemeinheit eurer Liebe
merken, und wenn sie auch Kinder haben, vorgeben, sie zu hassen,
damit auch sie Liebhaber haben. Nachher in den Testamenten
werden die alten Trabanten ausgeschlossen, das Kind und die
Natur trägt, wie billig, über alle den Sieg davon und die Ge-
prellten knirschen mit ihren Zähnen. Terpsion. Das ist wahr,
was du sagst. Wie viel verschlang Thukritus von mir, der seinem Ende immer nahe schien, und so oft ich bei ihm eintrat,
stöhnte und wie ein eben aus dem Ei gekrochenes Küchlein piepte,
so daß ich in der Ueberzeugung, er werde sogleich in sein Grab
steigen, ihm Vieles schickte, damit ich nicht durch die Geschenke
meiner Nebenbuhler ausgestochen würde: vor Sorgen lag ich auch
meistentheils, während ich alles zählte und ordnete, schlaflos da:
das ist auch an meinem Tode schuld gewesen, Schlaflosigkeit und
Sorge. Jener aber, der von mir einen so großen Köder verschlungen hat, stand jüngst bei meiner Beerdigung dabei und lachte.
Pluto. Gut so, Thukritus, mögest du wohl recht lange als reicher Mann leben, um Leute dieser Art auszulachen, und nicht
früher sterben, als bis du vorher allen Schmeichlern das Geleit
gegeben hast. Terpsion. Das wäre mir schon selber das Liebste,

Pluto, wenn auch Charöades vor Thukritus sterben wird. Pluto.
Sei getrost, Terpsion, auch Pheidon, Melanthus und überhaupt
Alle werden in Folge derselben Sorgen hier vor ihm anlangen.
Terpsion. Das gefällt mir: mögest du recht lange leben,
Thukritus.

VII.

Zenophantes und Kallidemidas.

Zenophantes. Wie bist du gestorben, Kallidemidas? denn
daß ich erstickte, weil ich bei Deinios, dessen Tischgenosse ich war,
zu viel gegessen hatte, weißt du: du warst ja dabei, als ich starb.
Kallidemidas. Ja wohl, Zenophantes: mir aber ging es ganz
unerwartet. Du kennst ja wohl auch den Ptöodorus, den Greis?
Zenophantes. Den kinderlosen, den reichen, mit dem du viel
zusammen warst, wie mir bekannt ist. Kallidemidas. Eben
jenem machte ich immer den Hof, da er mir versprach, er werde
meiner bei seinem Tode gedenken [1]. Als sich aber die Sache
sehr in die Länge zog und der Alte den Tithonus noch überlebte,
da fand ich einen Richtweg aus, um zu der Erbschaft zu gelangen. Ich kaufte Gift und überredete seinen Mundschenk, sobald
Ptöodorus zu trinken verlange — er liebt ziemlich starken Wein —
es in den Becher zu thun und ihm diesen zubereitet zu geben:
wenn er das thäte, so versprach ich eidlich, ihn freizulassen. Zenophantes. Was geschah nun weiter? es scheint ja, als wirst
du etwas ganz Unerwartetes sagen. Kallidemidas. Als wir
nach dem Bade nach Hause kamen, hatte der junge Mensch zwei
Becher in Bereitschaft, den einen mit dem Gifte für Ptöodorus,
den andern für mich, und da beging er, ich weiß nicht wie, das
Versehen, daß er mir das Gift, dem Ptöodorus den Becher ohne
Gift gab: jener trank, ohne daß es ihm etwas schadete, ich aber
lag augenblicklich an seiner Stelle als Leiche da. Was lachst du

---

[1] Im Texte steht: ὑπισχνούμενον ἐπ' ἐμοὶ τεθνήξεσθαι, wörtlich nach
Bergler und Hemsterhusius, da er mir versprach, mich zu überleben.

darüber, Zenophantes? du solltest in der That über einen Freund nicht lachen. **Zenophantes.** Es ist dir gar zu spaßhaft ergangen, Kallidemidas. Wie benahm sich nun der Alte dabei? **Kallidemidas.** Zuerst gerieth er zwar über die Plötzlichkeit des Vorfalls in Bestürzung, nachher aber, als er merkte, was vorgegangen sei, lachte er auch selbst über die That des Mundschenken. **Zenophantes.** Du hättest nicht den Richtweg einschlagen sollen: denn auf der Heerstraße wäre dir die Erbschaft sicherer, wenn auch etwas langsamer zugefallen.

VIII.

Knemon und Damnippus.

Knemon. Verflucht! da ging es einmal nach dem Sprichwort: das Hirschkalb nimmt den Löwen. **Damnippus.** Was bist du verdrießlich, Knemon? **Knemon.** Du fragst, was ich verdrießlich bin? Weil ich mich überlisten ließ, habe ich Unglücklicher einen wider Willen als Erben zurückgelassen und diejenigen übergangen, denen ich das Meinige am liebsten gegönnt hätte. **Damnippus.** Wie ging das zu? **Knemon.** Dem sehr reichen, kinderlosen Hermolaus machte ich die Cour in der Hoffnung, er werde sterben, und er nahm das nicht ungern an. Nun schien es mir ein gescheidter Einfall, mein Testament, in dem ich ihm alles Meinige hinterlassen hatte, öffentlich zu deponiren, damit er mir nacheifere und dasselbe thue. **Damnippus.** Was that er nun? **Knemon.** Was er in sein Testament schrieb, weiß ich nicht: ich meinestheils starb plötzlich, da ein Dach auf mich fiel, und jetzt besitzt Hermolaus mein Eigenthum gleich einem Hecht, der mit dem Köder auch den Angelhaken verschlang. **Damnippus.** Nicht den allein, sondern er verschlang auch dich, den Fischer, mit: daher hast du dir selbst eine Falle gestellt. **Knemon.** So scheint es: deshalb heul' ich ja.

IX.

Simylus und Polystratus.

Simylus. Kommst auch du endlich einmal zu uns, Polystratus? ich denke, du hast nicht viel weniger als hundert Jahre gelebt. Polystratus. Acht und neunzig, Simylus. Simylus. Wie lebtest du diese dreißig Jahre nach meinem Tode? ich starb, als du gegen siebzig warst. Polystratus. Höchst angenehm, wenn dir das auch unerwartet vorkommen wird. Simylus. Freilich wohl unerwartet, daß du als schwacher und noch dazu kinderloser Greis am Leben Freude finden konntest. Polystratus. Erstlich konnte ich alles, was ich wollte: sodann hatte ich viele blühende Knaben und die reizendsten Weiber, Salben, Wein mit der schönsten Blume, und eine Tafel, besser als die sicilische[1]). Simylus. Das ist etwas Neues, denn ich kannte dich als sehr sparsam. Polystratus. Von Andern kamen mir die Herrlichkeiten zugeströmt: sogleich am Morgen erschienen sehr viele vor meiner Thür und nachher wurden mir die schönsten, mannigfaltigsten Geschenke aus der ganzen Welt gebracht. Simylus. Bestiegst du denn nach meinem Tode den Thron eines Tyrannen, Polystratus? Polystratus. O nein, ich hatte aber unzählige Liebhaber. Simylus. Das macht mich lachen: du Liebhaber in diesem Alter mit deinen vier Zähnen? Polystratus. Wahrlich, beim Zeus, die Besten aus der Stadt: und es gewährte ihnen große Freude, mir, dem Alten, mit dem kahlen Kopfe, wie du siehst, mit den triefenden Augen und der Rotznase, den Hof zu machen, und derjenige von ihnen war glückselig, den ich auch nur ansah. Simylus. Du hast doch nicht auch, wie Phaon, die Aphrodite aus Chios übergesetzt, wofür sie dann dir auf dein Gebet verlieh, jung und wieder schön und liebenswürdig zu sein? Polystratus. O nein, sondern so, wie ich bin, war ich der Gegenstand ihres Verlangens. Simylus. Du sprichst in Räth-

---

[1]) Der Luxus der sicilischen Gastmähler war bei den Griechen sprichwörtlich.

sein. Polystratus. Und doch ist diese große Liebe zu kinderlosen reichen Greisen sehr offenkundig. Simylus. Jetzt verstehe ich, mein Bewunderungswürdiger, daß deine Schönheit von
der goldenen Aphrodite herrührte. Polystratus. Doch habe
ich nicht wenige Vortheile von den Liebhabern gehabt und wurde
von ihnen nur nicht auf den Knieen verehrt: oftmals spielte ich
auch den Spröden und ließ zuweilen einige von ihnen nicht vor,
sie dagegen wetteiferten unter sich und suchten einander den Rang
bei mir abzulaufen. Simylus. Wie verfügtest du nun endlich über dein Vermögen? Polystratus. In's Gesicht sagte
ich einem Jeden, daß ich ihn zum Erben einsetze: der nun glaubte
es und suchte mir um so mehr zu schmeicheln, ich aber hinterließ
ein anderes, wahres Testament, in dem ich alle mit langer Nase
abziehen ließ. Simylus. Wen enthielt das letzte als Erben?
etwa einen deiner Verwandten? Polystratus. Nein, gewiß
nicht, sondern einen von den schönen Knaben, einen neu gekauften
Phrygier. Simylus. Wie viele Jahre zählt er etwa, Polystratus? · Polystratus. Beinahe zwanzig. Simylus. Ich
merke schon, welche Dienste er dir erwies. Polystratus. Er
verdiente es, weit mehr zu erben, als jene, wenn er auch ein
Barbar und ein Taugenichts war. Bereits machen ihm schon
die Besten den Hof. Also er beerbte mich und wird jetzt zu
dem hohen Adel gerechnet, obwohl sein Kinn noch glatt geschoren
ist und er wie ein Barbar spricht, er gilt für edler geboren, als
Kodrus, für schöner, als Nireus, und für klüger, als Odysseus.
Simylus. Das kümmert mich nicht, meinetwegen soll er auch
Heerführer von Hellas sein, wenn jene nur nicht erben.

X.

Charon, Hermes und verschiedene Todte.

Charon. Vernehmet, wie unsere Sachen stehen. Unser
Nachen ist, wie ihr seht, klein und morsch und an vielen Stellen
leck, und wenn er nach einer Seite überhängt, wird er umkippen,
trotzdem seid ihr in solcher Anzahl gekommen und jeder bringt

viel mit fich. Wenn ihr nun mit dem allem einſteigt, ſo beſorge
ich, daß ihr ſpäterhin Reue empfinden werdet und beſonders die=
jenigen unter euch, die nicht ſchwimmen können. Hermes. Wie
ſollen wir es nun machen um gut hinüberzukommen? Charon.
Ich will es euch ſagen: ihr müßt alle dieſe überflüſſigen Dinge
am Ufer zurücklaſſen und nackt einſteigen: kaum wird euch die
Fähre faſſen. Du, Hermes, wirſt von jetzt ab dafür ſorgen
müſſen, daß du Keinen aufnimmſt, der nicht nackt iſt und, wie
ich ſagte, ſein Gepäck fortgeworfen hat. Stelle dich an die
Schiffstreppe, muſtre ſie und zwinge ſie nackt einzuſteigen. Her=
mes. Gut, ſo wollen wir es machen. — Wer iſt dieſer Vor=
derſte hier? Menippus, Ich bin Menippus: ſieh, da habe ich
Ranzen und Stock ſchon in den See fortgeworfen, meinen Man=
tel habe ich zum Glück gar nicht mitgebracht. Hermes. Steige
ein, Menippus, trefflichſter der Männer, und nimm hoch den
Ehrenplatz neben dem Steuermann ein, damit du alle beauſſich=
tigen kannſt. Wer iſt aber dieſer Schöne? Charmolaus.
Ich bin der reizende Charmolaus aus Megara, deſſen Kuß mit
zwei Talenten bezahlt wurde. Hermes. Lege alſo deine Schön=
heit und die Lippen ſammt den Küſſen und das lange Haar und
die blühende Geſichtsfarbe und überhaupt deine ganze Haut ab.
Es iſt gut, nun biſt du leicht gegürtet, ſteige ſchon ein. — Wer
biſt du da, der Stattliche mit dem Purpurkleide und dem Dia=
dem? Lampichus. Lampichus, Thrann von Gela[1]). Her=
mes. Weshalb haſt du ſo viele Dinge mit dir gebracht, Lam=
pichus? Lampichus. Wie, Hermes, ſollte ein Thrann nackt
hierher kommen? Hermes. Ein Thrann freilich nicht, aber wohl
ein Todter: lege daher alles ab. Lampichus. Sieh, da iſt
der Reichthum bei Seite geworfen. Hermes. Wirf auch den
Hochmuth fort, Lampichus, und die Ueberhebung: denn wenn dieſe
mit hineinplumpen, ſo werden ſie die Fähre beſchweren. Lam=
pichus. Laß mich wenigſtens mein Diadem und mein Oberkleid
behalten. Hermes. Keinenfalls, lege auch dieſe ab. Lampi=
chus. Gut: was weiter? wie du ſiehſt, iſt alles ſchon fort.

---

[1]) Eine einſtmals durch Reichthum und Größe berühmte Stadt in Sicilien.

Hermes. Auch die Rohheit lege ab, den Unverstand, den Uebermuth und den Jähzorn. Lampichus. Sieh nun bin ich nackt. Hermes. Steige nun ein. — Wer bist du dicker Fleischklumpen da? Damasias. Der Athlet Damasias. Hermes. Ja, danach siehst du aus: nun erinnere ich mich, daß ich dich oft in den Palästren gesehen habe. Damasias. Da, Hermes: nimm mich auf, ich bin nackt. Hermes. Du bist nackt, bester Freund, da du so viel Fleisch auf dir hast: deshalb lege es ab, denn du wirst den Nachen zum Sinken bringen, wenn du nur einen Fuß hineinsetzest. Wirf aber auch diese Kränze und die Atteste[1]) fort. Damasias. Schau, nun bin ich wirklich nackt, wie du siehst, und wiege so viel als die andern Todten. Hermes. Es ist so besser, daß du nichts Schweres an dir hast: steige also ein. — Auch du, Kraton, lege den Reichthum ab und außerdem deine Weichlichkeit und Schwelgerei, bringe auch nicht deine Leichengewänder und die Würden der Vorfahren mit, laß deßgleichen deinen Adel und deinen Ruhm und die Ehrenbezeugungen, die dir einmal die Stadt durch Ausrufung deines Namens erwies, und die Aufschriften der Statuen zurück und sprich nicht davon, daß man dir einen großen Grabhügel aufschüttete. Denn auch das beschwert den Nachen, wenn man daran denkt. Kraton. Obschon ungern, will ich doch alles fortwerfen. Was könnte ich denn machen? Hermes. Der Tausend, was willst du Bewaffneter? weshalb trägst du dieses Siegesdenkmal? Soldat. Weil ich siegte, mich vor allen auszeichnete und von der Stadt geehrt wurde. Hermes. Laß das Siegesdenkmal auf der Erde zurück: im Hades ist Friede und der Waffen werden wir nicht bedürfen. — Wer ist aber hier dieser, der so feindlich und geziert auftritt, der die Augenbrauen bis über die Stirn hinaufgezogen hat, der in Gedanken Vertiefte, der mit dem lang herabhängenden Barte? Menippus. Ein Philosoph, Hermes, oder besser gesagt, ein Gaukler voller Windbeutelei: deshalb laß auch ihn sich entkleiden: du wirst sehen, daß er viel Spaßhaftes unter dem Mantel verborgen hat. Hermes. Zuerst lege die Haltung ab und dann

---

[1]) Im Texte steht κηρύγματα, eigentlich Ausrufungen durch den Herold.

dies alles. O Zeus, wie viel Prahlerei er bei sich führt, wie viel Unwissenheit, Streitsucht, Einbildung, schwierige Fragen, hällige Dispüte und vielverschlungene Untersuchungen, sodann auch sehr viel vergebliche Arbeit, nicht weniges Gewäsch und Possen und Mikrologie und hier fürwahr auch Gold und Wollust, Unverschämtheit, Jähzorn, Schwelgerei und Weichlichkeit: wenn du alles noch so sehr versteckst, es entgeht mir doch nicht. Lege auch deine Lügen ab, deinen Hochmuth und die Meinung besser zu sein als andere; denn wenn du mit alle dem einsteigen wolltest, welch' ein Schiff von fünfzig Rudern könnte dich fassen? Der Philosoph. Weil du es befiehlst, lege ich es fort. Menippus. Laß ihn aber auch diesen Bart ablegen, Hermes, der schwer und zottig ist, wie du siehst. Es sind mindestens fünf Pfund Haare. Hermes. Du hast Recht: lege auch diesen ab. Philosoph. Wer wird ihn mir abscheeren? Hermes. Menippus wird eins von den Schiffsbeilen nehmen und, die Schiffsleiter als Hackblock benutzend, ihn dir abhacken. Menippus. Nein, Hermes, gib mir eine Säge: das ist spaßhafter. Hermes. Das Beil genügt. Schön! jetzt siehst du menschlicher aus, nachdem du den Ziegenbart abgelegt hast. Menippus. Soll' ich ihm auch etwas von den Augenbrauen abnehmen? Hermes. Erst recht: bis über die Stirn hat er sie gezogen, aus Stolz, ich weiß nicht worauf. Was ist das? du weinst noch, du Schurke, und bist im Tode feige? Steig' ein. Menippus. Was das Schwerste ist, das hat er noch unter der Achsel. Hermes. Was, Menippus? Menippus. Die Schmeichelei, die ihm viel im Leben genützt hat. Philosoph. Dann lege auch du, Menippus, deine Freimüthigkeit und deine lose Zunge, deine Sorglosigkeit, Zuversicht und Lustigkeit ab: wenigstens lacht Niemand außer dir. Hermes. Keinenfalls, sondern behalte das, es ist leicht und transportabel und nützt zur Ueberfahrt. — Du, Rhetor, lege deinen unendlichen Wortschwall, deine Gegensätze und Gleichklänge, deine kunstvollen Perioden und Barbarismen, und was sonst deine Reden so lästig machte, ab. Rhetor. Sieh da, ich lege sie ab. Hermes. Es ist gut. Löse also die Taue ab, wir wollen die Treppe hinaufnehmen, das Anker werde gelichtet, spanne das Segel aus, du, Fährmann, richte das Steuer: Glück auf zur Fahrt. — Was heult ihr Thoren und namentlich du, Philosoph, der eben den Bart verloren hat? Philosoph. Weil ich glaubte, daß die Seele unsterblich sei, Hermes. Menippus. Er lügt. Anderes wird ihm wohl Kummer verursachen. Hermes. Was? Menippus. Weil er nicht mehr kostbare Mahlzeiten genießen und nicht mehr in der Nacht unvermerkt mit verhülltem Kopf in allen Bordellen herumgehen und am Morgen die Jünglinge betrügen und für Weisheit Geld nehmen wird. Das betrübt ihn. Philosoph. Schmerzt es dich denn nicht, Menippus, daß du gestorben bist? Menippus. Wie wäre das möglich? ich eilte ja dem Tode entgegen, ohne daß einer mich rief. — Hört man aber nicht, während wir sprechen, ein Geschrei wie von Leuten, die vom Lande aus rufen? Hermes. Ja, Menippus, nicht nur von einem Punkte aus, sondern die einen sind in die Volksversammlung geströmt und lachen alle erfreut über den Tod des Lampichus, sein Weib wird von den andern Weibern getödtet und seine Kinder werden, trotzdem daß sie ganz jung sind, von den übrigen mit Massen von Steinen geworfen. Andere machen dem Rhetor Diophantus Lobeserhebungen, der in Sicyon zu Ehren des Kraton hier Leichenreden hält: und wahrhaftig, an dem Grabe des Damasias beginnt die Mutter desselben mit den Frauen die Todtenklage. Dich aber, Menippus, beweint Niemand, sondern du liegst allein in Ruhe. Menippus. O durchaus nicht, du wirst bald die Hunde kläglich an mir heulen und die Raben mit den Flügeln sich schlagen hören, wann sie sich zu meiner Bestattung versammelt haben. Hermes. Du bist brav, Menippus. Da wir aber hinübergefahren sind, so geht ihr auf dem geraden Wege dort nach dem Gerichtshof weiter, wir, ich und der Fährmann, werden andere holen. Menippus. Ich wünsche euch eine gute Fahrt, Hermes. Wohlan, auch wir wollen vorwärts gehen. Was zögert ihr nun noch? Unter allen Umständen werden wir über uns Gericht halten lassen müssen und die Strafen, heißt es, sind schwer, Räder, Felsblöcke und Geier: das Leben eines Jeden wird genau dargelegt werden.

Crates und Diogenes.

Crates. Kanntest du den reichen Moirichus, Diogenes, den sehr reichen, den aus Korinth, der die vielen Kauffahrtei-schiffe hatte, dessen Vetter der desgleichen reiche Aristeas war? der jenes Wort Homers[1] im Munde zu führen pflegte, „entwe-der hebe du mich auf, oder ich dich?" Diogenes. Weswegen, Crates? Crates. Sie waren Altersgenossen und machten sich wegen der Erbschaft gegenseitig den Hof: sie legten öffentlich ein Testament nieder, in dem Moirichus den Aristeas zum Herrn seines ganzen Eigenthums einsetzte, wenn er früher sterben sollte, und Aristeas den Moirichus, falls dieser vorher schiede. So lautete das Testament und sie überboten einander in Schmeichelei. Und die Propheten, mochten sie aus den Gestirnen oder Träu-men die Zukunft deuten, machten es wie die Zunft der Chaldäer[2] gewöhnlich, aber auch der pythische Apollo selbst gab bald dem Aristeas, bald dem Moirichus den Sieg und die Wagschale neigte sich jetzt diesem, jetzt jenem zu. Diogenes. Wie endigte nun die Sache, Krates? es verlohnt sich der Mühe zu hören. Cra-tes. Beide sind an einem Tage gestorben, die Erbschaften gingen auf zwei Verwandte, Eunomius und Thrasykles, über, die sich das niemals hatten träumen lassen. Die Erblasser überfiel nämlich auf der Fahrt von Sicyon nach Kyrrha[3] in der Mitte des We-ges ein Nordwestwind von der Seite, der ihr Schiff umwarf. Diogenes. Das ist gut. Als wir unter der Zahl der Leben-den waren, hegten wir nie solche Gedanken in Bezug auf einan-der: weder wünschte ich je dem Antisthenes den Tod, um seinen Stock zu erben, — er hatte sich einen sehr starken aus einem

---

[1] Es sind die Worte des Ajas zu Odysseus während ihres Ringens Hom. Il. XXIII, 724.

[2] Χαλδαίων παῖδε, allgemeine Bezeichnung für Astrologen, Traumdeuter und ähnliche Gaukler.

[3] Kyrrha, Stadt in der Nähe von Delphi.

wilden Oelbaum gemacht — noch glaub' ich begehrtest du, Crates, nach meinem Tode meine Habe, das Faß und den Ranzen, der zwei Maß Wolfsbohnen faßte, zu erben. Crates. Ich brauchte das nicht und auch du nicht, Diogenes: was uns nöthig war, erbtest du von Antisthenes und ich von dir, weit größere und erhabenere Dinge, als das Reich der Perser. Diogenes. Welche meinst du? Crates. Weisheit, Selbstgenügsamkeit, Wahrheit, Freimüthigkeit der Rede und des Sinnes. Diogenes. Wahrhaftig, ich erinnere mich, diesen Reichthum von Antisthenes überkommen und ihn dir noch vermehrt hinterlassen zu haben. Crates. Aber die andern vernachläßigten derartige Besitzthümer und Keiner machte uns den Hof in der Erwartung, uns zu beerben, sondern alle sahen auf das Gold. Diogenes. Natürlich, denn von Wollust gleich verrotteten Beuteln zersetzt, konnten sie nirgends solche Dinge von uns aufnehmen: wenn nun auch einer einmal in sie Weisheit oder Freimüthigkeit oder Wahrheit hineinwarf, so fiel alles sogleich heraus und floß durch, da der Boden es nicht halten konnte, wie es diesen Töchtern des Danaus geht, die in das durchlöcherte Faß schöpfen: das Gold aber hielten sie mit Zähnen, Nägeln und auf jede Weise fest. Crates. Deshalb werden wir auch hier unsern Reichthum behalten, sie dagegen werden ihren Obolus nur bis zum Fährmann mit sich bringen.

XII.

Alexander, Hannibal, Minos und Scipio.

Alexander. Mir gebührt der Vorrang vor dir, Afrikaner: ich bin besser. Hannibal. Nein mir. Alexander. Das soll Minos entscheiden. Minos. Wer seid ihr? Alexander. Der da ist Hannibal aus Karthago, ich bin Alexander, der Sohn Philipps. Minos. Wahrhaftig, beides berühmte Männer. Worüber habt ihr denn aber Streit? Alexander. Ueber den Vorsitz: dieser behauptet ein besserer Feldherr als ich gewesen zu sein, während ich glaube, wie auch alle wissen, nicht allein

diesen, sondern beinahe alle meine Vorgänger im Kriegswesen
übertroffen zu haben. Minos. Traget einer nach dem andern
eure Sache vor, du, Afrikaner, sprich zuerst. Hannibal. Diesen einen Vortheil hatte ich, Minos, daß ich hier auch Griechisch
lernte: daher wird er in dieser Beziehung nichts vor mir voraus
haben. Ich behaupte, daß diejenigen das meiste Lob verdienen,
die von Anfang nichts waren und es doch weit brachten, indem
sie durch sich selbst sich Macht verschafften und der Herrschaft
würdig erschienen. Ich für meine Person brach mit wenigen Begleitern nach Spanien auf [1]), kommandirte zuerst unter meinem
Bruder und wurde, für den besten erklärt, der höchsten Stelle
für würdig gehalten: ich schlug die Keltiberer und überwältigte
die Gallier im Westen, ich überschritt die hohen Gebirge und ver-
heerte die ganze Gegend am Eridanus, ich zerstörte eine solche
Masse von Städten und unterwarf die Gefilde Italiens, ich drang
bis an die Thore der Hauptstadt vor und tödtete an einem Tage
so viele Menschen, daß ich ihre Ringe mit Scheffeln maß und
die Flüsse mit Leichen überbrückte. Und alles das that ich, ohne
mich Sohn des Ammon zu nennen, oder mich für einen Gott
auszugeben, oder Traumgesichter der Mutter zu erzählen, sondern
mit dem Zugeständniß, ich sei ein Mensch, ich maß mich mit
den klügsten Feldherrn und kämpfte mit den tapfersten Soldaten,
nicht Meder und Armenier bezwang ich, die fliehn, bevor man
sie verfolgt, und dem Kühnen sogleich den Sieg überlassen. Alexander aber vermehrte die Herrschaft, die er von seinem Vater
überkommen hatte, und dehnte sie, den Zug des Glückes benutzend, weithin aus. Als er nun Sieger war und jenen elenden Darius bei Issus und Arbela überwunden hatte, da entsagte
er den vaterländischen Gebräuchen, verlangte wie ein Gott verehrt
zu werden, nahm medische Lebensweise an, mordete seine Freunde

[1]) Es bedarf kaum der Erwähnung, daß man, wie in Lucians Schriften
überhaupt, so auch in diesem Dialog nicht geschichtliche Wahrheit suchen dürfe. Doch
auffallend und nur aus nationalem Vorurtheil zu erklären ist seine Würdigung
Alexanders einem so außerordentlichen Genius wie Hannibal gegenüber. Das
Neueste und Tiefste, was bisher über Alexander gesagt ist, findet man in Grote's
history of Greece Vol. XII, K. 1—362.

bei den Gelagen und ließ sie festnehmen, um sie zu tödten. Ich dagegen leitete mein Vaterland als gleichberechtigter Bürger, und als es mich nach Hause rief, wie die Feinde mit einer großen Heeresmacht nach Afrika segelten, da gehorchte ich sogleich, trat in das Privatleben zurück, und als ich verurtheilt wurde, ertrug ich die Sache geduldig. Und das that ich als Barbar ohne die hellenische Bildung genossen zu haben und ohne den Homer wie dieser zu recitiren und von dem Philosophen Aristoteles unterwiesen zu sein, nur in Folge meiner guten Naturanlagen. Das sind die Gründe, weshalb ich besser als Alexander zu sein behaupte. Wenn dieser aber schöner ist, weil er sein Haupt mit einem Diadem umwunden hat, so mag das vielleicht bei den Macedoniern für etwas Großes gelten, doch dürfte er deshalb nicht besser erscheinen, als ein tüchtiger Feldherr, der seiner Einsicht mehr als dem Glück zu verdanken hat. Minos. Er hat nicht unedel und besser, als man es von einem Afrikaner erwarten sollte, gesprochen. Was sagst du nun dagegen, Alexander? Alexander. Freilich wohl sollte man einem so unverschämten Menschen nichts antworten, denn das Gerücht genügt, dich zu belehren, was ich für ein König und was dieser für ein Räuber war. Gleichwohl überlege einmal, ob zwischen mir und ihm ein geringer Unterschied ist. Noch sehr jung trat ich an das Ruder, machte den Verwirrungen im Reiche ein Ende und bestrafte die Mörder meines Vaters, dann setzte ich die Hellenen durch die Vertilgung der Thebaner in Schrecken, wurde von ihnen zum Feldherrn gewählt, und verschmähte es, mich mit der Leitung des macedonischen Reiches zu begnügen und nur das zu beherrschen, was mir mein Vater hinterlassen hatte, vielmehr auf die Welt gingen meine ganzen Pläne und es schien mir entsetzlich, wenn ich nicht alles überwinden sollte: mit einem kleinen Häuflein fiel ich in Asien ein, siegte am Granikus in einer großen Schlacht, nahm Lydien, Jonien und Phrygien und gelangte überhaupt alles, was mir in den Weg kam, unterwerfend nach Issus, wo Darius an der Spitze eines Heeres von vielen Myriaden mich erwartete. Das Weitere wißt ihr, Minos, wie viele Leichen ich euch an einem Tage hinabsandte. Wenigstens sagt der Fährmann, daß sein Nachen da-

mals nicht für sie ausgereicht habe, sondern daß die meisten auf
Flößen, die sie aneinander fügten, übergefahren seien. Und diese
Thaten verrichtete ich, indem ich mich selbst Gefahren aussetzte
und für ruhmvoll hielt, verwundet zu werden. Um von den
Vorgängen in Thyrus und Arbela zu schweigen, bis zu den Indern drang ich vor, machte den Ocean zur Grenze meines Reiches, nahm ihre Elephanten gefangen und unterwarf den Porus:
ich überschritt den Tanais und besiegte die Scythen, keine verächtlichen Männer, in einer großen Reiterschlacht und that meinen
Freunden Gutes und rächte mich an meinen Feinden. Wenn
aber die Menschen mich für einen Gott hielten, so verdienen sie
Verzeihung, daß sie wegen der Größe meiner Thaten etwas derartiges von mir glaubten. Endlich starb ich als König, dieser
als Flüchtling bei Pruſias, dem Könige von Bithynien, wie es
dem Schändlichsten und Grausamsten der Menschen gebührte. Auf
welche Weise er in Italien den Sieg errang, will ich nicht ausführen, daß es nicht durch Kraft geschah, sondern durch schlechte
Mittel, Treulosigkeit und Ränke: nirgends handelte er den Gesetzen der Billigkeit oder Offenheit gemäß. Wenn er mir aber
meine Schwelgerei vorwirft, so scheint er vergessen zu haben, was
er in Capua that, wo der bewundernswürdige Held mit feilen
Dirnen lebte und die günstigen Zeitpunkte des Krieges verschwelgte.
Wenn ich nicht die Völker des Westens für klein gehalten und
mich lieber gegen den Osten gewandt hätte, was wäre es Großes
gewesen, Italien ohne Blutvergießen zu bezwingen und Afrika
und das Land bis nach Gades hin zu unterwerfen? es dünkte
mich jedoch nicht der Mühe werth, gegen diese Länder zu kämpfen, die sich schon gebeugt hatten und einen Herrn anerkannten.
Ich bin fertig: du, Minos, entscheide: von dem Vielen, was sich
sagen läßt, genügt auch dies. Scipio. Urtheile nicht, bevor du
mich gehört hast. Minos. Wer oder woher bist du denn, mein
Bester? Scipio. Ich bin der Feldherr Scipio aus Italien, der
Zerstörer Karthago's und der Ueberwinder der Libyer in großen
Schlachten. Minos. Was willst du nun sagen? Scipio. Daß
ich geringer als Alexander, aber besser als Hannibal sei, da ich
ihn schlug und verfolgte und ihn schimpflich zu fliehen zwang.

12*

Wie, ist es nun nicht unverschämt, daß er sich mit Alexander in einen Wettstreit einläßt, dem ich, Scipio, sein Ueberwinder, mich nicht einmal gleichzustellen wage? Minos. Du sprichst fürwahr verständig, Scipio; daher soll Alexander der erste sein, du der zweite und dann soll, wenn es euch recht ist, Hannibal kommen, der auch kein verächtlicher Mann ist.

XIII.

Diogenes und Alexander.

Diogenes. Was ist das, Alexander? auch du bist gestorben, wie wir alle? Alexander. Du siehst es, Diogenes: was ist aber dabei Auffallendes, wenn ein Mensch starb? Diogenes. Also log Ammon, als er dich für seinen Sohn ausgab, und du warst wirklich ein Sohn Philipps? Alexander. Offenbar: denn wäre ich ein Sohn des Ammon, so wäre ich nicht gestorben. Diogenes. Gleichwohl erzählte man auch Aehnliches von der Olympias, daß ein Drache sie besuche und in ihrem Bette gesehen wurde und daß du auf diese Weise gezeugt seist, daß aber Philipp sich habe täuschen lassen, als er glaubte, du seist von ihm. Alexander. Auch ich hörte es, wie du, jetzt aber sehe ich, daß weder die Mutter, noch die Propheten der Ammonier etwas Wahres sagten. Diogenes. Doch war ihre Lüge dir zu deinen Thaten nicht ohne Nutzen, Alexander: denn viele beugten sich vor dir, weil sie dich für einen Gott hielten. — Sage mir aber einmal, wem hast du dein so großes Reich hinterlassen? Alexander. Ich weiß es nicht, Diogenes: mich ereilte der Tod früher, als ich darüber etwas verfügt hatte, nur überreichte ich im Sterben dem Perdikkas meinen Siegelring. Weshalb lachst du denn, Diogenes? Diogenes. Worüber sonst, als mir fiel ein, wie die Hellenen sich gegen dich benahmen, wie sie dir schmeichelten, als du eben die Herrschaft angetreten hattest, und wie sie dich zu ihrem Vorsitzenden und Feldherrn gegen die Barbaren wählten, wie einige dich auch den zwölf Göttern[1]) beigesellten und dir Tempel erbauten und dir, als dem vermeintlichen Sohn eines Drachen, Opfer darbrachten. Wohlan, sage mir, wo bestatteten dich die Macedonier? Alexander. Ich liege noch in Babylon, jetzt den dreißigsten Tag: indessen verspricht der Befehlshaber meiner Hypaspisten[2]) Ptolemäus, wenn ihm einmal die gegenwärtigen Verwirrungen Ruhe lassen, mich nach Egypten fortzubringen und mich da zu begraben, damit ich einer der egyptischen Götter werde. Diogenes. Soll ich nun nicht lachen, Alexander, wenn ich sehe, daß du auch noch im Hades thöricht bist und hoffst, Anubis oder Osiris zu werden? Diese Hoffnungen schlage dir nur aus dem Sinn, du Göttlichster: wer einmal über den See geschifft und in das Innere der Mündung hineingekommen ist, der darf nicht mehr hinauf zurückkehren, denn Aeakus ist nicht fahrlässig und Cerberus nicht zu verachten. Gern würde ich aber von dir erfahren, wie du es erträgst, wenn du bedenkst, wie viel Glück du auf der Erde zurückgelassen hast, die Leibgarden und Hypaspisten und Satrapen, so viel Gold und dich anbetende Völker, Babylon und Baktra und die großen Thiere und die Ehre und den Ruhm; wenn dir einfällt, wie du glänztest beim Ausreiten in weißer Kopfbinde und im Purpurmantel, betrübt es dich nicht? — Was weinst du, o Thor? lehrte dich der weise Aristoteles nicht, diese Geschenke des Glückes für unsicher halten? Alexander. Der weise? das ist der ärgste Schurke von allen Schmeichlern. Laß mich allein wissen, was Aristoteles von mir forderte, welche Briefe er mir schrieb, wie er mein Streben nach Bildung mißbrauchte, indem er mir schmeichelte und

---

[1]) Der Redner Demades, der späterhin die Nachricht von Alexanders Tode mit den Worten bestritt: Οὐ τέθνηκεν Ἀλέξανδρος, ὦ ἄνδρες Ἀθηναῖοι· ὤρε γὰρ ἂν ἡ οἰκουμένη τοῦ νεκροῦ. „Alexander ist nicht gestorben, Athener, denn der Geruch seiner Leiche würde die ganze bewohnte Erde erfüllen."

[2]) „Neben der Phalanx organisirte Philipp eine andere Art Infanterie, die so genannten Hypaspisten — Schildträger oder Garden: sie waren ursprünglich nicht zahlreich und wurden zur Vertheidigung der Person des Fürsten gebraucht, später jedoch wurden sie zu bestimmten Armeecorps formirt: sie waren die leichte Infanterie der Linie." Grote's history of Greece XII, K. 62.

mich bald wegen meiner Schönheit, als wäre auch diese ein Theil des wahrhaften Gutes, bald wegen meiner Thaten und meines Reichthums lobte: denn auch den hielt er für ein wahres Gut, um sich nicht zu schämen, wenn er selbst etwas nähme. Der Mensch ist ein Gaukler, Diogenes, und voller Ränke: nur diesen Vortheil habe ich von seiner Weisheit gehabt, daß mich der Verlust jener Dinge, die du kurz vorher aufzähltest, schmerzte, als wären es die größten Güter. Diogenes. Weißt du, was du thun mußt? ich werde dir ein Heilmittel für deinen Schmerz an die Hand geben. Da hier keine Nieswurz[1]) wächst, so trinke das Wasser des Lethe in vollen Zügen und zu wiederholten Malen: auf diese Weise wirst du aufhören, dich über die wahren Güter des Aristoteles zu betrüben. Dort sehe ich auch den Klitus und Kallisthenes[2]) und viele andere auf dich loskommen, um dich zu zerfleischen und sich an dir für das, was du ihnen thatest, zu rächen: deshalb schlage diesen andern Weg ein und trinke oftmals, wie ich dir sagte.

XIV.

Philipp und Alexander.

Philipp. Jetzt, Alexander, könntest du nicht leugnen, mein Sohn zu sein: denn du wärest nicht gestorben, wenn du der Sohn des Ammon wärest. Alexander. Es war mir selbst auch nicht unbekannt, Vater, daß ich ein Sohn des Philipp und ein Enkel des Amyntas bin, ich ließ mir aber das Orakel ge-

---

[1]) Die Alten schrieben dem elleborus (Nieswurz) eine heilsame Wirkung auf die Funktionen des Gehirns zu: vorzüglich berühmt wegen ihrer Nieswurz war die kleine Insel Anticyra: Danda est ellebori multo pars maxima avaris: Nescio an Anticyram ratio illis destinet omnem. Horat. Serm. II, 3, 82.

[2]) Kallisthenes, der Neffe des Aristoteles, ausgezeichnet in der Philosophie und Rhetorik und Begleiter Alexanders auf seinem Feldzuge in Asien, um die Geschichte seiner Thaten zu beschreiben, mußte seinen Freimuth, mit dem er Alexanders Eitelkeit, sich als Gott verehren zu lassen, auf dem Banket in Baktra tadelte, mit dem Tode büßen. Siehe Grote's history Vol. XII, 290 und die f.

fallen, in der Meinung, es sei mir zu meinen Angelegenheiten förderlich. Philipp. Was sagst du, es schien dir förderlich, dich von den Propheten hintergehen zu lassen? Alexander. Das nicht, aber die Barbaren empfanden Schrecken vor mir und keiner trat mir mehr entgegen, weil sie glaubten, mit einem Gotte zu kämpfen, so daß ich sie leichter überwand. Philipp. Was überwandst du denn für Männer, mit denen es sich zu kämpfen verlohnte? du hattest es ja nur immer mit Feiglingen zu thun, die kleine Bogen und Lanzen und Schilde von Weidengeflechten führten. Hellenen zu besiegen war schwer, Böotier, Phocier und Athener, das Hoplitenkorps der Arkadier, die thessalische Reiterei und die Speerwerfer aus Elis, das Peltastenkorps aus Mantinea, oder Thracier oder Illyrier oder auch Päonier zu unterwerfen: das waren große Dinge. Wie aber Meder, Perser und Chaldäer, goldtragende, verweichlichte Menschen von den 10,000, die mit Klearchus vor dir hinaufzogen, besiegt wurden, ohne daß sie wagten, sich in ein Handgemenge einzulassen, sondern flohen, bevor die Wurfgeschoße sie erreichten, davon weißt du nichts? Alexander. Doch die Scythen und die Elephanten der Inder sind nicht zu verachten, Vater, und trotzdem besiegte ich sie, ohne sie gegen einander aufzuhetzen und die Siege durch Verrath zu erkaufen: ich that auch nie einen Meineid, brach auch nie mein Wort und beging des Sieges halber nie eine Treulosigkeit. Von den Hellenen brachte ich einen Theil ohne Blutvergießen auf meine Seite, wie ich die Thebaner strafte, wirst du vielleicht gehört haben. Philipp. Ich weiß das alles: Klitus meldete es mir, den du bei dem Mahle mit dem Speere durchbohrtest, weil er mich deinen Thaten gegenüber zu loben wagte. Du legtest aber auch den macedonischen Mantel ab und nahmst dafür den persischen Kaftan an, setztest dir eine aufrechte Tiara auf und verlangtest, daß die Macedonier, freie Männer, dir göttliche Verehrung zollen sollten, und was von allem das Lächerlichste ist, du ahmtest die Gebräuche der Besiegten nach. Was du sonst thatest, will ich nicht erwähnen, daß du gebildete Männer mit Löwen zusammensperrtest und solche Ehen eingingst und den Hephästion über Gebühr liebtest. Nur eins gefiel mir, als ich hörte, daß du dich der Gemahlin des Darius trotz ihrer Schönheit enthalten habest und für seine Mutter und Tochter sorgtest: das ist königlich. Alexander. Meine Lust zu Gefahren lobst du nicht und daß ich im Lande der Oxydraken[1]) zuerst in ihre Veste sprang und so viele Wunden bekam? Philipp. Nein, Alexander, ich lobe das nicht, nicht aus dem Grunde, weil ich es nicht für ruhmvoll halte, daß auch mitunter der König verwundet werde und für das Heer sich in Gefahr begebe, sondern weil dir etwas Derartiges am wenigsten nützte. Denn da du für einen Gott galtest, so mußte es bei den Anwesenden Lachen erregen, wenn du einmal verwundet wurdest und sie sahen, daß du auf einer Bahre aus der Schlacht getragen würdest, daß du Blut verlörest, daß du wegen der Wunde stöhntest, und hierdurch stellte es sich heraus, daß Ammon ein Gaukler und Lügenprophet und seine Wahrsager Schmeichler seien. Oder wer hätte nicht gelacht, wenn er den Sohn des Zeus ohnmächtig und der Hülfe bedürftig sah? Glaubst du denn nicht, daß jetzt, da du schon gestorben bist, es viele gäbe, die über jene Anmaßung spotten, wenn sie die Leiche des Gottes ausgestreckt da liegen und nach dem Gesetz aller Körper schon in Verwesung übergegangen sehen? Und außerdem hatte auch der Umstand, den du nützlich nanntest, Alexander, daß du dadurch leicht siegtest, dir viel von dem Ruhm der vollbrachten Thaten geraubt: denn alles schien mangelhaft, da man glaubte, es werde von einem Gotte gethan. Alexander. So denken die Menschen nicht von mir, sondern vergleichen mich dem Dionysos und Herakles: gleichwohl eroberte ich allein jenen Felsen Aornos[2]), den keiner von ihnen genommen hatte. Philipp. Siehst du, daß du so sprichst, als wärest du der Sohn des Ammon, da du dich neben Herakles und Dionysos stellst? schämst du dich nicht, Alexander, wirst du nicht den Hochmuth verlernen, dich selbst erkennen und endlich zur Einsicht gelangen, daß du ein Todter bist?

---

[1]) Arrian. Exped. Alex. VI 11. Curt. IX, 4, 26.
[2]) Siehe Muetzel zu Curt. VIII 11, 2.

XV.

Achilleus und Antilochus.

Antilochus. Wie feige und deiner beiden Lehrer, des Chiron und Phönir, unwürdig hast du jüngst zu Odysseus[1] über den Tod gesprochen; ich hörte zu, als du sagtest, du wollest lieber auf dem Lande bei einem armen Manne, der nicht viel Habe besäße, Tagelöhner-Dienste verrichten, als über alle Todten herrschen. Diese unedle Aeußerung hätte wohl ein feiger und das Leben über Gebühr liebender Phrygier thun sollen, daß aber der Sohn des Peleus, der abenteuerlustigste aller Helden, so gering von sich denkt, das ist eine große Schande und ein Widerspruch mit deinen Handlungen im Leben, denn da es dir freistand, lange Zeit ruhmlos in Phtiotis König zu sein, so wähltest du freiwillig lieber den ruhmvollen Tod. **Achilleus.** O Sohn des weisen Nestor, weil ich damals noch nicht die hiesigen Verhältnisse kannte und nicht wußte, wo es besser sei, zog ich jenen elenden Fetzen Ruhm vor, jetzt aber sehe ich schon ein, daß er nichts nützt, mögen die Leute oben ihn auch noch so sehr preisen. Unter den Todten ist einer so geehrt wie der andere, und weder jene Schönheit noch Kraft existirt, Antilochus, sondern wir liegen alle, gleich und von einander nicht verschieden, in demselben Dunkel und die Todten der Troer fürchten mich weder, noch ehren mich die der Achäer, es herrscht vollständige Gleichheit und der Feigling ist eben so gut ein Todter, wie der Tapfere. Das betrübt mich und ich zürne, daß ich nicht ein Tagelöhner bin und lebe. **Antilochus.** Was kann man gleichwohl machen, Achilles? Dies hat die Natur beschlossen, daß durchaus alle sterben sollen, daher müssen wir in das Gesetz uns fügen und über die Anordnungen nicht murren. Ueberdem siehst du, wie viele Gefährten wir bereits um dich sind. Nach Kurzem wird auch Odysseus unter allen Umständen kommen: es gewährt Trost, wenn man Genossen

---

[1] Hom. Odyff. XI, 489.

im Leiben hat und sieht, daß es Andern nicht besser gehe, als uns. Du bemerkst den Herakles, den Meleagros und andere bewundernswürdige Männer, die, glaub' ich, es nicht annehmen würden, zurückzukehren, wenn man sie hinaufschicken wollte, um armen und habelosen Männern als Tagelöhner zu dienen. Achilleus. Der Rath ist zwar freundschaftlich, mich betrübt aber, ich weiß nicht wie, die Erinnerung an die Dinge im Leben, ich denke, auch einen Jeden von euch. Wenn ihr das nicht eingesteht, so seid ihr deshalb schlechter, weil ihr es ruhig tragt. Antilochus. Nein, besser, Achilleus: denn wir sehen, daß das Reden nichts hilft: deshalb sind wir entschlossen zu schweigen und es zu tragen und zu dulden, damit wir nicht noch ausgelacht werden, wenn wir solche Wünsche hegen, wie du.

XVI.

Diogenes und Herakles.

Diogenes. Ist das nicht Herakles? beim Herakles, es ist Niemand anders: der Bogen, die Keule, das Löwenfell, die Größe, kurz der ganze Herakles. Ist er denn gestorben, trotzdem, daß er ein Sohn des Zeus ist? Sage mir, du Erringer großer Siege[1]), bist du ein Todter? Auf Erden opferte ich dir als Gott. Herakles. Daran thatest du recht: denn Herakles selbst ist im Himmel mit den Göttern zusammen und „hat die schönfüßige Hebe", ich bin seine Gestalt. Diogenes. Wie sagst du? ein Schattenbild des Gottes? Kann Einer zur Hälfte ein Gott und zur Hälfte gestorben sein? Herakles. Ja, denn jener ist nicht gestorben, sondern ich bin sein Bild. Diogenes. Ich verstehe: er übergab dich an seiner Stelle dem Pluto als Ersatzmann und du bist nun anstatt seiner ein Todter. Herakles. So ungefähr. Diogenes. Wie geht es nun zu, daß Aeakus, der doch sonst so genau ist, nichts merkte, sondern den untergeschobenen

---

[1]) Ein Hymnus des Archilochus, der bei den olympischen Spielen abgesungen wurde, fing mit den Worten an: Καλλίνικ' ἄναξ Ἡράκλεις.

Herakles aufnahm? Herakles. Weil ich ihm ganz ähnlich sah.
Diogenes. Du sprichst die Wahrheit, so ähnlich, daß du der=
selbe sein könntest. Sieh nun zu, ob nicht der umgekehrte Fall
stattfindet, daß du Herakles bist und daß seine Gestalt die Hebe
bei den Göttern geheirathet hat. Herakles. Du bist frech und
geschwätzig, und wenn du nicht aufhören wirst, über mich zu spot=
ten, wirst du sogleich erfahren, welch' eines Gottes Gestalt ich
bin. Diogenes. Den entblößten Bogen seh' ich zwar in deiner
Hand: weshalb sollte ich mich aber fürchten, da ich einmal ge=
storben bin? Doch sage mir, ich beschwöre dich bei deinem He=
rakles, warst du auch damals, so lange er lebte, als seine Gestalt
mit ihm zusammen? oder wart ihr im Leben eins, als ihr aber
starbt, trenntet ihr euch und jener flog zu den Göttern empor,
du aber, seine Gestalt, bist, wie es sich geziemte, in den Hades
gekommen? Herakles. Einem so spöttischen Menschen sollte man
zwar gar nicht antworten: trotzdem vernimm noch dies. Was von
Amphitruo in Herakles stammte, das ist gestorben, und dieses
Ganze bin ich, was aber von Zeus war, das ist im Himmel mit
den Göttern zusammen. Diogenes. Jetzt verstehe ich deutlich:
du meinst, Alkmene gebar zu derselben Zeit zwei Heraklesse, den
einen von Amphitruo, den andern von Zeus, so daß ihr, allen
unbewußt, Zwillinge von derselben Mutter wart. Herakles.
Nein, du Thor, wir waren Beide ein und derselbe. Diogenes.
Das ist nicht leicht zu begreifen, zwei zusammengesetzte Heraklesse,
die eins sind, ihr müßtet denn wie ein Hippocentaur Mensch und
Gott in eins zusammengewachsen sein. Herakles. Meinst du
denn nicht, daß alle Menschen ebenso aus den beiden Dingen, der
Seele und dem Körper, bestehen? Was hindert denn also, daß
die Seele, die von Zeus stammte, im Himmel, daß ich aber, der
sterbliche Theil, bei den Todten sei? Diogenes. Du würdest
darin Recht haben, mein bester Sohn des Amphitruo, wenn du
ein Körper wärest, jetzt aber bist du eine körperlose Gestalt: da=
her scheinst du schon den Herakles dreifach zu machen. Herakles.
Wie dreifach? Diogenes. Etwa so: wenn der eine im Him-

---

[1] Hom. Odyssee XI, 600—604.

Denn wenn Jemand verdorrte Blumen sieht, die ihre Farbe ver=
loren haben, so werden sie ihm offenbar häßlich erscheinen, wenn
sie jedoch blühen und ihre Farbe haben, so sind sie sehr schön.
Menippus. Darüber wundere ich mich nun, Hermes, daß die
Achäer nicht einsahen, daß sie sich um einen so kurz dauernden
und leicht verblühenden Gegenstand abmühten. Hermes. Ich
habe nicht Zeit, mit dir zu philosophiren, Menippus: deshalb
wähle dir einen beliebigen Ort aus, wo du liegen kannst, ich
werde schon die andern Todten holen gehen.

XIX.

Aeakus, Protesilaus, Menelaus und Paris.

Aeakus. Weshalb fällst du die Helena an und würgst sie,
Protesilaus? Protesilaus. Weil sie die Ursache ist, Aeakus,
daß ich starb und mein Haus als Hälfte ¹) und meine jüngst
heimgeführte Frau als Wittwe zurückließ. Aeakus. Schuldige
also den Menelaus an, der euch wegen eines solchen Weibes gegen
Troia führte. Protesilaus. Du hast Recht, ihn muß ich an=
schuldigen. Menelaus. Nicht mich, mein Bester, sondern du
wirst mit mehr Recht es bei Paris thun, der mir, seinem Gast=
freund, gegen alles Recht die Gattin raubte und davon ging.
Dieser verdient nicht allein von dir, sondern von allen Hellenen
und Barbaren gewürgt zu werden, da er an dem Tode so vieler
Schuld gewesen ist. Protesilaus. So ist es besser: dich also,
du Unglücks=Paris, werde ich nie aus meinen Händen loslassen.
Paris. Daran wirst du sehr Unrecht thun, Protesilaus, und
noch dazu an deinem Kunstgenossen: denn auch ich verstehe mich
auf die Liebe und bin von demselben Gott erfaßt. Du weißt ja
wohl, daß sie etwas Unfreiwilliges ist, daß ein Dämon uns führt,
wohin er will, und daß es unmöglich ist, ihm entgegenzutreten.
Protesilaus. Du hast Recht: könnte ich nur hier den Gott
der Liebe selbst packen Aeakus. Auch für ihn will ich dir ant=
worten, was sich billiger Weise sagen läßt: er wird vielleicht
einräumen, daran schuld zu sein, daß sich Paris verliebte, aber

behaupten, daß an deinem Tode kein Anderer schuld sei, als du selbst, denn als ihr euch dem Gebiete von Troia nähertet, sprangst du so tollkühn und verzweifelt aus Ruhmbegierde vor allen voraus an's Land und fandst dadurch zuerst deinen Tod. Protesilaus. Dann werde ich dir auch für mich die gerechteste Antwort geben: nicht ich bin daran schuld, sondern das Verhängniß, und daß Klotho es von Anfang an so bestimmt hat. Aeakus. Richtig: weshalb schuldigst du also diese an?

XX.

Menippus und Aeakus.

Menippus. Beim Pluto, Aeakus, zeige mir alle Dinge im Hades. Aeakus. Dir alles zu zeigen ist nicht leicht, Menippus: die Hauptsache jedoch sollst du kennen lernen. Daß dieser hier der Cerberus ist, weißt du, auch den Fährmann da, der dich übersetzte, und den See und den Pyriphlegeton (Feuerstrom) hast du schon bei deiner Ankunft gesehn. Menippus. Das kenne ich und weiß, daß du das Thor bewachst, auch sah ich den König und die Erinnyen. Zeige mir aber die Männer der Vorzeit und besonders die berühmten unter ihnen. Aeakus. Dieser ist Agamemnon, dieser Achilleus, dieser in der Nähe Idomeneus, dieser hier Odysseus, dann kommt Ajax und Diomedes und die trefflichsten der Hellenen. Menippus. O weh, Homer, was für Helden deiner Gesänge liegen unbekannt und häßlich auf dem Boden, lauter Staub und Possenspiel, in Wahrheit „kraftlose Häupter" [1]). Wer ist aber dieser, Aeakus? Aeakus. Es ist Chrus: der da ist Krösus, der über ihm Sardanapal, der über diesem Midas, jener dort Xerxes. Menippus. Also vor dir, du Schurke, bebte Hellas, du überbrücktest den Hellespont und wolltest durch Berge segeln? Wie sieht auch Krösus aus: erlaube mir aber, Aeakus, dem Sardanapal einen Backenstreich zu geben. Aeakus. Nein, du wirst ihm seinen Weiberschädel zertrümmern. Menip=

---

[1]) So nennt Homer die Todten „ἀμενηνὰ κάρηνα".

pus. Anspucken also will ich wenigstens unter allen Umständen den Zwitter. Aeakus. Soll ich bir auch die Weisen zeigen? Menippus. Ja. Aeakus. Zuerst hast du ba den Pythagoras. Menippus. Sei mir gegrüßt, Euphorbus [1]) oder Apollo, oder wie du sonst heißen willst. Pythagoras. Du besgleichen, Menippus. Menippus. Hast du nicht mehr ein goldenes Bein? Pythagoras. Nein: wohlan, laß mich einmal sehen, ob dein Ranzen etwas Eßbares enthält. Menippus. Nur Bohnen, mein Guter, und das ist für dich nichts Eßbares. Pythagoras. Gib sie nur her: bei den Todten herrschen andere Grundsätze: ich lernte hier, daß Bohnen und Elternköpfe [2]) nichts Gleiches haben. Aeakus. Dieser ist Solon, der Sohn des Erekestides, jener bort Thales und neben ihm Pittakus und die andern: im Ganzen sind ihrer sieben, wie bu siehst. Menippus. Diese sind allein unter den andern wohlgemuth und heiter, Aeakus. Wer ist aber jener, der so voll Asche ist, wie ein Brod aus ungefegtem Ofen, der ganz mit Brandblattern bedeckte? Aeakus. Empedokles [3]), Menippus, der halb gebacken aus dem Aetna gekommen ist. Menippus. O mein bester Herr mit den ehernen Füßen, was wandelte dich denn an, daß du dich in die Krater stürztest? Empedokles. Etwas Melancholie war die Ursache, Menippus. Menippus. O nein, im Gegentheil Eitelkeit und Hochmuth und große Narrheit, diese machten dich sammt beinen Pantoffeln nicht unverdientermaßen zu einer Kohle: doch nützte dir der kluge Einfall nichts: denn es kam heraus, daß du gestorben bist. Wo in aller Welt ist aber Sokrates, Aeakus? Aeakus. Er spricht dort meistentheils mit Nestor und Palamedes. Menippus. Trotzdem wünsche ich ihn zu sehn, wenn er irgendwo ist. Aeakus. Siehst du den Kahlkopf? Menippus. Kahlköpfe sind sie alle: das ist ein Kennzeichen sämmtlicher Todten. Aeakus. Ich meine den Stumpfnasigen. Menippus. Auch das ist bei allen

---

[1]) Das zum Verständniß dieser Stelle Nöthige findet man bei Diogen. Laert. VIII. 5, 11. und bas. Menag.

[2]) Ἴσόν τοι χυάμους τε φαγεῖν χεφαλάς τε τοχήων.

[3]) Ueber den Tob des Empedokles sehe man Strabo VI. p. 428 u. Diogen. Laert. VIII. 69.

gleich: ſie ſind ſämmtlich ſtumpfnaſig. Sokrates. Suchſt du mich, Menippus? Menippus. Ja freilich, Sokrates. Sokrates. Wie ſteht es in Athen? Menippus. Viele von den Jünglingen behaupten zu philoſophiren, und wenn man ihre Haltung zu ihrem Gang betrachtet, ſo ſind es Hauptphiloſophen. Sokrates. Deren hab' ich ſehr viele geſehen. Menippus. Du haſt aber, glaub' ich, auch geſehen, in welcher Verfaſſung Ariſtipp und Plato ſelber zu dir gekommen ſind, jener roch nach Pomade, dieſer hatte den Thrannen in Sicilien den Hof machen gelernt. Sokrates. Was denken die Leute von mir? Menippus. In dieſer Beziehung biſt du ein glücklicher Menſch, Sokrates; alle glauben, daß du ein bewundernswürdiger Mann geweſen ſeiſt und alles gewußt habeſt, obſchon du noch dazu — denn man muß, mein' ich, die Wahrheit ſagen — nichts wußteſt. Sokrates. Ich ſagte ihnen ja das ſelber, ſie hielten aber die Sache für Ironie. Menippus. Wer ſind aber diejenigen, die dich umgeben? Sokrates. Charmides, lieber Menippus, Phädrus und der Sohn des Clinias. Menippus. Das iſt recht, Sokrates, daß du auch hier deine Kunſt betreibſt und die Schönen nicht vernachläſſigſt. Sokrates. Was könnte ich Angenehmeres thun? Wohlan, wenn es dir beliebt, ſo placire dich in meiner Nähe. Menippus. O nein, ich werde zum Kröſus und Sardanapal gehn, um in ihrer Nähe zu wohnen: ich denke, ich werde nicht wenig lachen, wenn ich ihr Wehgeſchrei höre. Aeakus. Auch ich werde mich ſchon entfernen, damit uns nicht einer der Todten entwiſcht: das Uebrige wirſt du ein andermal ſehen, Menippus. Menippus. So gehe denn, Aeakus, auch dies genügt.

XXI.

Menippus und Cerberus.

Menippus. Lieber Cerberus, ich bin ja dein Verwandter; da auch ich zu dem Geſchlechte der Hunde gehöre, ſage mir, ich beſchwöre dich bei der Sthx, wie geberdete ſich Sokrates, als er zu euch herabkam? es iſt natürlich, daß du als ein Gott nicht

nur bellen, sondern auch menschlich reden kannst, wenn du willst.
Cerberus. Von weitem, Menippus, schien er mit ganz unver-
wandtem Gesicht heranzukommen und den Tod nicht sonderlich zu
fürchten, und das wollte er auch denen, die außerhalb des Ein-
gangs standen, weiß machen, als er aber den Kopf in die gäh-
nende Oeffnung gesteckt hatte und das Dunkel sah und ich ihn,
weil er noch in Folge des Schierlings zauderte, biß und am Fuße
herabschleppte, heulte er wie die Kinder und bejammerte seine
eigenen Kinder und machte allerlei Grimassen. Menippus.
Also war der Mensch ein sophistischer Heuchler und es war ihm
mit der Verachtung der Sache kein rechter Ernst? Cerberus.
Nein, sondern da er die Nothwendigkeit sah, spielte er den Kühnen, als werde er nicht unfreiwillig dulden, was er durchaus dulden mußte, damit alle, die es ansähen, sich verwundern möchten,
und überhaupt kann ich von allen diesen Herren sagen, bis an
den Eingang sind sie dreist und tapfer, so wie sie aber darin sind,
dann kommt die Wahrheit vollständig an den Tag. Menippus.
Wie benahm ich mich denn aber beim Herunterkommen? Cerberus. Du, Menippus, allein würdig deiner Familie, und vor
dir, Diogenes, weil ihr nicht mit Zwang hineinginget und euch
nicht stoßen ließet, sondern freiwillig, mit Lachen, und allen sagtet,
sie sollen sich zum Henker scheren.

XXII.

Charon und Menippus.

Charon. Zahle mir das Fährgeld, du Schurke. Menippus. Schreie immerhin, Charon, wenn dir das angenehm ist.
Charon. Bezahle, sag' ich, dafür, daß wir dich übergesetzt haben.
Menippus. Von dem, der nichts hat, kannst du nichts bekommen. Charon. Gibt es einen, der nicht einen Obolus hat?
Menippus. Ob es sonst noch einen gibt, weiß ich nicht, ich
habe aber keinen. Charon. Beim Pluto, ich werde dich wahrhaftig würgen, du Schändlicher, wenn du mich nicht bezahlst.
Menippus. Und ich werde dir mit meinem Stock den Schädel

zertrümmern. Charon. Willst du also umsonst eine so weite Fahrt gemacht haben? Menippus. Hermes, der mich dir übergab, möge dich für mich bezahlen. Hermes. Nun wahrhaftig, das würde mir nützen, wenn ich noch für die Todten bezahlen soll. Charon. Ich werde dir nicht vom Halse gehn. Menippus. Was das betrifft, so schleppe nur deine Fähre unter das Wetterdach und bleibe: doch wie willst du bekommen, was ich nicht habe? Charon. Wußtest du nicht, daß du einen Obolus mitbringen sollst? Menippus. Ich wußte es wohl, ich hatte aber keinen. Wie denn? Hätte ich deswegen nicht sterben sollen? Charon. Wirst du dich nur allein rühmen, umsonst hinübergefahren zu sein? Menippus. Nicht umsonst, mein Bester: ich schöpfte das Wasser aus dem Schiffe, faßte mit das Ruder an und weinte allein unter den andern Passagieren nicht. Charon. Das geht den Fährmann nichts an: du mußt den Obolus bezahlen: es darf nicht anders geschehen. Menippus. Führe mich also wieder in das Leben zurück. Charon. Da sagst du etwas Hübsches, damit ich außerdem noch dafür Schläge vom Aeakus bekomme. Menippus. Belästige mich also nicht. Charon. Zeige, was du im Ranzen hast. Menippus. Wolfsbohnen, wenn du erlaubst, und ein Hekate-Mahl. Charon. Woher brachtest du uns diesen hündischen Kerl, Hermes? auf der Fahrt schwatzte er unaufhörlich, verlachte und verhöhnte alle Passagiere und sang allein, als jene wehklagten. Hermes. Weißt du nicht, Charon, was für einen Mann du übersetztest? einen durchaus freimüthigen, der sich um nichts kümmert. Es ist Menippus. Charon. Fürwahr, wenn ich dich noch einmal bekomme — Menippus. Wenn, mein Bester: zweimal wirst du mich aber nicht bekommen.

XXIII.

Protesilaus, Pluto und Persephone.

Protesilaus. O Gebieter, König und unser Zeus, und du, Tochter der Demeter, übersehet nicht die Bitte eines Verlieb-

ten. **Pluto.** Was verlangst du von uns? oder wer bist du?
Protesilaus. Ich bin Protesilaus, der Sohn des Iphiklos aus
Phylake, der mit den Achäern zu Felde zog und zuerst vor Ilium
fiel: ich wünsche für eine kurze Zeit beurlaubt zu werden und
wieder aufleben zu dürfen. **Pluto.** Darin sind alle Todten verliebt, Protesilaus, nur erreicht es keiner. **Protesilaus.** Ich
bin aber nicht in das Leben verliebt, Aidoneus, sondern in meine
junge Gemahlin, die ich gleich nach der Hochzeit im Brautgemache
zurückließ und davonschiffte: darauf starb ich Unglücklicher bei der
Landung durch die Hand Hectors. Die Sehnsucht nach meinem
Weibe quält mich nicht wenig, o Herr, und ich will, wenn ich
sie nur einen Augenblick gesehen, wieder zurückkehren. **Pluto.**
Hast du nicht das Wasser des Lethe getrunken, Protesilaus?
Protesilaus. Ja wohl, Herr, meine Liebe war aber zu stark.
Pluto. Warte also: auch sie wird einmal kommen und du wirst
nicht nöthig haben, hinaufzugehen. **Protesilaus.** So lange
kann ich keinesfalls warten, Pluto: du warst auch selbst schon
verliebt und weißt, welche Bewandtniß es mit der Liebe hat.
Pluto. Was wird es dir denn nützen, einen Tag wieder auf-
zuleben und nach Kurzem dieselben Klagen wieder zu führen?
Protesilaus. Ich glaube, ich werde sie überreden, mir zu euch
zu folgen, so daß du bald für einen zwei Todte bekommen wirst.
Pluto. Das darf nicht geschehen und ist niemals geschehen.
Protesilaus. Ich werde deinem Gedächtniß zu Hülfe kommen,
Pluto: wegen derselben Ursache übergabt ihr dem Orpheus die
Eurydike und sandtet meine Verwandte Alcestis hinauf, um dem
Herakles einen Gefallen zu thun. **Pluto.** Wirst du als so nack-
ter, häßlicher Schädel deiner schönen, jungen Frau dich zeigen
wollen? wie wird sie dich annehmen, da sie dich nicht unterscheiden kann? sicherlich wird sie sich fürchten und vor dir fliehn und
du wirst umsonst einen so weiten Weg gemacht haben. **Persephone.** Mache nun auch das gut, lieber Mann, und befiel dem
Hermes, wenn Protesilaus schon an das Tageslicht gekommen ist,
ihn mit seinem Stabe zu berühren und ihn wieder sogleich zu
dem schönen Jünglinge zu machen, der er war, als er aus dem
Brautgemache kam. **Pluto.** Da Persephone auch dieser Mei-

nung ist, so führe ihn hinauf und mache ihn wieder zu einem Bräutigam: du beinerseits aber erinnere dich, daß du nur einen Tag Urlaub bekommen hast.

XXIV.

Diogenes und Mausolus.

Diogenes. Worauf bist du stolz, Karier, daß du mehr gelten willst, als wir alle? **Mausolus.** Zum Theil auf meine königliche Würde, lieber Sinopenser, denn ich war König von ganz Karien, auch über einige Lydier herrschte ich, brachte etliche von den Inseln unter meinen Scepter und betrat, den größten Theil Joniens unterjochend, das Gebiet von Milet: sodann war ich schön und groß und ausdauernd im Kriege: endlich, was die Hauptsache ist, weil ich in Halikarnaß ein so großes Denkmal auf mir liegen habe, wie kein anderer Todter, und von solcher Schönheit mit so natürlich aus dem schönsten Marmor nachgebil-deten Rossen und Männern, als man auch nicht leicht einen Tem-pel finden könnte. Glaubst du nicht, daß ich hierauf mit Recht stolz sei? **Diogenes.** Meinst du, auf deine königliche Würde und auf die Schönheit und auf die Schwere des Grabdenkmals? **Mausolus.** Freilich darauf. **Diogenes.** Doch jetzt, mein schöner Mausolus, besitzest du nicht mehr weder jene Kraft, noch jene Gestalt: wenn wir nun einen zum Richter über unsere Wohl-gestalt wählen wollten, so kann ich nicht sagen, weshalb dein Schädel dem meinigen vorgezogen werden sollte: denn beide sind von Haaren und Fleisch entblößt und wir weisen beide auf gleiche Art unsere Zähne, haben die Augen verloren und stumpfe Nasen. Mit dem Grabe und jenen kostbaren Steinen könnten die Hali-karnassenser vielleicht vor den Fremden prunken und prahlen, daß sie also ein großes Gebäude haben: was du aber davon, mein Bester, für einen Vortheil hast, das sehe ich nicht, du müßtest denn diesen meinen, daß du eine größere Last trägst, als wir, da dich so große Steine drücken. **Mausolus.** Jenes Alles ist mir also unnütz, und Mausolus wird mit Diogenes gleich geehrt sein?

Diogenes. Nicht gleich geehrt, mein Edelster, o nein: denn Mausolus wird in der Erinnerung an die Herrlichkeiten auf der Erde, in denen er glücklich zu sein glaubte, klagen und jammern, Diogenes wird ihn auslachen. Und Mausolus wird von dem Grabdenkmal reden, das ihm in Halikarnaß seine Gemahlin und Schwester Artemisia setzte, Diogenes aber weiß zwar nicht, ob sein Körper ein Grab hat, denn darum kümmerte er sich auch nicht: doch hat er im Munde der Besten über sich die Rede hinterlassen, daß er das Leben eines Mannes geführt hat — ein höheres und auf festerem Grunde aufgeführtes Denkmal, als das deinige, die größte Sklavenseele unter den Kariern.

XXV.

Nireus, Thersites und Menippus.

Nireus. Wohlan, hier Menippus wird entscheiden, wer hübscher ist: sage, Menippus, komme ich dir nicht schöner vor? Menippus. Wer seid ihr denn? das muß ich, glaub' ich, zuvor. wissen. Nireus. Wir sind Nireus und Thersites. Menippus. Welcher ist nun Nireus und welcher Thersites? das ist noch nicht klar. Thersites. Da habe ich schon eins, daß ich dir gleich bin und daß du dich nicht so sehr unterscheidest, wie jener blinde Homer dich pries, der dich hübscher nannte als alle, im Gegentheil, ich, mit dem spitzen Kopf und dem dünnen Haar, erschien dem Richter nicht schlechter. Sieh du nun zu, Menippus, wen du für hübscher hältst. Nireus. Gewiß mich, den Sohn der Aglaïa und des Charops, „Mich, den Schönsten der Männer, die einst gen Ilion zogen“ [1]). Menippus. Doch kamst du, glaub' ich, nicht auch unter die Todten als der Schönste, sondern das Gerippe ist gleich, dein Schädel aber dürfte sich von dem des Thersites allein dadurch unterscheiden, daß der deinige leicht zerbrechlich ist: du hast einen schwachen und nicht männlichen. Nireus. So frage doch den Homer, wie ich war, als ich mit

---

[1]) Hom. Il. II. 673.

ben Ädern zu Felbe zog. Menippus. Das find Träume-
reien: ich sehe, was bu jetzt hast, jenes wissen biejenigen Menschen, die damals lebten. Nireus. Bin ich nicht hier hübscher,
Menippus? Menippus. Weber bu bift hübsch, noch ein An-
berer: im Hades herrscht Gleichheit und Einer ift wie der An-
bere. Thersites. Ich bin auch damit zufrieden.

XXVI.

Menippus und Chiron.

Menippus. Ich hörte, Chiron, daß bu ben Wunsch gehabt hätteft zu sterben, obgleich bu ein Gott bift. Chiron.
Da hörtest du die Wahrheit, Menippus, und ich bin, wie bu
siehst, gestorben, wiewohl ich unsterblich sein konnte. Menippus.
Was wandelte bich benn für eine Liebe zum Tode an, der für
bie Meisten so wenig Liebenswürdiges hat? Chiron. Ich will
es bir sagen, ba du nicht unverständig bift: es war für mich nicht
mehr angenehm, bie Unsterblichkeit zu genießen. Menippus.
Nicht mehr angenehm zu leben und das Licht zu schauen? Chiron. Nein, Menippus, benn bas Angenehme liegt meiner Ansicht
nach in bem Mannigfaltigen und nicht in bem Einfachen: ba ich
aber immer lebte und immer das Gleiche genoß, Sonne, Licht,
Nahrung, ba bie Jahreszeiten dieselben waren und alles wie in
einer Folge der Reihe nach geschah, so wurde ich es überbrüssig:
benn das Ergötzende lag nicht in dem ewigen Einerlei, sondern
barin, überhaupt keinen Theil baran zu haben. Menippus.
Du haft Recht, Chiron; wie behagt bir aber ber Hades, seitdem
bu ihn vorgezogen hast und hierher gekommen bift? Chiron.
Gar nicht schlecht, Menippus: bie Gleichheit führt ein volksthüm-
liches Verhältniß herbei, und es macht keinen Unterschied, ob man
im Lichte ober im Dunkel ift: überbem barf man weder bürsten
noch hungern wie oben, sondern von allen biesen Bedürfnissen
find wir frei. Menippus. Gib acht, Chiron, baß bu nicht mit
bir in Widerspruch gerathest und wieder auf benselben Punkt zu-
rückkommst. Chiron. Wie meinst bu das? Menippus. Wenn

bu ber Einförmigkeit und des steten Einerlei im Leben überdrüssig wurdest, so dürftest du die hiesige Gleichförmigkeit ebenso satt bekommen, und du wirst auch von hier einen Uebergang in ein anderes Leben suchen müssen, was, wie ich glaube, unmöglich ist. **Chiron.** Was könnte man dabei machen, Menippus? **Menippus.** Wie das Sprichwort sagt, wenn man verständig ist, mit der Gegenwart sich begnügen und damit zufrieden sein und nichts davon für unerträglich halten.

XXVII.

Diogenes, Antisthenes und Krates.

Diogenes. Was meint ihr, Antisthenes und Krates, wollen wir nicht, da wir unbeschäftigt sind, nach dem Eingange promeniren, um zu sehen, wer herunter kommt und wie Jeder von ihnen sich beträgt? **Antisthenes.** Ja, das wollen wir, Diogenes: es wird auch ein lustiger Anblick sein zu sehen, wie die Einen weinen, die Andern flehen, man möge sie loslassen: wie einige gar nicht Lust haben herunterzugehen, sich widersetzen, obwohl Hermes sie kopfüber stößt, und rücklings sich sträuben, ohne daß es ihnen etwas hilft. **Krates.** Ich will euch auch erzählen, was ich auf dem Wege sah, als ich herunter kam. **Diogenes.** Thue das, Krates: du wirst, denk' ich, recht Spaßhaftes sagen. **Krates.** Es kamen zwar auch viele Andere mit uns herunter, besonders in die Augen fielen aber unser[1]) reicher Ismenodorus und Arsaces, der Satrap von Medien, und Oroites von Armenien. Ismenodorus, der auf dem Gange nach Eleusis, glaub' ich, in der Nähe des Kithäron von Räubern ermordet war, stöhnte und hielt seine Wunde mit den Händen zu: er rief auch die Namen der kleinen Kinder, die er hinterlassen hatte, aus und machte sich wegen seiner Tollkühnheit Vorwürfe, daß er bei der Reise über den Kithäron und durch die in Folge der Kriege ganz veröbeten

---

[1]) Krates war aus Theben.

Gegenden bei Eleutherä [1]) nur zwei Sklaven mit sich genommen hatte, obwohl er noch dazu fünf goldene Schalen und vier Becher bei sich führte. Arsaces aber, der schon alt war und fürwahr nicht unmajestätisch aussah, tobte nach Barbarenart, wollte nicht zu Fuß gehen und verlangte, daß ihm sein Pferd vorgeführt würde: denn auch dies war ihm zugleich gestorben, da beide von einem thracischen Peltasten in der Schlacht am Araxes gegen den König von Kappadocien durch einen Stoß durchbohrt waren. Arsaces wagte sich nämlich, wie er erzählte, weit vor den Andern voraus gegen die Feinde, der Thracier stellte sich ihm entgegen, stieß mit seinem kleinen Schilde die Lanze des Arsaces von sich ab, legt seine Sarissa [2]) ein und durchbohrt ihn und das Pferd. **Antisthenes.** Wie kann das durch einen Stoß geschehen, Krates? **Krates.** Sehr leicht, Antisthenes. Arsaces kam also mit seiner eingelegten, zwanzig Ellen langen Lanze herangesprengt: der Thracier schlägt mit seinem Schilde den Stoß ab, die Spitze fährt an ihm vorbei, er läßt sich auf ein Knie nieder, hält die Sarissa vor und läßt das Pferd, das mit der größten Heftigkeit ansprengte, unter der Brust sich einrennen: der Speer bringt durch und fährt dem Arsaces mitten durch den Oberleib. Du siehst, wie es zuging, und das Pferd, nicht der Mann, hat dabei das Meiste gethan. Allein Arsaces war unwillig, daß er von dem Andern nichts voraus habe und verlangte als Ritter herunterzukommen. Oroites hatte sehr zarte Füße und konnte nicht einmal auf der Erde stehn, geschweige denn gehn; so ist es in der That mit allen Medern: wenn sie von den Pferden heruntersteigen, gehn sie mit Mühe auf den Fußspitzen, als wenn sie auf Dornen träten. Als er sich nun hingeworfen hatte und da lag und durchaus nicht aufstehen wollte, nahm ihn der gute Hermes auf und trug ihn bis zu der Führe, ich aber mußte lachen. **Antisthenes.** Auch als ich herunter kam, mischte ich mich nicht

---

[1]) Eleutherä lag am Abhange des Kithäron, auf dem Wege von Theben nach Athen.

[2]) Ueber die Länge der Sarissa, der Lanze der Macedonier, sehe man Rüstow und Köchly (Geschichte des griechischen Kriegswesens p. 238) und G. Grote history of Greece Bd. XII. S. 136.

unter die Andern, sondern ließ sie klagen, eilte zu der Fähre und
nahm einen Platz in Besitz, um bequem zu fahren: und auf der
Fahrt weinten sie und waren seekrank, ich ergötzte mich aber sehr
an ihnen. Diogenes. Ihr habt nun solche Reisegefährten getroffen, Krates und Antisthenes; mit mir kamen Blepsias, der
Wechsler aus Pisa, und der Akarnanier Lampis, der ein Söld-
nerkorps einst befehligte, und der reiche Damis aus Korinth herunter: dieser war an Gift gestorben, welches ihm sein eigener
Sohn beigebracht hatte, Lampis hatte sich aus Liebe zu der Hetäre
Myrtion umgebracht, und Blepsias, der unglückliche Mann, sollte
am Hunger daraufgegangen sein, und wirklich machten seine übermäßige Blässe und Magerkeit es wahrscheinlich. Obgleich ich es
wußte, fragte ich doch, auf welche Weise sie den Tod gefunden
hätten; als dann Damis Anklagen gegen seinen Sohn erhob,
sprach ich: dir ist doch von ihm ganz recht geschehen, wenn du
bei einem Vermögen von 1000 Talenten selbst im Alter von
neunzig Jahren schwelgtest und ihm, dem Jünglinge von achtzehn
Jahren, drei Obolen gabst. Und du, Akarnanier, — denn auch
er stöhnte und verfluchte die Myrtion — was tadelst du die
Liebe, anstatt dich selbst anzuklagen? der Held, der niemals vor
den Feinden floh, sondern kühn den Andern voran der Gefahr
entgegenging, ließ sich von der ersten besten Dirne durch erheuchelte
Thränen und Seufzer fangen. Blepsias hingegen machte sich
selbst die größten Vorwürfe, daß er so thöricht gewesen, seine
Schätze Erben, die ihn nichts angingen, aufzusparen, da der Tropf
für immer zu leben hoffte. Mir machte damals, wie gesagt, ihr
Aechzen nicht geringe Freude. Da wir aber nun schon an dem
Eingange sind, so wollen wir aus der Ferne die Ankommenden
beschauen und betrachten. Der Tausend! wie viele und von wie
verschiedener Art! alle weinen, außer diesen eben geborenen, un-
mündigen Kindern: auch die steinalten Greise klagen. Was ist
das? haben sie durch einen Zaubertrank die Liebe zum Leben ein-
gesogen? Diesen ganz Alten will ich fragen. Was weinst du?
du bist doch nicht etwa unwillig, daß du zu früh gekommen bist?
oder warst du etwa ein König? Der Bettler. O nein. Diogenes. Aber ein Satrap? Bettler. Auch das nicht. Dio-

genes. Warst du denn reich und betrübt es dich, daß du die
viele Ueppigkeit verlassen und sterben mußtest? Bettler. Nichts
von der Art, sondern ich war gegen neunzig Jahre alt geworden,
fristete mein kümmerliches Leben durch die Angelschnur, war blut-
arm, kinderlos und überdem lahm und blödsichtig. Diogenes.
Und unter diesen Umständen wolltest du leben? Bettler. Ja:
das Licht war so anmuthig und der Tod so schrecklich, so Grausen erregend. Diogenes. Du faselst, Alter, und widersetzest
dich dem Schicksal wie ein Knabe, trotzdem, daß du ein Alters-
genosse des Fährmanns bist. Was könnte man von den Jungen
sagen, wenn Leute dieses Alters das Leben lieben, die den Tod
als Heilmittel der Leiden des Alters wünschen müßten. Aber
wir wollen schon fortgehn, damit man uns nicht im Verdacht hat,
daß wir an Entlaufen denken, wenn man uns so am Eingange
herumschlendern sieht.

XXVIII.

Menippus und Tiresias [1]).

Menippus. Ob du noch blind bist, Tiresias, läßt sich
nicht leicht erkennen: denn wir alle haben gleichermaßen von den
Augen nur die Löcher: im Uebrigen könnte man nicht sagen, wer
der Phineus [2]), oder wer der Lynkeus war: daß du jedoch ein
Seher und einzig und allein Beides, Mann und Weib, gewesen
bist, weiß ich von den Dichtern. Sage mir nun bei den Göttern,
welches Leben hast du als angenehmer befunden, als du ein Mann,
oder als du ein Weib warst? Tiresias. Bei weitem das
Leben als Weib, Menippus: es ist bequemer. Die Weiber beherrschen die Männer, und sie haben weder nöthig, Krieg zu
führen, noch .auf der Mauer zu stehen, noch in der Volksver-

---

[1]) Der blinde Seher Tiresias ist aus Hom. Odyssee XI. und dem König Oedipus von Sophokles bekannt. Die in diesem Dialog von Lucian verspottete Mythe
erzählt Apollodor in seiner Bibliothek B. I.

[2]) Lynkeus nahm am Argonautenzuge Theil, er war ὀξυδερκέστατος:
über den blinden Seher Phineus cf. Apollon. Rhod. II. 254.

sammlung sich zu streiten, noch vor Gericht sich zur Rechenschaft ziehen zu lassen. **Menippus.** Hast du denn nicht gehört, Tiresias, was bei Euripides die Medea sagt, wie sie das Loos der Frauen und die unerträglichen Schmerzen beklagt, die sie im Wochenbett auszustehen haben? Sage mir aber — die Verse aus der Medea erinnerten mich daran — hast du auch einmal geboren, als du ein Weib warst, oder bliebst du in jenem Leben beständig unfruchtbar und kinderlos? **Tiresias.** Weshalb thust du diese Frage, Menippus? **Menippus.** Die Antwort darauf ist nicht schwer, Tiresias: gib sie mir, wenn sie dir keine Mühe macht. **Tiresias.** Unfruchtbar war ich nicht, doch habe ich auch nicht geboren. **Menippus.** Schon gut: ich wollte nur wissen, ob du so beschaffen warst, daß du eine Mutter werden konntest. **Tiresias.** Ja freilich. **Menippus.** Und hat sich die weibliche Natur nur so allmälig verloren, um der männlichen Platz zu machen, oder geschah die Verwandlung schnell und auf einmal? **Tiresias.** Ich sehe nicht, was deine Frage bezweckt: du scheinst mir überhaupt zu zweifeln, daß das wirklich gewesen ist. **Menippus.** Darf man an solchen Dingen nicht zweifeln, sondern muß man sie wie ein Einfaltspinsel, ohne zu untersuchen, ob sie möglich sind oder nicht, annehmen? **Tiresias.** Die andern Erzählungen glaubst du also auch nicht, wenn du hörst, daß Frauen in Vögel, Bäume oder wilde Thiere verwandelt wurden, wie es von der Aedon, oder der Daphne, oder der Tochter des Lykaon heißt? **Menippus.** Wenn ich diese antreffe, so werde ich erfahren, was sie sagen. Doch du, mein Bester, verkündetest du auch damals, wie später, die Zukunft vorher, als du ein Weib warst, oder lerntest du zugleich Mann und Seher sein? **Tiresias.** Siehst du, wie ganz unkundig du meiner Geschichte bist: daß ich einen Streit der Götter schlichtete, und daß Here mich meiner Augen beraubte, und daß Zeus als Trost für dies Leiden mir die Sehergabe verlieh. **Menippus.** Hältst du noch an den Lügen fest, Tiresias? doch das thust du nur nach der Seher Sitte: es ist eure Gewohnheit, nie ein vernünftiges Wort zu sagen.

XXIX.

Ajax und Agamemnon [1]).

Agamemnon. Wenn du dir im Wahnsinn selbst den Tod gabst, Ajax, und uns alle ermorden wolltest, weshalb klagst du den Odysseus an und gingst an ihm, dem Kriegskameraden und Gefährten, verächtlich im großen Schritte vorüber, ohne ihn anzusehen oder anzureden, als er neulich hierher kam, um von Tiresias die Zukunft zu erforschen? Ajax. Das geschah mit Recht, Agamemnon: denn er war allein an meinem Wahnsinn schuld, da er mir die Waffen streitig machte. Agamemnon. Verlangtest du keinen Gegner anzutreffen und ohne Kampf alles in Besitz zu bekommen? Ajax. Ja freilich, wenigstens solche Dinge: auf die Rüstung hatte ich Anspruch, da sie meinem Vetter gehörte. Und ihr Andern, die ihr weit bessere Männer seid, verzichtetet auf den Wettkampf und überließet sie mir, der Sohn des Laertes aber, den ich oftmals errettete, wenn er in Gefahr war, von den Phrygiern niedergemacht zu werden, dünkte sich besser und berechtigter zu sein, die Waffen zu haben. Agamemnon. Mache also der Thetis Vorwürfe, mein Edler, daß sie die Waffen brachte und sie als gemeinsamen Kampfpreis aussetzte, während sie dieselben dir, dem Verwandten, als Erbstück hätte übergeben sollen. Ajax. Nein, lieber dem Odysseus, der sie sich allein anmaßte. Agamemnon. Es ist verzeihlich, Ajax, wenn er als Mensch nach Ruhm, dem höchsten Gute, strebte, um dessentwillen auch jeder von uns sich Gefahren unterzog: er hat dich nun einmal besiegt und noch dazu nach dem Urtheil der Troer. Ajax. Ich weiß, wer die war, die mich verurtheilte: doch über die Götter darf man nichts sagen. Dem Haß gegen Odysseus könnte ich

---

[1]) Zum Verständniß dieses Gespräches muß man sich an Hom. Odyss. XI. 524 und die ff. erinnern.

[2]) Phrygier für Troer ist bei den lateinischen Dichtern und bei spätern griechischen Schriftstellern ein gewöhnlicher Ausdruck, mitunter, wie hier, nicht ohne begrabirenden Anflug.

aber nicht entsagen, Agamemnon, auch nicht, wenn Athene selbst mir dies befehlen würde.

XXX.

Minos und Sostratus.

Minos. Dieser Straßenräuber Sostratus wird in den Pyriphlegethon geworfen! der Tempelräuber hier wird von der Chimära zerrissen! der Thrann, Hermes, soll neben Tithos ausgestreckt werden und auch ihm sollen Geier die Leber zernagen, ihr Guten aber geht schnell in das elysische Gesilde fort und bewohnet die Inseln der Seligen zum Lohn, daß ihr im Leben gerecht thatet. Sostratus. Höre einmal, Minos, ob du glaubst, daß ich Gerechtes sage. Minos. Jetzt soll ich wieder hören? bist du nicht überführt, daß du ein Bösewicht seist und so viele getödtet habest? Sostratus. Freilich bin ich überführt, sieh aber zu, ob ich auch gerecht werde bestraft werden. Minos. Ja wohl, wenn es gerecht ist, die verdiente Strafe zu büßen. Sostratus. Gleichwohl antworte mir, Minos: ich will eine kurze Frage an dich richten. Minos. Sprich, aber nur kurz, damit ich alsbald auch die andern aburtheilen kann. Sostratus. Was ich im Leben that, that ich es freiwillig, oder war es mir von der Schicksalsgöttin bestimmt? Minos. Offenbar das letztere. Sostratus. Also handeln die Guten alle, und wir, die wir für schlecht gelten, im Dienst des Verhängnisses? Minos. Ja, im Dienste der Klotho, die jedem bei seiner Geburt zuweist, was er zu thun hat. Sostratus. Wenn nun Jemand von einem Andern gezwungen einen tödtet, da er dem, der ihn nöthigt, nicht widersprechen kann, z. B. ein Henker, der dem Richter, oder ein Trabant, der dem Thrannen gehorcht, wen wirst du als Urheber des Todes nennen? Minos. Offenbar den Richter oder den Thrannen, da man dem Schwerte selbst die Schuld nicht beimessen kann: denn dieses befindet sich als Werkzeug zur Befriedigung des Zornes im Dienste des ersten Urhebers. Sostratus. Das ist recht von dir, Minos, daß du mein Beispiel noch erweiterst.

Wenn aber Jemand, von seinem Herrn geschickt, Gold oder Silber bringt, wem muß man Dank wissen, oder wen als Wohlthäter aufzeichnen? Minos. Den Absender, Sostratus: denn
der Ueberbringer ist nur sein Diener. Sostratus. Siehst bu
nun, wie ungerecht du handeln wirst, wenn du uns strafen willst,
die wir die Befehle der Klotho ausführten, und diese ehren willst,
die in gleichem Dienste Gutes verrichteten, was ihnen nicht an-
gehört? Denn das könnte man nicht sagen, daß es möglich war,
sich ben Befehlen eines allgewaltigen Verhängnisses zu widersetzen.
Minos. Bei genauer Prüfung wirst du sehen, Sostratus, daß
vieles Andere auch nicht recht geschieht: doch soll dir deine Frage
Nutzen bringen, weil du nicht allein ein Räuber, sondern auch
ein Sophist zu sein scheinst. Binde ihn los, Hermes, seine Strafe
soll ihm erlassen sein. Nimm dich aber in Acht, daß du nicht
auch die andern Tobten gleiche Fragen stellen lehrst.

Anacharsis

oder

über die Gymnastik.

Anacharsis. Solon.

Anacharsis. Weßwegen thun dies eure Jünglinge, So=
lon? Die einen umschlingen einander und stellen sich ein Bein,
andere würgen und biegen einander und wälzen sich in dem Lehm
wie Schweine. Doch Anfangs salbten sie sich sogleich, nachdem
sie die Kleider abgelegt, mit Oel, wie ich bemerkte, und der eine
bestrich den andern umzech ganz friedlich, danach, ich weiß nicht,
was ihnen eingefallen ist, stoßen sie einander mit zusammenge=
neigten Köpfen und schmettern die Stirnen an einander, wie die
Widder. Und sieh, wenn jener dort den andern an den Beinen
aufgehoben und ihn zu Boden geworfen hat, so fällt er über ihn
her, stößt ihn tiefer in den Lehm und läßt ihn nicht hervorkom=
men, zuletzt umschlingt er schon seinen Bauch mit den Beinen,
stützt den Ellbogen auf seine Kehle und würgt den Armen, dieser
aber klopft ihm auf die Schulter, er fleht ihn, glaub' ich, an,
er möge ihn nicht ganz ersticken. Auch nicht einmal wegen des
Oels nehmen sie sich in Acht, sich zu beschmutzen, vielmehr be=
decken sie sich mit Schmutz, so daß man das Salböl nicht be=
merken kann, und machen mich bei ihrer starken Transspiration
herzlich lachen, da sie wie Aale sich aus den Händen entschlüpfen.
Andere treiben im Vorhofe unter freiem Himmel eben dasselbe,

diese jedoch nicht im Lehm, sondern in einer Vertiefung, wo Sand hoch aufgeschüttet ist, bestreuen sich damit und bewerfen sich absichtlich mit Staub nach Art der Hähne, damit sie, denk' ich, beim Fassen einander weniger entgleiten, weil der Sand die Schlüpfrigkeit benimmt und an den trockenen Stellen fester fassen läßt. Wieder Andere stehen mit Sand bedeckt aufrecht, fallen desgleichen über einander her und schlagen und stoßen sich. Dieser unglückselige Mensch da wird, wie es scheint, auch seine Zähne ausspucken, so ist sein Mund mit Staub und Blut angefüllt, weil er, wie du siehst, mit der Faust einen Schlag auf den Backenknochen bekommen hat. Doch bringt sie der Beamte dort, — aus seinem Purpurkleide schließe ich, daß es einer der Beamten sei — gar nicht einmal aus einander und macht ihrem Kampfe kein Ende, vielmehr hetzt er sie an und belobt den, der den Schlag gegeben hat. Anderswo sind alle andern eifrig dabei, springen wie im Laufen in die Höhe, obgleich sie an derselben Stelle bleiben, und schlagen mit gemeinschaftlichen Sprüngen die Luft. Ich möchte nun gern wissen, welchen nützlichen Zweck dies hat; mir meines Theils scheint die Sache mehr nach Wahnsinn auszusehen und man könnte mich nicht leicht zu der Ueberzeugung bringen, daß diejenigen, die damit beschäftigt sind, bei Sinnen sind. Solon. Ganz natürlich erscheinen dir, lieber Anacharsis, diese Dinge, weil sie dir fremd sind und von den scythischen Gebräuchen weit abweichen, in diesem Lichte, wie auch ihr vermuthlich Vieles lernt und treibt, was uns Hellenen wunderlich vorkommen würde, wenn einer von uns dabei stände, wie du jetzt bei uns. Allein, beruhige dich, mein Guter! Das ist nicht Wahnsinn und diese schlagen und wälzen einander im Lehme und bestreuen sich mit Sand nicht aus Uebermuth, sondern die Sache nützt auf eine ganz ergötzliche Weise und kräftigt die Körper nicht wenig. Wenn du nun, wie ich hoffe, länger in Hellas verweilst, so wirst du binnen Kurzem auch einer von denen sein, die sich mit Lehm und Sand bestreuen, so ergötzlich und nützlich zugleich wird dir diese Sache erscheinen. Anacharsis. Bei Leibe nicht, Solon, diese Vortheile und Vergnügungen sollt ihr für euch behalten, wenn mich aber einer von euch dazu bringen wollte, so wird er wissen, daß wir nicht umsonst mit dem Schwerte umgürtet sind. Doch sage mir, wie nennt ihr das, was da geschieht, oder was machen die da? Solon. Den Ort selbst nennen wir Gymnasium, Anacharsis, und er ist dem lyceischen Apollo heilig. Dort siehst du seine Bildsäule, jenen, der sich an den Pfeiler lehnt, der in der Linken den Bogen hat, während die über den Kopf zurückgebogene Rechte zeigt, daß der Gott nach langer Anstrengung sich ausruht. Von den Uebungen heißt jene, die im Lehme vorgenommen wird, Ringkampf, die auf dem Sande Befindlichen ringen desgleichen, diejenigen, die in aufrechter Stellung auf einander losschlagen, sind mit dem Pankratium beschäftigt. Es gibt aber bei uns noch andere Uebungsschulen für den Faustkampf, für das Werfen mit dem Diskus und für das Wettspringen, und in allen diesen Fertigkeiten stellen wir Wettkämpfe an, und der Sieger gilt für den Besten seiner Zeitgenossen und trägt die Preise davon. Anacharsis. Was habt ihr denn für Preise? Solon. Zu Olympia ist es ein Kranz vom wilden Oelbaum, bei den isthmischen Spielen einer von der Fichte, in Nemea einer aus Eppich, in Pytho sind es Aepfel von den dem Gotte heiligen, bei uns, bei den Panathenäen, das Oel von der heiligen Olive. Was lachst du, Anacharsis? kommen dir diese Dinge geringfügig vor? Anacharsis. O nein, Solon, du hast hochehrwürdige Kampfpreise hergezählt, auf deren Größe diejenigen, die sie aussetzen, sich etwas einbilden können, und die es werth sind, daß die Wettkämpfer selbst alles daran setzen, um sie zu verdienen, daß sie für Aepfel und Eppich so viele Mühen und Gefahren bestehen, indem sie sich gegenseitig würgen und einander die Gliedmaßen zerbrechen, als wenn es nicht jedem, der danach Verlangen hat, frei stünde, ohne Mühe eine Menge von Aepfeln zu haben, oder sich mit Eppich oder einem Fichtenzweige zu bekränzen, ohne sich das Gesicht mit Lehm zu beschmieren und sich von den Gegnern mit dem Fuß in den Bauch stoßen zu lassen. Solon. Doch, mein Bester, wir sehen nicht auf die Gaben allein, sie sind nur die Kennzeichen und Merkmale, wer den Sieg errungen hat, der damit verbundene Ruhm aber ist es, der für den Sieg allen Werth hat, um dessentwillen sich sogar

stoßen zu lassen für diejenigen ehrenvoll ist, die durch Anstren=
gungen sich um einen guten Ruf bemühen; denn ohne Anstren=
gungen ließe sich dieser nicht gewinnen, vielmehr muß, wer nach
ihm strebt, im Anfange viel Beschwerliches ertragen, und dann
schon den angenehmen und frommenden Erfolg von den Mühsalen
abwarten. Anacharsis. Du meinst unter dem angenehmen
und frommenden Erfolge dies, Solon, daß alle Menschen sie be=
kränzt sehen und nach dem früheren Bedauern wegen der Schläge
sie wegen des Sieges preisen, während sie selber glückselig sein
werden, da sie für ihre Strapazen Aepfel und Eppich haben?
Solon. Du bist noch mit unsern Sitten unbekannt, sag' ich,
alsbald wirst du hierüber anders denken, wenn du nach den Fest=
versammluugen kommen und eine so große Menge Menschen, um
diese zu sehen, zusammenströmen und Zehntausende fassende Thea=
ter sich füllen und die Wettkämpfer gepriesen, den Sieger unter
ihnen den Göttern gleichgestellt sehen wirst. Anacharsis. Das
ist eben das Traurige, Solon, daß ihnen das nicht vor wenigen
begegnet, sondern vor so vielen Zuschauern und Zeugen der Miß=
handlung, die sie natürlich glücklich preisen, wenn sie sie von Blut
triefen, oder von den Gegnern gewürgt sehen, das ist fürwahr
das Glücklichste, was ihrem Siege anhaftet. Bei uns Scythen
aber, lieber Solon, wenn Jemand einen Bürger schlägt, oder ihn
anfällt und hinwirft und ihm die Kleider abreißt, belegen ihn
die Aelteren mit großen Strafen, wenn das auch nur vor weni=
gen Zeugen geschehen ist, nicht vor so großen Zuschauermassen,
wie du sie auf dem Isthmus oder zu Olympia schilderst. Doch
für die Wettkämpfer wandelt mich ein Gefühl der Sympathie
mit ihren Leiden an, über die Zuschauer aber, von denen du
bemerkst, daß die Trefflichsten von allen Seiten her zu den Fest=
versammlungen erscheinen, wundere ich mich sehr, wie sie ihre
nothwendigen Geschäfte aufgeben und zu solchen Dingen Zeit
haben; auch das kann ich nicht begreifen, daß es sie ergötzt,
Menschen zu sehen, die sich schlagen und mit einander ringen,
die sich gewaltsam auf die Erde werfen und sich einander die
Glieder zerschmettern. Solon. Wenn jetzt die Zeit der Olym=
pien oder Isthmien oder Panathenäen wäre, Anacharsis, so würde

dich die Sache selbst lehren, daß wir nicht ohne Grund einen so hohen Werth hierauf legen. Durch eine bloße Schilderung könnte man dir nicht ein solches Gefallen an den dortigen Vorgängen beibringen, als wie wenn du selber unter den Zuschauern sitzend die Trefflichkeit der Männer sähest, die Schönheit der Körper, die bewundernswürdigen Konstitutionen, ihre hohe, erfahrene Geschicklichkeit, ihre unbezwingliche Kraft, die Kühnheit, den Ehrgeiz, den unbesiegten Sinn und das unabläffige Streben nach dem Siege; ich weiß gewiß, daß du nicht aufhören würdest, durch Ausrufe und Klatschen deinen Beifall zu bezeugen. Anacharsis. Ohne alle Frage, Solon, und obendrein nicht aufhören zu lachen und zu spötteln; denn alles, was du aufzähltest, die Trefflichkeit, die gute Konstitution, die Schönheit und Kühnheit geht euch, wie ich sehe, um keines großen Zweckes willen verloren, weder für die Vaterstadt, die sich in Gefahr befindet, noch für die Ländereien, die der Feind verwüstet, noch für Freunde und Angehörige, die schmachvoll fortgeschleppt werden. Daher verdienten sie um so mehr ausgelacht zu werden, wenn sie, wie du sagst, die allertrefflichsten sind und ohne Grund solches erleiden, Strapazen bestehen und ihre Schönheit und Größe durch Sand und Brauschen entstellen, um als Sieger in den Besitz einiger Aepfel und eines Oelzweiges zu gelangen, denn es macht mir Vergnügen, immer an diese Kampfpreise zu denken; sage mir, bekommen sie alle Wettkämpfer? Solon. Nein, sondern nur der eine, der alle überwunden hat. Anacharsis. Also wegen des ungewissen und zweifelhaften Sieges mühen sich so viele ab und noch dazu, trotzdem sie wissen, daß der Sieger durchaus nur einer, daß der Ueberwundenen sehr viele sein werden, welche Unglücklichen umsonst Schläge, mitunter sogar Wunden bekommen? Solon. Von richtiger Staatsverfassung, Anacharsis, scheinst du noch nichts zu verstehen, sonst würdest du die schönsten Gebräuche nicht zum Gegenstande des Tadels machen. Wenn du dich aber einmal wirst befleißigt haben, zu wissen, wie eine Stadt am besten verwaltet wird und wie ihre Bürger am trefflichsten sein werden, so wirst du diese Uebungen und den Ehrgeiz, den wir auf sie verwenden, loben, und wirst wissen, daß ihren Beschwerden ein großer Nutzen beigemischt ist, wenn es jetzt auch den Anschein hat, als würden sie umsonst betrieben. Anacharsis. Aus keinem andern Grunde, Solon, bin ich aus Scythien zu euch gekommen, bin so viel Land durchwandert und über das große, stürmische schwarze Meer gesetzt, als um die Gesetze der Hellenen zu studiren, ihre Gebräuche zu beobachten und die beste Staatsverfassung kennen zu lernen. Deshalb wählte ich dich vorzüglich auf deinen Ruf hin unter allen Athenern zu meinem Freunde und Gastfreunde, weil ich hörte, daß du ihnen Gesetze geschrieben, die besten Gebräuche aufgefunden und sie zu nützlichen Gewohnheiten angeleitet, kurz ihnen ein staatliches Leben eingerichtet habest. So belehre mich denn so bald als möglich und mache mich zu deinem Schüler, ich werde gern, ohne zu essen und zu trinken, so lange du zu sprechen vermagst, an deiner Seite sitzen und dich mit geöffnetem Munde über Verfassung und Gesetze sprechen hören. Solon. Die ganze Materie, mein Freund, läßt sich nicht leicht in wenig Worten durchgehen, du sollst aber nach und nach unsere Meinungen über die Götter und Eltern oder über die Ehe und Anderes vernehmen. Was wir aber über die Jünglinge denken und wie wir sie behandeln, wann sie zuerst anfangen, das Bessere zu verstehen und sich körperlich zu Männern auszulegen und Anstrengungen zu ertragen, das will ich dir schon entwickeln, damit du lernst, weßhalb wir ihnen diese Uebungen auferlegt haben und sie zwingen, ihren Körper auszuarbeiten, nicht allein um der Wettkämpfe willen, damit sie die Preise gewinnen können — denn dazu kommen überhaupt nur sehr wenige aus der ganzen Anzahl, sondern wir bezwecken hierdurch zugleich etwas Höheres für die ganze Stadt und für sie selbst, denn allen guten Bürgern liegt ein gemeinsamer Wettkampf vor und ein Kranz, den es gilt, nicht einer von der Fichte und dem wilden Oelbaum und aus Eppich, vielmehr der, welcher die ganze menschliche Glückseligkeit in sich umschließt, ich meine damit die Freiheit eines jeden Einzelnen und des Vaterlandes im Allgemeinen, Reichthum, Ruhm, den Genuß der von den Vätern ererbten heiligen Feste, das Wohl der Angehörigen, mit einem Worte, das Schönste, was Einer sich von den Göttern erflehen könnte. Alles das windet

sich in den Kranz, den ich meine, und erwächst aus dem Wett=
kampfe, zu dem diese Mühen und Uebungen die Vorbereitungen
sind. Anacharsis. Und dann erzählst du mir, du wunderlicher Mann, da du solche und so große Kampfpreise zu nennen
hast, von Aepfeln und Eppich und dem Zweige der wilden Olive
und Fichte? Solon. Auch das, lieber Anacharsis, wird dir
nicht mehr gering vorkommen, wenn du verstanden haben wirst,
was ich sage; denn es entsteht aus demselben Gedanken und
alles sind kleine Theile jenes größeren Wettkampfes und des be-
glückenden Kranzes, von dem ich sprach. Unser Gespräch aber
übersprang, ich weiß nicht wie, die Reihenfolge, und erwähnte
früher die Vorgänge auf dem Isthmus, zu Olympia und Nemea;
wir werden aber leicht, da wir Muße haben und du gern hören
willst, auf den Anfang und den gemeinsamen Wettkampf zurück=
gehen, um dessentwillen, wie ich behaupte, dies alles betrieben
wird. Anacharsis. So ist es besser, Solon, unser Gespräch
wird methodischer fortschreiten, und vielleicht könnte mich dies bereden, auch darüber nicht mehr zu lachen, wenn ich Einen auf
seinen Oliven= oder Eppichkranz sich etwas einbilden sehe. Wenn
es dir recht ist, so laß uns dort in den Schatten gehen und uns
auf der Bank niedersetzen, damit uns nicht das Geschrei derer,
die den Ringenden zurufen, belästige; außerdem wird es mir, frei
herausgesagt, nicht leicht, die stechende, glühende Sonne, die meinen bloßen Kopf trifft, zu ertragen; meinen Hut beschloß ich zu
Hause abzulegen, um nicht durch meine fremdartige Tracht unter
euch aufzufallen. Es ist gerade die Jahreszeit, in welcher der
Stern, den ihr den Hundsstern nennt, am glühendsten ist, alles
verbrennt und die Luft trocken und durchglüht macht, und die am
Mittag senkrecht über dem Kopf stehende Sonne den Körper mit
dieser unerträglichen Hitze plagt. Daher wundere ich mich, wie
du, bereits ein alter Mann, bei der Wärme weder schwitzest, wie
ich, noch überhaupt von ihr belästigt zu werden scheinst, und dich
nach keinem schattigen Plätzchen zum Untertreten umsiehst, viel=
mehr die Sonne mit solcher Leichtigkeit erträgst. Solon. Diese
zwecklosen Anstrengungen, Anacharsis, das unablässige Wälzen im
Lehm und die Strapazen unter freiem Himmel im Sande geben

uns dieses Deckungsmittel gegen die Angriffe der Sonne, und wir brauchen nicht mehr einen Hut, um zu verhindern, daß die Strahlen unsern Kopf treffen. Wir wollen aber dahin gehen. Betrachte jedoch ja nicht, was ich zu dir sagen werde, als Gesetze, denen du unbedingt glauben mußt, sondern widersprich mir sogleich, wo dir etwas nicht richtig scheint und verbessere die aufgestellten Behauptungen; auf diese Weise werden wir unter allen Umständen einen von zwei Fällen erreichen, entweder wirst du fest überzeugt werden, nachdem du geäußert, was deiner Meinung nach sich dagegen sagen läßt, oder ich werde belehrt werden, daß meine Ansicht hierüber nicht die richtige ist. Und die ganze Stadt der Athener wird sich beeilen, dir hiefür ihren Dank zu bekennen; durch alles, was du mir beibringst, und worin du mich zum Bessern überredest, wirst du ihr am meisten nützen; denn ich werde ihr nichts verbergen, es sogleich zum Gemeingut machen und in der Pnyx auftretend zu allen sagen: Ich habe euch, o Athener, diejenigen Gesetze gegeben, die ich für die Stadt am nützlichsten hielt, dieser Fremdling hier, Anacharsis, ist aber zwar ein Scythe, vermöge seiner Weisheit jedoch hat er mich anders belehrt, und mich mit besseren Unterweisungen und Gebräuchen bekannt gemacht. Daher zeichnet den Mann als euern Wohlthäter auf und stellt ihn in Erz neben den Eponymoi oder neben der Athene auf der Burg auf. Und sei überzeugt, daß die Stadt der Athener sich nicht schämen wird, von einem Barbaren und Fremdling das Nützliche zu lernen. Anacharsis. Also das war es, was ich von euch Athenern hörte, daß ihr in euren Reden ironisch wäret. Woher könnte ich wohl, ein umherirrender Nomade, der auf seinem Wagen gelebt hat, ein Land mit dem andern gewechselt, eine Stadt aber weder jemals bewohnt, noch sie sonst, als jetzt, gesehen hat, über Verfassung sprechen und Autochthonen belehren, die diese uralte Stadt schon so lange in Wohlgesetzlichkeit bewohnt haben, und namentlich dich, Solon, für den von Anfang an es ein Gegenstand des Studiums war, zu wissen, wie eine Stadt am Besten verwaltet und durch die Anwendung welcher Gesetze sie am glücklichsten sein könnte? Nur darin werde ich dir, als meinem Gesetzgeber, gehorchen, daß ich

dir widerspreche, wenn mir etwas nicht richtig behauptet zu werden scheint, um sicherer zu lernen. Da sind wir ja auch schon
der Sonne entgangen und haben einen angenehmen, bequemen
Platz auf der kühlen Steinbank im Schatten. Wiederhole mir
nun von Anfang, weßhalb ihr die jungen Leute sogleich vom
Knabenalter ab mühsam ausbildet, und wie sie auch der Lehm
und diese Uebungen zu den besten Männern machen und was der
Sand und das Herumwälzen in demselben ihnen zur Tugend bei-
trägt. Das wünschte ich gleich Anfangs vorzüglich zu hören;
das Uebrige wirst du mich, gelegentlich Jegliches zu seiner Zeit
lehren. Behalte jedoch während deiner Auseinandersetzung im
Gedächtniß, lieber Solon, daß du zu einem Barbaren sprechen
wirst: ich sage es, damit du dich so deutlich und kurz als möglich ausdrücken mögest, weil ich fürchte, ich dürfte das erste vergessen, wenn ein langer Strom Worte darauf folgt. Solon.
Du selbst wirst dir das besser eintheilen können, Anacharsis; wo
dir meine Worte nicht recht deutlich oder von Ungefähr abzu-
schweifen scheinen, wirst du inzwischen fragen und die Länge meiner Rede zerschneiden. Gehört aber, was ich sage, treffend zur
Sache, so wird es, denk' ich, nichts schaden, wenn ich mich nicht
kurz fasse. Auch bei dem Senat des Areopag, der bei uns die
Mordsachen entscheidet, ist folgendes Verfahren üblich: Wenn er
auf dem Hügel zu einer Sitzung zusammentritt, um über Mord
oder absichtliche Verwundung oder Brandstiftung Recht zu sprechen,
so bekommen beide Parteien das Wort, erst spricht der Kläger,
dann der Beklagte entweder selber, oder sie lassen Redner, die für
sie sprechen, auftreten. So lange sie über die Sache sprechen,
läßt der Senat sie gewähren und hört ruhig zu. Wenn aber
Jemand eine Vorrede anbringt, um die Richter günstiger zu
stimmen, oder ihr Mitleid erregt, oder die Sache durch außer ihr
liegende Zuthaten vergrößert, welcherlei Kunstgriffe die Söhne der
Beredtsamkeit häufig vor Gericht anwenden, so tritt der Herold
sogleich hervor und gebietet ihnen Stillschweigen, weil es nicht
erlaubt ist, vor dem Senate zu schwätzen und der Sache durch
den Vortrag einen Anstrich zu verleihen, damit die Areopagisten
nichts weiter als den nackten Thatbestand sehen. Aus diesem

Grunde ernenne ich dich jetzt, mein lieber Anacharsis, zum Areo-
pagiten und fordere dich auf, mich nach dem Brauche dieses
Senates anzuhören und mir Schweigen zu gebieten, wenn du
merkst, daß ich mich in rhetorischen Künsten ergehe. So lange ich
bei der Stange bleibe, soll es mir frei stehen mich auszulassen;
wir werden ja nicht mehr in der Sonnenglut disputiren, so daß
ein verlängerter Vortrag lästig fallen könnte, wir befinden uns
im Gegentheil im tiefen Schatten und haben Muße. Anacharsis. Das hat meinen Beifall, Solon, und ich weiß dir auch
schon hiefür nicht geringen Dank, daß du mich nebenbei das Verfahren des Areopag gelehrt hast, welches in der That bewundernswürdig ist und Richtern geziemt, die sich bei ihrer Abstimmung nur von der Wahrheit leiten lassen wollen. So sprich
denn nun schon und ich werde dich in der Funktion eines Areo-
pagiten, wozu du mich ernanntest, nach der Sitte meines Senates anhören. Solon. Zuvor mußt du in Kürze unsere Ansichten über Stadt und Bürger vernehmen. Unter Stadt verstehen wir nicht die Gebäude, z. B. Mauern, Tempel oder Schiffs-
werften, sondern diese sind zwar gleichsam als ein fester und un-
beweglicher Körper zur Aufnahme und Sicherheit der Staatsan-
gehörigen vorhanden, alles Gewicht aber legen wir in die Bürger
selbst; diese sind es, die Jegliches erfüllen und ordnen, vollenden
und erhalten, wie etwa in Jedem von uns die Seele lebt. Bei
dieser unserer Erkenntniß sorgen wir zwar, wie du siehst, auch
für den Körper der Stadt, indem wir ihn schmücken, damit er
möglichst schön und im Innern mit Gebäuden versehen und außerhalb von diesen Ringmauern zur größtmöglichen Sicherheit um-
schlossen sei. Alles hat aber bei uns diesen Hauptzweck, daß die
Bürger geistig wacker und körperlich tüchtig seien, denn derartige
Männer, glauben wir, werden im Frieden in einer nützlichen Ge-
meinschaft leben und im Kriege die Stadt erretten und frei und
glücklich erhalten. Ihre erste Erziehung überlassen wir Müttern,
Ammen und Begleitern, damit sie unter der eines Freien würdigen Zucht und Leitung heranwachsen, wenn sie aber schon ein
Verständniß für das Rechte und Schöne bekommen und Scheu,
Erröthen, Furcht und Streben nach dem Besten in ihnen empor-

wächst, und ihre Körper gedrungener und kräftiger werden, so
daß sie den Anstrengungen gewachsen scheinen, dann übernehmen
wir schon ihre Unterweisung, lassen sie etwas lernen und nehmen
geistige Uebungen mit ihnen vor und gewöhnen außerdem ihre
Körper an Strapazen; denn es schien uns nicht ausreichend, daß
Jeder körperlich und geistig so bleibe, wie ihn die Natur schuf,
sondern wir bedürfen für sie der Bildung und der Wissenschaften,
die voraussichtlich die gut Gearteten bei weitem verbessern und
die Schlechten zum Bessern umformen werden. Und wir nehmen
uns die Landleute zum Vorbilde, welche die Gewächse, so lange
sie niedrig und klein sind, schützen und umpferchen, damit sie nicht
von den Winden beschädigt werden, wenn aber das Bäumchen
schon stämmig wird, dann schneiden sie die wuchernden Aeste ab
und machen es kräftiger, indem sie es von den Winden rütteln
und durchschütteln lassen. Zuerst fachen wir ihren Geist durch
Musik und Rechnen an und lehren sie schreiben und deutlich lesen.
Wenn sie Fortschritte machen, tragen wir ihnen schon die Denk-
sprüche der Weisen, die Thaten und nützlichen Worte der Vorzeit,
und zwar in Verse gebracht, damit sie dieselben besser behalten,
vor. Wenn sie nun von Heldenthaten und durch Gesang gefeierten Handlungen hören, von welcher Art Homer und Hesiod
uns viele erzählen, so regt sie das allmälig zur Nacheiferung
an, damit sie selber auch von den Nachkommen gepriesen und bewundert würden. Tritt aber nun schon der Augenblick ein, wo
sie sich mit Angelegenheiten des Gemeinwesens befassen müssen,
so — doch das gehört vielleicht nicht zum vorliegenden Gegenstande; wir beabsichtigten ja anfänglich nicht zu sagen, wie wir
ihren Geist bilden, sondern weßhalb wir es für nöthig erachten,
sie in solchen Anstrengungen zu üben. Deßhalb erlege ich mir
selbst Stillschweigen auf, ohne den Herold, oder dich, den Areo-
pagiten, abzuwarten; du, denk' ich, läßest mich so viel nicht zur
Sache Gehöriges schwatzen aus bloßer Scheu mich zu unterbrechen.
Anacharsis. Sage mir einmal, Solon, hat der Senat für
diejenigen, die auf dem Areshügel nicht das Nothwendigste sagen,
sondern verstummen, keine Strafe ausgedacht? Solon. Weßhalb fragst du mich das? ich sehe es noch nicht. Anacharsis.

Weil du das Schönste, was ich am liebsten hören würde, über=
gehst, und von dem weniger Nothwendigen, den Leibesübungen
und der Ausarbeitung des Körpers, zu sprechen gedenkst. So=
lon. Weil ich unserer ursprünglichen Bestimmungen eingedenk
bin, mein edler Freund, und meine Rede nicht abschweifen lassen
will, damit ihr Hinzuströmen dein Gedächtniß nicht verwirre.
Doch auch davon will ich so kurz als möglich sprechen; eine ge=
naue Erwägung dieser Dinge müßte aber einer andern Unter=
suchung vorbehalten bleiben. Ihrem Geist also bringen wir den
gehörigen Takt bei, indem wir sie die Staatsgesetze lernen lassen,
die in großen Buchstaben aufgeschrieben öffentlich ausgestellt sind,
um von allen gelesen zu werden, die befehlen, was man thun
und wessen man sich enthalten muß; sodann ferner durch den Um=
gang mit guten Männern, die sie lehren gehörig sprechen und
gerecht handeln, als Gleichberechtigte mit einander leben, nicht
nach dem Häßlichen verlangen, das Schöne erstreben und nichts
Gewaltthätiges thun. Diese Männer nennen wir Sophisten und
Philosophen. Auch versammeln wir sie in das Theater und bil=
den sie von Staatsseiten durch Komödien und Tragödien, wo sie
die Tugenden und die Schlechtigkeiten der Männer der Vorzeit
sehen, damit sie von diesen sich abwenden und nach jenen streben.
Den Komikern gestatten wir diejenigen Bürger zu verspotten und
zu verhöhnen, von denen sie bemerken, daß sie Schimpfliches und
der Stadt Unwürdiges treiben, theils um ihrer selbst willen, denn
durch diese Schmähungen werden sie gebessert, theils um der Menge
willen, damit sie Vorwürfe ähnlichen Grundes vermeide. Ana=
charsis. Die Komödien= und Tragödienschauspieler, von denen
du sprichst, habe ich gesehen, Solon, wenn es die mit dem hohen
schweren Fußzeuge sind, die mit Goldflittern besetzte Gewänder
und possirliche Helme mit einer gewaltigen Mundöffnung auf
dem Kopfe haben, aus denen sie laut herausschreien; auch begriff
ich nicht, wie sie in den Schuhen sicher gehen konnten. Zu Ehren
des Dionysos, glaub' ich, beging damals die Stadt ein Fest.
Die Komiker waren kleiner, als diese, gingen auf ihren eigenen
Füßen, sahen mehr nach Menschen aus und schrieen weniger, ihre
Helme jedoch waren noch weit spaßhafter und das ganze Theater

lachte über sie, jene hoch Einherschreitenden hörten alle mit trau=
rigen Gesichtern an, vermuthlich aus Mitleiden, daß sie so große
Fesseln an ihren Füßen schleppen müssen. Solon. Nicht ihnen
galt das Mitleiden, mein Guter, sondern der Dichter stellte viel=
leicht eine traurige Begebenheit aus der Vorzeit vor den Zu=
schauern dar und deklamirte Mitleid erregende Reden vor dem
Theater, von denen die Zuhörer zu Thränen gerührt wurden.
Vermuthlich hast du damals auch einige gesehen, welche die Flöte
spielten, und andere, die ringsum stehend dazu sangen. Auch
diese Musik und Gesänge sind nicht ohne Nutzen, lieber Anachar=
sis; kurz, alle diese und ähnliche Anstalten haben den Zweck,
ihren inneren Sinn zu schärfen und zu veredeln.

Um nun auf das zu kommen, was du vorzüglich zu hören
wünschtest, ihre Leibesübungen stellen wir in folgender Weise an:
Wenn ihr Körper nicht mehr zu zart ist und schon eine gewisse
Konsistenz bekommen hat, so nehmen wir ihnen, wie gesagt, die
Kleider ab und gewöhnen sie daran, in jeglichen Jahreszeiten die
Luft zu ertragen, damit weder die Hitze sie belästige, noch die
Kälte sie untauglich mache, dann lassen wir sie sich mit Oel sal=
ben und sich geschmeidig machen, um mehr Spannkraft zu erlan=
gen. Denn es würde thöricht sein, wenn wir glauben, daß das
leblose Leder, durch Oel erweicht, schwerer breche und weit halt=
barer werde, und nicht dafür hielten, daß der noch des Lebens
theilhafte Körper durch Oel in eine bessere Verfassung gebracht
werden würde. Hierauf denken wir mannigfache Uebungen aus,
setzen einer jeden einen Lehrer vor und lehren den Einen ringen,
den Andern das Pankratium, damit sie sich gewöhnen, die Stra=
pazen auszuhalten, auf die Schläge loszugehen und nicht aus
Furcht vor Wunden sich wegzuwenden. Dies verschafft uns zwei
nützliche Erfolge, es macht sie muthig zu den Gefahren und be=
wirkt, daß sie ihre Person nicht schonen und daß sie außerdem
stark und kräftig sind. Diejenigen, die mit nach unten geboge=
nem Kopfe ringen, lernen hinfallen, ohne sich zu beschädigen, leicht
aufstehen, stoßen und sich fassen, den Gegner würgen und ihn in
die Höhe heben. Diese Uebungen sind nicht ohne Nutzen, eines
erlangen sie zuerst und hauptsächlich ohne Frage dadurch: durch

diese Ausarbeitung wird ihr Körper unempfindlicher und kräftiger.
Auch das zweite ist nicht gering anzuschlagen, sie werden hierdurch
erfahren, wenn sie einmal dazu kommen, das Gelernte in den
Waffen anzuwenden. Denn offenbar wird ein Solcher einen
Feind beim Ringen durch Unterstellen des Beins schneller nieder-
werfen, und wenn er selbst hinfällt, wird er wissen leicht aufzu-
stehen. Alle diese Eigenschaften, lieber Anacharsis, erwerben wir
uns zu jenem Wettkampf in den Waffen und glauben, daß so
Eingeübte weit brauchbarer sein werden, wenn wir zuvor ihren
nackten Körper geschmeidig und durch Ausarbeiten kräftiger und
stärker, nicht minder leicht und spannkräftig als wuchtvoll zum
Kampf mit den Gegnern gemacht haben. Denn was hierauf
folgt, begreifst du, denk' ich, wie beschaffen aller Wahrscheinlichkeit nach diejenigen mit den Waffen in der Hand sein werden,
die schon nackt den Feinden Schreck einflößen, keine träge, milch-
farbene Fleischigkeit oder mit Blässe verbundene Hagerkeit wie in
der Stubenluft verkümmerte Weiber zeigen, nicht von Schweiß
triefend beben und unter dem Helm keuchen, namentlich wenn die
Sonne, wie jetzt, mittäglich brennt. Was könnte man mit solchen
Soldaten anfangen, die von Durst geplagt werden, den Staub
nicht ertragen und, wenn sie nur Blut sehen, sogleich in Verwirrung gerathen und sterben, noch bevor sie in die Schußweite kommen und mit den Feinden handgemein werden? Diese Unsrigen
dagegen haben eine rothe, von der Sonne etwas dunkelbraun ge-
färbte Gesichtsfarbe, und weil sie sich einer so guten Konstitution
erfreuen, sieht man ihnen das Leben, das Feuer und die Tapferkeit an, sie sind weder hager und vertrocknet, noch plump bis zur
Unbehülflichkeit, sondern von einer symmetrisch umschlossenen Wohlgestalt, das überflüssige, unbrauchbare Fleisch haben sie durch
Schwitzen fortgeschafft und verbraucht, was aber Stärke und
Muskulatur gewährt, das ist, von allem untauglichen Beisatz ge-
reinigt, in voller Kraft ihnen geblieben. Was für den Weizen
das Worfeln ist, das sind für den Körper die Leibesübungen;
die Spreu und die Hacheln fliegen davon, die Frucht sammelt sich
rein und gesäubert zum Haufen. Und aus diesen Ursachen müssen
sie gesund sein und die Strapazen unglaublich lange aushalten,

solche werden spät zu schwitzen anfangen und man wird sie selten
matt und krank sehen. Wie wenn Jemand Feuer in den Weizen
zugleich und in dies Stroh und die Spreu werfen wollte — um
wieder auf mein Beispiel von dem Worfler zurückzukommen —
das Stroh bei weitem schneller, denk' ich, sich entzünden, der
Weizen aber nur allmälig und weder in lichterloher Flamme,
noch auf einmal, sondern nur langsam schwellend später endlich
verbrennen würde, — ebenso wird eine den so beschaffenen Kör=
per befallende Krankheit oder Strapaze ihn nicht leicht bezwingen
und bewältigen, denn im Innern ist er wohl eingerichtet und von
außen stark gewappnet, so daß er weder die Sonne, noch die
Kälte zur Schädigung des Körpers einläßt und aufnimmt. Und
das durch die Anstrengungen Absorbirte ergänzt die seit lange
bereitete und zum nothwendigen Gebrauch aufbewahrte Wärme
aus dem Innern hervorströmend sogleich, feuchtet die Kraft an
und macht sie außerordentlich lange unermüdlich; denn die vielen
vorher bestandenen Mühen und Strapazen bewirken nicht einen
Verbrauch, sondern eine Zunahme der Kraft, und durch Anregung
vermehrt sich dieselbe.

Sodann suchen wir sie auch zu tüchtigen Läufern zu bilden,
indem wir sie gewöhnen, sowohl möglichst lange auszuhalten, als
auch eine große Strecke mit möglichster Geschwindigkeit zurückzu=
legen. Und der Lauf findet nicht auf festem oder hartem Boden
statt, sondern in tiefem Sande, wo sie weder fest auftreten, noch
sich stützen können, weil der Fuß ihnen immer unter dem ent=
gleitenden Boden fortrutscht. Ferner üben wir sie über einen
Graben, für den Fall daß auch das einmal nöthig ist, oder über
sonst ein Hinderniß zu springen, wobei sie noch große Bleikugeln
in den Händen haben. Ueberdem wetteifern sie mit einander,
einen Speer möglichst weit zu werfen. Du sahst auch ein an=
deres, rundes, einem kleinen Schilde ohne Handhabe und Trag=
riemen gleichendes Werkzeug in dem Gymnasium liegen, mit dem
du dich versuchtest und das dir schwer und wegen seiner Glätte
nicht leicht faßbar vorkam. Auch diese Scheibe werfen sie in die
Höhe und in die Ferne, wobei Jeder möglichst weit zu kommen

und den Andern zu überholen sucht, und diese Anstrengung stärkt ihre Schultern und verleiht den Händen und Zehen Spannkraft.

Nun höre noch, mein werther Freund, weßhalb für sie der Boden mit Lehm und Sand bedeckt ist, was dir anfänglich lächerlich vorkam; erstlich, damit sie nicht auf einen harten, sondern einen weichen Boden niederfallen, um sich dabei nicht Schaden zu thun; sobann muß ihre Schlüpfrigkeit, wenn sie in dem Lehm zu schwitzen anfangen, größer werden, worin du sie mit Aalen verglichst, was nicht nutzlos und lächerlich ist, vielmehr trägt auch das nicht wenig zur Stärke und Spannkraft bei, wenn sie in dieser Verfassung gezwungen werden, einander fest zu fassen und den entgleitenden Gegner festzuhalten. Glaube ja nicht, daß es etwas kleines sei, einen mit Oel Gesalbten, der stark transspirirt, im Lehm aufzuheben, wenn er sich noch dazu bemüht, zu entschlüpfen und den Händen zu entgehen. Alles das ist, wie ich vorhin sagte, für den Krieg nützlich, wenn es nöthig ist, einen verwundeten Freund mit Leichtigkeit in seinen Armen in Sicherheit zu bringen, oder einen Feind zu packen und auf dem Rücken fortzuraffen. Und deshalb legen wir ihnen unaufhörlich diese schweren Uebungen vor, damit sie das weniger Mühsame desto leichter ertragen. Andererseits hat es unserer Meinung nach den entgegengesetzten Nutzen, daß sie sich nämlich nicht entgleiten, wenn sie sich gefaßt haben. Haben sie sich im Lehm gewöhnt, den durch seine Schlüpfrigkeit entgleitenden Gegner festzuhalten, so werden sie hier gewöhnt, wenn sie selbst gefaßt sind, zu entrinnen und noch dazu an einem Orte, wo das Fliehen schwierig ist. Namentlich scheint der aufgestreute Sand den auf einmal heraustretenden Schweiß zusammenzuhalten und bewirkt, daß die Kraft lange ausdauert, und hindert, daß die Winde den Körpern, deren Poren erweitert und geöffnet sind, schaden; überdem wischt er den Schmutz ab und macht den Mann glänzender. Ich möchte gern einen jener Bleichen, im Schatten Ernährten neben irgend einen derer, die sich im Lyceum geübt haben (seine Wahl soll dir überlassen sein) stellen, ihm den Staub und den Schmutz abwaschen und dich fragen, welchem von beiden du ähnlich sein wolltest; ich weiß, du würdest dich gleich beim ersten Anblick für diesen letz-

teren entscheiden, wenn du auch noch keinen von beiden in den
Thaten erprobt hättest, daß du lieber gedrungen und derb, als
verzärtelt und weichlich, und wegen des Fehlenden und in die
inneren Theile zurückgetretenen Blutes bleich sein wolltest.

Das sind die Gegenstände, lieber Anacharsis, in denen wir
die Jünglinge üben, weil wir glauben, daß sie dadurch tüchtige
Wächter der Stadt sein, und daß wir durch sie frei leben wer=
den, indem wir die Feinde bezwingen, wenn sie uns angreifen,
und den Nachbarn Furcht einflößen, so daß die meisten vor uns
sich beugen und uns Tribut zahlen. Auch im Frieden haben wir
sie weit besser, weil sie nach nichts Schlechtem streben und sich
nicht zum Uebermuth wenden, sondern mit diesen Uebungen sich
beschäftigen und darauf ihre Muße verwenden. Und was ich das
allgemeine Beste und die höchste Glückseligkeit einer Stadt nannte,
ist dieses, wenn die Jugend zum Frieden und Kriege am besten
vorbereitet ist und den schönsten Beschäftigungen obliegt. Ana=
charsis. Wenn also einmal die Feinde gegen euch anrücken, So=
lon, so werdet ihr mit Oel gesalbt und mit Sand bestreut mit
geballter Faust auf sie losgehen und sie werden offenbar den
Muth verlieren und die Flucht ergreifen, aus Furcht, ihr dürftet
ihnen Sand in das geöffnete Maul streuen oder herumspringen,
um ihnen in den Rücken zu kommen, ihnen die Beine um den
Bauch schlingen und sie, den Ellbogen unter den Helm stützend,
würgen. Und ohne Zweifel werden die Feinde ihre Pfeile und
Speere auf euch werfen, in euch aber werden die Geschosse nicht
mehr als in Bildsäulen bringen, weil euch die Sonne gebräunt
und weil ihr euch viel Blut besorgt habt; denn ihr seid nicht
Stroh und Hacheln, um schnell den Schlägen nachzugeben, viel=
mehr werdet ihr erst spät endlich, von vielen tiefen Wunden durch=
schnitten, ein wenig Blut lassen. Das war ja wohl deine Be=
hauptung, wenn ich das von dir gebrauchte Beispiel nicht gänzlich
mißverstanden habe. Oder ihr werdet dann jene Rüstungen der
Komödien= und Tragödienspieler anlegen, und wenn ihr einen
Ausmarsch vorhabt, jene Helme mit der weiten Mundöffnung auf=
setzen, um als Popanze euern Gegnern mehr Schrecken einzujagen,
und offenbar jene hohen Schuhe euch unterbinden, mit diesen

werdet ihr leicht fliehen, wenn es nöthig ist, und den Feinden wird, falls ihr sie verfolgt, ein Entrinnen nicht möglich sein, da ihr ihnen in so großen Schritten nachsetzet. Sieh jedoch zu, ob diese schönen Dinge nicht vielmehr Possen seien und eine Tändelei und ein nutzloser Zeitvertreib von Jünglingen, die träge und fahrlässig sein wollen. Wollt ihr wirklich frei und glücklich sein, so werdet ihr andere Gymnasien nöthig haben und eine wahrhafte Uebung in den Waffen, nicht spielend werdet ihr mit einander wettkämpfen, sondern mit Gefahren gegen die Feinde euch in der Tugend üben müssen. Lasset also den Staub und das Oel und lehret sie mit dem Bogen schießen und den Speer werfen, doch gebet ihnen dazu nicht leichte Speere, die der Wind überall hin trägt, sondern es sei eine schwere Lanze, deren Schwingung Sausen verursacht, und ein die Hand ausfüllender Stein und ein Schwert und ein Schild in der Linken und ein Panzer und ein Helm. Wie ihr jetzt seid, rettete euch, wie mir scheint, die Gnade eines Gottes, daß ihr noch durch den Ueberfall einiger Leichtbewaffneten zu Grunde gegangen seid. Sieh einmal, wenn ich dieses kleine Schwert, das neben meinem Gürtel hängt, ziehen und über alle eure Jünglinge herfallen wollte, so würde ich sofort ihr Gymnasium nehmen, sie würden die Flucht ergreifen und keiner würde das Eisen anzublicken wagen, sondern durch die Statuen sich deckend und hinter die Säulen sich verkriechend, würden sie mir, viele noch durch ihre Thränen und ihr Zittern, herzlich zu lachen geben. Dann wirst du ihre Körper nicht mehr von Röthe blühend sehen, sondern von der Furcht umgefärbt, werden sie auf der Stelle blaß sein. In diese Verfassung hat euch der tiefe Friede gebracht, daß ihr nicht einmal den Anblick eines feindlichen Helmbusches ertragen möchtet. Solon. Das sagten die Thracier nicht, Anacharsis, die mit Eumolpus gegen uns zu Felde zogen, auch nicht eure Frauen, die mit Hippolyte gegen die Stadt anrückten, auch alle andern nicht, die uns in den Waffen kennen lernten. Denn wenn wir unsere Jünglinge ihre Uebungen mit nacktem Leibe vornehmen lassen, mein Bester, so führen wir sie deshalb nicht ohne Waffen in die Gefahren hinaus, sondern wenn sie auf diese Weise recht tüchtig geworden sind, alsdann üben sie sich mit den Waffen und werden sie bei dieser Verfassung weit besser zu gebrauchen wissen. Anacharsis. Wo ist denn das Gymnasium, in dem ihr die Uebungen mit den Waffen vornehmt? obwohl ich die ganze Stadt durchwandert bin, habe ich ein solches noch nicht bemerkt. Solon. Wenn du längere Zeit bei uns verweilst, Anacharsis, wirst du sehen, daß jeder von uns sehr viele Waffen hat, die wir gebrauchen, wenn es nöthig ist; wir haben Helmbüsche, Zäume und Pferde, und beinahe der vierte Theil der Bürger ist beritten. Jedoch im Frieden halten wir es für überflüssig, immer Waffen zu tragen und stets einen Pallasch umgeschnallt zu haben, ja es ist sogar straffällig, wenn man ohne Noth in der Stadt ein Schwert trägt, oder Waffen an einen öffentlichen Ort schafft. Euch muß man es verzeihen, daß ihr stets in Waffen lebt, weil ihr an unbefestigten Orten wohnt, seid ihr den Nachstellungen leicht ausgesetzt, der Feinde gibt es sehr viele nnd Niemand ist sicher, daß nicht Einer an ihn herantritt, ihn im Schlaf vom Wagen herunter reißt und tödtet; und das gegenseitige Mißtrauen, weil ihr nach freiem Belieben und nicht unter der Herrschaft des Gesetzes in einem Staatsverbande mit einander lebt, macht das Schwert immer nothwendig, um sogleich einen Beistand in der Nähe zu haben, wenn einem Gewalt angethan wird. Anacharsis. Ohne nöthigenden Grund Waffen zu tragen, scheint euch also überflüssig und ihr schont sie, damit sie nicht durch den Gebrauch beschädigt werden, und bewahrt sie in sicherem Gewahrsam auf, um sie dann zu gebrauchen, wann der Bedarf eintritt; die Körper eurer Jünglinge aber müdet ihr, ohne daß eine Gefahr drängt, durch Hiebe und Schweiß ab und spart ihre Stärke nicht für den Nothfall auf, sondern verschleudert sie zwecklos im Lehm und Sande? Solon. Du scheinst dir die Kraft so vorzustellen, Anacharsis, als wenn sie dem Wein, dem Wasser oder einer andern Flüssigkeit gleich wäre. Du befürchtest wenigstens, sie dürfte bei den Anstrengungen wie aus einem Topf herausfließen und den Körper, der von innen aus nicht mehr angefüllt wird, leer und trocken zurücklassend, entweichen. Damit verhält es sich aber nicht so, sondern um wie viel mehr man von ihr durch Strapazen abschöpft, um so mehr fließt hinzu, wie die Fabel von der Hydra erzählt, der, wie du wohl gehört hast, für jeden abgehauenen Kopf zwei andere nachwuchsen. Hat sich aber Jemand nicht von Anfang an geübt und angestrengt, und sich keinen ausreichenden Fonds besorgt, dann wird er von den Strapazen geschädigt und entkräftet werden, wie es mit dem Feuer und der Lampe der Fall ist. Durch dasselbe Blasen wirst du ein Feuer anfachen und es binnen Kurzem größer machen, womit du das Licht der Lampe auslöschest, weil es nicht einen genügenden Vorrath von Stoff hat, um dem Hauche Widerstand zu leisten. Anacharsis. Das verstehe ich nicht recht, Solon, es ist zu fein für mich und erfordert eine scharf sehende Kraft. Doch sage mir unter allen Umständen dies, weßhalb ihr bei den olympischen, nemeischen, isthmischen und den andern Spielen, wenn viele, wie du sagst, sich versammeln, um den Wettkampf der Jünglinge anzusehen, diesen niemals in Waffen vornehmt, sondern sie nackt in die Mitte vorführt, um sich vor aller Augen zu stoßen und zu schlagen und den Siegern Aepfel und einen wilden Oelzweig gebt? es verlohnt sich wohl, zu wissen, weßhalb ihr das thut. Solon. Wir glauben, Anacharsis, daß sie auf diese Weise mehr Lust zu den gymnastischen Uebungen bekommen werden, wenn sie sehen, daß die in denselben sich Auszeichnenden in der Mitte der Hellenen geehrt und ausgerufen werden. Und weil sie vor so vielen sich entkleiden müssen, sorgen sie für die gute Beschaffenheit ihres Körpers, um sich nicht schämen zu dürfen, wenn sie sich entblößt haben, und jeder macht sich des Sieges möglichst würdig. Und die Kampfpreise sind, wie ich vorhin sagte, nicht gering, die Lobsprüche der Zuschauer, daß man von Jedermann gekannt wird, daß alle auf einen mit den Fingern weisen, weil man für den besten seiner Zeitgenossen gilt. Daher entfernen sich von den Zuschauern viele, deren Alter die Leibesübungen noch gestattet, mit nicht wenig Lust zur Tugend und zu Strapazen. Denn wenn man, Anacharsis, die Liebe zum Ruhme aus dem Leben verbannen wollte, was bliebe uns dann wohl noch Gutes? oder wer würde streben eine glänzende That auszuführen? Nun kannst du aber schon daraus einen Schluß machen, was für Männer in den Kriegen für das Vaterland, für Weib und Kind, für die Tempel der Götter diejenigen mit den Waffen sein werden, die nackt in dem Kampfe um Aepfel und einen wilden Oelzweig ein solches Streben nach dem Siege bethätigen. Was würdest du erst sagen, wenn du unsere Hähne- und Wachtelkämpfe sähest und das Interesse, welches sie erregen? oder wirst du offenbar darüber lachen und namentlich, wenn du vernimmst, daß das Gesetz uns dazu anhält, und daß es allen Waffenfähigen geboten ist, anwesend zu sein und zuzusehen, wie die Vögel bis zur äußersten Ermüdung mit einander kämpfen? Allein auch dabei ist nichts zu lachen; unmerklich bemächtigt sich der Seele ein gewisser Trieb zu den Gefahren, man will nicht feiger und memmenhafter erscheinen, als die Hähne, und nicht durch Wunden, Anstrengungen oder sonst etwas Unangenehmes den Muth sinken lassen. Die jungen Leute aber in den Waffen sich versuchen zu lassen und sie verwundet zu sehen, das sei ferne; es ist eine bestialische und obendrein ganz verkehrte und nutzlose Sitte, die Tüchtigsten, die man besser gegen die Feinde gebrauchen könnte, hinzuschlachten. Du sagst, Anacharsis, du willst auch das übrige Hellas besuchen; wenn du einmal nach Lacedämon kommst, so hüte dich ja zu lachen und ihre Anstrengungen für zwecklos zu halten, wenn sie im Theater über einander herfallen und um einen Ball kämpfen, oder wenn sie an einem von Wasser umge-benen Orte sich in Schlachtordnung stellen und einander bekriegen, bis die Partei des Herakles die des Lykurgus aus dem Platze gedrängt und ins Wasser gestoßen hat, oder umgekehrt; hat die Sache jedoch ein Ende, so wird keiner mehr schlagen und es herrscht Friede; vor Allem, wenn du siehst, daß sie am Altare gepeitscht werden, bis sie von Blut triefen, während Väter und Mütter dabeistehen, die weit entfernt, sich über diesen Anblick zu betrüben, ihren Kindern drohen, wenn sie die Schläge nicht aus-halten, und sie anflehen, die Schmerzen so lange als möglich zu ertragen und standhaft zu sein. Viele starben bei diesem Wett-streite, weil sie bei lebendigem Leibe vor den Augen ihrer Ange-hörigen nicht nachgeben und sich nicht für ermattet erklären woll-ten und du wirst ihre Bildsäulen sehen, durch deren Aufstellung sie Sparta von Staatsseiten geehrt hat. Wenn du das nun

fiehft, fo nimm ja nicht an, daß die Spartaner verrückt feien, und
fage nicht, daß fie ärgere Mißhandlungen und Anftrengungen
ertragen, als ihnen ein Tyrann oder der Feind auferlegen würde.
Auch darüber würde ihr Gefetzgeber Lykurg vieles, was fich hö=
ren läßt, zu fagen wiffen und aus welchem Grunde er die jun=
gen Leute fo züchtigt; das thut er wahrlich nicht aus Haß und
Feindfchaft, und vergeudet die Kraft der Jugend nicht nutzlos,
fondern weil er verlangt, daß diejenigen, die das Vaterland er=
halten follen, die größte Standhaftigkeit befitzen und über jedes
Schreckniß erhaben feien. Jedoch bemerkft du auch, ohne daß
Lykurg es fagt, daß ein folcher Jüngling, gefangen genommen,
niemals wegen der Mißhandlungen der Feinde ein Geheimniß
Sparta's verrathen, vielmehr die Peitfchenhiebe verlachen und
einen Wettftreit eingehen würde, ob derjenige, der ihn haut, nicht
früher müde wird. Anacharfis. Wurde Lykurg auch felbft in
feiner Jugend gepeitfcht, Solon, oder gab er fo ftrenge Vorfchrif=
ten, als ihn fein Alter fchon vor einem folchen Wettkampfe
fchützte? Solon. Bereits als alter Mann gab er ihnen die
Gefetze nach feiner Rückkehr aus Kreta; zu den Kretenfern hatte
er fich begeben, weil er hörte, daß fie von Minos, dem Sohne
des Zeus, die beften Gefetze erhalten hätten. Anacharfis.
Weßhalb ahmteft du nicht auch den Lykurg nach, Solon, und
peitfcheft die Jünglinge? Das ift ja ein fchöner und eurer wür=
diger Brauch. Solon. Weil die bei uns zu Haufe gewöhnlichen
gymnaftifchen Uebungen ausreichend find; wir haben nicht fonder=
lich die Sitte, Fremdes nachzuahmen. Anacharfis. O nein,
du fiehft vielmehr, denk' ich, ein, was es heißt, nackt mit empor=
gehobenen Händen, ohne irgend welchen Nutzen, weder für fich
felbft, noch für die Stadt im Allgemeinen, gepeitfcht zu werden.
Wenn ich einmal zur Zeit diefer Exekution nach Sparta komme,
fo befürchte ich, auf Geheiß des Staates gefteinigt zu werden,
weil ich über alles lache, wenn ich fehe, daß fie wie Diebe oder
Kleiderfchliefer oder derartige Miffethäter, geprügelt werden. Eine
Stadt, die fich felbft fo lächerliche Leiden verurfacht, fcheint mir
in der That Nießwurz nöthig zu haben. Solon. Glaube
nicht, wenn du allein fprichft, und die andere Partei abwefend

ift, den Sieg zu erringen, mein edler Freund; manch' einer wird
dir in Sparta entgegnen, was sich hiefür sagen läßt. Da ich
dir aber unsere Gebräuche entwickelt habe und du dadurch nicht
sonderlich befriedigt scheinst, so glaube ich von dir nichts Unbilli-
ges zu verlangen, du deinerseits mögest mir erzählen, wie ihr
Scythen die Jünglinge erzieht, in welchen gymnastischen Uebungen
sie aufwachsen und wie sie zu tüchtigen Männern gebildet werden.
Anacharfis. Das ist eine sehr gerechte Forderung, Solon, und
ich werde dir unsere Gebräuche schildern, die freilich nicht so feierlich sind, wie die eurigen, da wir uns auch nicht einmal einen
Backenstreich gefallen lassen möchten: denn wir sind feige: doch
werde ich sie dir beschreiben, wie sie auch sein mögen. Laß uns
aber unsere Unterredung bis auf morgen aufschieben, damit ich
deine Worte in Ruhe mehr überdenke und in meinem Gedächtniß
sammle, was ich sagen soll: für jetzt wollen wir fortgehen, es ist
schon Abend.

Ueber die Pantomimik.

Lycinus, Krato.

Lycinus. Da du nun eine so schwere und, wie ich glaube,
lange vorbereitete Anklage gegen das Tanzen und die Tanzkunst
und überdem gegen uns, die wir an diesem Anblick unsere Freude
finden, erhoben hast, daß wir uns für eine schlechte, weiberhafte
Sache so sehr interessiren, so höre, mein lieber Krato, wie weit
du das Richtige verfehlt und wie du unbewußt das Beste, was
es in der Welt gibt, angeklagt hast. Freilich muß man es bei
dir entschuldigen, da du stets ein strenges Leben geführt hast und
nur die Entbehrung für gut hältst, daß dir aus Unkunde diese
Dinge als tadelnswerth erscheinen. Krato. Kann wohl ein

Mann, mein Bester, und zwar einer, der Bildung genossen und
auch nur ein wenig Verkehr mit der Philosophie gehabt hat, das
Streben nach dem Bessern und den Umgang mit den Alten auf=
gebend, Lycinus, sich hinsetzen und vorflöten lassen, um einen
weibischen Menschen zu sehen, der in weichlichen Kleidern einher=
stolzirt und in unzüchtigen Gesängen verbuhlte Weiber nachahmt,
die wollüstigsten der Vorzeit, die Phädren, Parthenopen, Rhodo=
pen und wie sie alle heißen, und das alles verbunden mit Ge=
klimper und Geträller und Taktschlag, in Wahrheit albernes und
einem freien Manne, wie du, am wenigsten geziemendes Zeug?
Als ich erfuhr, daß du Zeit darauf verwendest, so etwas anzu=
sehen, schämte ich mich nicht nur deinetwegen, sondern es betrübte
mich auch, daß du den Plato, Aristoteles und Chrysippus ver=
gessen hast und da sitzest mit derselben Empfindung, wie einer,
der sich mit der Feder das Ohr kraut, obwohl es unzählige des
Sehens und Hörens werthe, ernste Dinge gibt (wenn es einmal ohne
das nicht geht), die cyklischen Flötenbläser und die Citherspieler,
die ihre kunstmäßig gesetzten Stücke vortragen und vorzüglich die
feierliche Tragödie und die heitere Komödie, die sogar würdig be=
funden sind, eine Stelle unter den öffentlichen Wettkämpfen ein=
zunehmen. Demnach wirst du einer langen Vertheidigung vor
den Gebildeten benöthigt sein, mein edler Freund, wenn du nicht
aus der Zunft der ernsten Männer ausgeschlossen und verwiesen
werden willst. Doch ist es, denk' ich, besser durch Läugnen alles
gut zu machen und überhaupt gar nicht einzugestehen, daß du
einen solchen Verstoß begangen hast. Gib wenigstens für die
Folge Acht, daß du uns nicht aus dem Manne, der du bis da=
hin warst, unvermerkt eine Art Lydierin oder Bacchantin wirst,
was nicht allein für dich, sondern auch für uns ein Vorwurf
wäre, wenn wir dich nicht, wie Odysseus seine Gefährten, von
diesem Lotus losreißen und dich zu deinen gewöhnlichen Beschäf=
tigungen zurückführen werden, bevor du vollständig von diesen
Theater=Sirenen in Beschlag genommen worden bist. Doch die
Sirenen der Mythe stellten bloß den Ohren nach, weshalb man
Wachs nöthig hatte, um sie vorbeizusegeln: du scheinst aber auch
durch die Augen gänzlich Sklave geworden zu sein. Lycinus.

Potz tausend, Krato, einen wie bissigen Hund[1]) hast du da auf
uns losgelassen! Allein ich muß bemerken, daß dein Gleichniß
von den Lotophagen und Sirenen mit der Stimmung, in die ich
versetzt werde, nichts gemein hat, inwiefern diejenigen, die den
Lotus kosteten und die Sirenen hörten, ihren Genuß mit dem
Verderben büßen mußten, wogegen ich nebenbei, daß mein Vergnügen bei weitem angenehmer ist, noch einen reellen Erfolg davon habe. Dieserhalb fange ich nicht an, meine häuslichen Angelegenheiten zu vergessen und meine Zeitgenossen zu verkennen,
sondern ich kehre, wenn man es rund heraus sagen soll, weit
verständiger und mit einem viel schärferen Blicke für das Leben
aus dem Theater zurück. Auf nichts paßt der Vers Homers so
gut, wer dieses Schauspiel gesehen hat: „Kehret zugleich belustigt
und reicher an Kenntniß von dannen." [2]) Krato. Beim Himmel, Lycinus, was ist dir angethan? Du scheinst dich ja nicht
zu schämen, nein damit zu brüsten. Das ist das Allerschlimmste,
daß du uns auch gar keine Hoffnung auf Heilung zeigst, da du
so häßliche und abscheuliche Dinge zu loben wagst. Lycinus.
Sage mir einmal, Krato, tabelst du den Tanz und die pantomi-
mischen Vorstellungen auf der Bühne so, nachdem du sie oft gesehen, oder hältst du das Schauspiel, ohne es zu kennen, doch
für häßlich und abscheulich, wie du dich ausdrückst? Sahst du
es, so bist du nicht besser gewesen, als wir: im andern Falle
sieh zu, daß dein Tadel nicht unbegründet und frech erscheine,
wenn du anklagst, was du nicht kennst. Krato. Das fehlte mir
noch, daß ich mit diesem langen Barte und meinem grauen Haare
mitten unter Weiblein und jenen verrückten Zuschauern sitzen und
obendrein einem Taugenichts von Menschen, der sich ohne Noth
die Glieder verrenkt, ein höchst abgeschmacktes Bravo, Bravissimo
zurufen sollte. Lycinus. Man muß dir diese Reden zu Gute
halten, Krato. Möchtest du mir aber gehorchen und dir bloß
des Versuches halben die Sache einmal ansehen, so weiß ich gewiß, daß du für die Folge nicht eher ruhen wirst, als bis du

---

[1]) Scherzhafte Anspielung auf die Cyniker.
[2]) Homer Odyssee XII, 108.

dir vor den Andern einen guten Platz im Theater besorgt hast, an dem du alles genau sehen und hören kannst. Krato. Der Henker soll mich holen, wenn ich mir je so etwas zu Schulden kommen lasse, so lange ich noch Haare auf den Beinen und ein unberupftes Kinn habe. Dich bemitleide ich jetzt schon, du bist ja von einer vollständigen Bacchantenwuth befallen. Lycinus. Willst du nun diese Schimpfreden lassen, mein Freund, und mich über die Tanzkunst und ihre Vortrefflichkeit anhören, daß sie nicht allein ergötzt, sondern den Zuschauern auch nützlich ist, wie sie bildet und belehrt und dem Geiste einen richtigen Takt beibringt, indem sie das Auge mit den schönsten Schauspielen und das Ohr mit den herrlichsten Klängen vertraut macht und die Verbindung von geistiger und körperlicher Schönheit darstellt? Und daß sie alles das mit Musik und Rhythmus bewirkt, sollte nicht ein Tadel, sondern ein Lob für sie sein. Krato. Ich habe zwar nicht recht Zeit, einen rasenden Menschen seine eigene Krankheit loben zu hören: wenn du mich aber mit deinem Gewäsch überschütten willst, so bin ich bereit, dir diesen Freundschaftsdienst zu leisten und dir mein Ohr zu leihen: ich vermag auch ohne Wachs nichtsnutziges Zeug zu überhören. Ich werde also schweigen und du sprich, was du willst, wie wenn dich Niemand hörte. Lycinus. Schönen Dank, Krato, du kommst meinen Wünschen nach; bald wirst du wissen, ob dir das, was ich zu sagen gedenke, als Unsinn vorkommen wird.

Zuvörderst scheint es dir gänzlich unbekannt zu sein, daß die Tanzkunst nicht eine neuere Erfindung ist und nicht vor Kurzem, wie etwa zur Zeit unserer Großväter oder ihrer Ahnherrn, angefangen hat, sondern diejenigen, die den Ursprung des Tanzes am richtigsten herleiten, werden dir sagen, daß die Tanzkunst zugleich mit der ersten Erschaffung der Welt und mit jenem uralten Eros entstanden und in die Erscheinung getreten sei. Der Reigen der Sterne und die verschlungene Bewegung der Planeten zu den Fixsternen und ihre taktmäßige Vereinigung und ordnungsvolle Harmonie sind Proben des ursprünglichen Tanzes. Durch allmälige Fortschritte und nach und nach hinzugefügte Verbesserungen scheint sie jetzt zur höchsten Vollendung gediehen und ein

Mosaik von allen Trefflichkeiten der Melodien und Musen geworden zu sein.

Zuerst fand Rhea, wie es heißt, an der Kunst ihre Freude und gebot in Phrygien den Korybanten, in Kreta den Kureten zu tanzen: ihre Fertigkeit brachte ihr keinen geringen Nutzen, weil sie durch die Tänze, die sie um den Zeus aufführten, ihn retteten, so daß auch Zeus sich ihnen zum Dank verpflichtet bekennen würde, weil er durch ihren Tanz den Zähnen seines Vaters entgangen ist. Ihr Tanz war ein Waffentanz, sie schlugen dabei mit den Schwertern an die Schilde und führten begeisterte und kriegerische Sprünge aus. Hierauf betrieben die ausgezeichnetsten Kreter die Kunst mit Eifer und wurden die besten Tänzer, nicht allein die Leute aus dem Volk, sondern auch die Könige und die Vornehmen. Homer nennt den Meriones, in der Absicht ihn zu ehren, nicht ihn zu beschimpfen, einen Tänzer, und er war wegen seiner Tanzfertigkeit bei allen so berühmt und bekannt, daß nicht nur die Hellenen das von ihm wußten, sondern auch seine Feinde, die Troer: denn sie sahen, denk' ich, in der Schlacht seine Behendigkeit und Gewandtheit, die er durch das Tanzen erworben hatte. Die Verse lauten:

Meriones, bald hätte, wiewohl du ein trefflicher Tänzer
Bist, mein Speer dir das Tanzen gelegt — [1]

aber gleichwohl legte er es ihm nicht: denn weil er in der Tanzkunst geübt war, entging er den auf ihn geschleuderten Speeren leicht. Obgleich ich viele andere Herren nennen kann, die sich eben darin geübt und aus der Sache eine Kunst gemacht haben, so halte ich es für genügend, den Neoptolemus zu erwähnen, den Sohn des Achilles, der sich in der Tanzkunst sehr auszeichnete und die schönste Art hinzufügte, die von seinem Namen Pyrrhus die Benennung Pyrrhychius bekam. Sicherlich freute sich Achilles mehr, wie er das von seinem Sohne hörte, als über seine Schönheit und sonstige Kraft: denn das bis dahin nicht genommene Ilium nahm seine Tanzkunst ein und machte es dem Boden gleich.

[1] Homer Ilias XVI, 617.

Die Lacedämonier, die für die Besten unter den Hellenen gelten, lernten von Kastor und Polydeukes die Karyatis, eine Art Tanz, die daher den Namen hat, weil sie in der lakonischen Stadt Karyä gelehrt wird: nichts thun sie ohne die Musen, bis in so weit, daß sie zur Flöte und im Taktschritt in die Schlacht ziehen: das erste Signal zum Angriff gibt bei den Lacedämoniern die Flöte. Man darf also behaupten, daß sie alle besiegten, weil Musik und Eurythmie ihnen vorangingen. Noch jetzt kann man sehen, daß ihre Jünglinge nicht weniger tanzen, als die Waffen führen lernen: denn wenn sie sich satt gerungen und einander genug Schläge beigebracht haben, so beschließt ihren Wettkampf der Tanz: in ihrer Mitte sitzt ein Flötenbläser, der sein Instrument spielt und mit seinem Fuße ihnen den Takt schlägt, während sie in Reihen einander folgend allerlei rhythmische Stellungen, bald kriegerischen bald reigenartigen Genre's, wie Dionysos und Aphrodite sie lieben, darstellen. Auch das Lied, welches sie beim Tanze singen, ist eine Aufforderung an Aphrodite und die Liebesgötter, ihnen tanzen und springen zu helfen. Das andere, welches anfängt „Munter, ihr Knaben, vorwärts den Fuß u. s. w." enthält eine Anweisung, wie man tanzen muß. Aehnlich machen es diejenigen, welche den Tanz Hormus, d. h. die Halskette, aufführen; dieser wird von Jünglingen und Mädchen zusammen getanzt, die einzeln auftreten und dabei in der That eine Kette darstellen. Es eröffnet ihn ein Jüngling mit kühnen kraftvollen Attitüden, die er später einmal in der Schlacht anwenden wird; in zierlichen, züchtigen Stellungen folgt das Mädchen, ein Muster des weiblichen Tanzes, so daß diese Kette aus Männlichkeit und Sittsamkeit geflochten wird. Ebenso sind ihre Gymnopädien ein Tanzfest.

Was Homer von Ariadne und dem Tanzplatze, den ihr Dädalus herrichtete, in der Beschreibung des achilleischen Schildes erzählt, übergehe ich als dir bekannt, so wie die beiden Tänzer, die der Dichter Luftspringer nennt, welche den Reigen führen, und endlich die Stelle „Tanzende Jünglinge walzten umher", wie wenn es das Schönste wäre, was Hephästos auf dem Schilde dargestellt hätte. Daß die Phäaken, ein weichliches und in allen

Genüssen lebendes Volk, am Tanz ihre Freude fanden, ist natürlich und Homer läßt seinen Odysseus die Kunstfertigkeit und die flimmernde Bewegung der Füße an ihnen am meisten anstaunen und bewundern.

In Thessalien nahm die Beschäftigung mit der Tanzkunst einen solchen Aufschwung, daß sie ihre Befehlshaber und Vorkämpfer Vortänzer nannten, wie die Inschriften der Bildsäulen beweisen, die sie den Ausgezeichnetsten setzten. „Die Stadt wählte ihn zum Vortänzer" heißt es auf der einen; und „dem Eilation setzte das Volk die Bildsäule, weil er sich in dem Kriegestanze hervorgethan hat."

Ich will davon nicht reden, daß man keine einzige alte Weihe finden kann, die des Tanzes entbehrt: weil Orpheus und Musäus, die besten Tänzer der damaligen Zeit, sie einführten, die den Tanz für das Schönste hielten, so machten sie es zum Gesetz, daß Jeder mit Rhythmus und Tanz initiirt wurde. Daß es sich mit diesen Feierlichkeiten so verhält, darf man um der Uneingeweihten willen nicht näher erklären, Jedermann aber hört, daß man von denen, die die Mysterien ausplaudern, gewöhnlich sagt, sie tanzen sie unter die Leute. In Delos finden sogar die Opfer nicht ohne Tanz, sondern mit demselben und mit Musik statt. Es versammelten sich Knabenchöre und tanzten zur Flöte und Cither und Auserlesene stellten pantomimische Tänze dar. Die Lieder, die für diese Reigen geschrieben waren, nannte man Hyporchemata und es gab eine Menge derselben für die Laute.

Und was soll ich dir von den Hellenen reden, da ja auch die Inder, wann sie des Morgens aufstehen und den Helios anbeten, nicht, wie wir, die Ceremonie des Gebetes erfüllt zu haben glauben, wenn sie sich die Hand küssen, sondern sie wenden sich nach Morgen und begrüßen den Helios, indem sie sich stillschweigend in Stellungen bewegen und den Reigen des Gottes nachahmen: und dies vertritt bei den Indern die Stelle des Gebetes, der Reigen und des Opfers: deshalb suchen sie auch zweimal am Tage bei Sonnen=Auf= und Untergang den Gott hierdurch sich gnädig zu stimmen.

Die Aethiopen führen sogar ihre Kriege mit Tanz, und

kein Aethiope wird den Pfeil vom Kopfe nehmen — sie benützen
ihren Kopf als Köcher und binden sich die Pfeile strahlenförmig
herum — und ihn entsenden, bevor er getanzt und den Feind
durch seine drohende Stellung in seinem Tanz in Schrecken gesetzt hat.

Da wir Indien und Aethiopien erwähnt haben, so verlohnt
es sich wohl auch, in einigen Worten auf das benachbarte Aegypten zu kommen. Ich glaube, die alte Fabel von dem Aegypter
Proteus bedeutet nichts Anderes, als einen Tänzer, der so geschickt nachahmen und alle Stellungen und Verwandlungen annehmen konnte, daß er durch die Schnelle seiner Bewegungen auch
die Feuchtigkeit des Wassers darstellte, das Lodern des Feuers,
die Wildheit des Löwen, den Grimm des Pardels und das Säu-
seln des Baumes, kurzum alles, was er wollte. Und um die
Sache wunderbarer zu machen, erzählt die Mythe, daß er alles
das geworden sei, was er nur nachahmte. Dieselben Eigenschaften
finden sich auch bei den Pantomimen der heutigen Zeit. Man
kann sehen, daß sie sich nach Umständen mit großer Schnelligkeit
verwandeln und den Proteus selbst nachahmen. Ebenso muß man
von der Empusa vermuthen, daß eine Person, die sich in unzählige Gestalten verwandeln konnte, von der Mythe zu einem solchen Gespenste gemacht sei.

Billiger Weise dürfen wir hiebei auch den höchst feierlichen
und heiligen Tanz der Römer nicht vergessen, den die Salier —
so heißt dieses Priesteramt — Männer aus den edelsten Ge-
schlechtern, zu Ehren des kriegerischen Gottes, des Ares, aufführen.

Nicht sehr verschieden von dieser italischen ist die bithynische
Mythe, daß Priapos, ein Kriegsgott, vermuthlich einer der Titanen oder der idäischen Daktylen, die es zu ihrem Geschäft gemacht hatten, in der Fechtkunst zu unterrichten, von der Hera
den Ares bekommen, der noch ein Knabe, aber über die Maßen
derb und männlich war, und ihn nicht früher im Waffenkampfe
unterwiesen habe, als bis er ihn zu einem vollendeten Tänzer
gemacht hatte. Als Belohnung hiefür bestimmte Hera, daß Ares
ihm den zehnten Theil von dem, was er im Kriege verdiente,
geben sollte.

Daß die Feste zu Ehren des Dionysos und Bacchus lauter Tanz waren, erwartest du wohl nicht noch besonders von mir zu hören. Die drei ursprünglichen Arten des Tanzes, den Korbax, die Sikinnis und den Emmeleia, erfanden die Satyrn, die Diener des Dionysos, und bezeichneten sie mit ihren eigenen Namen; und durch die Anwendung dieser Kunst unterwarf Dionysos die Thyrrhener, Inder und Lydier und tanzte mit seinen schwärmenden Schaaren so kriegerische Völker in Grund und Boden.

Aus diesen Gründen gib Acht, mein wunderlicher Freund, ob es nicht ruchlos sei, eine so heilige und geheimnißvolle Kunst, die von so vielen Göttern gepflegt und zu ihrer Ehre angewandt wird, die eine so große Ergötzung und Belustigung gewährt, in Anklagezustand zu versetzen. Da ich weiß, daß du ein besonderer Liebhaber des Homer und Hesiod bist, um wieder auf die Dichter zurückzukommen, so nimmt es mich vorzüglich Wunder, wie du ihnen zu widersprechen wagst, die vor allem den Tanz preisen. Wenn Homer das Lieblichste und Schönste aufzählt, Schlaf, Liebe, Gesang und Tanz, so nennt er diesen allein untadelig, dem Gesang bezeugt er gewiß Lieblichkeit, und beides, lieblicher Gesang und untadeliger Tanz, bringt die Pantomimik hervor, die du jetzt zu schmähen gedenkst. In einer andern Partie des Gedichtes sagt er:

Diesem verleiht ein Gott die Gaben zu kriegrischen Werken,
Einem Andern den Tanz und die reizende Kunst des Gesanges!

Reizend in der That ist der Gesang mit Tanz und die schönste Gabe der Götter. Wie es scheint, hat Homer alle Dinge unter die zwei Rubriken Krieg und Frieden gebracht und den Tanz allein als das Schönste dem Kriege gegenübergestellt. Hesiod, der seine Kunde nicht von einem Andern hat, sondern die Musen früh morgens mit eigenen Augen tanzen sah, weiß im Anfange seines Gedichtes kein höheres Lob von ihnen zu erzählen, als

Daß sie den Rand des kastalischen Quells und des mächtigen Vaters
Kronions hohen Altar mit zarten Füßen umtanzen.

Du, mein edler Freund, scheinst mit deiner Verhöhnung des

Tanzes beinahe gegen die Götter zu kämpfen. Sokrates aber, der weiseste Mann, falls man dem pythischen Gotte glauben soll, der ihn dafür erklärte, lobte die Tanzkunst nicht allein, sondern wollte sie sogar erlernen, weil er auf Rhythmus der Musik und auf die Wohlgestalt und Gefälligkeit der Bewegungen sehr viel gab, und schämte sich als alter Mann nicht, die Tanzkunst für eins der wesentlichsten Bildungsmittel zu halten. Und daß er es mit der Tanzkunst so ernst nahm, ist nicht zu verwundern, da er kein Bedenken trug, Unwesentliches zu lernen; er ging sogar in die Schule der Flötenspielerinnen, und verschmähte es nicht, von Aspasia, die doch nur eine Hetäre war, etwas Kluges zu hören. Gleichwohl sah er die Kunst nur in ihrem Anfange, als sie noch nicht zu einer so hohen Schönheit ausgebildet war: würde er jetzt diejenigen sehen, die sie zur größten Vollendung gebracht haben, so weiß ich gewiß, daß er alles Andere aufgeben und nur dieses Schauspiel beachten und die Jünglinge nichts eher lernen lassen würde.

Wenn du die Tragödie und Komödie so erhebst, so scheinst du vergessen zu haben, daß in beiden eine eigenthümliche Art des Tanzes vorkommt, nämlich in der Tragödie die Emmeleia und in der Komödie der Kordax, wozu mitunter noch die dritte Gattung, die Sikinnis, hinzutritt. Da du nun im Anfange die Tragödie und Komödie, die cyklischen Flötenspieler und die Cither über die Tanzkunst setztest und diese Dinge für würdevoll erklärtest, weil sie unter die Arten des öffentlichen Wettkampfs aufgenommen wären, so laß uns die Tanzkunst mit jeder einzelnen vergleichen. Doch wollen wir, wenn es dir recht ist, die Flöte und die Cither übergehn, denn sie gehören zu den Hülfsmitteln des Tänzers. Laß uns einmal die Tragödie nach ihrer äußern Erscheinung betrachten, ein wie häßlicher und Angst einflößender Anblick ein zu einer unförmlichen Länge herausstaffirter Mensch ist, der auf hohen Schuhen daherreitet und eine den Kopf weit überragende Maske auf hat, mit einer gewaltigen Mundöffnung, als wollte er die Zuschauer verschlingen, von den Brust- und Bauchpolstern zu geschweigen, die ihm eine falsche, erkünstelte Dicke verleihen sollen, damit die unförmliche Länge mit der hagern Gestalt nicht in einem zu argen Kontrast stehe. Wie hübsch ist es, wenn er nun von innen heraus zu schreien anfängt, sich mit hohen und tiefen Tönen abmüht, die Jamben herdeklamirt und, was das Widerlichste ist, seine Unglücksfälle im Gesang vorträgt, wobei nichts weiter als die Stimme auf seine Rechnung kommt; alles Andere haben die Dichter besorgt, die längst vor ihm lebten. Und so lange er eine Andromache oder Hekabe vorstellt, ist der Gesang noch erträglich, wenn er aber als Herakles auftritt und, sich selbst vergessend, ohne Scham vor dem Löwenfell und der Keule, die er trägt, ein Solo singt, so würde jeder Vernünftige doch das einen argen Solöcismus nennen.

Was du ferner der Pantomimik vorwarfst, daß Männer Frauen vorstellen, so würde dieser Vorwurf eben so gut die Tragödie und die Komödie treffen: in diesen kommen desgleichen mehr Frauen, als Männer vor. Die Komödie aber hält die Lächerlichkeit der Masken, ihrer dummen und schelmischen Sklaven und Köche für einen nicht unwesentlichen Theil ihrer Ergötzlichkeit. Daß die Erscheinung des Pantomimen ordentlich und gefällig für das Auge ist, darf man nicht sagen: wer nicht blind ist, kann das sehen. Er hat die schönste und dem Inhalt des Stückes angepaßte Maske, nicht eine mit weit aufgesperrtem Munde, sondern eine geschlossene: denn es sind viele, die für ihn den Mund öffnen. In alten Zeiten tanzten und sangen dieselben; als man aber bemerkte, daß das durch die Bewegung verursachte Keuchen den Gesang störe, so schien es besser, andere das Geberdenspiel des Pantomimen durch Gesang begleiten zu lassen. Die Sujets sind beiden gemeinsam, und die des Pantomimen unterscheiden sich von denen der Tragödie gar nicht, sind nur mannigfaltiger, lehrreicher und abwechselnder. Ist der Tanz nicht unter die Zahl der Kampfspiele aufgenommen, so kommt das meiner Meinung nach daher, weil die Sache den Kampfrichtern als zu schwierig und würdevoll vorkam, als daß man sie zu einem Gegenstande der öffentlichen Prüfung hätte machen sollen; nur kurz sei bemerkt, daß die ausgezeichnetste Stadt chalcidischer Abkunft in Italien den Tanz als Schmuck zu ihren Wettkämpfen hinzugefügt hat.

Ich will mich hier schon wegen der vielen Dinge, die ich übergangen habe, entschuldigen, damit man nicht glaube, es sei aus Unkunde oder Unwissenheit geschehen. Ich weiß sehr wohl, daß die meisten von denen, die vor mir über die Tanzkunst geschrieben haben, vorzüglich dabei verweilten, alle Arten des Tanzes durchzugehen und ihren Namen herzuzählen, wie beschaffen jede ist und von wem sie erfunden wurde, indem sie dadurch ihre Gelehrsamkeit zu zeigen glauben. Weil ich aber Ehrgeiz in dieser Beziehung für geschmacklos, anmaßend und für mich unzeitig erachte, deshalb übergehe ich es. Sodann ersuche ich dich, auch das zu bedenken und im Gedächtniß zu behalten, daß ich jetzt nicht beabsichtige, den Ursprung der ganzen Tanzkunst herzuleiten, und daß es nicht mein Zweck ist, die Namen der Tänze herzuzählen, außer die wenigen, die ich im Anfange erwähnte, wobei ich die charakteristischeren auswählte. Gegenwärtig ist es für mich die Hauptsache, die Tanzkunst, wie sie jetzt ist, zu preisen, und zu zeigen, wie viel Ergötzendes und Nützliches sie enthält und zu welcher Vorzüglichkeit sie vor nicht gar langer Zeit, erst unter der Regierung Augusts, sich erhoben hat. Jene ersten Anfänge waren nur so zu sagen die Wurzeln und die Grundlagen der Tanzkunst; ihre Blüthe und gereifte Frucht, die nun zur höchsten Ausbildung gediehen ist, behandelt meine jetzige Rede mit Uebergehung der Thermaystris, des Kranichtanzes u. s. w., mit denen die heutige Pantomimik nichts mehr zu schaffen hat. Aus eben diesem Grunde und nicht aus Unwissenheit sage ich auch nichts von jener phrygischen Art des Tanzes mit ihrer ausgelassenen Trunkenheit bei Gelagen, wo oftmals Bauerntölpel in ermüdenden Sprüngen tanzen, die noch heute auf dem Lande üblich ist. Auch Plato in seinen Gesetzen lobte manche Arten des Tanzes wegen des Vergnügens und Nutzens, den sie gewähren, andere verwirft er entschieden, jene schätzt und bewundert er in hohem Grade, die unanständigen verbannt er.

So viel über die Tanzkunst selbst, denn durch eine genaue Ausführung die Rede lang auszuspinnen, ist geschmacklos. Welche Eigenschaften aber der Tänzer selbst besitzen, wie er sich vorgebildet und was er gelernt haben muß, um seine Handthierung zu unterstützen, das will ich dir schildern, damit du einsiehst, daß die Kunst nicht zu den leichten und einfachen gehört, daß sie vielmehr die höchste Bildung erfordert, nicht allein Musik, sondern Rhythmik, Metrik und namentlich Philosophie, wenigstens die Physik und Ethik; die Spitzfindigkeiten der Dialektik dagegen hält sie für ihre Zwecke nicht förderlich. Selbst der Rhetorik steht sie nicht fern, sondern hat auch an ihr Theil, insofern sie den Charakter und die Leidenschaft darstellt, wonach auch die Redner streben. Eben so gut gehört in ihr Bereich die Malerei und Plastik, deren Proportionen und Ebenmaß in der Form sie vorzüglich nachahmt, so daß weder Phidias noch Apelles sie darin zu übertreffen scheinen. Vor allem strebt sie, nach der Gnade der Mnemosyne und ihrer Tochter Polymnia und sucht alles im Gedächtniß zu haben. Denn gleich dem Kalchas Homers muß der Pantomime wissen das Gegenwärtige, Zukünftige und Vergangene, so daß alles ihm im Gedächtnisse zur Hand ist und ihm nichts entgeht. Und da die Hauptaufgabe der Kunst in der Nachahmung besteht, in der Darstellung und Aeußerung der Gedanken und dem Offenbaren des Unsichtbaren, so müßte, was Thucydides zum Lobe des Perikles sagt, auch das höchste Lob des Pantomimen sein, die richtigen Gedanken zu haben und sie auszudrücken: unter Ausdruck verstehe ich jetzt die Deutlichkeit des Geberdenspiels.

Sein Stoff ist, wie ich vorher sagte, die ganze alte Geschichte, die er zur Hand im Gedächtniß haben und zur geschmackvollen Darstellung bringen muß: denn alles, sogleich vom Chaos und der Erschaffung der Welt an bis auf die Zeiten der Kleopatra, der Königin von Aegypten, muß er wissen: durch diesen Zeitraum wollen wir die Gelehrsamkeit des Pantomimen begrenzen, und namentlich soll er alles in der Zwischenzeit Liegende wissen, die Entmannung des Uranus, die Geburt der Aphrodite, den Kampf der Titanen, die Geburt des Zeus, den Betrug der Rhea, die Unterschiebung des Steines, die Fesselung des Kronos, und wie die drei Brüder das Loos entscheiden ließen. Hierauf dann die Empörung der Giganten, den Diebstahl des Feuers, die Gestaltung der Menschen, die Züchtigung des Prometheus, die Macht der beiden Eros und dann das Umherirren der Insel

Delos und die Geburtswehen der Leto, die Ermordung des Dra=
chen Python und die Verwegenheit des Tityos und wie die Mitte
der Erde gefunden wurde durch die beiden Adler, die Zeus fliegen
ließ. Dann den Deukalion und den großen Schiffbruch des Lebens
zu seiner Zeit in die eine Arche, die den Ueberrest des Menschen=
geschlechtes bewahrte, und die Menschen, die von Neuem aus Stei=
nen gebildet wurden, dann das Zerreißen des Jacchos, die List
der Hera, die Verbrennung der Semele und beide Geburten des
Dionysos, und was von Athene, Hephästos und Erichthonius er=
zählt wird, den Streit über Attika, den Halirrothius und das
erste Gericht auf dem Areshügel, und überhaupt die ganze attische
Mythologie. Vorzugsweise aber das Umherirren der Demeter,
die Auffindung ihrer Tochter, die Gastfreundschaft des Keleos,
den Landbau des Triptolemus, den Weinbau des Ikarius und
das Unglück der Erigone, und die Sage von Boreas und Orei=
thyia, Theseus und Aegeus. Ferner die Aufnahme der Medea
und dann wieder ihre Flucht nach Persien, die Töchter des Erech=
theus und des Pandion, und was sie in Thracien litten und
verübten; dann den Akamas und die Phyllis und den ersten Raub
der Helena, und den Feldzug der Dioskuren gegen die Stadt,
das traurige Schicksal des Hippolytus und die Rückkehr der Hera=
kliden: denn auch diese würde mit Recht zu der attischen Mythe
gerechnet. Dieses Wenige aus der Geschichte Athens führe ich
nur des Beispiels wegen an und übergehe das Meiste.

Hiernächst muß ihm die Geschichte von Megara bekannt sein,
Nisus und seine Tochter Scylla, die purpurne Haarlocke, die Ex=
pedition des Minos und seine Undankbarkeit gegen die Wohlthäte=
rin. Sodann der Mythenkreis, der auf dem Cithäron spielt, die
Leiden der Thebaner und der Labdakiden, die Ankunft des Kad=
mus und das Niederkauern der Kuh, die Zähne des Drachen
und das Emporwachsen der Sparti, dann die Verwandlung des
Kadmus in einen Drachen, die Erbauung der Mauer durch die
Zaubergewalt der Lyra, der Wahnsinn des Baumeisters und die
Ruhmredigkeit seiner Gemahlin Niobe und ihr kummervolles Ver=
stummen, die Leiden des Pentheus, Aktäon und Oedipus, und Hera=
kles mit allen seinen Wettkämpfen und die Ermordung der Söhne.

Eben so reich an Sagen ist Korinth, welches die Glauke hat und den Kreon und noch früher den Bellerophontes, die Stheneböa und den Kampf des Helios und Poseidon, hierauf den Wahnsinn des Athamas und die Flucht der Kinder der Nephele auf dem Widder durch die Luft, und die Aufnahme der Ino und des Melicertes.

Nun folgen die Pelopiden und Mycenä, die Begebenheiten vor und nach der Gründung der Stadt, Inachus, Io, ihr Wächter Argus, Atreus, Thyestes und Aërope, das goldene Lamm, die Hochzeit der Pelopeia, die Ermordung Agamemnons und die hiefür an Klytämnestra genommene Rache: und der noch frühere Zug der sieben Feldherrn gegen Theben, die Aufnahme der Flüchtlinge durch Adrast, die seine Schwiegersöhne werden, der ihnen ertheilte Orakelspruch, und wie die Gefallenen nicht bestattet werden und den dadurch veranlaßten Tod der Antigone und des Menökeus.

Höchst nothwendig für den Pantomimen ist es, mit Namen bekannt zu sein, mit Hypsipyle und Archemorus: ebenso wird er auch die jungfräuliche Danaë kennen, die Geburt des Perseus und den Kampf gegen die Gorgonen, für den er sich freiwillig entschied, womit auch die äthiopischen Erzählungen zusammenhängen von Kassiopeia, Andromeda und Kepheus, die der spätere Glaube unter die Gestirne versetzte. Ferner wird er die alten Sagen von Aegyptus und Danaus wissen und wie seine Töchter über ihre Männer im Brautgemache herfielen.

Nicht Weniges bietet ihm auch Lacedämon, den Hyacinth und die Eifersucht des Zephyrus auf Apollo, und die Ermordung des Jünglings durch den Diskus und die aus seinem Blute entstehende Blume mit der trauernden Inschrift, die Auferstehung des Tyndareus, wegen welcher Zeus dem Asklepios so zürnte, ferner die Bewirthung des Paris und den Raub der Helena als Folge seines Urtheils bei dem Apfel.

Mit der Geschichte Sparta's steht die an Begebenheiten und verschiedenen Personen so reiche Geschichte Iliums in einem nothwendigen Zusammenhange: jeder der dort gefallenen Helden liefert der Bühne Stoff zu einem Drama. Alles das muß also der

Pantomime stets in seinem Gedächtniß haben, besonders die Begebenheiten gleich von der Entführung der Helena bis zu denen, die sich bei der Heimkehr der Helden zutrugen, bis zu der Irrfahrt des Aeneas und der Liebe der Dido, desgleichen die Schicksale des Orest und die kühnen Thaten des Helden in Scythien. Damit steht in naher Verbindung und ist zur Sage von Ilium gehörig der Aufenthalt des Achilles unter den Mädchen auf der Insel Scyrus, der Wahnsinn des Odysseus und die Verlassenheit des Philoktet, überhaupt die ganze Irrfahrt des Odysseus, Circe, Telegonus, Aeolus, der Fürst der Winde u. s. f., bis auf die Bestrafung der Freier, und vorher die Nachstellung gegen Palamedes, der Zorn des Nauplius, der Wahnsinn des Telamoniers und der Schiffbruch und Tod des kleineren Ajax.

Viele Sujets bietet auch Elis dem Pantomimen dar, den Oenomaus, den Myrtilus, den Kronos, den Zeus, die ersten Wettkämpfer bei Olympia.

Ebenso mannigfaltig ist die Mythologie Arkadiens; zu ihr gehört die Flucht der Daphne, die Verwandlung der Kallisto in eine Bärin, der trunkene Uebermuth der Centauren und die Geburt des Pan, die Liebe des Alpheius und die Reise, die er unter der Oberfläche des Meeres zu seiner Geliebten machte.

Aber auch aus Kreta entlehnt die Pantomimik Vieles, die Europa, die Pasiphaë, die beiden Taurus, das Labyrinth, die Ariadne, die Phädra, den Androgeos, den Dädalus, den Ikarus, den Glaukus, die Weissagekunst des Polyides, den Talos, die Kreta umwandelnde Schildwache aus Erz.

Geht man nach Aetolien hinüber, so findet die Pantomimik da die Althäa, den Meleager, die Atalanta, den Feuerbrand, den Ringkampf des Herakles mit dem Flusse, die Geburt der Sirenen, das Emporkommen der Echinaden und die Ansiedlung des Alkmäon nach seinem Wahnsinn, dann den Nessus und die Eifersucht der Deianira und hierauf den Scheiterhaufen des Herakles auf dem Oeta.

Auch Thracien hat vieles dem Pantomimen Nothwendige: den Orpheus, seinen gewaltsamen Tod und seinen auf der Lyra schwimmenden, redenden Kopf, den Hämus, die Rhodope und die Züchtigung des Lykurgus.

Noch mehr bietet Thessalien, den Pelias, den Jason, die Alcestis, den Zug der fünfzig jungen Helden und ihr Schiff Argo mit dem redenden Kiele, die Abenteuer auf Lemnos, den Aeetes, den Traum der Medea, die Zerstückelung des Apsyrtus und was ihnen auf der Flucht begegnet, sodann später den Protesilaus und die Laodamia.

Geht man nach Asien hinüber, so gibt es auch da des Stoffes viel; gleich zuerst bietet sich Samos dar, das Unglück des Polykrates und das Umherirren seiner Tochter bis nach Asien, und aus einer viel früheren Zeit die Geschwätzigkeit des Tantalus, wie er die Götter bewirthet und ihnen seinen Sohn Pelops zerlegt vorsetzt und dessen elfenbeinerne Schulter.

In Italien haben wir den Eridanus, den Phaëton und seine Schwestern, die, in Pappeln verwandelt, ihn beweinen und deren Thränen den Bernstein geben.

Auch die Hesperiden wird unser Tänzer kennen und den Drachen, der die goldene Frucht bewacht, die schwere Last des Atlas, den Geryones und seine Rinder, die ihm Herakles von der Insel Erytheia raubte. Eben so gut werden ihm auch alle mythischen Verwandlungen bekannt sein, welche Frauen in Bäume, Thiere und Vögel sich verwandelten, und welche aus Frauen Männer wurden, ich meine den Käneus, Teiresias und ähnliche.

In Phönicien wird er die Myrrha kennen und in Assyrien den Adonis, bei dessen Verehrung sich Trauer und Freude verbindet, und aus der neueren Zeit, wie nach der Herrschaft der Macedonier Antipater und Seleukus bei ihrer beiderseitigen Liebe zu Stratonike sich benahmen. Die mystische Theologie der Aegypter wird er zwar wissen, er wird sie aber mehr symbolisch darstellen, ich meine den Epaphus, den Osiris und die Verwandlung der Götter in Thiere, vor allem ihre Liebesabenteuer, und die des Zeus selber, und in welche Gestalten er sich verwandelte. Nicht minder wird er die ganze Tragödie im Hades kennen, die Strafen und die Gründe einer jeden, und die Freundschaft des Theseus und Peirithous, die so groß war, daß sie zusammen in die Unterwelt stiegen. Um es mit einem Worte zu sagen, er wird mit Homer und mit Hesiod, mit den Werken der andern vorzüglichsten Dichter und namentlich mit der Tragödie so vertraut sein, daß ihm nichts unbekannt ist.

Dies Wenige habe ich aus der großen oder vielmehr unendlichen Menge des Stoffes ausgewählt und mich dabei nur an das Wesentlichere gehalten, das Uebrige mögen die Dichter singen und die Pantomimen darstellen, und du selbst wirst es an der Aehnlichkeit mit dem Gesagten herausfinden, was der Pantomime für jeden Augenblick des Bedarfs sich besorgt und in Gewahrsam gebracht haben muß. Da er aber ein nachahmender Künstler ist und das Gesungene durch seine Bewegungen darzustellen verspricht, so ist es für ihn, eben so wie für die Redner, nothwendig, sich der Deutlichkeit zu befleißigen, damit jede seiner Darstellungen klar sei, ohne eines Auslegers zu bedürfen, um den Ausdruck jenes berühmten pythischen Orakels zu gebrauchen: der Zuschauer muß den Stummen vernehmen und den nicht Redenden hören. So soll es dem Cyniker Demetrius gegangen sein. Da dieser ähnlich wie du die Pantomimik anklagte und sagte, der Pantomime spiele nur eine Nebenrolle bei der Flöte, den Pfeifen und der übrigen rauschenden Musik, zu dem eigentlichen Drama trage er nichts bei, er mache alberne, thörichte Bewegungen ohne allen Sinn, die Menschen lassen sich von dem äußeren Zubehör der Sache bezaubern, von dem serischen Gewande und der schönen Maske, von der Flöte und den Trillern und dem harmonischen Gesange, was alles das Werk des Tänzers, das an und für sich nichts sei, ziere. Ein Pantomime, der damals zur Zeit Nero's viel Beifall fand, ein feiner Kopf, ebenso ausgezeichnet durch die Menge seines Wissens, als durch die Schönheit seiner Bewegungen, richtete an Demetrius die, wie ich glaube, höchst billige Bitte, ihn tanzen zu sehen und dann ihn anzuklagen, und erbot sich, ohne Gesang und Flötenspiel vor ihm zu spielen. Und so that er: er gebot den Taktschlägern, den Flötenspielern und sogar dem Chor Schweigen und tanzte allein den Ehebruch des Ares und der Aphrodite, er stellte den Helios dar, der die Sache anzeigt, den ihnen nachstellenden Hephästos, der beide, den Ares und die Aphrodite, in Banden fängt, und jeden der dabei stehenden Götter, die Scham der Aphrodite und die Furcht und das Flehen des

Ares, kurz die ganze Geschichte mit allen ihren Umständen, so daß Demetrius außer sich vor Freude, dieses höchste Lob dem Tänzer zollte, indem er laut ausrief: Ich höre, Mensch, was du machst, ich sehe es nicht nur, du scheinst mir mit den Händen selbst zu reden.

Da wir aber gerade von der Zeit des Nero sprechen, so will ich dir die auf denselben Pantomimen sich beziehende Aeußerung eines Barbaren mittheilen, die als der größte Preis der Tanzkunst gelten kann. Der Abgesandte eines Königs der im Pontus wohnenden Barbaren kam in einer geschäftlichen Angelegenheit zu Nero und sah unter den Andern den Pantomimen seinen Gegenstand mit solcher Deutlichkeit darstellen, daß er alles begriff, obwohl er nur ein halber Hellene war. Als er nun in seine Heimat zurückkehren wollte, reichte ihm Nero die Hand und hieß ihn um etwas bitten, er werde ihm nichts abschlagen. „Wenn du mir den Pantomimen gibst, wirst du mir die größte Freude machen," sagte der Gesandte. Auf Nero's Frage: „Was könnte dir der dort nützen?" entgegnete er: „Unsere Nachbarn sind Barbaren, die nicht dieselbe Sprache reden, wie wir, und es ist nicht leicht, einen Dollmetscher zu bekommen. Wenn ich nun etwas brauche, so wird dieser durch seine Geberden ihnen alles deutlich machen." Einen solchen Eindruck also machte auf ihn die klare und deutliche Nachahmung der Pantomimik.

Die Hauptsache, auf die alles ankommt, ist, wie ich bereits erwähnte, bei der Pantomimik das Spiel, worauf sie einen eben so großen Fleiß verwenden muß, als die Redner auf den Vortrag, besonders diejenigen, die sich mit den sogenannten Deklamationen beschäftigen. Der Pantomime weiß, daß er dann um so größern Beifall findet, wenn er den betreffenden Personen wirklich gleicht, und das Eigenthümliche und Charakteristische derselben, seien sie Helden, oder Thrannenmörder, oder Bettler und Bauersleute, darstellt und jeden Mißton vermeidet.

Du sollst auch noch hören, was ein anderer Barbar bei folgendem Anlaß sagte: Er sah, daß fünf Masken für den Pantomimen hergerichtet seien, denn so viele Rollen gehörten zu dem Stücke: weil er nur einen Tänzer bemerkte, so fragte er, wer

die übrigen Personen tanzen und spielen würde? Als er aber
erfuhr, daß ein und derselbe alle tanzen und spielen würde, so
sagte er zu ihm: Verzeih, mein Bester, ich wußte ja nicht, daß
du nur einen Körper, aber viele Seelen habest.

So der Barbar. Nicht unpassend nennen die Bewohner
Italiens den Tänzer Pantomimen, eine Bezeichnung, die nahezu
ausdrückt, was er wirklich leistet. Demnach ist jene schöne Aufforderung des Dichters: „Gleich dem Polypen des Meeres, be-
queme dich, mein Sohn, allen Städten im Verkehr an", auch
dem Tänzer nothwendig: er muß sich in die Dinge hineinversetzen
und sich mit dem, was er darstellt, identificiren. Ueberhaupt
verspricht die Tanzkunst, Charaktere und Leidenschaften zu zeigen
und darzustellen, bald bringt sie die Liebe auf die Bühne, bald
den Zorn, jetzt den Wahnsinn, jetzt den Schmerz und alles in den
Grenzen des Maßes. Und was das Seltsamste ist, an demselben
Tage wird uns jetzt der rasende Athamas, jetzt die Ino in ihrer
Angst gezeigt, und derselbe Mensch stellt einmal den Atreus und
bald darauf den Thyestes, dann den Aegisthus oder die Aerope
vor. Alle andern Ergötzungen des Auges und Ohres zeigen uns
nur eine einzige Fertigkeit: entweder hören wir die Flöte, oder
die Cither, oder ein Gesangstück, oder wir sehen ein Trauerspiel,
oder eine belustigende Komödie. Bei dem Tänzer hingegen findet
sich alles vereinigt, eine mannigfaltige und zusammengesetzte Aus-
stattung ergötzt den Zuschauer, die Flöte, die Pfeife, verschiedene
Instrumentalmusik, die gelenkigen Bewegungen des Schauspielers,
der harmonische Gesang des Chors. Ferner gebraucht der Mensch
zu seinen sonstigen Verrichtungen entweder seinen Körper oder
seine Seele; in der Pantomimik ist aber beides mit einander verbunden: ihre Vorstellungen zeigen sowohl Geist, als auch die
Energie der körperlichen Uebung, und die Hauptsache ist, daß
alles einen klugen Sinn hat und nichts gegen den Geschmack
verstößt. Lesbonax aus Mitylene, ein feiner, trefflicher Mann,
pflegte die Tänzer Cheirosophen zu nennen, und ging, sie zu sehen,
um gebessert aus dem Theater zurückzukehren. Da sein Lehrer
Timokrates einmal durch Zufall, nicht aus Absicht, einen Pantomimen tanzen sah, rief er aus: O welches Schauspiels hat

mich die Scheu, die ich der Philosophie schuldig zu sein glaubte, beraubt!

Wenn wahr ist, was Plato von der Seele sagt, so stellt uns der Tänzer ihre drei Theile richtig dar, den aufbrausenden Theil, wenn er uns einen Zürnenden vorführt, den begehrenden, wenn er Liebende spielt, und endlich den denkenden, wenn er jegliche Leidenschaft wie an einem Zügel lenkt und leitet: dieses letztere findet sich jeder Art des Tanzes beigemischt, so wie alle unsere Sinne das Gefühl zu ihrer Grundlage haben. Indem er aber für die Schönheit und die Wohlgestalt der Bewegungen sorgt, was thut er anders, als er bestätigt den Ausspruch des Aristoteles, der die Schönheit preist und sie für den dritten Theil des Guten hält? Ja, ich hörte sogar Jemanden kühn behaupten, daß das Stillschweigen, welches die Pantomimen in ihren Rollen beobachten, auf die Lehre des Pythagoras deutet.

Sodann versprechen die andern Beschäftigungen uns theils Vergnügen, theils Nutzen: nur die Tanzkunst gewährt beides, und den Nutzen in einem um so höheren Grade, als er mit dem Vergnügen gepaart ist. Wie viel mehr Ergötzung gewährt es, einen Tänzer zu sehen, als im Faustkampf begriffene, von Blut triefende, einander in den Staub niederringende Jünglinge! Da bietet uns die Tanzkunst ein gefahrloseres, dem Auge gefälligeres, ergötzlicheres Schauspiel. Die angestrengten Bewegungen der Tanzkunst, ihre Wendungen, Umdrehungen, Sprünge und rückwärts gebeugten Stellungen gewähren den Zuschauern einen vergnüglichen Anblick, für diejenigen aber, die sie ausführen, sind sie höchst gesund. Ich würde sie für die beste und zweckmäßigste Uebung erklären, sie macht den Körper weich, biegsam und leicht, verleiht ihm Gelenkigkeit und Fügsamkeit und gibt ihm ein bedeutendes Maß von Stärke. Wenn nun die Tanzkunst den Geist schärft, den Körper übt, die Zuschauer ergötzt, durch Flötenspiel, durch Cymbeln und wohltönenden Gesang das Ohr entzückt und uns vieles aus der alten Geschichte lehrt, wie sollte sie nicht mit Recht die harmonievollste aller Künste genannt werden? Ist es dir um einen schönen Gesang zu thun, wo könntest du ihn anderswo besser finden, oder wo deinem Ohre ein mannigfaltigeres

ober melodiſcheres Vergnügen bereiten? ober willſt du die Flöte
und die Syringe hören, ſo kannſt du auch das bei dem Spiel
des Pantomimen in Fülle genießen. Davon will ich gar nicht
reden, daß dich der Beſuch dieſes Schauſpiels moraliſch beſſer
macht, wenn du ſiehſt, daß die im Theater verſammelte Menge
die ſchlechten Thaten verabſcheut, über diejenigen, die Unrecht leiden, Thränen vergießt, und überhaupt den Charakter der Zu-
ſchauer bildet. Was aber am meiſten an dem Tänzer zu loben
iſt, darauf will ich dich jetzt aufmerkſam machen: daß Jemand
ſich um Kraft und Gelenkigkeit der Glieder zugleich bemüht,
ſollte doch ebenſo wunderbar erſcheinen, als wenn ein und dieſelbe
Perſon die Stärke des Herakles und die Zartheit der Aphrodite
zeigen wollte, und doch thut das der Pantomime.

Nun will ich dir noch beſchreiben, wie beſchaffen der ausgezeichnete Tänzer an Geiſt und Körper ſein muß. Seine gei-
ſtigen Eigenſchaften habe ich bereits meiſtentheils erwähnt: er
muß nämlich ein gutes Gedächtniß haben, talentvoll, von ſcharfer
Erfindungsgabe ſein und vorzüglich den richtigen Moment zu
treffen wiſſen, ferner muß er ein Urtheil über Geſänge, Lieder
und Melodien haben, und ſich darauf verſtehen, die beſten zu
erkennen und die ſchlechten zu tabeln. Körperlich will ich ihn ſo
haben, wie der Kanon Polyklets iſt: er ſei weder zu groß und
über die Maßen lang, noch klein und von zwerghaftem Wuchſe,
ſondern vollkommen proportionirt, weder zu fleiſchig (denn das
macht ihn unbehülflich), noch zu hager, ſo daß er leichenhaft oder
ſkelettartig ausſieht.

Bei dieſer Gelegenheit will ich dir auch erzählen, wie ein
Volk, welches ſich auf dieſe Dinge verſteht, ſeinen Beifall oder
Tabel zu erkennen gab. Die Bewohner von Antiochien, ein
höchſt talentvolles und die Tanzkunſt außerordentlich ſchätzendes
Publikum, beachten alle Vorgänge auf der Bühne ſo genau, daß
keinem etwas entgeht. Als ein kleiner Tänzer auftrat, um den
Hektor zu ſpielen, riefen alle wie aus einem Munde: „Du biſt
ja Aſtyanax, wo iſt aber Hektor?" Als ein anderes Mal ein
über die Maßen langer Menſch im Begriffe war, den Kapaneus
darzuſtellen und die Mauern Thebens zu erſtürmen, ſagten ſie:

„Steige über die Mauern hinüber, eine Leiter brauchst du nicht." Wie ein dicker und fetter Tänzer große Luftsprünge zu machen versuchte, hörte man: „Wir bitten, die Bühne zu schonen." Umgekehrt riefen sie einem sehr Hageren: „Gute Besserung," wie einem Kranken zu. Diese Dinge erwähne ich nicht Scherzes halber, sondern damit du siehst, daß auch ganze Völker einen großen Fleiß auf die Tanzkunst verwandt haben, so daß sie das Schöne und Häßliche genau zu beurtheilen verstanden.

Sodann muß er behende sein und einen zugleich gelenkigen und festen Körper haben, damit er, wo es nöthig ist, die gehörigen Biegungen sich geben und dann wiederum kräftig feststehen kann.

Daß der Pantomimik die bei den Wettkämpfen übliche, kunstvolle Bewegung der Hände auch nicht fremd ist, sondern daß sie alle schönen Stellungen der ausgezeichnetsten Künstler in diesem Fache, eines Hermes, Polydeukes, Herakles, zu den ihrigen macht, kannst du bei aufmerksamem Achtgeben in jeder Darstellung sehen. Herodot hält, was man gesehen, für überzeugender, als was man nur gehört hat: die Pantomimik aber wirkt auf beide Sinne in gleichem Maße.

Die Tanzkunst übt einen solchen Zauber aus, daß schon oft ein Verliebter, der in das Theater kam, zur Besinnung gebracht wurde, weil er sah, ein wie böses Ende häufig die Liebe nimmt. Und ein von Kummer Geplagter geht heiterer gestimmt aus dem Schauspiel, gleich als wenn er nur nach dem Ausbruche des Dichters einen Schmerz stillenden, Vergessen verleihenden Zaubertrank genossen hätte. Ein Beweis, wie genau die Zuschauer mit den Darstellungen vertraut sind und wie sie alles deutlich verstehen, ist, daß sie häufig Thränen vergießen, wenn etwas Trauriges und Bejammernswürdiges dargestellt wird. Der namentlich in Jonien und im Pontus übliche Bacchische Tanz reißt, obgleich er satyrischen Genre's ist, die dort wohnenden Menschen in solchem Grade hin, daß zu der bestimmten Zeit Alle, jegliches Andere vergessend, den Tag über da sitzen, um Titanen, Korybanten, Satyrn und Rinderhirten zu sehen. Und an diesem Tag nehmen die vornehmsten und ersten Männer in jeder Stadt Theil, ohne sich der Sache zu schämen, sie sind vielmehr weit stolzer darauf, als auf vornehme Geburt, Staatsleistungen und das Ansehen ihrer Vorfahren.

Nachdem ich die vorzüglichen Eigenschaften des Tänzers ge= nannt habe, sollst du auch seine Fehler hören: die körperlichen habe ich schon erwähnt, die geistigen könntest du vielleicht auf folgende Weise wahrnehmen. Es gibt Viele, denn es ist unmög= lich, daß alle geschickt seien, die bei dem Tanzen arge Verstöße machen durch ungehörige und unpassende Bewegungen, so daß der Fuß etwas Anderes thut, als der Takt vorschreibt. Andere beob= achten zwar den Takt, sie lassen sich aber in der Zeitfolge der Dinge Schnitzer zu Schulden kommen, von welcher Art ich mich erinnere einmal etwas gesehen zu haben. Ein Tänzer, der die Geburt des Zeus und den seine Kinder verschlingenden Kronos darstellen wollte, mengte, durch die Aehnlichkeit verführt, das traurige Schicksal des Thyestes mit hinein. Ein Anderer wollte die Semele geben, wie sie vom Blitz getroffen wird, und machte daraus die weit spätere Glauke. Allein nicht wegen solcher Tän= zer darf man, denk' ich, die Tanzkunst verurtheilen und ihre Lei= stungen verschmähn, sondern man muß solche Leute für ungeschickt halten, wie sie es sind, diejenigen aber loben, die alles nach den Vorschriften und Gesetzen ihrer Kunst ausführen. Ueberhaupt muß der Tänzer mit allen Kräften darauf hinarbeiten, daß alles an ihm das richtige Verhältniß, Ebenmaß und Wohlgestalt habe, so daß selbst Tadelsüchtige an ihm nichts auszusetzen und anzu= greifen finden, er muß ein scharfer Kopf und von tiefer Bildung sein, vorzugsweise sich allen menschlichen Verhältnissen anzupassen wissen. So wird er das höchste Lob von den Zuschauern ernten, wenn Jeder derselben sich wieder erkennt und in dem Tänzer wie in einem Spiegel sich selber sieht, seine eigenen Erlebnisse und wie er es selber zu machen pflegt. Dann können sich die Men= schen nicht halten und ergießen sich in Lobeserhebungen, wenn jeder das Bild seiner Seele und seine eigene Persönlichkeit erkennt. So verschafft ihnen in der That das Schauspiel jenes delphische „Kenne dich selbst", und sie gehn mit Kenntnissen bereichert nach Hause, indem sie gelernt haben, was man vermeiden und was man erstreben muß.

Wie in der Rhetorik, so gibt es auch in der Tanzkunst eine Afternachahmung: viele überschreiten alles Maß und übertreiben ungebührlich. Wenn sie etwas Großes darstellen wollen, so machen sie es ungeheuer, das Zarte wird weibisch, das Männliche verzerren sie bis zum Wilden und Thierischen. Etwas der Art sah ich einmal bei einem Tänzer, der früher Beifall gefunden hatte und in der That sonst verständig und wirklich bewundernswerth war, dessen übertriebene Nachahmung aber, ich weiß nicht, durch welchen Zufall, in das Häßliche ausartete. Er tanzte den Ajax, der gleich nach seiner Besiegung rasend wird, und ließ sich dabei so hinreißen, daß er den Wahnsinn nicht spielte, sondern daß man ihn mit Fug und Recht für wahnsinnig halten mußte. Einem von denen, die mit ihrem Schuh aus Erz den Takt schlagen, riß er das Kleid herunter, einem der Flötenspieler nahm er die Flöte weg und schlug damit dem nahe dabei stehenden und auf seinen Sieg stolzen Odysseus auf den Kopf, so daß der arme Odysseus unter den Händen eines verrückten Tänzers umgekommen wäre, wenn der Filz nicht widerstanden und die Kraft des Schlages aufgefangen hätte. Doch das ganze Theater raste mit Ajax mit, man sprang und schrie und riß sich die Kleider auf, freilich war es nur der Pöbel und ein unwissender Haufe, der von Schicklichem nichts versteht und Gutes und Schlechtes nicht unterscheiden kann, sondern so etwas für die vollendete Nachahmung der Krankheit hält. Die Gebildeteren sahen es zwar und schämten sich darüber, sie schwiegen aber und suchten sogar durch Beifallsbezeugungen den Unverstand des Tanzes zu verdecken, da sie genau erkannten, daß diese Thaten von dem Wahnsinne des Tänzers, nicht dem des Ajax herrührten. Der Edle begnügte sich damit nicht, sondern trieb es noch weit alberner: er kam von der Bühne herunter und setzte sich mitten unter den Senat zwischen zwei Konsularen, die sich nicht wenig fürchteten, er dürfte über sie herfallen und sie als Widder zerprügeln. Einige staunten das an, Andere lachten, noch Andere besorgten, es könnte aus der zu grellen Nachahmung die wirkliche Krankheit bei ihm entstehn. Der Tänzer selbst soll jedoch, nachdem er nüchtern geworden, eine solche Reue über das, was er gethan, empfunden haben, daß er vor Kummer krank wurde, weil er in der That von sich glaubte, wahnsinnig gewesen zu sein. Wenigstens zeigte er es hinlänglich deutlich. Als seine Anhänger ihn baten, noch einmal den Ajax zu tanzen, stellte er den Schauspieler neben sich und sagte zu den Zuschauern: „Es ist genug, einmal wahnsinnig gewesen zu sein." Jedoch machte sein Rivale ihm keinen kleinen Kummer: denn da für ihn ein Text geschrieben war, so stellte er den Wahn= sinn so besonnen und gehörig dar, daß ihm besonders deshalb Beifall gezollt wurde, weil er sich innerhalb der Grenzen gehalten und sein Spiel nicht bis zum Unfug getrieben hatte.

Aus einer großen Fülle des Stoffes habe ich dir diese wenigen Beispiele von dem, was die Tanzkunst leistet und er= strebt, gegeben, mein Freund, damit du es mir nicht verargst, wenn ich sie so leidenschaftlich gern habe. Wolltest du diesen Anblick mit mir zusammen genießen, so weiß ich wohl, daß die Tanzkunst dich fangen und daß du dich sterblich in sie verlieben würdest. Demnach darf ich zu dir nicht mit Circe sagen:

Staunen ergreift mich, da dich der zaubrische Trank nicht verwandelt [1]),

denn du wirst bezaubert werden, zwar gewiß nicht den Kopf eines Esels oder Schweines bekommen, aber dein Sinn wird völliger sein und du wirst vor Wollust auch manchem Andern von dem Tranke mittheilen. Was Homer von dem goldenen Stabe des Hermes sagt:

Daß er die Augen der Menschen
Zuschließt, welcher er will, und wieder vom Schlummer sie weckt,

das thut die Tanzkunst, sie bezaubert die Augen und erweckt und regt den Geist an, so daß uns nichts von dem, was sie zeigt, entgeht.

Krato. Ich glaube dir schon, lieber Lycinus, und halte Augen und Ohr geöffnet: vergiß also nicht, mein Freund, wenn du in's Theater gehst, auch für mich einen Platz neben dir zu nehmen, damit du nicht allein von da weiser heimkehrst.

---

[1]) Homer Odyssee X. 326.

Ueber das Betrauern der Verstorbenen.

Es verlohnt sich wohl der Mühe, zu beachten, was die Meisten bei der Trauer um die Verstorbenen thun und reden, und
was hinwiederum diejenigen, die sie trösten, sagen, und wie die
Trauernden meinen, sowohl sie selber, als jene, die sie betrauern,
habe das Allerschrecklichste betroffen, wenn gleich sie bei dem Pluto
und seiner Proserpina auf keinen Fall genau wissen, ob es für
die davon Betroffenen schlimm und der Trauer werth, oder vielmehr angenehm und besser sei, sondern sie bei der Trauer sich
nur nach Sitte und Gewohnheit richten. Ist nun Jemand gestorben, so machen sie es folgender Maßen — oder zuvor will
ich lieber sagen, was sie von dem Tode für Ansichten haben, denn
so wird erhellen, welchen Zweck und Grund dieses ihr überflüs-
siges Gebahren hat. Der große Haufe, die Idioten, wie die
Weisen sie nennen, glauben dem Homer, dem Hesiod und den
übrigen Mythendichtern über diese Dinge, machen sich ihre Dich-
tungen zum Gesetzbuch und nehmen einen tiefen Ort unter der
Erde, den Hades, an, der groß genug ist und geräumig und
dunkel und ohne Sonne, und doch wieder, ich weiß nicht wie, so
erhellt wird, daß man alles darin Befindliche sehen kann. König
dieser Tiefe sei der Bruder des Zeus, Pluto, der diesen ehrenden
Beinamen hat, wie mir Einer von denen, die sich auf diese Dinge
verstehen, sagte, weil er an Todten reich ist [1]). Dieser Pluto
habe da unten die Verfassung und das Leben also eingerichtet:
Ihn habe das Loos getroffen, über die Verstorbenen zu herrschen;
wenn er sie bekommen und in Empfang genommen, halte er sie
durch unentrinnbare Banden zurück, schlechthin keinem gestatte er
die Reise nach oben, außer seit aller Ewigkeit her sehr wenigen
aus den gewichtigsten Gründen. Sein Land werde von großen
und durch ihren bloßen Namen schrecklichen Flüssen umströmt,

---

[1]) Pluto, hergeleitet von πλοῦτος, Reichthum.

denn sie heißen Kokytns (Wehklage), Pyriphlegeton (Feuerstrom)
u. s. w., und vor allem liegt der Acherusische See davor, neben
dem man nicht vorbeikommen und über den man nicht setzen könne
ohne den Fährmann: zu durchwaten sei er zu tief, und hinüber=
zuschwimmen zu groß, überhaupt könnten ihn nicht einmal die
Leichen der Vögel überfliegen. An dem Eingange und der dia=
manteneu Pforte stehe der Brudersohn des Königs, Aeakus, dem
die Wache überlassen sei, und neben ihm ein dreiköpfiger, sehr
bissiger Hund, der die Ankommenden friedlich und freundlich an=
blicke, diejenigen aber, die zu entlaufen versuchen, anbelle und
durch seinen Rachen schrecke. Wer über den See in das Innere
gesetzt sei, den nehme eine große, mit Asphodil bewachsene Wiese
und der Bach auf, der jede Erinnerung vertilgt, weshalb er Lethe
heiße. Das erzählten natürlich die Alten, die dorther Gekomme-
nen, Alcestis und Protesilaus aus Thessalien, Theseus, der Sohn
des Aegeus, und der homerische Odysseus, meiner Meinung nach
sehr ehrwürdige und verläßliche Zeugen, die aus der Quelle nicht
getrunken hatten, denn sonst würden sie sich daran nicht erinnert
haben. Die Gebieter und Herrscher des ganzen Reiches sind,
wie jene erzählten, Pluto und Persephone, Diener aber, die ihnen
zur Handhabung des Regiments behülflich sind, haben sie eine
große Menge: die Erinnyen, die Strafen, die Schreckbilder und
den Hermes, der jedoch nicht immer bei ihnen ist. Sobann sitzen
ihre beiden Statthalter und Satrapen zu Gerichte, die Kreter
Minos und Rhadamanthys, die Söhne des Zeus: die Guten und
Gerechten, die tugendhaft gelebt haben, schicken sie, wenn sich ihrer
viele versammelt haben, in das elysische Gefilde, gleichsam in eine
Kolonie, wo sie das beste Leben erwartet. Bekommen sie aber
einige Böse, so überantworten sie diese den Erinnyen und senden
sie nach dem Orte der Sünder, um da ihrer Ungerechtigkeit ent=
sprechend gestraft zu werden. Welche Qualen leiden diese hier
nicht, indem sie gefoltert, gebraten, von Geiern gefressen, auf einem
Rade herumgedreht werden und über Felsen rollen! Der Tan=
talus steht mit trockener Kehle an einem See und der Arme ist
in Gefahr, vor Durst zu vergehn. Die große Zahl der Leute
mittleren, durchschnittlichen Wandels irren als köperlose Schatten,

die bei der Berührung wie Rauch verschwinden, auf der Wiese
umher: doch nähren sie sich von den Spenden und Opfern, die
wir ihnen auf ihren Gräbern darbringen, so daß, wenn Jemand
keinen Freund oder Verwandten auf Erden hinterlassen hat, dieser
als Leiche nüchtern und hungrig unter ihnen lebt. Die Meinungen haben sich bei der Menge so festgesetzt, daß man, wenn
ein Angehöriger stirbt, zuerst einen Obolus ihm in den Mund
steckt, um damit den Fährmann für die Ueberfahrt zu bezahlen,
ohne zu prüfen, welche Münze bei den Todten Cours hat, und
ob bei ihnen der attische, oder der macedonische, oder der äginetische Obolus gilt, und ohne zu bedenken, daß es weit besser ist,
wenn Einer das Fährgeld nicht erlegen kann: denn so würden
sie, falls der Fährmann sie nicht aufnimmt, wieder in das Leben
hinaufgeschickt werden. Hierauf wäscht man sie ab, als wenn der
See dort für sie nicht Badewasser genug hätte, bestreicht den schon
mit üblem Geruche kämpfenden Körper mit der schönsten Salbe,
bekränzt sie mit frischen Blumen und legt sie auf das Parade-
bett in stattlicher Kleidung, offenbar, damit sie auf dem Wege
nicht frieren und von Cerberus nicht nackt gesehen werden. Nun
folgt die Wehklage und das Geheul der Weiber, alle vergießen
Thränen, schlagen sich die Brust, raufen das Haar und kratzen
sich die Backen blutig: mitunter zerreißt Einer wohl sein Kleid
und streut sich Asche auf den Kopf, kurz, die Lebenden sind be-
jammernswürdiger, als der Todte: denn jene wälzen sich oftmals
auf der Erde und stoßen den Kopf an den Boden, dieser liegt
wohlgestaltet und schön und reich bekränzt hoch und erhaben da,
wie zu einer Prozession geschmückt. Sodann tritt die Mutter
oder auch der Vater aus der Mitte der Verwandten hervor, schließt
den Todten in seine Arme — wir wollen uns einen Jungen und
Schönen auf der Bahre vorstellen, damit das Drama effektvoller
sei — und äußert thörichte und alberne Worte, auf die der Todte
selbst antworten würde, falls er seine Sprache wiederbekäme. Der
Vater wird nämlich in kläglichem Tone, jedes Wort möglichst
dehnend, sich also vernehmen lassen: Theuerstes Kind, du bist
mir dahingegangen, gestorben und vor der Zeit entrissen und hast
mich Armen allein gelassen, ohne daß du geheirathet, Kinder ge-

zeugt haſt und zu Felde gezogen biſt, haſt nicht das Land bebaut, nicht das Greiſenalter erreicht, du wirſt nicht mehr wieder in der Nacht ſchwärmen, mein Sohn, dich nicht mehr verlieben und nicht mehr bei Gelagen mit den Altersgenoſſen dich betrinken. Dies und Derartiges wird er ſagen, in dem Glauben, daß der Sohn dieſer Dinge zwar noch bedürfe und auch nach dem Tode ſie erſehne, ihrer aber nicht theilhaftig werden könne. Jedoch was rede ich hiervon? wie viele haben nicht Pferde und Mätreſſen oder Mundſchenken mitgetödtet und Kleider und andere Schmuckſachen mitverbrannt oder begraben, als wenn die Todten dies unten gebrauchen oder genießen würden.

Der in dieſer Weiſe trauernde Alte äußert nun, wie es ſcheint, die erwähnten bombaſtigen Phraſen, und noch mehr als dieſe, weder um des Sohnes willen — denn er weiß, daß der nicht hört, auch wenn er lauter ſchreit als Stentor — noch um ſeiner ſelbſt willen: es genügt ja, dieſe Meinungen und Anſichten zu hegen, auch ohne das Geſchrei, Niemand braucht ſich doch ſelbſt etwas zuzuſchreien: folglich iſt noch übrig, daß er um der Anweſenden willen dieſes Zeug faſele, ohne zu wiſſen, was ſeinen Sohn betroffen hat und wohin er gegangen iſt, ja vielmehr ohne zu prüfen, was das Leben ſelbſt iſt: ſonſt würde er die Entfernung aus demſelben nicht als etwas Schreckliches beklagen.

Könnte der Sohn ſich von Aeakus und Aidoneus die Erlaubniß erwirken, ein wenig aus dem Höllenrachen hervorzugucken und dem thörichten Geſchwätz des Vaters ein Ende zu machen, ſo würde er ſagen: Was zum Teufel ſchreiſt du, Thor? weshalb läßeſt du mich nicht in Ruhe? höre auf, dir das Haar zu raufen und dir das Geſicht zu zerkratzen. Was ſchimpfſt du mich elend und unglücklich, da ich weit beſſer und glückſeliger geworden bin, als du biſt? oder was, meinſt du, widerfahre mir Schreckliches? iſt es etwa das, daß ich nicht ſo alt wurde, wie du, keine Glatze, keine Runzeln im Geſicht bekam, daß ich nicht gebeugt wurde und meine Kniee kaum ſchleppen konnte, kurz, daß mich die Zeit nicht abnutzte, da ich ganze Menſchenalter und Olympiaden über lebte, und daß ich jetzt zuletzt nicht vor ſo vielen Zeugen mich ſo verrückt geberde? Was hältſt du, Narr, denn im Leben für vor-

trefflich, woran wir nicht mehr Theil haben werden? oder ohne
Frage wirst du die Trinkgelage und die Gastmähler, schöne Kleider und Liebesfreuden aufzählen und fürchtest, ich werde umkommen, wenn ich das nicht habe: weißt du nicht, daß es weit besser
ist, nicht zu dürsten, als zu trinken, und nicht zu hungern, als
zu essen, und nicht zu frieren, als Ueberfluß an Kleidern zu
haben? da du es nun nicht zu wissen scheinst, wohlan, so will
ich dich mit mehr Wahrheit jammern lehren, fange also von Anfang an zu schreien: Mein armes Kind, du wirst nicht mehr
dürsten, nicht mehr hungern und nicht mehr frieren; du Unglücklicher bist den Krankheiten entronnen, fürchtest kein Fieber, keinen
Feind, keinen Thrannen mehr: du wirst nicht von Liebe geplagt
und von ihrem Genusse nicht entnervt werden, und wirst deshalb
nicht mehr zwei oder drei Mal des Tages schlemmen dürfen, du
wirst, o des Jammers, als Greis nicht verachtet werden und den
jungen Leuten durch deinen Anblick nicht lästig fallen. Wenn du
das sagtest, Vater, meinst du nicht, daß es weit wahrer und
lächerlicher sein würde, als jenes? Sieh aber einmal zu, ob dich
nicht der Gedanke an das Dunkel und die Finsterniß, die bei uns
herrscht, beunruhigt, und ob du nicht fürchtest, ich könnte dir ersticken, wenn ich in dem Grabdenkmale eingeschlossen bin? Hiebei
mußt du bedenken, daß wir, wenn die Augen verwest oder, falls
ihr beschlossen habt, mich zu verbrennen, verbrannt sind, weder
Licht, noch Finsterniß werden sehen dürfen. Und dies mag vielleicht noch so hingehn. Was aber nützt mir euer Jammergeheul
und dies Schlagen der Brust nach dem Takte der Flöte und die
Maßlosigkeit der Weiber in der Todtenklage? was der begrenzte
Stein auf dem Grabe? oder was bezweckt ihr mit dem Aufgießen
des Weines? glaubt ihr, daß er zu uns herabträufeln und bis
an den Hades kommen werde? In Betreff der Todtenopfer seht
ihr, denk' ich, wohl selbst, daß die flüchtigsten Theile der Rauch
in den Himmel hinauf trägt, ohne daß sie uns unten etwas nützen,
und daß das Uebrigbleibende, die Asche, unbrauchbar ist, ihr müßt
denn etwa überzeugt sein, daß wir Asche essen. So brod- und
fruchtlos ist das Reich des Pluto nicht, und so mangelt uns der
Asphodil nie, daß wir unsere Speisen von euch beziehen müßten.

Aus biesen Gründen hätte ich bei der Tisiphone über euer Thun und Reden schon längst aufgelacht, hätte mich daran nicht der Schleier und die wollene Binde gehindert, mit der ihr mir die Kinnbacken zusammengeschnürt habt.

Als er bieses gesprochen, umhüllte der endende Tod ihn [1]).

Beim Zeus, wenn der Tobte, auf seinen Ellbogen sich stützend und zu euch hingewandt, dies sagte, wollen wir nicht glauben, daß er sehr Recht hat? Trotzdem schreien die Thoren, lassen einen Klagekünstler, der viele alte Trauergesänge gesammelt hat, kommen und benützen ihn als Helfer und Führer ihres Unverstandes, indem sie ächzend in die Melodie einstimmen, die er anfängt. Und bis zu der Albernheit der Klagelieder herrscht bei allen Völkern derselbe Gebrauch: das Weitere ist bei verschiedenen Völkern verschieden, der Hellene verbrennt seine Todten, der Perser begräbt sie, der Inder überzieht sie mit einer Glasur, der Scythe ißt sie auf, der Aeghpter balsamirt sie ein: ja, der letztere — ich sage es aus eigener Anschauung — macht die ausgetrocknete Leiche zu seinem Tisch= und Zechgenossen, oftmals kommt es auch vor, daß ein Aeghpter, wenn er Geld braucht, durch den Versatz seines Vaters oder Bruders [2]) aus dieser Verlegenheit sich heraushilft.

Was nun die Grabhügel, die Pyramiden, die Grabsteine und die für kurze Zeit nur dauernden Inschriften betrifft, wer sieht nicht, wie überflüssig und tändelhaft diese Dinge sind? Und doch ordneten Einige Kampfspiele an und hielten an den Monumenten Grabreben, als wenn sie die Sache des Todten vor den Richtern unten führten und für ihn Zeugniß ablegten.

Auf alles das folgt der Leichenschmaus, die Verwandten erscheinen und trösten die Eltern des Verstorbenen, und suchen sie zu bereden, etwas zu genießen, wozu sie sich wahrhaftig nicht ungern zwingen lassen, da sie schon durch Hunger in drei Tagen hinter einander abgemattet sind. Nun heißt es: So höre doch,

---

[1]) Homer Ilias XVI. 502.
[2]) Nämlich der Leiche.

Freund, wie lange sollen wir denn klagen? laß die Geister des Seligen zur Ruhe gelangen. Bist du aber durchaus zu jammern entschlossen, so mußt du eben deßhalb nicht fasten, damit du die Größe des Kummers auszuhalten vermögest. Dann leiern alle zwei Verse aus Homer her:

Denn auch die schöne Niobe selbst vergaß nicht der Speise [1]),

und

Nicht mit dem Magen geziemt es den Griechen um Todte zu trauern [2]).

So langen sie zu, wenn sie auch Anfangs Scheu und Furcht empfinden, man könnte sehn, daß sie nach dem Tode ihrer Lieb-sten noch menschliche Begierden behalten. Dies und weit Lächer-licheres, als das, geschieht, wie ein aufmerksamer Beobachter finden wird, bei der Trauer um die Verstorbenen, weil die Meisten den Tod für das größte Uebel halten.

Von der Verläumdung

oder

daß man der Verläumdung nicht leicht Glauben schenken dürfe.

Etwas gar Schlimmes und die Ursache vielen Uebels für die Menschen ist die Unwissenheit, da sie die Dinge gleichsam mit einem Dunkel überzieht, die Wahrheit unkenntlich macht und das Leben eines Jeden verdüstert. Im Finstern Umhertappenden gleichen wir in der That alle, oder besser gesagt, es geht uns ebenso, wie den Blinden, an dem Einen stoßen wir uns ohne

----

[1]) Homer Ilias XXIV. 602.
[2]) Homer Ilias XIX. 225.

Grund, über Anderes steigen wir unnöthiger Weise hinüber, das nahe vor den Füßen Liegende sehen wir nicht, das Entfernte und durch einen sehr weiten Zwischenraum von uns Getrennte fürchten wir als bedrohlich und belästigend; kurz, in jeder unserer Handlungen hören wir nicht auf, viele Fehltritte zu thun. Schon unzählbare Stoffe zu ihren Stücken hat den Tragödiendichtern dieser Umstand verliehen, die Labbakiden, die Pelopiden und ihres gleichen; denn man wird finden, daß der Bühne beinahe die Mehrzahl des auf sie gebrachten Stoffes von der Unwissenheit, wie von einem tragischen Dämon, geliefert worden sei. Das sage ich im Hinblick theils auf Anderes, theils und vorzüglich auf die nicht wahren Verläumbungen der Vertrauten und Freunde, von denen schon Häuser ruinirt, Städte gänzlich zu Grunde gerichtet, Väter zum Wahnsinn gebracht wurden gegen ihre Söhne, Brüder gegen Brüder, Kinder gegen Eltern, Liebende gegen Geliebte. Oftmals schon waren die mit überredendem Geschick angebrachten Verläumbungen die Ursache, daß Freundschaften zerrißen und Familien die Opfer der Verwirrung wurden.

Damit wir uns nun hiegegen möglichst verwahren, gedenke ich in meiner Rede wie in einem Gemälde zu zeigen, was die Verläumbung sei, woher sie anfängt und was sie bewirkt; doch hat Apelles aus Ephesus schon längst mir dieses Bild vorweg genommen. Auch er war nämlich bei Ptolemäus verläumbet worden, daß er mit Theodotas an der Verschwörung in Thyrus sich betheiligt hätte; Apelles hatte aber Thyrus niemals gesehen und wußte nicht, wer Theodotas wäre, außer in so weit, daß er gehört hatte, Theodotas sei ein Statthalter des Ptolemäus und von diesem mit der Verwaltung Phöniciens betraut worden. Aber gleichwohl zeigte ihn einer seiner Rivalen in der Kunst, Antiphilus mit Namen, aus Neid auf die Ehre, in der er bei dem Könige stand, und aus Künstlereifersucht bei Ptolemäus an, daß er an der ganzen Sache Theil gehabt, und daß Jemand ihn in Phönicien mit Theodotas hätte schmausen und das ganze Mahl über ihm ins Ohr flüstern sehen, und endlich erklärte er, daß der Abfall von Thyrus und die Besetzung Pelusiums auf den Rath des Apelles geschehen sei. Ptolemäus, der auch sonst nicht son-

derlich verständig und in der Schmeichelei, wie die meisten Des-
poten, aufgewachsen war, gerieth über diese unerwartete Verläumdung in eine solche Bewegung und Hitze, daß er, ohne die Wahrscheinlichkeit zu berechnen, ohne zu bedenken, daß der Verläumder
ein Nebenbuhler war, daß ein Maler eine für einen so wichtigen
Verrath zu unbedeutende Persönlichkeit sei, daß Apelles von ihm
Wohlthaten empfangen und mehr als alle Kunstgenossen von ihm
geehrt worden sei, ja sogar ohne überhaupt zu prüfen, ob Apelles
nach Thyrus gesegelt sei, daß ihn, sage ich, sofort die Lust an-
wandelte, zu grollen und mit den lauten Ausrufen: „der Undankbare, der Heimtückische, der Verschwörer"! den Palast zu erfüllen. Und hätte nicht Einer von den zugleich Festgenommenen
aus Verdruß über die Unverschämtheit des Antiphilus und aus
Mitleiden mit dem armen Apelles erklärt, daß der Mann in gar
keiner Beziehung zu ihnen gestanden habe, so wäre ihm der Kopf
abgehauen und er würde das in Thyrus begangene Verbrechen haben büßen müssen, ohne daran schuld gewesen zu sein. Ptolemäus soll sich über diese Sache so geschämt haben, daß er den
Apelles mit hundert Talenten beschenkte und den Antiphilus ihm
zum Sklaven gab. Apelles aber, eingedenk der Gefahr, in der
er sich befunden hatte, rächte sich für die Verläumdung durch folgendes Bild: Zur Rechten sitzt ein Mann mit sehr großen Ohren,
die beinahe denen des Midas gleichen, und streckt seine Hand der
aus der Ferne herankommenden Verläumdung entgegen. Neben
ihm stehen zwei Frauen, ich glaube, die Unwissenheit und die
Vermuthung; von der andern Seite kommt die Verläumdung
heran, ein wunderbar schönes Weib, aber hitzig und leidenschaftlich, so daß man ihr Zorn und Wuth beinahe ansieht, in der
Linken hält sie eine glühende Fackel, mit der andern schleppt sie
einen Jüngling an den Haaren herbei, der die Hände zum Himmel erhebt und die Götter zu Zeugen macht. Voran geht ein
bleicher, häßlicher Mann mit stechendem Blick, der wie die von
einer langen Krankheit Abgemagerten aussieht; diesen möchte man
für den Neid halten. Es begleiten ihn noch zwei andere Frauens-
personen, welche die Verläumdung aufmerksam machen, sie schützen
und putzen. Wie mir der Erklärer des Gemäldes sagte, sollte die

eine die Arglist, die andere die Täuschung vorstellen. Hintennach folgte eine in tiefer Trauer, mit schwarzem Gewande und zerrauftem Haar, man nannte sie, glaub' ich, Reue; wenigstens wandte sie sich weinend rückwärts und blickte die herankommende Wahrheit sehr verschämt an. So stellte Apelles seine Gefahr auf dem Gemälde dar.

So wollen auch wir denn mit eurer Erlaubniß nach dem Kunstwerke des Ephesischen Malers die Attribute der Verläumbung durchgehen, wenn wir zuvor ihr durch eine Definition einen Umriß gegeben haben, so wird unser Bild mehr Deutlichkeit bekommen. Die Verläumbung ist also eine in Abwesenheit des Beklagten hinter seinem Rücken vorgenommene Anklage, die ohne den Widerspruch der andern Partei, weil nur Einer anwesend ist, geglaubt wurde. Dies ist nun der Gegenstand der Rede. Da wir aber, wie in den Komödien, drei Personen haben, den Verläumber, den Verläumbeten und denjenigen, vor dem die Verläumbung geschieht, so laßt uns betrachten, welche Rolle dabei ein Jeder spielen wird.

Zuerst wollen wir nun die Hauptperson des Drama's vorführen, ich meine den Verfasser der Verläumbung. Daß dieser kein guter Mensch sei, darüber, denk' ich, sind wohl alle einverstanden, denn kein Guter wird seinem Nächsten Unglück verursachen, vielmehr erlangen gute Menschen, neben der Meinung des Wohlwollens, Ruhm und Ehre durch das, was sie selbst ihren Freunden Gutes thun, nicht dadurch, daß sie Andere unrechtmäßiger Weise anschuldigen und ihnen Haß bereiten. Ferner, daß ein solcher Mensch ungerecht, ungesetzlich, gottlos und schädlich für diejenigen, die mit ihm in Berührung kommen, ist, läßt sich leicht einsehen. Denn wer wollte nicht zugeben, daß es Thaten der Gerechtigkeit seien, in allen Dingen das gleiche Recht walten zu lassen und sich keinen Vortheil anzueignen, während das Gegentheil Thaten der Ungerechtigkeit sind? Uebervortheilt aber Andere nicht derjenige, der Abwesende heimlich verläumbet, den Hörenden ganz gewinnt, seine von der Verläumbung erfüllten Ohren vorweg für sich in Beschlag nimmt und sie dem zweiten Worte ganz unzugänglich macht? Das ist die Vollendung aller

Ungerechtigkeit, wie die besten Gesetzgeber, ein Solon und Drako, sagen würden, welche die Richter den Eid leisten ließen, beide Parteien gleich anzuhören und den Rechtenden dasselbe Wohlwollen zu widmen, so lange, bis die Rede des zweiten, neben die des ersten gestellt, sich als besser oder schlechter erwiesen haben würde. Bevor aber die Anklage an der Vertheidigung geprüft wäre, würde, ihrer Meinung nach, das Urtheil ganz ruchlos und sündhaft sein. Von den Göttern selbst könnten wir mit Recht behaupten, daß es sie mit Unwillen erfüllen würde, wenn wir dem Ankläger gestatteten, dreist zu sagen, was er will, dem Beklagten aber Ohren und Mund verstopfen und, durch die frühere Rede bestimmt, ihn, ohne daß er etwas sagen darf, verurtheilen wollten. Man muß also sagen, daß die Verläumdungen dem Rechte, dem Gesetze und dem Richtereide zuwider geschehen. Hält aber Jemand die Gesetzgeber, die so gerechte und unparteiische Urtheile verlangen, nicht für glaubwürdige Gewährsmänner, so denke ich das Zeugniß eines vortrefflichen Dichters anzuführen, der sich hierüber sehr gut erklärt, oder vielmehr in dem gebietenden Tone eines Gesetzgebers spricht, nemlich:

Sprich kein Urtheil, bevor du beide Theile gehört hast[1]).

Dieser wußte, denk' ich, daß man unter den vielen ungerechten Handlungen im menschlichen Leben keine ärgere und ungerechtere finden könne, als Leute ungehört und ohne Untersuchung zu verurtheilen. Und das gerade versucht der Verläumder zu thun, indem er den Verläumbeten bei dem, vor dem er verläumdet, verhaßt macht und ihm durch die Heimlichkeit der Anklage die Vertheidigung benimmt. Ein derartiger Mensch ist auch ohne Freimuth und feige, er führt nichts an das Tageslicht, schießt, gleich im Hinterhalte liegenden Soldaten, seine Pfeile aus dem Versteck ab, so daß man sich ihm nicht entgegenstellen und ihn nicht bekämpfen kann, sondern aus Verlegenheit und Unkenntniß des Krieges zu Grunde gehen muß, was der größte Beweis ist, daß Verläumber nichts Gesundes sagen. Denn wenn Jemand sich

---

[1]) Vers eines unbekannten Verfassers.

bewußt ist, eine wahre Anklage vorzubringen, so überführt er offenkundig, trägt Beweise vor und nimmt es mit der Gegenrede auf, wie keiner, der im offenen Felde siegen kann, je einen Hinterhalt oder Betrug gegen die Feinde anwenden wird. Solche Menschen bemerkt man vornemlich an den Höfen der Könige und durch die Freundschaften der Fürsten und Machthaber geehrt, wo es viel Neid, unzähligen Verdacht, sehr viel Anlässe zu Schmeicheleien und Verläumbungen gibt. Denn überall, wo größere Hoffnungen sind, da findet auch heftigerer Neid statt, gefährlicherer Haß und heimtückischere Eifersucht. Alle sehn einander scharf auf die Finger und geben wie die Gladiatoren Acht, ob sie irgendwo einen Theil des Körpers entblößt erspähen können. Weil Jeder selbst der erste sein will, so schiebt und stößt er seinen Nächsten auf die Seite und sucht wo möglich seinen Vordermann zurückzureißen und ihm ein Bein zu stellen. Der rechtschaffene, wackere Mann wird natürlich sogleich unter die Füße getreten, gemißhandelt und zuletzt schimpflich hinausgestoßen, derjenige dagegen, der besser schmeicheln kann und solche Bosheiten geschickter vorzutragen weiß, findet Beifall und erlangt einen vollständigen Sieg. Auf Niemanden paßt der Vers Homers so gut:

Allen gemein ist Ares und oft erwürgt er den Würger[1]).

Weil es nun bei dem Wettkampf um nichts Kleines gilt, so benken sie gegen einander mannigfaltige Mittel und Wege aus, unter denen der schnellste und gefährlichste die Verläumbung ist, die ihren Anfang von Neid oder hoffnungsvollem Hasse nimmt, aber ein jämmerlich tragisches und unglückreiches Ende herbeiführt. Jedoch ist sie nicht etwas so Geringes und Einfaches, wie man annehmen möchte, sondern sie erfordert viel Kunst, nicht wenigen Scharfsinn und eine genaue Sorgfalt. Denn sie würde nicht so viel schaden, wenn sie nicht auf eine überzeugende Weise geschähe, und nicht die allmächtige Wahrheit bezwingen, wenn sie sich nicht viel Anziehung, Ueberredungsgabe und unzähliges Andere besorgt hätte, was sie bei dem, der sie hört, anwendet.

---

[1]) Homer Ilias XVIII, 309.

Meistentheils wird der Geehrte verläumdet, der eben deshalb den Neid der niedriger Stehenden erregt. Nach diesem schießen alle, als wenn sie in ihm ihr Hinderniß sähen, und Jeder hofft der erste zu sein, wenn er nur jenen Matador bezwungen und aus der Freundschaft verdrängt hat. Etwas Aehnliches thun bei den Kampfspielen die Läufer. Auch da strebt der tüchtige Läufer sogleich beim Fallen des Schlagbaums nur nach vorwärts, richtet seine Gedanken blos auf das Ziel, und seine Siegeshoffnung in seine Schenkel setzend, sucht er weder seinem Nebenmanne zu schaden, noch kümmert er sich überhaupt viel um seine Rivalen; allein der Schlechte und Untaugliche verzweifelt an seiner Schnelligkeit und wendet sich zur Heimtücke und richtet sein ganzes Augenmerk darauf, den mit ihm um die Wette Laufenden anzuhalten und ihn zum Stillstehen zu bringen, in der Ueberzeugung, daß er niemals den Sieg erlangen werde, wenn ihm dies nicht gelingt. Ebenso machen es diese Freunde der Großen; wer sich hervorthut, dem wird nachgestellt, und wenn er sich nicht hütet, so wird er von den Feinden gepackt und zerrissen, diese aber werden geliebt, und gelten deshalb noch für Freunde, daß sie andern Schaden zu thun scheinen. Um ja nicht etwas Unpassendes oder Fremdartiges einem anzuhängen, verwenden sie allen möglichen Fleiß darauf, eine glaubwürdige Verläumdung auszudenken. Meistentheils machen sie ihre Anklagen dadurch nicht unwahrscheinlich, daß sie wirkliche Eigenschaften des Verläumdeten zum Schlechteren wenden, den Arzt verläumden sie als Giftmischer, den Reichen als Prätendenten, den königlich Gesinnten als Verräther.

Zuweilen gibt derjenige, vor dem die Verläumdung angebracht wird, selbst die Veranlassung dazu; die Boshaften passen sich seinem Charakter an und thun keinen Fehlschuß. Wenn sie Jemand eifersüchtig sehen, so heißt es: „Bei Tisch nickte er deiner Frau zu" und „er sah sie an und seufzte", oder „Stratonika benahm sich recht freundlich zu ihm", kurz, vor einem Solchen betreffen die Verläumbungen Liebeshändel und Ehebruch. Ist Jemand ein Dichter und thut er sich auf dieses Talent etwas zu Gute, so sagt man: „Fürwahr, Philoxenus verspottete und verhöhnte deine Gedichte, er nannte sie zusammengestoppelte Knüttelverse." Bei dem Gottesfürchtigen und Frommen wird der Freund als Atheist und Ungläubiger verläumdet, als einer, der von Gott nichts wissen will und die Vorsehung läugnet. Jener geräth natürlich sogleich, wie er es hört, als wenn ihn eine Bremse ins Ohr gestochen hätte, ins Feuer und wendet dem Freunde, ohne den genauen Beweis abzuwarten, den Rücken. Ueberhaupt erfinden und sagen sie Solches, wovon sie wissen, daß es den großen Herrn zum Zorn zu reizen vermag; sie kennen die verwundbare Stelle genau und richten dahin ihre Geschosse und Pfeile, so daß er, durch den augenblicklichen Zorn verwirrt, zur Prüfung der Wahrheit gar nicht einmal mehr Zeit hat, sondern selbst wenn man sich vertheidigen will, es nicht gestattet, da ihn das unerwartet Gehörte wie Wahres in Beschlag genommen hat.

Am wirksamsten ist die Art der Verläumdung, wenn angedeutet wird, daß Jemand den Wünschen und Neigungen des Großen entgegen sei, wie es bei Ptolemäus mit dem Beinamen Dionysos Einen gab, der den Platoniker Demetrius verläumdete, daß er Wasser tränke und allein unter den Andern bei dem Dionysosfeste nicht Frauenkleider getragen hätte. Und wenn Demetrius vorgeladen nicht am Morgen getrunken und in einem tarentinischen Gewande zur Cymbel getanzt hätte, so wäre es um ihn als erklärten Gegner und Widersacher des Lebens und der Schwelgerei des Ptolemäus geschehen gewesen.

Bei Alexander konnte es einstmals als die allergrößte Verläumbung gelten, wenn es von Jemand hieß, daß er den Hephästio nicht hatte als Gott anbeten und verehren wollen. Als nemlich Hephästio gestorben war, ging Alexander in seiner Liebe zu ihm so weit, daß er als Zugabe zu seinen andern Großthaten den Verstorbenen zu einem Gotte kreiren wollte. Sogleich nun errichteten die Städte Tempel, es wurden Heiligthümer und Altäre gestiftet und Opfer und Feste diesem neuen Gotte vollendet und für alle war der höchste Schwur der bei Hephästio. Lächelte aber Jemand über diese Vorgänge, oder zeigte es sich, daß er nicht sonderlich fromm sei, so stand darauf als Strafe der Tod. Diese knabenhafte Laune Alexanders nahmen die Schmeichler in die Hand und schürten sie an durch Erzählungen, sie hätten von He-

phästio geträumt, er sei ihnen erschienen, sie schrieben ihm Hei=
lungen zu und legten ihm Prophezeiungen in den Mund; endlich
opferten sie ihm als Beisitzer der zwölf großen Götter und als
Unglück abwehrendem Gotte. Alexander hörte dies gern, glaubte
es endlich selbst und bildete sich nicht wenig darauf ein, daß er
nicht allein der Sohn eines Gottes sei, sondern auch Götter
machen könne. Wie viele von Alexanders Freunden mögen wohl
nun von dieser Beatifikation Hephästio's den Vortheil gehabt ha=
ben, verläumdet zu werden, daß sie den gemeinsamen Gott aller
nicht verehren, und deshalb das Wohlwollen des Königs verloren
haben? Agathokles aus Samos, der ein Oberster Alexanders war
und von ihm hochgeehrt wurde, wäre damals beinahe mit einem
Löwen zusammengesperrt worden, weil man ihn verläumdet hatte,
daß er geweint hätte, als er das Grab des Hephästio vorbeiging.
Ihm soll jedoch Perdikkas geholfen haben, der bei allen Göttern
und bei Hephästio selber schwur, ihm sei auf der Jagd dieser
Gott leibhaftig erschienen und habe ihm aufgetragen, dem Ale=
xander zu sagen, er solle den Agathokles schonen; dieser habe
nicht aus Unglauben ihn als Todten beweint, sondern in Erinne=
rung an ihre ehemalige Freundschaft.

Die der Gemüthsstimmung Alexanders angepaßte Schmei=
chelei und Verläumdung war damals vorzüglich an ihrem Orte.
Denn wie bei einer Belagerung die Feinde nicht auf die hohen,
jähen Mauern losgehen, sondern wo sie einen Theil unbewacht,
oder baufällig, oder niedrig bemerken, dahin mit aller Macht an=
bringen, weil sie hier am leichtesten hineinkommen und die Stadt
nehmen könnten, so greifen auch die Verläumder da an, wo sie
an einem Manne etwas Schwaches, Mürbes und leicht Zugäng=
liches sehen und lassen ihre Maschinen spielen und gelangen end=
lich zum Ziele, weil Niemand sich ihnen entgegenstellt und ihren
Anmarsch merkt. Sind sie einmal in die Mauer eingedrungen,
dann sengen und brennen, morden und verjagen sie, wie es in
einer eingenommenen und in die Gewalt der Feinde gerathenen
Stadt gewöhnlich zu geschehen pflegt. Die Maschinen, die sie
gegen die Hörer anwenden, sind der Betrug, die Lüge, der Mein=
eid, Zudringlichkeit, Unverschämtheit und tausend andere Gewissen=

losigkeiten. Die größte von allen aber ist die Schmeichelei, die mit der Verläumbung verwandt oder vielmehr mit ihr verschwistert ist. Es gibt Niemanden, der so edel ist und einen so biamant= harten Panzer um die Brust trägt, daß er nicht den Angriffen der Schmeichelei nachgeben würde und noch dazu, wenn die Schmei= chelei Minen legt und die Fundamente fortreißt.

Das sind die Mittel von außen, von innen aber unterstützen ihn viele Arten des Verrathes, die ihm die Hände entgegenstrecken, die Thore öffnen und auf jede Weise ihm zur Eroberung des Hörers behülflich sind; erstlich die Liebe zum Neuen, die bei allen Menschen von Natur vorhanden ist, zweitens, daß wir dessen, was wir haben, so bald satt sind und endlich, daß uns uner= wartete Erzählungen so anziehen; wir alle finden, ich weiß nicht woher es kommt, unser Gefallen an geheimnißvollen und verdäch= tigenden Reden; ich kenne Manchen, dem die Verläumbungen einen so angenehmen Kitzel verursachen, als wenn man sich das Ohr mit einer Feder kraut. Greifen sie nun, von allen diesen Verbündeten unterstützt, an, so erringen sie wohl einen vollstän= bigen Sieg und zwar ohne sonderlich große Mühe, weil sich Nie= mand entgegenstellt und die Angriffe zurückschlägt, im Gegentheil, der Hörer ergibt sich freiwillig und der Verläumdete weiß von der Nachstellung nichts; wie in einer Nachts eroberten Stadt die Bewohner im Schlaf ermordet werden, so geht es den Verläum= beten. Das Traurigste von allem ist, daß der Unglückliche, der von dem Geschehenen nichts weiß, zu dem Freunde mit heiterem Gesichte, weil er sich nichts Schlechtes bewußt ist, kommt, und wie gewöhnlich redet und handelt. Hat dieser nun etwas von Abel und offenem Freimuth, so platzt er sogleich mit seinem Zorn heraus und schüttet seinen Aerger aus, endlich läßt er sich die Vertheidigung gefallen und erkennt, daß er sich ohne Grund gegen seinen Freund ereifert habe. Wenn er aber eine gemeinere und niedrigere Sinnesweise hat, so läßt er den Verläumbeten zwar vor und empfängt ihn mit erzwungenem Lächeln, heimlich aber haßt er ihn und knirscht mit den Zähnen und thürmt, wie der Dichter sagt, Zorn auf in dem Grunde seiner Seele [1]). Meiner

---

[1]) βυσσοδομέυει, mehrmals in der Odyssee vorkommendes Wort.

Meinung nach gibt es nichts Ungerechteres und Sklavenhafteres, als mit zusammengebissenen Lippen die Galle zu nähren und den Haß in der Brust verschlossen zu vermehren, indem man anders denkt, anders spricht und mit einem heiteren, komischen Gesichte eine höchst leidenschaftliche, unheilschwangere Tragödie spielt. Namentlich tritt dieser Fall ein, wenn der Verläumber ein alter Freund des Verläumbeten zu sein scheint, und es doch thut. Dann wollen sie auch gar nicht einmal mehr die Stimme der Verläumbeten oder ihre Vertheidigung hören, denn die ehemalige Freundschaft bürgt ihnen für die Glaubwürdigkeit der Anklage, und sie bedenken dabei nicht, daß unter den besten Freunden oftmals Ursachen des Hasses vorkommen, die andern verborgen bleiben. Zuweilen bezüchtigt Einer vorher einen Andern eines Verbrechens, dessen er selbst schuldig ist, um so der Verläumbung zu entgehen. Ueberhaupt wird Niemand wagen, einen Feind zu verläumben, denn hier ist die Anklage unwahrscheinlich, weil sie einen offenkundigen Grund hat. Aber diejenigen, mit denen sie vorzüglich befreundet scheinen, greifen sie an in der Absicht, ihr Wohlwollen den Hörern zu beweisen, daß sie um ihres Nutzens willen nicht einmal die nächsten Angehörigen schonen. Es gibt aber auch Manche, die, wenn sie später erkennen, daß die Freunde bei ihnen ungerecht verläumbet seien, gleichwohl aus Scham, daß sie glaubten, sie doch nicht mehr vorzulassen und anzusehen wagen, gleich als hätten sie selbst ein Unrecht erlitten, weil sie hinterdrein erkannten, daß die Freunde kein Unrecht begangen haben.

In der That ist nun das menschliche Leben wegen der so leicht und ohne Prüfung geglaubten Verläumbungen mit vielen Leiden angefüllt. So sagt Anteia zu ihrem Gemahl Prötus:

> Willst du nicht selber sterben, so tödte den Bellerophontes,
> Der zu sträflicher Liebesumarmung mich nöthigen wollte[1]),

da sie doch selber den Antrag gemacht hatte, und abgewiesen war: und beinahe wäre der Jüngling zur Strafe für seine Sittsamkeit und für die Scheu, die er vor den Rechten seines Gastfreundes

---

[1]) Homer Ilias VI, 164.

empfand, in dem Kampfe mit der Chimära umgekommen in Folge der Nachstellung eines unzüchtigen Weibes. Dieselbe Anschuldigung erhob Phädra gegen ihren Stiefsohn Hippolytus und bewirkte, daß der Vater den Jüngling verfluchte, der wahrhaftig nichts, gar nichts Ruchloses begangen hatte.

„Doch zuweilen," könnte sich Einer entschuldigen, „verdient der Verläumder Glauben, weil er im Uebrigen ein gerechter und verständiger Mann scheint; man mußte ihn also beachten, weil man ihn keiner so schlechten That für fähig halten konnte." Gibt es einen gerechteren Mann, als Aristides? Aber gleichwohl bildete er, von politischem Ehrgeiz gestachelt, wie es heißt, eine Partei gegen Themistokles und regte das Volk auf. Denn im Vergleich mit Andern war Aristides gerecht, im Uebrigen war er aber auch nur ein Mensch und hatte Galle und liebte den Einen, haßte den Andern. Und wenn die Mythe von Palamedes wahr ist; so hat dieser Klügste und in jeder andern Beziehung Vortrefflichste der Achäer seinem Blutsverwandten, Freunde und Kriegsgefährten aus Neid nachgestellt und ihm einen Hinterhalt gelegt. So angeboren sind die Fehler in diesen Dingen allen Menschen. Was soll man entweder den Sokrates noch erwähnen, der bei den Athenern so ungerechter Weise als gottloser und gefährlicher Mensch verläumdet war? oder den Themistokles und Miltiades, die nach so großen Siegen des Verrathes von Hellas verdächtig wurden? der Beispiele gibt es unzählige, und nahezu die meisten sind bekannt.

Was hat nun der Verständige, oder der, dem an Tugend und Wahrheit etwas gelegen ist, zu thun? ich denke, was Homer in dem Mythus von den Sirenen andeutet, wenn er uns befiehlt, diese unheilvollen Lockungen des Gehörsinnes vorbeizusegeln, die Ohren zu verstopfen und sie denen, die von einem Affekt in Beschlag genommen sind, nicht weit zu öffnen, sondern bei allem Gesagten die Vernunft so zu sagen als Thürhüter anzustellen und das Würdige zuzulassen und aufzunehmen, das Nichtsnutzige auszuschließen und abzuweisen, denn es wäre in der That lächerlich, wenn man in seinem Hause Thürhüter anstellen, seine Ohren und seine Denkkraft aber sperrweit offen lassen wollte. Tritt

Jemand mit solchen Reden an uns heran, so müssen wir die
Sache an und für sich prüfen, ohne das Alter dessen, der es uns
sagt, oder sein sonstiges Leben, oder seinen Scharfsinn in der Darstellung zu beachten. Denn um wie viel überredender Einer ist,
um so viel mehr thut eine sorgfältige Prüfung Noth. Also muß
man dem Urtheil eines Andern, oder vielmehr dem Hasse des An-
klägers nicht trauen, sondern sich selber die Prüfung der Wahrheit vorbehalten, auch den Neid des Verläumders in Anschlag
bringen, mit der Denkweise Beider ein offenkundiges Examen vornehmen und dann den Geprüften hassen oder lieben. Bevor man
es aber gethan, sich gleich von der ersten Verläumbung bestimmen
zu lassen — du lieber Herakles, wie knabenhaft, gemein und
überdem ungerecht ist das! Schuld aber an alle dem ist, wie
wir im Anfang sagten, die Unwissenheit und weil der Charakter
eines Jeden dunkel ist. Denn wenn Einer der Götter unser
Leben offenbar machen wollte, dann würde die Verläumbung in
den Abgrund entweichen ohne eine Statt zu haben, weil alle
Dinge von der Wahrheit erhellt wären.

www.ingramcontent.com/pod-product-compliance
Lightning Source LLC
Chambersburg PA
CBHW030636030726
47497CB00006B/1823